忌《い》名《な》の如き贄《にえ》るもの

目次

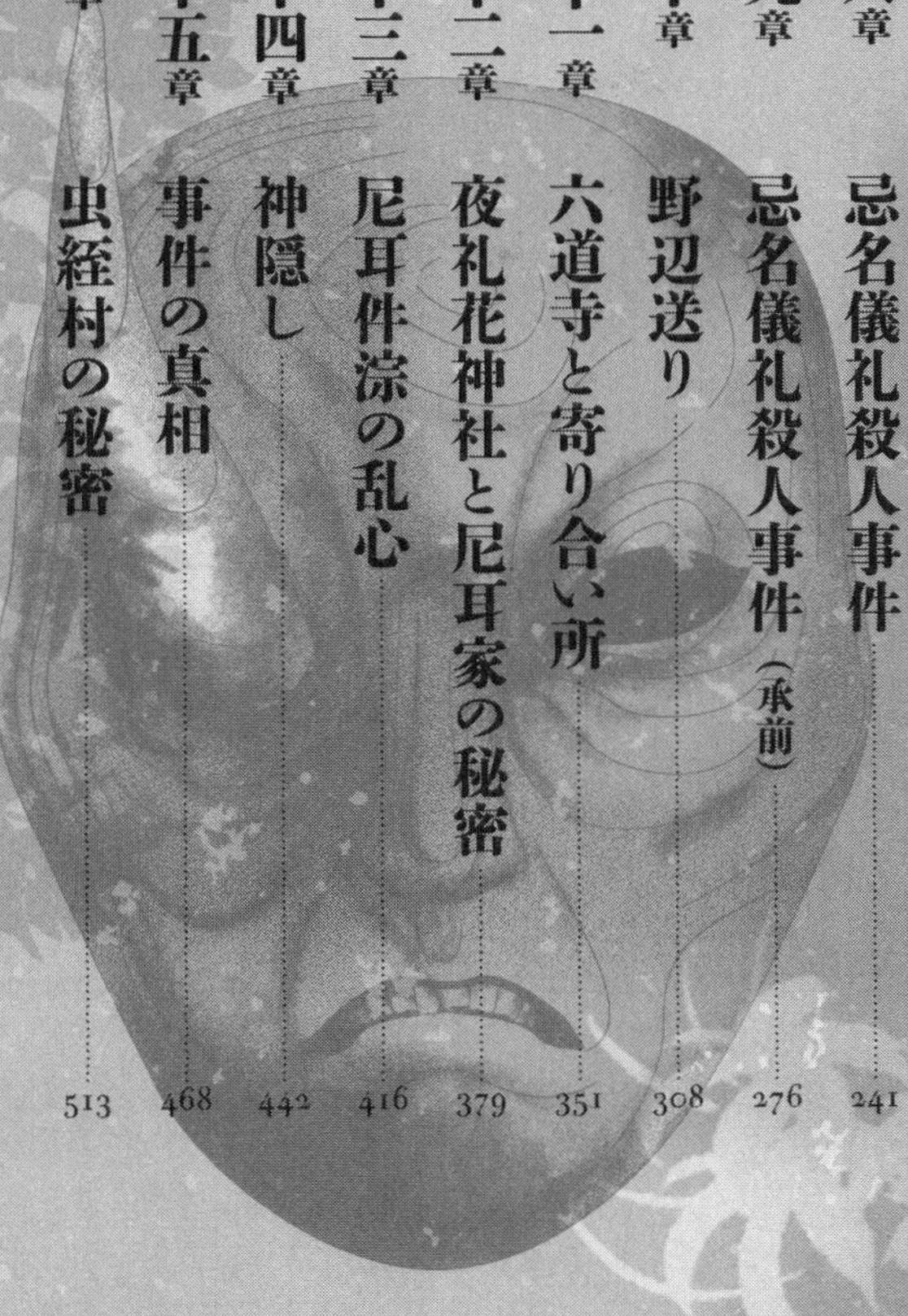

●目次イラスト・絵図　村田 修
●扉・目次デザイン　坂野公一（welle design）

◉虫経村《むしくびりむら》の人々

尼耳家《あまがみ》

件淙《けんぞう》　家長

端子《たまこ》　件淙の妻

太市《たいち》　件淙の長男

狛子《こまこ》　太市の妻

市太郎《いちたろう》　太市の長男（戦死）

市次郎《いちじろう》　太市の次男（戦死）

三市郎《さんしろう》　太市の三男

李千子《いちこ》　太市の長女

市糸郎《いちしろう》　太市の隠し子

井津子《いつこ》　市糸郎の双子の妹

銀鏡家《しろみ》

國待《くにまつ》　家長

祇作《ぎさく》　國待の長男

邦作《ほうさく》　國待の次男

和生《かずお》　邦作の末の息子

勇仁《ゆうじ》　遠縁の青年

河皎縫衣子《かわしろぬいこ》　尼耳家の隣家の長女

瑞穂《みずほ》　夜礼花《やれはな》神社の神主

水天《すいてん》　六道寺《ろくどうじ》の住職

坂堂《ばんどう》　医者

主な登場人物

◉生《い》名《な》鳴《なぎ》地方の人々

権藤《ごんどう》　馬喰《ばくろう》村の医者

鍛治本《かじもと》　七七夜《ななよ》村の旧家の家長

◉警察の人々

中谷田《なかやだ》　県警の警部

野田《のだ》　年配の刑事

島田《しまだ》　若輩の刑事

◉東京から来た人々

発条福太《はつじょうふくた》　刀城言耶の大学時代の先輩

香月子《かつこ》　福太の母親。元和《げんわ》玩具の副社長

刀城言耶《とうじょうげんや》　怪奇幻想作家。筆名は東城雅哉

◉その他の人々

阿武隈川烏《あぶくまがわからす》　市井の民俗学者。刀城言耶の学生時代の先輩

祖父江偲《そふえしの》　怪想舎の編集者

鴻池絹枝《こうのいけきぬえ》　刀城言耶の下宿の大家

三頭の門から祝りの滝までの絵図

（刀城言耶の取材ノートのスケッチより）

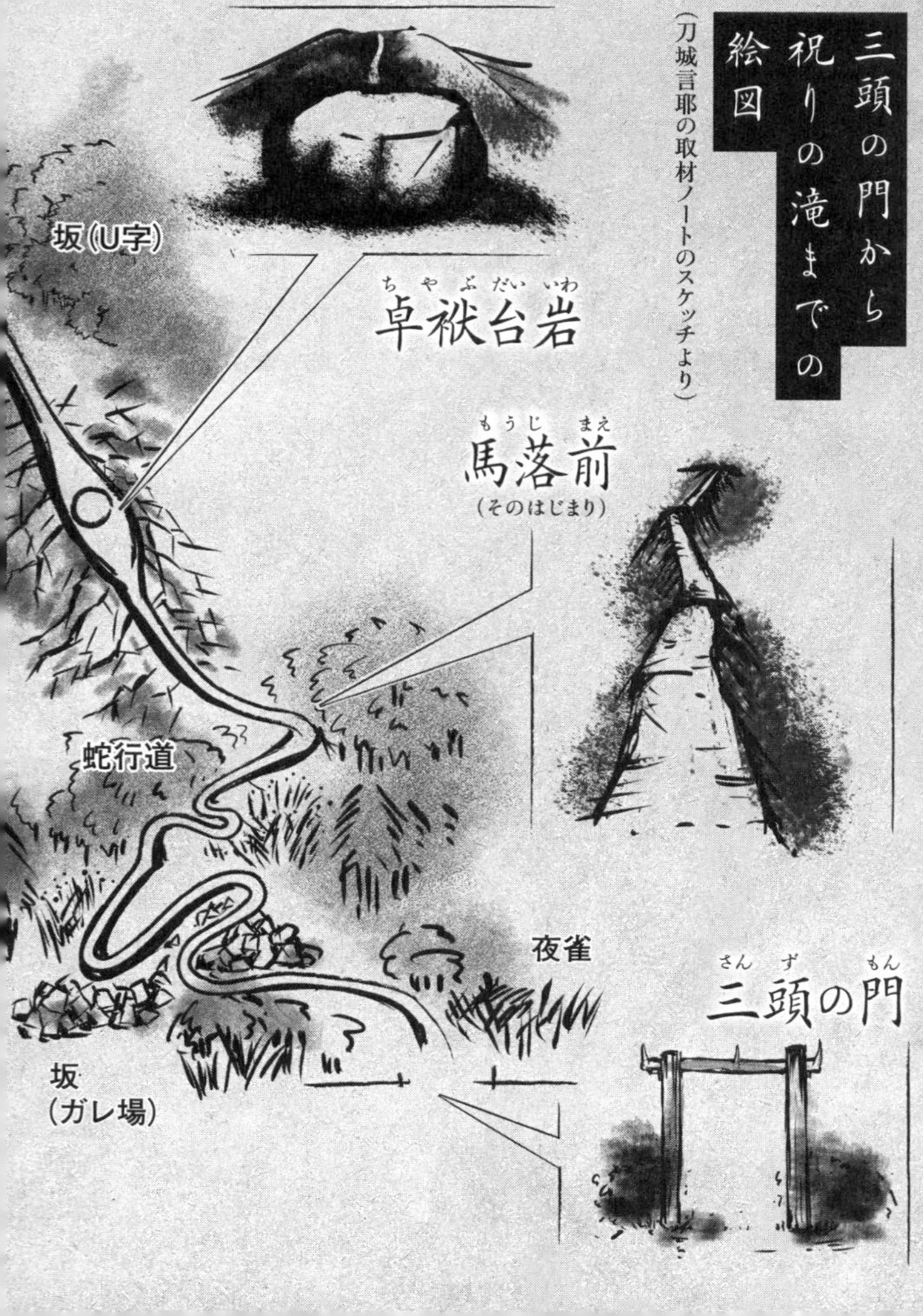

4
岩棚
石段
祝《はふ》りの滝《たき》
森
鴉《からす》谷《だに》
滝壺
謎の壁画

はじめに

本記録は、三年前に纏《まと》めた「強羅《ごうら》地方の犢幽村《とくゆうむら》に於《お》ける怪談連続殺人事件」や本件と同年に遭遇した「蒼龍郷《そうりゆうごう》の神々櫛村《かがぐしむら》に於けるカカシ様連続殺人事件」と同様に、その発表の時期については慎重を期さなければならない。

なぜなら先輩の奥様の実家が、本件には大きく関《かか》わっているからだ。お二人は「気にする必要は全くない」と仰《おつしや》って下さったが、無論そういうわけにはいかない。よって扱いには十二分に注意すること――と、ここに記しておく。

また本記録には、生名鳴《いななぎ》地方に伝わる所謂《いわゆる》「忌名《いな》」が明記されているが、飽くまでも仮名《かめい》である。実際の忌名は知りようがなく、また仮に分かっていても記すべきではないからだ。しかし、それでは記録として用を成さないため、苦肉の策として仮名を使用した。

とある昭和の年の水無月《みなづき》に　東城雅哉《とうじようまさや》こと刀城言耶《とうじようげんや》記す

第一章　忌名《いな》の儀礼

生名鳴《いななぎ》地方の虫経村《むしくびりむら》の西端に位置する尼耳《あまがみ》家では、正に通夜の準備が進められている最中だった。村の西北西に当たる祝《はふ》りの滝に通じる馬落前《もうじまえ》で倒れている長女の李千子《いちこ》が発見され、同家の主治医である馬喰村《ばくろうむら》の権藤《ごんどう》によって心不全と診断された。馬喰村は虫経村の西に位置しており、共によく似た村である。

晩夏の今日、尼耳李千子は十四歳の誕生日を迎えたばかりなのに、もう死出の旅に向かおうとしていた。

遺体は裏庭に面した座敷《ざしき》に安置された。所謂《いわゆる》「北枕《きたまくら》」または「内枕」と呼ばれるように、頭を北向きにして蒲団《ふとん》が敷かれている。生前の寝方とは反対になる。遺体の上には態《わざ》と裏返した「逆《さか》さ着物」を広げ、枕元《まくらもと》に掃く方を上に向けた「逆さ箒《ほうき》」が立て掛けられた。他家であれば胸元に鞘《さや》から出した脇差《わきざし》か鎌《かま》が置かれるところを、同家では牛の角が代わりを務める。

ここまでの用意が整ったあと、遺体の周りに蚊帳《かや》が吊《つ》られた。ただし「三隅蚊帳《みすみがや》」

といって、遺体の片方の足に当たる一隅だけは外しておく。「逆さ屏風《びょうぶ》」を用いる家も多かったが、尼耳家の周辺には野良猫が目立ったため念には念を入れて用心したらしい。

仏の上を猫が飛び越えると、遺体に魔物が入り込む。

この「死人起こし」を防ぐために、仏の胸元には鋭利な刃物——尼耳家では牛の角——が置かれ、枕元には猫を追い払う逆さ箒が立て掛けられる。つまりは魔除《まよ》けである。もっとも全く同じことが、北枕にも逆さ着物にも認められる。普段とは反対のこと、逆のことばかりを仏に施すのは、何よりも魔物を惑わすためだった。

魂の抜けた遺体は、空っぽの器のような存在と化す。

だからこそ邪《よこしま》な何かが、そこに入ろうとする。そういう魔に侵されてしまうと、遺体を操られる羽目になる。遺族が最も懼《おそ》れる状態を忌避するために、様々な仕掛けが用意された。葬送儀礼の多くは本来、こういった魔除けから成り立っている。そう言い切ってしまっても良《よ》いかもしれない。

しかしながら身体《からだ》の中に、まだ本人の魂が残っているとしたら、一体どうなるのだろうか。

肉体は明らかに活動を停止しているのに、本人に死の自覚がない場合は……。

それでも遺体と見做《みな》されさえすれば、魔物は入り込もうとするのか。

そして人の魂と忌《い》むべき魔とが、空の身体を取り合って争うのか。その結果、勝者が新たな宿主となり、残りの生を全《まっと》うするのか。人が勝てば蘇生《そせい》したことになるが、魔に乗っ取られたらどうなるのか。周囲から見れば本人であるが、最早《もはや》それは別の存在になるのか。見た目は人ながらも既に本人の意思は一切なく、実際は魔性のものと化すのか。

――という恐ろしい考えが李千子の脳裏を過ぎった。だが、すぐさま彼女は心の中で大きく首を振った。

ううん、違う。

そもそも私は死んでないんやから……。

にも拘《かかわ》らず彼女は顔に白い布を被《かぶ》せられ、北枕の蒲団に寝かされて、枕元の灯明に照らされながら、線香の匂《にお》いに包まれたうえ、複数の魔除けに囲まれた恰好《かっこう》で、自分の通夜がはじまるのを凝《じ》っと待っている。そんな異様過ぎる状態にあった。

脇差や鎌の代わりに牛の角が用いられるのは、この地方でも尼耳家だけの儀礼だと、前に祖母の瑞子《たまこ》から聞いたことがある。葬送儀礼の個々の意味を教えてくれたのも、全《すべ》て祖母だった。もっとも知識の出所は、どうやら祖父の件淙《けんぞう》らしい。この地方と村、そして尼耳家に纏《まつ》わる奇態な伝承の多くを祖母が知っているのも、正に生き字引のような祖父のお陰《かげ》だという。

せやけど……。

まだ死んでおらず生きている――本人には意識がある――のに、こうして弔《とむら》われようとしている異様な状況について、流石《さすが》に彼女も祖母から聞いた覚えはない。

あぁっ！　まさか、これって……。

そのとき突然、三兄の三市郎《さんしろう》から聞いた、俄《にわ》かには信じられない話を李千子は思い出して、ぎょっとした。

彼が嬉々《きき》として喋《しゃべ》った、あの悍《おぞ》ましい症例の数々を耳にした際、また気味の悪い小説の話をしているのだろうと、彼女は本気にしなかった。でも兄によると、そういう実例が世界には本当に多くあるらしい。

もしも彼女の身に、あれらと同じ現象が起きたのだとしたら、この意識がある状態で棺桶《かんおけ》に入れられ、そのまま埋葬されてしまうのではないか。

……い、厭《いや》だ。

彼女は己の顔から、すうっと血の気が引いていくのが、手に取るように分かった。恐らく顔面は今、気色が悪いほど真っ青ではないか。いや、それを言うなら突然あそこで倒れたときから、既に死人のような顔色をしていたに違いない。

その日は李千子の十四歳の誕生日だった。普通なら家族に祝って貰《もら》うか、彼女が通う馬喰村の中学校の友達を呼んで誕生会を開くか、いずれにせよ目出度《めでた》い宴《うたげ》があったはずである。だが如何《いか》に尼耳家が村で二番目の資産家であっても、「忌名《いな》の儀礼」を執《と》り行《おこ》なう今日ばかりは異なっていた。正確には子供の七歳、十四歳、二十一歳の誕生日が、この例外の年に当たる。

もっとも戦中から敗戦後に掛けて、生名鳴地方の忌名の儀礼――忌名儀礼とも忌名儀式とも呼ばれる――は徐々に廃《すた》れ出していた。特に戦争の最中《さなか》に生まれた子供に対して、決して少なくない家が儀礼を取《と》り止《や》めている。これまで通り伝承するか、この機会に中絶するか、その判断の分かれ目になったのが、その家の祖父母の存命の有無である。両者ともに健在または祖父のみの家は、まだ続ける傾向があった。しかし両者とも亡くなっているか祖母のみの家は、忌名の命名を止める方向に傾いた。

家長である祖父が亡くなり、跡を継ぐ息子が複雑怪奇な風習を厭《いと》うた結果のようだが、そこには確実に敗戦も影響していたと思われる。

例えば神事への関《かか》わり方も、若者を中心に敗戦後は明らかに変わった。

「武運長久を神頼みしたもんの、結局は戦争に負けてしもうた。村祭に子供を参加させて神楽を受け継がせるんやったら、映画を呼んで喜ばせた方が、なんぼええかもしれん」

といった戦前から戦中では予想もできない意見が、若者たちの口から出るようになる。こういった変化は都市部だけでなく、昔ながらの風習が深く根づいた地方でも見られた。

神事ではないものの、全く同じ誹《そし》りを受けた俗習に、生名鳴地方の忌名の儀礼があった。

七つまでは神のうち。

そう言われている地域は意外と多い。要は誕生から七歳の誕生日を迎えるまでの子供は、人間よりは神に近い存在だと考えられた。その理由として一番に挙げられるのは、昔は幼《おさな》い子供の死亡率が高かった現実である。

子供というものは、あっさり死んでしまう。

そういう認識が昔は普通にあった。その心配が漸《ようや》く減じる年齢が、凡《おおよ》そ七歳だった。故《ゆえ》に地方によって、「六つまでは神のうち」とする所もある。ただ見做しの年齢は違えども、幼い子供を護《まも》ろうとする親心は何処《どこ》も一緒だった。

生まれた赤ん坊の額に、墨で「犬」と書く。誕生と同時に、とにかく悪口を言《い》い捲《まく》る。一度は外に捨てて、第三者に拾って貰う。箸《はし》で汚物を食べさせる真似《まね》をする。

何の知識もない者が目の当たりにすれば、どれも信じられない行為だろう。だが、これらは全て魔除けだった。赤ん坊が「可愛《かわい》くて大切な存在だ」と魔物に知られると、その命が危うくなる。だから態と粗末《そまつ》に扱う振りをして、意図的に「疎《うと》ましい存在だ」と魔の物たちに思わせて騙《だま》す。つまりは幼くて脆《もろ》い命を護る仕掛けであり、葬送儀礼に於《お》ける「逆さ」の概念と、これは間違いなく通じていた。

ここまでの「対策」を講じても、子供は簡単に死んだ。その場合、まず葬儀が行なわれることはなかった。人として認められていないためである。昔は田舎《いなか》の家屋の床下を覗《のぞ》くと、ぽつんと石が一つだけ置かれている眺《なが》めがあった。そういう石の下には、幼くして亡くなった子供の亡骸《なきがら》が埋められていた。埋葬と呼ぶには簡素過ぎる行為も、「七つまでは神のうち」の思想に由《よ》っていたからである。

この幼少時の危機を脱して、晴れて人となった直後に、生名鳴地方では忌名の儀礼が待っていた。誕生から七歳までは、魔物に魅入られる懼れが主にあった。では人と見做されさえすれば、それが消えるかというと違う。むしろ人生を歩むうえで絶対に避けられない数多《あまた》の艱難辛苦《かんなんしんく》が、更に加わる羽目になる。人間として認められた途端、より現実的な脅威に晒《さら》されてしまうのだから、なんとも皮肉である。

そういった人生の災厄を忌避するために、この地方の子供が七歳になると与えられるのが、「忌名」だった。

これは「忌み名」とは似て非なるもので、全く別の役割を持つ。故人の生前の業績などを讃《たた》えた称号が忌み名であり、「諡《おくりな》」とも呼ばれた。また忌み名は故人の生前の本名であり、特に身分の高い人の場合、この名前を存命中に呼ぶことは憚《はばか》られたとされる。いずれにせよ一般の庶民には、何ら関係のない名称だった。

しかし忌名は、個人に与えられる。その人にしかない特別な名前であり、絶対に他人と重なることもない。命名は本人の下の名前を基にして、ある法則によって決められるらしい。ただし肝心の決め事の知識を持っている者は、この村でも少なくなりつつあるという。李千子の祖父の件淙は、辛《かろ》うじて命名の方法を受け継いだ一人と言われている。

もっとも祖父自身は否定していた。

「忌名とは、その家の家長が命名するもんやない。あれは神仏が、子供にお与えになるんや」

李千子の七歳の誕生日の記憶を手繰《たぐ》ると、まず別室で祖父の手によって白装束に着替えさせられた。それが祖母ではなく祖父だったことに、彼女は何よりも驚いた。そこから「忌名神様の部屋」へ連れて行かれて、祭壇に供えられた御札《おふだ》を祖父が平身低頭して貰い下げたときから、忌名の儀礼がはじまった覚えがある。

当時の日本は束《つか》の間《ま》の戦勝気分に浸りながら、更なる戦時体制の強化が進められている最中だった。勝とうが負けようが国民に多大な災禍を齎《もたら》す戦争という最悪の魔物が、実はすぐ側で真っ黒な口を大きく開けて人々を喰《く》らおうとしている未来を、ほとんどの者が知らなかった。むしろ多くの国民が、その戦勝の雰囲気に浮かれていた。

それは生名鳴地方の村々でも同様だったが、尼耳家だけは違った。普段と何ら変わることもなく、屋敷《やしき》は静まり返っていた。

特に誕生日の当日は、朝から怖いほどの静寂が尼耳家に漂っていた……ような記憶が、李千子にはある。

祖父は御札を恭しく彼女の前に掲げてから、徐《おもむろ》に開いていった。その内側には三文字の漢字と同じく三文字の平仮名が、黒々とした墨で書かれてあった。

生名子《いなこ》。

ただし筆の達者な祖父が書いたとは思えないほどの、まるで蚯蚓《みみず》ののたくったような文字だったため、彼女は首を傾《かし》げた。

一体こんな下手糞《へたくそ》な字を、誰が書いたんやろう。

「読むんやない」

しかし祖父に突然きつく言われ、李千子はびくっとした。

「お前は平仮名が、ちゃんと読めるな。せやけど、ここに書かれた平仮名を、決して口にしてはならん。声に出して、絶対に読むんやない。分かったな」

彼女が完全に理解するまで、祖父は同じ注意を執拗《しつよう》に繰り返した。

「これがお前の、忌名になる。よーう覚えるんや」

李千子の忌名が生名鳴地方の「生名」と同じ点について、そこに特別な意味はないと説明しながら、祖父は険《けわ》しい表情で、

「この忌名は、決して他人に教えてはならん。いや、家族も同じや。相手が何処の誰であれ、この名を告げることは、絶対にするんやない。お前の胸の内だけに、しっかり仕舞っておくこと。ええか、約束できるか」

彼女がこっくりすると、祖父は厳しい顔のまま、

「もしも何処かで何者かに、この忌名で呼ばれても、決して振り向いてはならん。況《ま》してや返事など、絶対にするんやない」

そう言いながら凝っと彼女を見詰めたあと、

「ええか、万一この言いつけを破ってもうたら、目ぇが潰《つぶ》れるからな」

途轍《とてつ》もなく恐ろしいことを口にした。

何をしてはいけないか――を理解しながらも、なぜ禁止なのか――が不明なまま、それでも李千子は必死に頷《うなず》いた。この忌名に纏わる祖父の話の全部が、当時の彼女には怖くて仕方なく、できるだけ早く儀式が終わって欲しいと念じた所為《せい》である。

だが、その願いは聞き届けられなかった。

忌名の儀礼とは、この命名だけで終わる単純なものではなく、その後の「お話」こそが実は肝要だったからだ。

七歳で執り行なわれる「七つ語り」に於いては、その忌名を持つ同年齢の子供を主人公とした忌まわしい物語が、家長によって語られることになる。問題の「忌名語

り」の中で、李千子の分身とも言える人物は、とにかく辛《つら》くて悲しい、また痛くて恐ろしい、かつ怖くて厭うべき目に続け様に遭う。それらの不幸は、本人が七歳から十四歳の間に体験するかもしれない出来事を、言わば想定していた。つまり忌名の人物は、彼女の身代わりなのである。忌名を持つ者が厄を一身に引き受けることで、李千子に降り掛かるであろう向後の災《わざわ》いを祓《はら》う。それこそが儀式の目的だった。

ところが、肝心の忌名語りの内容を、李千子は少しも知らない。なぜなら祖父が語っている間中、彼女は両耳を塞《ふさ》ぐように言われたからだ。

忌名を呼ばれても、決して反応をしてはならない。

それと全く同じ禁忌が、この忌名語り自体にも当て嵌《は》まった。

全く何も聞いていないのに、祖父の語りが全て終わったとき、李千子は言い知れぬ疲労感に包まれた。どうにも胸が重苦しくなり、なぜか罪悪感まで覚えた。

しかしながら儀式は、まだ済んでいなかった。今からやるべきことを祖父に教わり、彼女は泣き出しそうになった。

忌名が書かれた御札を持って祝りの滝まで歩いて行き、それを滝壺《たきつぼ》に投げ込んでくること。

この「御札流し」まで行なって、漸く忌名の儀礼は終わるという。滝壺へ投げ入れるのに「流し」とは変な表現だが、祖父は当然のような顔をしている。きっと代々そう言われているからだろう。

ただし滝へは、必ず独《ひと》りで行かなければならない。

この忠告の通り、尼耳家を一緒に出た祖父がついてきてくれたのは、三頭《さんず》の門の前までだった。門から滝までの間に、一体どんな場所を通るのか、一応の説明はあったものの、もちろん何の慰めにもならない。

「この門を越えたあとは、決して振り向いてはならん。祝りの滝まで行って、この御札を滝壺に落として、ここへ戻ってくる途中も、絶対に振り返ってはならん」

最後に念押しするように、祖父は忠告を繰り返してから、李千子に細長く折り畳んだ御札を渡した。その手触りから、御札の中には硬貨が入っているらしい。滝に投げ込むときの、きっと重しだろう。

「失《な》くさんように、頭陀袋《ずだぶくろ》の中に仕舞っとくんや」

家を出る前に頭陀袋を渡され、その中に自分が大切にしているものを入れるように、と祖父に言われた。

「もしも忌名を呼ばれて、それから逃げられんと思うたとき、お前の大切なもんを後ろに投げたらええ。そしたらそれが、お前の身代わりになってくれる」

だから彼女は大事にしている人形を入れたのだが、かといってこれを手放す気など毛頭なかった。ちゃんと持ち帰る心算《つもり》だった。

そろそろ日は暮れ掛けていたが、まだ残暑のねっとりとした熱気が辺りに濃く漂っており、それが全身に纏《まと》いつくかのようである。尼耳家を二人で出て、隣の河皎《かわしろ》家の前を通り、暫《しばら》く歩いて四辻《よつじ》へ出る。

そのまま真《ま》っ直《す》ぐ行けば三頭の門、右に折れれば虫経村、左へ曲がれば村境の道祖神を経《へ》て馬喰村に至る。

四辻では残照を浴びた二人の影が、西から東へと長く伸びている。まるで妖怪《ようかい》の如《ごと》く映る人影の先には、橙色《だいだいいろ》に染まった虫経村の眺めがあった。平地には田畑が広がり、要所要所に溜池《ためいけ》が見られ、北と南の両側には緑豊かな山の斜面が望める、という典型的な農山村である。

尼耳家の遥《はる》か斜め向かいに当たる東端の高台に、どっしりと建っている大きな屋敷が、かつては村の筆頭地主だった銀鏡《しろみ》家になる。敗戦後の農地改革によって広大な土地を失ったものの、あの改革運動には山林が含まれていなかった所為で、未《いま》だに村では権勢を誇っている。

そんな見慣れたうえに疎ましいはずの風景が、このとき李千子には愛おしく感じられ、自分でも驚いてしまった。しかし幼いながらも、その理由に思い当たるまでに、ほとんど時間は掛からなかった。むしろ一瞬で全てを悟っていたかもしれない。

いつものここから、全く違うあっちへ、私が行こうとしてるから……。

四辻の三方に当たるこちら側は日常だが、三頭の門に通じる向こう側は非日常であることを、どうやら李千子は敏感に察したらしい。だからこそ両脚が竦《すく》んで、その場から少しも動けなくなったのだろう。

「ほれ、早う行かんか」

祖父は情け容赦なく、彼女を急《せ》かせた。

「愚図愚図しとると、日ぃが暮れる。暗うなったら、余計に行くのが怖なるやろ」

そう怒られて彼女は、渋々《しぶしぶ》ながらも歩き出した。だが、それも三頭の門の前までだった。

「これ、止まるんやない。日ぃが暮れるて、言うとるやろ」

そんなことは十二分に承知しているが、七歳の子供には酷である。

……独りで行きとうない。

李千子は心の中で呟《つぶや》きつつ、こうしていると祖父が痺《しび》れを切らして、一緒に来てくれるのではないか……と甘い考えを脳裏に浮かべた。

だが祖父の次の台詞《せりふ》で、李千子は震え上がった。半《なか》ば朽ちた木造の門を、彼女は反射的に潜っていた。

「暗うなってしもうたら、首虫《くびむし》の化物が出よるぞ」

この先に化物がいると脅されたのに、その門に足を踏み入れるのも変な話である。

とはいえ忌名の儀礼を途中で放り出すことは決してできないと、幼いながらに彼女も分かっていた。だったら首虫が出る前に、なんとか終わらせようと思って、どうやら身体が反応したらしい。

ただし李千子は、このとき別の化物の存在を思い出して、ちょっと混乱した。

「日暮れまで外で遊んでたら、角目《つのめ》が出ますからな。お日様が西の空に傾いて、辺りが夕焼けに照らされ出したら、すぐに家へ帰らんとあかんよ」

祖母には一年ほど前から、そんな風に言われている。

「角目って、何？」

「片目から角を生《は》やした、偉う怖い化物ですわ」

李千子が六歳のとき、角目と呼ばれる異形《いぎょう》の者が、夕方になると実際に村を徘徊《はいかい》した。彼女は幸いにも見ていないが、ちょっとした騒動になったことは知っている。

「それって、角目とは違うんですか」

畏怖《いふ》の念を抱いている祖父に、そんな風に正面切って訊《き》けたのも、彼女が二つの異形のものを混濁し掛けていたからである。

「あんなもんよりも、もっと恐ろしい真の化物や」

祖父の受け答えを聞きながら、李千子は更に震え上がった。それが何なのか、どんな姿をしているのか、なぜ出てくるのか、実は祖父も全く知らないらしいと察した所為である。

……首虫の化物。

もちろん訳が分からないという意味では、「角目」も同じだった。とはいえ「片目から角を生やした化物」だと言われれば、一応は理解できる気もした。また仮に「虫首の化物」だった場合は、恐らく「虫の首の化物」だろうと想像もつく。虫に首があるのかどうか、幼い彼女にも疑問だったけれど……。しかしながら「首虫」とは、一体全体どんな化物なのか。余りにも得体が分からなくて、恐怖を感じる前にまず堪《たま》らなく気分が悪くなる。恐ろしさよりも凄《すご》く強い嫌悪感を抱いてしまう。

それほど忌まわしいものが、この門の先から滝までの間に、とっぷりと夜の帳《とばり》が降りたあとで出没するらしい。

潜ったばかりの門から出て、彼女は逃げ帰りたくなった。

「振り向くんやない！」

祖父の罵声《ばせい》が、すぐ背後で轟《とどろ》く。

「そのまんま前を向いて、真っ直ぐ進んで行くんや」

しかし李千子の両脚は、ぴくりとも動かない。

「ここで儂《わし》は、ずっとお前を見守っとるからな。せやから安心して、早う滝まで行っておいで」

すると祖父が、今まで耳にしたこともない優しい声音で、そう諭《さと》すように言った。これが祖母の言葉だったら、ほとんど効果はなかったかもしれない。あの祖父だったからこそ、固まっていた彼女の背中を押すことができたのだろう。

「そうや。その調子や」

祖父の励《はげ》ます声に、思わず振り返りたくなる。だけど少しでも近い素振りを見せれば、忽《たちま》ち罵声を浴びせられるのは間違いない。

ここで怒られたら、もう……。

二度と前へは進めなくなるだろう。それが自分でも分かるだけに、李千子は我慢して歩き続けた。ゆっくりとした歩みながら、少しずつ門から離れていった。

尼耳家から三頭の門までは、何処の田舎にも見られる土道を辿《たど》った。それは門を越えても変わらなく映っていたのに、実際に進みはじめると山路に踏み入ったような気分になる。平坦《へいたん》で登りなどなく、足場も決して悪くないのに、深くて濃い山中に迷い込んだみたいで不安になる。

そのうち辺りが、やけに薄暗いことに気づいた。両側には樹木が茂り、藪《やぶ》も迫っている。とはいえ繁茂《はんも》している状態ではない。むしろ灌木《かんぼく》が目立って、高い樹《き》も疎《まば》らである。だとしたら西日の残照が、もっと射《さ》し込《こ》んでも良いはずではないか。

……なのに、なぜか薄暗い。

そのうえ空気が、変に冷たい。

残暑を凌《しの》げて心地好《ここちよ》いと思える涼しさではなく、むしろ肌寒い気がする。先程《さきほど》から蚊の一匹にさえ刺されないのも、この異様な冷気の所為なのだろうか。

あの門を潜ってから、明らかに空気が変わってしまった。そうとでも考えなければ、この状況は説明できない。

あっちとこっちでは、やっぱり違うから……。

今すぐ引き返したいと強く思った。だが、無理なことは分かっている。もしも祖父の言いつけに逆らった場合、とんでもなく怖い何かが起きてしまう。そう幼いなりに彼女は察していた。祖父に怒られるよりも、もっと恐ろしくて厭な目に遭うと、本能的に悟っていた。

……滝まで行って御札を投げて、すぐに帰ろう。

自分が取るべき行動だけを頭の中で繰り返し思い浮かべながら、李千子は路《みち》の角を曲がった。

……ちゅ、ちゅ。

何処かから、奇妙な物音が聞こえた。馴染《なじ》みがあるようで、はじめて耳にするようにも感じられる、なんとも妙な響きである。

これは……。

何だろうと耳を澄ませたところ、どうやら右手の藪の中から、それは聞こえているらしい。

……ちっ、ちっ。

しかも彼女の歩みに合わせて、それも移動しているかのようである。

……跟《つ》いてきてる。

藪の方を向き掛けて、慌てて思い留《とど》まる。決して振り返るわけではないが、危険な行為には違いない。このまま前を向いておくのが無難《ぶなん》だろう。

……ちゅ、ちっ。

とはいえ正体不明の音は一向に止《や》む気配もなく、ずっと彼女の右斜め後ろから聞こえ続けている。

……どうしよう。

李千子が泣き出しそうになったとき、

……ちゅ、ちゅん。

それが雀《すずめ》の鳴き声だと、遅蒔《おそま》きながら気づいた。その正体が分かり、ほっとすると同時に、可愛い雀の姿を想像して、ほっこりとした気持ちになった。

……ちゅ、ちっ、ちゅん。

でも鳴き声に耳を傾けているうちに、これほど雀が鳴くのは朝ではないか、という気がしてきた。もちろん夕間暮れに囀《さえず》っても別に構わないが、こんな藪の中で鳴いているのは変ではないか。そのうえ鳴き声は、なぜか彼女に跟いてきている。

まさか……。

前に祖母から聞いた話を思い出した。夜中に道を歩いていると、雀が鳴くような声が聞こえてくる。それも自分のあとを尾けてくる。これは「夜雀《よすずめ》」と呼ばれる怪異で、憑《つ》かれると凶事に見舞われるという。

そんな魔物が、どうして祝りの滝へと続く山路の途中に出るのか。

完全に後ろを向いてしまわないように注意しつつ、ちらっと右手へ目をやる。しかし雀らしき姿など、全く何処にも見えない。それとも小さ過ぎて気づけないのか。もしくは雀に似ていながらも、そうではない夜雀という異なる存在のため、視界に捉《とら》えられないのか。

……ちゅ、ちゅん。

けれど鳴き声だけは、相変わらず聞こえる。ずっと彼女に跟いてきており、前よりも近づいているように感じられる。

そのとき右手の灌木の間に一瞬、ぼおぅっと白い人影のような何かが、ぬっと佇《たたず》んでいる様が目に入った。

……今のは一体?

夜雀とは別の何か、ということしか李千子には分からない。自然に足取りが速《はや》まる。とにかく逃げなければならない。けれど速足になった途端、躓《つまず》いて転びそうになった。平坦だったはずの路の上に、うねうねと樹木の根っ子が地中から顔を覗かせていたからだ。いつの間にか山路の様子が、すっかり変わっている。

……ちっ。

それと呼応するように、気味の悪い鳴き声は少しずつ背後に遠ざかっていった。やがて藪そのものが途切れた所為か、謎《なぞ》の囀りも止んでしまった。白い影も視界には映っていない。

助かった……。

思わず安堵《あんど》したものの、目の前には勾配《こうばい》のきつい坂が見えている。そのうえガレ場に近く、かなり足元が悪い。

ここを昔は、儀式のために通ったらしいけど……。

さぞかし大変だったろう。李千子と違って手ぶらではないわけだから余計である。それに比べれば自分は増《ま》しだと思おうとしたが、眼前の坂を上ることに、なぜか分からないが彼女は二の足を踏んだ。

……なんか怖い。

坂を上がるのが危険だから、という理由だけではなさそうである。そういう現実的な危なさとは別に、何か目には見えない恐れが潜んでいる。そんな風に思えてならなかった。

でも……。

ここから戻ることなどできない。御札を滝に投げ込まずに引き返したら、きっと祖父にこっぴどく叱《しか》られる。いや、それよりも恐ろしい目に、とにかく遭遇するに違いない。決して振り向いてはならぬ……という儀式の決まりを破るのだから、とんでもない怪異に見舞われ、絶対に無事では済まないだろう。

坂の下で立《た》ち竦《すく》みながら、李千子は怯《おび》えていた。今ここで最も無難な選択は、この場に留まって動かないことである。さすれば何も起きない。

日が暮れる以外は……。

そう考えたところで、彼女は坂を上り出していた。行くも戻るも怖い目に遭うことに変わりがないのなら、もう進むしかない。

がら、がらっ……。

慎重に足場を選んで踏み出しても、不意に足元のガレが崩れる。ともすれば滑《すべ》って下がりそうになるのを必死に堪《こら》えて、その場にどうにか踏《ふ》み止《とど》まる。そんな繰り返しを辛抱強く行ない、少しずつ坂を上がっていく。

もう、どれくらい……。

と下を確認しそうになって、慌てて動かし掛けた頭を止める。仕方なく顔を上げると、まだまだ坂が延び上がっていて、いくらも進めていないと分かる。どれほど注意をして足を踏み出しても、ずりずりっと滑って下がるため、四、五歩ほど前進して、二、三歩くらい下がる……という厄介な状態に、ずっと見舞われている。

……かっ、かっ。

そのとき坂の下で、変な物音が聞こえた。

最初は自分が蹴落《けお》としてしまった石が、別の石に当たって鳴ったのだと思った。だが、それは奇妙にも規則的に響いていた。

……かっ、かっ。

李千子が立ち止まって凝っとして、小さな落石さえ起こしていないのに、それは相変わらず続いている。

……かっ、かっ。

まるで誰かが二つの石を、恰《あたか》も火打石のようにぶつけ合っているような、そんな物音が坂の下から聞こえてくる。

夜道を歩いていて後ろから跟いてくる気配があったら、それは「共歩き」という化物なので、追い抜かれないように急いで逃げなさいと、祖母に言われたことがある。

「追いつかれたら？」

彼女が当然のように尋《たず》ねると、祖母は首を振りつつ、

「そうなる前に、とにかく逃げるんや」

年齢的に李千子が夜道を独りで歩くことなど有り得なかったが、この話はとても怖かった。追いつかれても駄目らしいのに、では追い抜かれたら一体どうなるのか、と考えるだけで彼女は絶望的な気分になった。

ただし三市郎によると、スコットランドにも共歩きが出るという。ある旅人が歩いていると、自分に同行する者がいる。誰だろうと見ると、なんと自分自身だった。これは「ドッペルゲンガー」とも称され、日本では「生霊」と呼ばれるらしい。ちなみにスコットランドで共歩きに出遭うと、その人は近いうちに死ぬとされている。

もしかすると今……。

坂の下には李千子と瓜二《うりふた》つの何かがいて、それが左右の手に石を一つずつ持って、かっ、かっ……と鳴らしているのではないか。

そんな光景が脳裏に浮かび、ぞわわっと彼女の項《うなじ》が粟立《あわだ》った。

あっ……。

その慄《おのの》き以上の衝撃を覚えるある考えが、ふっと脳裏を掠《かす》めた。堪らなく恐ろしい想像のはずなのに、それを確かめたいと思う自分もいることに、彼女は物凄《ものすご》く動揺した。

もしかすると坂の下にいるのは、生名子なのではないか。

自分の忌名を持つ少女が佇んでいて、こっちを見上げているのだとしたら……。

李千子の全身に、さあぁぁっと鳥肌が立った。

見たいけど、見たくない。

矛盾した心理に苛《さいな》まれたが、そもそも後ろを振り返ることが禁じられている。この決まり事が唯一の救いだったかもしれない。

……かち、かちっ。

またしても石を打ち鳴らすような音が、真下から聞こえた。だが先程よりも、はっきりと響いている気がする。もっと強く叩《たた》いているのかと思ったのも束の間、それが坂を上がっているらしいことに、はっと彼女は気づいた。

なのに……。

ガレの崩れる物音が、一切しない。

……かち、かちっ。

その乾いた音だけが次第に迫ってくるだけで、あとは静まり返っている。

がらがらがらっ。

派手な物音を立てながら、李千子は死に物狂いで坂を上り出した。しかしガレ場の所為で進むよりも、ずり落ちる距離の方が勝っている。

……がち、がちっ。

このままでは後ろの何かに、あっという間に追いつかれてしまう。

李千子は思いっ切り坂を駆け上がった。普段の彼女からは考えられないほど、それは衝動的な行動だった。だがお陰で背後の物音が、一気に遠ざかったのが分かる。

ずりっ。

右足の下の平らな石が、いきなり滑った。

ざっざっざっざっざぁあっ。

自分が滑《すべ》り落《お》ちていくのを止めることができない。それでも必死に両手と両脚で踏ん張り続けていると、漸く速度が落ちはじめた。

……ぎりりっ。

すると彼女の首筋で、石と石を思い切り擦り合わせているような、なんとも凄《すさ》まじい物音が響いた。

「うわあぁぁあっ」

李千子は悲鳴と共に、四《よ》つん這《ば》いで坂を駆け上がった。それほどの馬力が自分にあったのが信じられないほど、途轍もない速さで坂を上り切っていた。

咄嗟《とっさ》に坂の上で振り返って、そのまま見下ろしそうになるのを、辛うじて堪える。

ああいう怪異が現れるのは、ひょっとすると振り向かせるためではないのか……と急に思いついたことも、自分を律するのに役立ったかもしれない。

ふっと緊張が解けた瞬間、四肢が激しく痛み出した。ここまで微塵《みじん》も感じなかったのは、恐らく物凄い恐怖を覚えていたからだろう。

その場に座り込んで少し休んでから、よろよろと李千子は立ち上がった。祖父の説明通りだとしたら、まだ半分も進んでいないことになる。

暫くは平坦ながらも、ぐねぐねと蛇行《だこう》する山路が続いた。両側には鬱蒼《うっそう》と茂った樹木とイネ科の草の群れが迫っており、ざわわっ……と今にも草叢《くさむら》の中で、何か得体の知れぬものが蠢《うごめ》きそうな気がして仕方がない。でも変に意識をすると、きょろきょろと常に左右を確認したくなり、間違いなく足取りが鈍《にぶ》るだろう。ひたすら彼女は我慢して、真っ直ぐ前だけを向いて歩いた。

すると突然、ぱぁっと両側の森が途切れて、目の前に延びる路だけになった。緩《ゆる》い凹凸のある妙な道である。その左右はすとんっと下まで落ち込んでおり、相当に険しく切り立った斜面になっている。幸い路の幅は充分にあったが、手摺《てす》りも柵《さく》も何もない。万一ちょっと蹴躓《けつまず》いて、左右どちらかに転びでもしたら、忽ち崖《がけ》の下まで落ちてしまう。

ここが馬落前か。

そんな奇妙な名称を祖父からは教えられていたが、なぜ「馬が落ちる前」と書くのか、さっぱり分からない。確かに路の見た目は、馬の背中が何頭分も続いているように映る。その景観と左右の崖から「落馬」を連想したのだろうか。

この下は……。

どうなっているのか覗きたかったが、何か厭なものを目にしそうな気もする。そこが鴉谷《からすだに》という名称だったからだ。如何にも不吉な名である。それにもし何もいなくても、余りの高さに両脚が竦むかもしれない。

俯《うつむ》き掛けた視線を上げて、李千子は驚いた。右斜め前方の濃い森越しに、一軒の蔵が建っているのが見える。

銀鏡家の分家蔵が、こんな近うに見えるやなんて……。

綱巳山《つなみやま》と呼ばれる魔所の中腹に、その蔵はあった。綱がないと頂上には登れないほど険しく、かつ大蛇が棲《す》んでいるため、そういう名がついたのだと祖母からは聞いている。

そんな伝承のある山に、ぽつんと一棟《ひとむね》だけ銀鏡家の蔵が建っているのは、どう考えても変である。しかも「分家蔵」などと奇妙な呼ばれ方をしている。銀鏡家の分家は村に数軒あるが、それぞれ普通の家にしか映らない。そもそも分家で蔵を持っている所など、ただの一軒もない。というよりも分家蔵は名称の通り「蔵」だけしかない。にも拘らず問題の蔵が、なんと住居になっている。かなり変梃《へんてこ》と言えるだろう。

不思議な思いで分家蔵を眺めていると、ふっと蔵の二階の窓に人影が現れた。その影は凝っと李千子を見詰めているかのようで、全く身動《みじろ》ぎ一つしない。

あれって、銀鏡家の祇作《ぎさく》さん……。

仮に分家蔵の外で出会ったとしても、絶対に声を掛けてはならぬ……と普段から祖母に、きつく言われている。特に名前を呼ぶのは御法度《ごはっと》らしい。

「ちょっと頭が、可怪しゅうなってはるからな」

というのが理由であり、分家蔵などと呼ばれる所に大量の保存食や茸酒《きのこしゅ》を溜《た》め込《こ》んで、ほとんど籠《こも》るように独りで住んでいるのも、その所為だという。

そんな人物が離れた蔵の窓越しとはいえ、ずっと李千子に視線を注いでいる。少しも動くことなく、ひたすら凝視している姿がある。

怖くなった彼女は慌てて視線を逸《そ》らすと、山の稜線《りょうせん》の如き路を進み出した。

真っ直ぐ前だけを向いて歩こう。

そう決めたうえで、できるだけ路の真ん中を歩くようにする。

……ううっ。

そのうち何処からか、気味の悪い唸《うな》り声のようなものが、微《かす》かに聞こえてきた。

あの蔵の中で、祇作さんが……。

こちらに向かって唸っているのではないか、と思ったものの、どうやら声は崖の下でしているらしい。ただし左右のどちらなのか、どれほど耳を澄ませてみても分からない。

……ううっ、ううっ。

その苦しそうな唸り声は、

……ぼっ、ぼおぉぉっ。

やがて悲しげな泣き声へと変わり、

……うわん、うわん、うわん。

やがて大音量の雄叫《おたけ》びのような轟きとなって、馬落前に響き渡った。しかも叫び声は、崖を這《は》い上《あ》がっているように動いている。

李千子は両手で両耳を塞ぎながら、思わず小走りになった。こんな場所で駆けるのは危険極まりなかったが、その咆哮《ほうこう》を聞いていると頭が可怪しくなりそうで、とても恐ろしくて堪らない。それに愚図愚図していると、叫び声の主が馬落前に上がってきてしまう。

ただし気をつけなければいけない代物が、でんっと路の真ん中にあった。まるで卓袱台《ちゃぶだい》のような円形の平らな岩である。それが行く手を阻《はば》むように、ほぼ路の中央に据えられている。元からあったわけではなく、恐らく態々《わざわざ》あとから運んできたのではないか。

邪魔なだけやのに……。

その大岩を迂回《うかい》するためには、左右どちらを通るにしても、鴉谷の崖の縁に沿って歩く必要がある。それ自体に攀《よ》じ登《のぼ》って進む手もあるが、彼女には無理だろう。

仕方なく左右を見比べて、より幅がありそうな左側を選ぶことにする。もちろん鴉谷側に背を向けて、円形の大岩に両手を這《は》わしながらである。

馬落前を抜けると、再び左右から森が伸し掛かってくる。そのうえ路は、またしても上り坂である。ただしガレ場ではなく土の地面で、所々から岩が飛び出しているくらいで、特に歩き難《にく》くはない。もっともアルファベットの「U」の字の如く抉《えぐ》れており、路の真ん中に大きな岩があると迂回するのが難儀である。

それでも彼女は、とにかく必死に上った。愚図愚図していると、ここでも怪異に見舞われるかもしれない。

幸い何事もなく坂を上り切ると、有り難いことに山路は平坦になった。ただ両側に群れる藪が濃くなって、半ば路を覆《おお》っている。そのため藪漕《こ》ぎに近い歩きとなり、思うように進めない。森に入った所為もあるが、辺りはかなり暗くなっている。下手をすれば帰路は真っ暗闇《やみ》の中を、手探りで戻る羽目になり兼ねない。

李千子が焦りを覚えていると、微かに耳につく物音が前方から聞こえていることに、はっと気づいた。

……厭だ。

反射的に尻込《しりご》みをしたのは、新たな怪異が現れたと思ったからである。

これって……。

しかし聞き耳を立てているうちに、その正体を察することができて、彼女は反射的に口に出していた。

「……滝の音や」

そこからは両脚に纏いつく藪を物ともせずに、ぐんぐん歩いた。そうして前へ進む度に、滝の流れる物音が次第に大きくなっていった。

やがて目の前が開けて、ある程度の広さを持つ草地に出た。その先は岩棚で、更に先には祝りの滝が見えている。

岩棚まで行く途中で、左手にある狭い石段の下り口が目に入った。立ち止まって覗くと、どうやら滝壺の側まで続いているらしい。しかし祖父には、「決して滝壺には近づくんやない」と注意されている。「滝と対面しとる岩棚に立って、そこから御札を投げ入れたら、あとは背中を見せて、さっさと戻ってくるんや」ときつく言い渡された。

李千子は岩棚まで進むと、そっと滝壺を見下ろした。余り大きくはなかったが、かなりの深さがあるように思える。一度でも沈んだら、二度と浮き上がってこられない。そんな恐怖が犇々《ひしひし》と感じられるほど、滝壺は濃厚な緑色を湛《たた》えている。

そのとき彼女の視界に、ふと妙なものが映った。落下する水の流れと滝壺の縁が交差する向かって左手の辺りに、平らな空間が見えている。ごつごつした岩肌によって淵《ふち》の周囲が形成される中で、そこだけが平坦だった。辛うじて大人が座れそうな広さしかなく、滝行のために修行者が座する場所かと考えたが、それにしては滝の流れから外れている。

あれは……。

奇妙な空間の背後の岩には、何かが彫られているらしい。岩棚の上からでも認められるのだが、どれほど目を凝《こ》らしても、はっきりとは見えない。

とても気味の悪いもの……。

そんな風に感じられ出したため、李千子は急いで視線を逸らせると、頭陀袋から御札を取り出して、さっと滝壺へ投げ入れた。

硬貨の重しのお陰で、瞬く間《またたくま》に御札は落ちていった。でも滝の物凄い飛沫《ひまつ》の所為で、ちゃんと滝壺の中に沈んだのかどうか、これでは確かめようがない。余りにも呆《あっ》気《け》なく済んだため、しばし彼女は途方に暮れたように、その場に佇んでいた。

……………………ばしゃ。

岩棚の下の方から、不意に水音が聞こえた。魚かと思ったが、それにしては水の撥《は》ねる音が大き過ぎるのではないか。

……………………ばちゃ、ばちゃ。

その不可解な水音に、急に変化があったあとで、

……………ざあぁぁっ。

まるで何かが滝壺から上がってきたような、そういう物音が続いた。

……………びちゃ、ぺたっ。

しかも次に聞こえてきたのは、それが石段を上がってくるような気配だった。

まさか、首虫とか……。

と想像しただけで、ざわわっと二の腕に鳥肌が立った。

……………ぴちゃ、ぺた、びちゃ。

くるっと岩棚の上で回れ右をすると、彼女は来た路を慌てて戻りはじめた。しかし石段の下り口を通り過ぎるときに、

……ぺた、ぺた、ぺたっ。

それを上ってくる何かの濡《ぬ》れた足音が、はっきりと耳についた。

いきなり速足となり、そこから小走りに、更に駆け足へと変わるまで、それほど時間は掛からなかった。

……ざっ、ざっ、ざっ。

背後の足音も、すぐさま草地に入ってきた。

ざざざぁぁっと李千子が藪漕ぎをする後ろから、ざわぁっざわぁっと首虫も藪を掻《か》き分《わ》けて追ってくる。それが首虫かどうか、もちろん彼女には分からない。だが頭の中では、ぐねぐねと百足《むかで》のように長く連なった首を持つ半裸の男の姿が、なぜか浮かんでいる。ただし男には顔がなかった。ひたすら段々になった首が、ぐねぐねと伸びているだけで……。そんな異形の者が物凄い速さで、彼女を追い掛けてくる。最早《もはや》そうとしか思えない。

鬱蒼と茂った藪の路を走り抜けると、Uの字の坂に出た。ほとんど転がるように、ここを駆け下りる。でも路の真ん中から岩が突き出ている箇所は、上手《うま》く迂回しなければならない。それで速度が落ちてしまう。

しかしながら首虫は、どれほど大きな岩でも飛び越しているらしい。どんどん彼女を追い上げてくる。そういう気配が厭でも後ろから伝わってくる。

ふうっ、ううっっ。

荒い息遣いが、いつの間にか真後ろで聞こえる。このままでは捕まってしまう。

「わあっっ」

李千子は叫びながら、坂の最後の数メートルを跳びつつ駆け下りた。

ばぁっと目の前が開けて、馬落前の端《はし》に着地したあと、ずるっと鴉谷の左手の斜面に落ちそうになって、必死に両手で路の端にしがみつく。

首虫が坂を下りてくる物音が、ずざざぁざぁぁっと背後で轟くや否や、彼女は急いで攀じ登ると走り出した。ともすればふらついて、左右の崖に寄りそうになるのを、なんとか堪えて駆けるのだが、この直線で首虫に追いつかれるのではないかと、もう気が気ではない。それなのに崖から落ち掛けた所為で、まだ両脚が微かに震えており、とても満足に走ることができない。

……もう、あかん。

思わず弱音を吐《は》いて、その場に座り込みそうになる。

ところが、一向に首虫の気配が迫ってこない。振り返って確かめてみたいが、無論できない。訳が分からずに焦《じ》れていると、何処かで何か聞こえている。

……………おうっっっ。

それが右手の鴉谷の下辺りだと察した途端、首虫も自分と同じように勢いが余って、そこの斜面から落ちそうになったのだと悟った。いや、実際に落ち掛けているらしい。

今のうちに……。

ふらつく足取りのまま、李千子は慎重に歩くようにした。ここで下手に駆けて崖から転落する危険を冒すよりも、確実に馬落前を渡り切るべきだと考えた。馬落前の真ん中の辺りには、例の卓袱台岩もある。どちらにしろ走り抜けることはできない。

漸く向こう端《ばた》に辿《たど》り着《つ》いて、ほっとできたのも束の間、背後から圧倒的なまでに禍々《まがまが》しい気配が、途轍もない空気の揺らぎと共に迫ってきた。ちりちりっと首筋の肌が焦《こ》げるような恐怖と、圧倒的な絶望感に押《お》し潰《つぶ》されそうになる。

首虫が崖を這い上がり、再び彼女を追い掛け出した。

……諦《あきら》めたら、あかん。

辛うじて自分に言い聞かせ、李千子は脱兎《だつと》の如く駆け出した。

山路は蛇行していたが、幸いにも平坦で走り易《やす》い。しかし同じことが、後ろの首虫にも言える。鴉谷から這い上がったあと、難なく馬落前を通った首虫は、そのままの勢いで山路に入ったかと思うと、あっという間に彼女の真後ろまで迫ってきた。

ふうぅぅ。

荒いだけでなく鼻が曲がるほどの臭《くさ》い息が、首筋に吹き掛かる。頭がくらっとして、目の前が薄暗くなる。そのまま気を失いそうになったところで、
ずりっ。

右足が滑ったかと思うと、平たくて大きなガレの上に尻餅《しりもち》をついていた。

すぐ頭上で空気の動きを感じたのは、きっと首虫が彼女を捕まえようとして、摑《つか》み損《そこ》ねたからではないのか。

ぬめぇぇっ。

と濡れているのに毛羽立った毛布のような気色の悪い感触を、いきなり首筋にぞわっと覚えて、

「厭ぁぁあっっ」

李千子が絶叫して身動《みじろ》ぎした直後、ぐらっと尻《しり》の下の平たい石が揺れて、がらがらがっがっがっ。

という轟きと共にガレ場の坂を滑《すべ》り出《だ》しはじめた。まるで小さな橇《そり》に腰掛けて、雪原を下っているかのようである。

ただし滑走の並々ならぬ衝撃が、まともに尻に響いて堪らなく痛い。それでも首虫と瞬く間に距離を開けられたことで、彼女は一気に希望を持った。

がらがらがらっ。

すぐに後ろから、凄まじい物音が追い掛けてきた。しかし彼女は、とっくに坂の下で立ち上がっている。とはいえ余りの尻の痛さに、素早く全力疾走ができない。目の前の森さえ抜けられれば、もう三頭の門である。あそこまで戻れば、祖父がいる。きっと助けてくれる。だから何が何でも死に物狂いで、門まで駆けるしかない。

ここからの記憶が不思議なことに、実は最も曖昧《あいまい》だった。樹木と藪が比較的疎らな最後の森の中で、何か別の怪異に遭ったわけでもない。ただ首虫から逃げることのみ

を考えて、一生懸命に走ろうとしただけである。

それなのに気がつくと、李千子は祖父の前で号泣していた。

「一体お前に、何があったんや。泣いてたら、なーも分からんやろ」

何度も叱られながら、とても信じられない体験をどうにか語るまでに、どれほど時間が掛かったことか。

「儂が教えた通りに頭陀袋を、なんで後ろに投げんかったんや」

祖父に言われるまで、完全に失念していたことに気づき、彼女は愕然《がくぜん》とした。ずっと首筋に掛けていたのに、不思議にも全く思い至らなかった。

それが恰も化物の仕業のような気がして、更に李千子は震え上がった。だが、それ以上に慄いたのは、

「そうか。忌名は呼ばれんかったんやな」

まるで大いに安堵するような、祖父の言葉を耳にしたときである。

あれほどの恐ろしい目に遭うよりも、一度でも忌名を呼ばれる方が遥かに忌まわしい……とでも言いたげな、そういう祖父の口調だった。

第二章　忌名《いな》の儀礼（承前）

李千子《いちこ》の七つ語りは、そうして終わった。

やがて月日が経《た》つうちに、夜雀《よすずめ》の囀《さえず》りも、共歩きの石打ちも、馬落前《もうじまえ》の咆哮《ほうこう》も、祝《はふ》りの滝から上がって追い掛けてきた首虫《くびむし》も、全《すべ》て夢の中の出来事のように思えはじめた。ちゃんと記憶には残っており、いつまでも忘れられない体験なのに、なぜか現実味だけが次第に薄れていく。本来なら喜ぶべき現象のはずなのだが、どうにも気持ちが悪い。完全に覚えているのに、とても我が事とは感じられない。まるで印象的な映画を鑑賞して、その映像が脳裏に強く焼きついてしまったような何とも言えぬ変な気分である。

あのあと悪夢に悩まされることがのうて、結果的には良かったけど……。

十四歳になった李千子は七つ語りを振り返り、そう思った。彼女が七歳から今日まで病気や怪我《けが》に無縁だったのも、恐らく生名子《いなこ》のお陰《かげ》なのだろう。

その七年間には戦中から敗戦までが、すっぽりと入る。正に最悪最低の時代だった。如何《いか》に地方の田舎《いなか》の村とはいえ、彼女の生活にも大きな暗い影を落とした。実際に尼耳《あまがみ》家では、長兄の市太郎《いちたろう》が中国大陸で、次兄の市次郎《いちじろう》がシンガポールで戦死している。彼女も遠路を徒歩で通っていた工場が空襲に遭《ま》って、命の危険を感じたことが何度かある。食生活に関しては都市部の子供より増しだったと思うが、かといって健康面に影響が出ないほど恵まれていたわけでもない。凄《すさ》まじいまでの空襲の所為《せい》で、または栄養失調が原因の病気によって、彼女の友達で亡くなった者が何人もいる。

そんな時代を過ごしたにも拘《かかわ》らず李千子は、病気にも怪我にも少しも見舞われなかった。偶々《たまたま》そういう幸運に恵まれたとも言えるが、矢張り忌名の儀礼には充分な意味があって、その効果も本物ではなかろうか――という考えに、少しずつ彼女は傾いていった。

李千子が十四歳を迎えたのは、ＧＨＱ（連合国軍総司令部）の日本に対する占領政策が、ほぼ終了し掛けていた年である。ただし七歳のときと同様、それが忌名の儀礼に少しでも影響を与えることはなかった。

祖父が執《と》り行《おこ》なった儀式の内容の一切は、ほぼ七歳の頃の記憶通りで、怖いくらい同じだった。

まず別室で白装束に着替える。前と違うのは祖父の手を借りてではなく、彼女が自分で白木綿《しろもめん》の行衣《ぎょうい》を着込み、両手に手甲《てっこう》をつけ、両脚に脚絆《きゃはん》を巻いたことだろう。それから忌名神様の部屋へ行くと、既に祖父が祭壇の前に座っていた。

　忌名の記された御札《おふだ》は、もう必要ないと思ったのだが、当たり前のように存在した。当然そこに記されている忌名も、祖父から受ける注意も、全く一緒だった。ただし前と比べた場合、ここまでに掛かった時間は、随分と短縮された気もする。七歳では繰り返し説明して貰《もら》う必要があったが、十四歳にもなると違う。何よりも一度とはいえ経験しているのが大きい。

　それなのに儀礼が全て終わり、尼耳家を出たとき、既に辺りには夕間暮れが迫っていた。なぜなら「十四語り」に、七つ語り以上の時間が掛かった所為である。七歳から十四歳になるまでよりも、十四歳から二十一歳になるまでの方が、自分に降り掛かるかもしれない災《わざわ》いが多いからだろうか……と彼女は考えた。

　ここまで生きた時代を振り返ると、戦中から敗戦までの前者の方が、遥《はる》かに災厄を受け易《やす》かったのは間違いない。しかしながら忌名の儀礼は、もっと普遍的なものなのかもしれない。もしも戦国時代にもあったと仮定すれば、流石《さすが》に忌名語りの内容も大きく変わっていたのではないか。

　どちらかと言えば詮無《せんな》いことに頭を使いながら、彼女は尼耳家の北隣に当たる河皎《かわしろ》家の前を通り過ぎた。所謂《いわゆる》「お隣さん」ではあるが、尼耳家の敷地《しきち》が広い所為で、隣家との間はかなり離れている。むしろ狭い空地を挟んで河皎家と隣り合う岸下《きしした》家の方が、同家には近かった。しかしながら河皎家にとっては、そもそも村内の全戸との距離が——物理的にではなく心理的に——余りにも大きく開いていた。

なぜなら河皎家は、村八分の対象だったからだ。

戦時中のある年、河皎家は火事を出した。火は北隣の空地に生《は》えた雑草を伝って隣家に燃え移り、更に東の家屋へと進んだ。その結果、十数戸に被害が出た。火事の原因は、寝煙草《たばこ》の不始末だったらしい。

生名鳴《いななぎ》地方で火事を出した場合、余程の同情すべき理由がない限り、昔から村八分にされる決まりがある。当時は戦時中で隣組の組織もあったため、如何に昔からある掟《おきて》とはいえ、それを発動することは難しかった。つまり河皎家は戦争に救われたわけだが、それを当主が笠《かさ》に着てしまう。この言語道断な態度が祟《たた》って、敗戦と共に同家は自動的に村八分の憂《う》き目《め》に遭った。

もっとも一年前に、またしても河皎家が寝煙草の不始末で小火《ぼや》を出したとき、村人たちは当然の如《ごと》く消火に当たった。火事や葬式など相互扶助が必要な事態が起きた場合は、たとえ村八分になっている家でも助けるのが当たり前だったからだ。

思えば火事の所為で村八分になった同家が、小火とはいえ同じ火事で村人たちに助けて貰ったのだから、こんな皮肉はないかもしれない。

その河皎家の前を通ったとき、小さな前庭に出ていた縫衣子《ぬいこ》に、なぜか凝《じ》っと見詰められた。いつもなら目礼するのだが、今は大事な儀式の最中であるため、仕方なく気づかない振りをして通り過ぎた。

縫衣子は河皎家の長女で、陰《かげ》では「行かず後家」と呼ばれている。婚期を過ぎても結婚していない女性のことだと知り、李千子はかなり嫌な気持ちになった。村八分をされているため、村の中で相手を見つけるのは難しい。かといって村外へ働きに出ていない以上、村の男たちの他《ほか》に出会いを求めるのは無理である。そう考えると結婚と縁遠い理由の半分は、村八分の所為だと分かる。にも拘らず酷《ひど》い蔭口《かげぐち》を叩《たた》くのだから、どうにも腹立たしい。

どちらかというと李千子は、縫衣子に好意的だった。しかし今は、ちょっと違った。どうして凝視してくるのか。これから祝りの滝に向かうところだと、きっと分かっているはずである。敗戦後はめっきり減ったとはいえ、まだ儀礼を執り行なう家も普通にあり、別に珍しくもないだろう。その証拠に他の村人で、彼女を眺《なが》めている者など誰もいない。

なんとも居心地の悪い思いを抱きながら、彼女は河皎家の前を足早に通り過ぎた。四辻《よつつじ》を越えて尚《なお》も進むと、やがて三頭《さんず》の門が見えてくる。その頃には晩夏の毒々しいまでの赤茶けた残照に、虫経村《むしくびりむら》は染まっていた。ちなみに今回、祖父の付き添いはなく、最初から彼女は独《ひと》りである。尼耳家を出る直前に、七歳のときと同じ注意を受けたに過ぎない。

七年前は何も思わなかったが、今こうして門を眺めると、つくづく「変な恰好《かっこう》をしてるな」と感じる。鳥居に似ているが、左右の柱の頭部を貫《つらぬ》いているのは一本の横棒のみで、他には何もない。ただし横棒には中心と左右の三ヵ所から、まるで鬼の角のような突起が、にょっきりと生えている。そこに何かを掛けられそうなのだが、そういう代物は見当たらない。周りに落ちているのではないかと見回したが、何処《どこ》にも何もない。

この形に意味があるんやろうか。

疑問を覚えながら三頭の門を潜った途端、さあっと辺りが翳《かげ》ると共に、すうっと空気が冷えたような気がした。振り返って門の外を確かめたくなったが、もちろん我慢する。このとき思い出したのは、そう言えば七歳の儀礼でも、矢鱈《やたら》と背後を確認したくなったことである。

……誘われてる。

どうにかして彼女を振り向かせて、この儀礼を台無しにしようと、何かが企《たくら》んでいるのではないだろうか。

その正体は、この辺りに巣食う魔物か、祝りの滝に棲《す》む首虫か、または李千子の災厄を一身に背負わされる生名子か……。

真剣に考えそうになって、慌てて頭を軽く振る。そうやって悩ませることが、そいつの狙《ねら》いのような気がしたからだ。

そいつ……って誰？

またしても考えそうになり、ぞっとすると共に少し可笑《おか》しくなる。己自身で自分を追い詰めていることに、漸《ようや》く気づいたからだ。だからといって気が休まるわけではない。そいつの邪悪な狡知《こうち》に触れたようで、むしろ寒気を覚えた。

いざとなったら――。

頭陀袋《ずだぶくろ》の上から小型ピストルの感触を、そっと右の掌《てのひら》で確かめる。もちろん本物ではなくて、三市郎《さんしろう》から貰った玩具《おもちゃ》である。ただし手先が器用な彼女は、その銃口から先端を削った竹籤《たけひご》を撃てるように改造していた。

七歳で執り行なった儀礼の体験が、いくら夢の中の出来事のように思えても、あのときの恐怖を忘れたわけでは決してない。むしろ客観的に振り返ることができるお陰で、当時と同じ恐ろしい目に遭う可能性を考慮して、護身用のピストルを用意する余裕があった。祖父が言うところの自分にとって大切な何かを投げ与えるよりも、もっと効果的な防衛方法はないものか。そんな風に考え抜いた結果が、この改造ピストルだった。

とはいえ所詮《しょせん》は玩具である。竹籤の先は尖《とが》らせてあるものの、かなり至近距離から撃たない限り、相手に突き刺さるかどうかも心許《こころもと》ない。また仮に刺さっても、だからといって怯《ひる》むとはとても思えない。

そんな代物が、得体の知れぬ魔物に通用するのか。

しかし彼女には、ある策があった。人間には無効だとしても、相手が魔性の存在だからこそ効果を発揮しそうな仕掛けである。それは竹籤の先端に、たっぷりと御神酒《おみき》を染《し》み込《こ》ませておくことだった。これなら少し刺さるだけでも、魔の物を退けられるのではないか。

匂《にお》いで祖父に気づかれるかと心配したが、どうやら杞憂《きゆう》だったらしい。

七歳の私は逃げるだけやったけど、今度は違う。

李千子は心の中で声を上げると、三日前に生名鳴地方を襲った台風の所為で完全に泥濘《ぬかる》んだ山路を、ゆっくりと歩き出した。

……ぐちゅ、ずぼぉっ。

長靴を履いてきて正解だったと安堵《あんど》するほど、とにかく路《みち》の状態が酷い。

……ぐにゅう、ずぼぼぉっ。

前へ足を踏み出す度に、まるで化物蛙《ばけものがえる》でも鳴いているような、そんな気色の悪い足音が立ってしまう。

鳴く言うたら……。

七歳のときの儀式では、この路で夜雀の囀りが聞こえた。と思い出した彼女は、不快な足音に邪魔されながらも、そっと耳を澄ませてみた。

だが、いくら聞き耳を立てても、夜雀の鳴き声はしない。

あれは幻聴やったんかなぁ。

そんな風に過去を振り返っていたとき、ふっと視界の右手を何かが過ぎった。反射的に確かめそうになって、慌てて首の動きを止める。

……振り返るとこやった。

大きく溜息《ためいき》を吐《つ》いたが、たった今ふっと視界に入ったものが、物凄《ものすご》く気になり出した。それが白っぽい人影のように映ったからだ。

七歳のときも……。

同じように白い何かを、あの辺りで目にした覚えがある。夜雀は出なかったのに、あれは再び現れたのだろうか。

またしても過去を振り返っていると、最初の樹木と藪《やぶ》が疎《まば》らな森は無事に抜けて、ガレ場の坂へと出ていた。ここは不可解な石打ちの物音が響いて、背後に生名子らしき悍《おぞ》ましい気配を感じ取った場所である。

がらがらっ……。

足元のガレを踏み締めながら、李千子は慎重に坂を上り出した。そうしながらも両耳は、ずっと後ろに向けて澄ませている。今にも坂の下から、かちかちっ……と石と石を合わせる音が聞こえてくるのではないかと、もう気が気でない。

しかし坂の半《なか》ばまで進んでも、全く何も響かない。ガレの崩れる音だけが、辺りに谺《こだま》するばかりである。結局そのまま何事も起こらずに、坂の上に着いてしまう。

そこからは蛇行《だこう》しながらも平坦《へいたん》な山路が続いて、やがて馬落前が見えてきた。ここでは過去に鴉谷《からすだに》の下から、かなり無気味な唸《うな》り声が這《は》い上《あ》がってきたのが、今は静かなものである。

いや……。

今頃になって後方のガレ場の方から、石の崩れるような物音が響いている。一体あれは何なのか。ただ自然に石が転がり落ちただけか。それとも何か得体の知れぬものが、彼女を追ってこようとしているのか。

不安を覚えながらも、馬落前を三分の一ほど進んだところで、東の森の樹木越しに、銀鏡《しろみ》の分家蔵が目に入った。その二階の窓には七年前と同じように、こちらを眺めている祇作《ぎさく》と思われる人影があった。ただし七歳の頃とは違って、なぜ彼がそんな行為をしているのか、彼女は理解できる気がした。

銀鏡家の者として彼も、忌名の儀礼を経験している。しかしながら問題だったのは、二十一歳の儀式で忌名を呼ばれて、つい振り返ってしまったらしい……という噂《うわさ》である。

頭の中で首虫がずっと鳴き続けよる。

そう祇作は口走るようになり、少しずつ狂気に侵されていった。そのうち彼は夕間暮れになると、「右目から角が出た異様な面」を被《かぶ》って、両手に玄能や鑿《のみ》や鋸《のこぎり》や鉋《かんな》や錐《きり》などの大工《だいく》道具を持ちながら、村の中を徘徊《はいかい》し出した。幼《おさな》い頃に聞かされた「角《つの》目《め》」の正体は、祇作だったのである。右目を角で隠しているのは、忌名に反応した代償として、きっと片目が潰《つぶ》れてしまったからに違いない。背後から忌名を呼ばれて、つい右肩越しに振り向いてしもうたんや……と村人たちは噂した。

これだけでも危険人物と目されるところだが、相手は銀鏡家の者であり、かつ頭の螺子《ねじ》が緩《ゆる》んでいると見做《みな》されていたので、誰もが見て見ぬ振りをした。

ところが、やがて彼は片手に錐だけを持つようになる。しかも通り掛かった相手の右目を、見境なく突こうとしはじめた。これには村人たちも困り果てた。幸い目をやられた者はいないが、ちょっとした怪我人《けがにん》は出はじめていた。一年も経たないうちに銀鏡家では、完全に持て余すようになってしまう。

そこで綱巳山《つなみやま》の中腹に蔵を建てて、独りで住まわせることにした。辺鄙《へんぴ》な場所を選んだのも住処《すみか》を蔵にしたのも、本人の希望である。暴《あば》れずに穏《おだ》やかにしているときの彼は、蔵の中で大工遊びをしていた子供の頃の思い出に、どっぷりと浸《つ》かっているらしい。その証拠に蔵へと近づいた者は、とんとん、ぎこぎこ――という物音を耳にするという。

　住居を蔵にした理由は、一応あった。ただ場所の選択については、全く不明だった。もっとも気にする者など、当の銀鏡家をはじめ誰もいなかった。

　祇作さんが綱巳山を選んだんは、忌名の儀礼を見るためやないかな。

　馬落前から鴉谷越しに蔵を望みつつ、ふと李千子は考えた。三頭の門から祝りの滝までの何処であれ、村から目にできる場所は一つもない。それが望める唯一の地点は、綱巳山くらいしかない。だからこそ彼は山の中腹に蔵を建てて貰って、そこで暮らしているのではないか。

　けど、何のために？

　それが分かりそうで、やっぱり分からない……という気持ちの悪い感覚に、突如として彼女は囚《とら》われた。

　自分も同じ儀礼を執り行なっているからこそ、彼の言動が理解できる気もするのだが、それを悟った途端、己の頭も可怪しくなりそうな予感もある。忌名を呼ばれても反応さえしなければ大丈夫だと思いつつも、彼のようになるかもしれない懼《おそ》れに、どうしても苛《さいな》まれる。

　はっと気づくと随分と長い間、祇作と見詰め合っていた。それなりの距離があるため互いの表情までは分からないが、かなり不審に思われているかもしれない。こちらを凝視しているのは向こうなのだから、別に彼女が気遣《きづか》う必要はない。とはいえ相手の精神状態を考えると、下手に刺激はしない方が良い。

なるべく自然に視線を逸《そ》らすと、李千子は馬落前の残り三分の二を歩き出した。その途中には彼女が「卓袱台岩《ちゃぶだいいわ》」と名づけた、あの円形の平らな大岩もある。

その間に彼女は、両側の崖下《がけした》から無気味な唸り声が聞こえてこないか、ずっと耳を澄ませ続けた。しかし何ら物音がしないどころか、長い長い段差のある跳び箱の連なりのような馬落前を吹き抜ける風の音さえ、少しも響かない。

そう言うたら……。

三頭の門を入って以降、彼女の耳に届いた物音は、自らの足音だけではなかったか。鳥の鳴き声も、森を移動する小動物の気配も、枝葉を揺らす風も、とにかく別の音というものを全く聞いていない気がする。例外は先程《さきほど》の、石が崩れたような物音だけである。

前のときは、あんなに喧《やかま》しかったのに……。

今は本当に怖いくらい、しーん……としている。同じ場所なのに、なぜこれほど違うのか。一体そこには、どんな差があるというのか。

私が成長したから……。

不意に理由を思いつく。ただし意味まで考え掛けて、途端にぞっとする。

七歳では知恵も回らないうえ、体力も大してない。だから魔物たちは直接、彼女に手を出そうとした。しかし今は共に伸びている。前のようなわけにはいかない。よって奴《やつ》らも息を潜めながら、絶好の機会が訪れるのを辛抱強く待っているのではないだろうか。

幼い頃は、角目の化物が恐ろしくて堪《たま》らなかった。しかし今では、あれは銀鏡祇作が変な面を被って村人を脅していただけだと知っている。そのうえ彼は角目の面をいくつも作り、田圃《たんぼ》の畦道《あぜみち》や道端《みちばた》の祠《ほこら》の前などに、なぜか放置した。それらは拾った村人たちが燃やしたと聞くが、中には始末をせずに隠し持っていて、若い女性を怖がらせるのに使った不届き者もいたらしい。いずれにせよ化物ではなく、中身は人間だったわけだ。だから魔物たちも、今更そんな虚仮威《こけおど》しは彼女に効かないと、きっと分かっているのだ。

何を阿呆《あほう》なことを……。

自分は想像しているのか、と李千子も流石に思った。でも一方で、それが真実かもしれないという気は、小さいながらも依然としてある。

馬落前を渡り切って、目の前に現れたUの字に抉《えぐ》れた山路を上りつつ、今ここで考えても詮無いことだと彼女は結論づけた。魔物に悩まされずに済むのなら、それを素直に喜ぶべきだろう。

坂を上り切って山路に戻り、そこで藪漕《こ》ぎをはじめたところで、滝が流れている微かな水の音が聞こえてきた。

あと少しで、祝りの滝に着く。

李千子の足取りが速まって間もなく、深い森から出たところで、ぱっと目の前が開けた。手前には背の低い雑草が一面に生い茂った草地が、その先には岩棚が続いており、更なる前方に祝りの滝の滝口《たきぐち》が見えている。

どうどうと豊かな水を湛《たた》えて落下する滝の激しい流れを、彼女は魅入られたように眺めながら岩棚へと近づいていった。その途中、草地から岩肌へと地面が変わる辺りの左手に、滝壺《たきつぼ》へと続く石段の下り口がちらっと見える。

手摺《てす》りも柵《さく》もない岩棚の端《はし》に注意して立ち、そっと滝壺を見下ろす。七年前の記憶では、落下する水の流れと滝壺の縁が交差する左側に、かなり奇妙に映る平らな空間があって、その背後の岩には何かが彫られていたはずである。

……やっぱり、あった。

当時は分からなかったが、今こうして目を凝《こ》らすと、微笑《ほほえ》んでいる女の人の顔のようにも見える。もしかすると儀式の場に相応《ふさわ》しいような、そんな神仏の尊顔なのかもしれない。菩薩《ぼさつ》か如来かが、あそこに彫られているのではないか。仮にそうだとすれば前の平らな場所は、きっと供物を捧《ささ》げる台なのだろう。

だとしたら祖父も人が悪い。恐ろしい首虫が出るなどと忠告せずに、祝りの滝まで行けば優しく微笑む仏様が出迎えて下さるから安心しろ――とでも言えば良いではないか。

けど……。

七歳のときは確か、はっきりとは見えないまでも、あそこに彫られた何かを凝視して、とても気味の悪いもの……と感じた覚えが間違いなくある。

三市郎兄さんから、双眼鏡を借りてくるんやった。

江戸川乱歩の愛読者である兄は、その小説に親しむだけでは飽き足りずに、作家の趣味嗜好《しこう》まで追っている。故《ゆえ》に乱歩のレンズ嗜好を真似《まね》て、望遠鏡、双眼鏡、顕微鏡、凹凸レンズ、万華鏡といったものから、鏡やレンズを使った関連の玩具まで揃《そろ》えていた。そこから発展して絡繰《からく》り時計や絡繰り人形、寄木細工の秘密箱など、とにかく仕掛けのある物を好んで蒐集《しゅうしゅう》するようになる。

ただし不器用なため、よく壊してしまう。それの修理や改良を任されるのが、李千子だった。できれば将来、この手先の器用さを活《い》かした仕事に就いて、この家を出たい。という願いを、いつしか彼女は持つようになる。ちなみに護身用に改造する前のピストルを兄がくれたのも、一種の報酬のようなものだった。

けど使うことは、結局なかったなぁ。

それを残念とは少しも思わないが、七歳のときと比べて余りにも何も起こらない状況に、皮肉にも彼女は物足りなさを覚えていたのかもしれない。

いいや、まだ儀式は終わってへん。

李千子は七年前と同じように、硬貨の重しを入れた御札を滝壺に投げ入れた。すぐさま御札は見えなくなり、ごうごうと唸りながら決して絶えぬ滝の流れだけが耳につく、そんな時がいつまでも流れた。

ざばぁっと滝壺から顔を出す化物も、ひたひたっと石段を上がってくる魔物も、かつて祖父が忠告した首虫も、全く姿を見せる気配がない。

七歳のときの恐ろしい体験は、ほんまの出来事やったんやろか……。

……それとも全ては幻聴に過ぎず、白昼夢のようなもんやったんか。

最後に例の彫られた顔のようなものを一瞥《いちべつ》してから、彼女は祝りの滝に背を向けた。これで忌名の儀礼は済んだことになる。七歳とは異なり十四歳では何事もなかったのだから、次の二十一歳のときも、きっと無事に終わるだろう。

そう考えながら歩き出して、岩棚から草地に入り掛けたときである。

……いなこ。

後ろから呼ばれた。

びくっと立ち止まったまま身動《みじろ》ぎ一つしなかったが、全身には鳥肌が立っている。その瞬間、咄嗟《とっさ》に彼女が思ったのは、とうとう怪異に遭遇した――でも、背後にいるのは首虫なのか――でも、決して振り向いてはいけない――でも、いずれでもなかった。

玩具のピストルなんて、何の役にも立たん……。

という凄まじいばかりの絶望だった。その圧倒的な思いだけに、彼女は支配されていた。七歳のときに遭った怪異を全て足したよりも、たった今の呼び掛けで齎《もたら》された恐怖の方が、それはもう遥かに禍々《まがまが》しかった。

……いなこぉ。

滝の音に邪魔されて微《かす》かにしか聞こえないが、確かに後ろで何かが、李千子の忌名を口にしている。しかも最初より、その声は近づいていた。

……いなこぉおっ。

そのうえ声が次第に、なぜか震えはじめた。離れている状態で振動している呼び声が、少しずつ近づくに従って明確に聞こえるのが、こういう場合は普通ではないだろうか。どうして逆の現象が、ここで起きているのか。

……いぃなぁこぉぉ。

今やはっきりと耳に届くのに、まるで遠くから呼び掛けているかの如《ごと》く、その声は異様なほど震えを帯びている。

に、逃げないと……。

頭では分かっているのに、どうにも身体《からだ》が動かない。

……いぃいなぁあこぉおおっ。

もうすぐ側まで、それは来ている。あと二回くらい呼ばれたら、ほとんど彼女の背後に立たれる羽目になるのではないか。

その前に、は、早う逃げんと……。

李千子が物凄く焦り出したときである。

……いなこ。

すぐ耳元で囁《ささや》き声《ごえ》が聞こえた。それの息が耳朶《じだ》に掛かる。なんとも生臭い空気が漂ったかと思うと、するっと何かが首筋から侵入しそうになって、ぞわぞわっと項《うなじ》が粟《あわ》立《だ》った。

するするっ、にゅるにゅる、ずるずるっ……と、それが彼女の奥深くにまで這入《はい》り込もうとしている。自分の身体が必死に抵抗しているものの、かなり不利だとなぜか分かる。このままでは間違いなく負けてしまう。何が何でも阻止しなければ大変なことになる。

彼女は苦労して頭陀袋からピストルを取り出すと、ともすれば震える右手を左手で押さえて、なんとか左肩越しに背後を撃った。

びしっ。

確かに手応《てごた》えがあった、ような気がした。だが同時に背後の空気が、ぐわっと一気により険悪になった気配を覚えて……。

「あああぁぁっ」

李千子は絶叫したあと、その場から一目散に逃げ出した。

草地から深い藪に半ば覆《おお》われた山路へ突っ込み、それを両脚で蹴散《けち》らすようにしながら走る。突如として前方がすとんっと落ち込んだ、Uの字の坂へと出るが、そのままの勢いで駆け下りていく。路の真ん中に現れる岩は、左右の土壁のどちらかに回避して、とにかく止まらないようにする。お陰で馬落前の端まで辿《たど》り着《つ》いたときには、あれ《い》とは相当の距離を開けられたと実感できていた。

だが油断することなく、目の前に延びる馬落前の左右の鴉谷にも注意しながら、そこを一気に駆け抜けようとしたとき、

ぎゃあぁぁ、くわぁぁぁ、ばさばささっ。

物凄い鳴き声と何十羽《じゅうわ》という鳥たちが、綱巳山の森から一斉に飛び立つ眺めが、いきなり李千子の視界に飛び込んできた。

どーん、どーん。

そのあと重く籠《こも》った轟《とどろ》きが、同じく綱巳山の方から聞こえたと思ったら、ぴかぴか、ちかぁっ。

山頂の辺りに青白くて無気味な光が煌《きら》めいたのち、
どどどどどぉおおおおっ。

目を疑うばかりの凄まじい山津波が突然、発生した。三日前の台風によって齎された集中豪雨の多大なる影響が、今になって出たのである。

あっ、祇作さん！

呆然《ぼうぜん》と立ち尽くす彼女の瞳《ひとみ》に映ったのは、まだ分家蔵の二階の窓辺に佇《たたず》んでいたらしい銀鏡祇作の後ろ姿だった。

李千子は大声で叫んだ。彼に危険を知らせようとした。

はっと祇作が振り返った直後、どどどっと山津波が分家蔵に襲い掛かった。その土石流の勢いは物凄いもので、あっという間に分家蔵ばかりか森まで呑《の》み込《こ》むと、どっどっどっどぉおおっと馬落前の鴉谷まで驀《まっしぐら》地に迫ってきた。

その圧倒的な迫力に、すうっと全身が冷えていく。血の気が失《う》せるどころではなく、身体中の血が流れ出してしまったような、そんな感覚に襲われる。

……これって、あかん。

彼女は当たり前の如く死を覚悟した。この大自然の猛威を前にして、最《も》早《はや》どうする術《すべ》もないと反射的に悟った。

　それでも一瞬、馬落前の反対側の鴉谷に隠れようか――という考えが脳裏を過ぎった。この特殊な地形が防波堤となって、ひょっとすると土石流を食い止めてくれるかもしれない。

　しかし、そのためには崖《がけ》から飛び降りる必要がある。仮に大量の土砂に埋まる危険は回避できても、転落死する可能性は普通にあるだろう。

　けど……。

　このまま迫りくる土石流を座して待つよりは、少しでも助かる道に賭《か》けるべきではないか。あれに呑まれてしまったら、完全に終わりである。

　ほんの数秒の間に、李千子の頭は目まぐるしく働いた。だからこそ他に対する反応が、とても散漫になったのかもしれない。

　……い、な、こ。

　不意に後ろから呼ばれて、

「えっ」

　思わず彼女は右肩越しに、振り返ろうとして……。

　そこへ土石流が、どどどっと馬落前に迫ってきて……。

　視界の片隅《かたすみ》にそれの姿が、ちらっと入りそうになり……。

右目に強烈な痛みを覚え掛け、慌てて首を戻そうとして……。

ぐらっと足元が大きく揺れ、ぶわっと全身の産毛《うぶげ》が粟立って……。

ふうっと意識が遠退《とおの》いた。

その直前、脳裏に浮かんだのは、土石流に埋もれて窒息するのか、忌名に返答した障《さわ》りで命を落とすのか、どちらで自分は死ぬのだろう……という疑問だった。

第三章　通夜と葬儀

李千子《いちこ》の意識が戻ったとき、彼女は蒲団《ふとん》に寝かされていた。

……助かったんや。

心の底から安堵《あんど》できたのも束《つか》の間《ま》、すぐさま異常な感覚に囚《とら》われた。

……なんか可怪しい。

そもそも両目が開かない。どうやっても無理である。いや、それどころか身体《からだ》が少しも動かない。右手を蒲団から出そうとするが、ぴくりとも反応しない。

えっ、やっぱり死んだ……。

だとしたら、なぜ意識があるのか。自分が蒲団の中で寝ており、どれほど足掻《あが》いても身体を全く動かせないことを、どうして認識できているのか。

そこへ祖父の件淙《けんぞう》と祖母の瑞子《たまこ》、それに母親の狛子《こまこ》が現れた。三人の後ろには、尼耳《あまがみ》家の主治医である馬喰村《ばくろうむら》の若い権藤《ごんどう》医師と、虫経村《むしくびりむら》の医者である年配の坂堂《ばんどう》の姿が見える。

「私の診立てでは、心不全なのですが――」

権藤の説明を受けながら、坂堂が李千子を診はじめた。普段から慣れていない坂堂に裸体を触診され、かなり恥ずかしい思いをするはずなのに、そういった感情がほとんど湧《わ》かない。

あれ……。

それよりも奇妙な事実に、彼女は気づいた。顔に白い布を被《かぶ》せられ、両目を閉じているのに、なぜか周りの様子が分かる。権藤は声で見当がつくだろうが、あとの三人は一言も喋《しゃべ》っていない。にも拘《かかわ》らず座敷《ざしき》に入ってきたときから、彼女には五人が分かっていた。

ま、まさか……。

三兄の三市郎《さんしろう》から聞いた奇っ怪な話を思い出す。それは魂が肉体から離れる「体外離脱」という現象で、自分の身体を第三者の視点で目にすることが可能だという。かといって死んでいるわけではない。生きているときと同じ意識のまま、魂だけで自由に飛び回れるらしい。

もっとも個人差があり、かつ余り肉体から離れられないとも言われる。そのまま自分の身体に戻れない事態が起これば、死ぬ懼《おそ》れもある。

今の私は……。

この体外離脱の状態にあるのではないか、と李千子は考えた。

けど……。

体外離脱に見舞われた者の身体は、別に生命活動を止めているわけではない。仮に医者が問題の人物を診たとしたら、間違いなく呼吸を認めるはずである。

ところが……。

心不全で李千子が死亡したと、権藤は言っている。しかも彼女をたった今、丁寧に診終わった坂堂も、同じような診立てを口にしはじめた。

「例の儀礼の最中に、あの山津波に呑《の》み込《こ》まれそうになったと、儂《わし》は聞いとる。儀式に覚えとった緊張に加えて、迫りくる土石流を目の当たりにした恐怖から、こりゃ心臓がやられてもうたに違いない」

つまり李千子は、完全に死んでいるらしい。

……体外離脱やない？

彼女が大いなる恐慌に陥《おちい》っている横で、坂堂が祖父母と母に悔《く》やみの言葉を述べたあと、

「これから儂は、銀鏡《しろみ》家に報告してくるんで、死亡診断書は権藤先生に書いて貰《もら》うんが、やっぱり宜《よろ》しいやろう」

「はい、大丈夫です」

権藤は即座に返事をしてから、懸念するような口調で、

「銀鏡家の方も今は、色々と大変ではありませんか」

「うん、まぁそうやけど……」

と応じる坂堂の物言いは、なんとも歯切れが悪い。

「分家さんの一つが、土石流に呑《の》まれたと聞きましたけど――」

「それがな、例の祇作《ぎさく》の蔵でな」

「あぁ、あの方ですか」

銀鏡祇作の忌《い》まわしい噂《うわさ》は、それこそ生名鳴《いななぎ》地方全体に広まっていたため、権藤も自然な反応を示したのだろうが、

「せやから銀鏡家としても、そない騒いでるわけやないやろ」

坂堂の言葉を聞いて、そのまま黙ってしまった。

山津波が他《ほか》にも発生したのかどうか、今の二人の会話からでは分からないが、少なくとも家屋に甚大な被害が出たのは、どうやら祇作の分家蔵だけらしい。だからこそ銀鏡家は問題にしていないと、坂堂は言いたいのだろう。

一族の厄介者である祇作さんしか、あの蔵には住んでなかったから……。

思わず憤りを覚えるほど酷《ひど》い話だと李千子は思ったが、今は他人の心配をしている余裕など少しもない。

「ほんなら儂は、急ぐんで」

坂堂を見送るために、権藤と祖母と母親の三人は座敷を出ていった。そんな四人の動きが、不思議にも彼女には手に取るように分かってしまう。

独《ひと》り残った祖父が枕元《まくらもと》に座って、凝《じ》っと李千子を見詰めている。彼女は両目を開けられないのに、その光景がちゃんと分かる。まざまざと見えている。この瞬間の自分の魂は——意識はと言うべきか——身体の中にいるのか、体外に出ているのか、一体どちらなのか。

またしても彼女が混乱していると、

「……呼ばれよったか」

祖父が溜息《ためいき》を吐《つ》くように、ぼそっと呟《つぶや》いた。

お陰《かげ》で李千子は馬落前《もうじまえ》で意識を失う直前に、後ろから自分の忌名《いな》が聞こえたことを、一気に思い出していた。

その途端、右目が酷く疼《うず》いた。

あのとき忌名を呼ばれて、つい右肩越しに振り返り掛けた所為《せい》で、こんな訳の分からない状態になったのだろうか。ちらっと視界の隅《すみ》に映ったのは、途轍《とてつ》もなく忌まわしい何か……だったような気がする。本来なら銀鏡祇作の如《ごと》く片目が潰《つぶ》れていたのが、彼女の場合は別の異変が起きたのか。

なんで？

という彼女の疑問に恰《あたか》も答えるように、祖父が続けて、

「こないなったんも、我が尼耳家の血ぃの所為か」

他の家の者なら片目で済むが、尼耳家の者は命に関《かか》わってしまうというのか。

けど私は、まだ死んでない。

改めて李千子が恐怖を覚えはじめていると、そこに祖母と母親が戻ってきて、彼女の「遺体」は裏庭に面した別の座敷に移された。要は安置されたのである。その証拠に彼女の目の前で、通夜の準備が着々と進められていくではないか。

……仮死状態。

この異様な状況を説明するためには、あの悪夢のような症例が我が身にも起きた、と考えるしかなさそうである。そう李千子は改めて認めた。

三市郎に聞かされた気味の悪い話の一つに、かつて海外で実在した「生埋め防止協会」がある。医学が未発達だった昔、実は死んでいないのに息がなくて身体も硬直している状態から、医師が死亡を宣告して、生きたまま埋葬してしまう例が多く存在した。そこで棺《ひつぎ》の中に鉦《かね》を用意しておき、もしも蘇生《そせい》した場合は、それを鳴らして知らせる。そういう予防策を提唱したのが、「生埋め防止協会」なのだという。

この知識を三市郎が得たのは、江戸川乱歩の長篇《ちょうへん》『パノラマ島奇談』によってだっ

た。そこから兄がエドガー・アラン・ポーの短篇《たんぺん》「早過ぎる埋葬」に辿《たど》り着《つ》くまで、いくらも時間は掛からなかった。

両作で取り上げられたのが、カタレプシーと呼ばれる症例である。これは脈拍や呼吸が緩慢となり、外部からの刺激にも無反応で、全身の皮膚が蒼白《そうはく》になったうえに、四肢も硬直する症状のことで、医学が未発達な時代の医師であれば、ほぼ「死亡」の誤診をしてしまう。この症例の何が恐ろしいかと言えば、本人に意識があるにも拘らず――という点だろう。

「もう息を引き取られています」

「お亡くなりになりました」

「残念ながらご臨終です」

そんな己に対する死の宣告を、本人が意識のある状態で聞く羽目になる。しかも「私は生きている」という主張を口にできないまま、自分の葬儀を体験しなければならない。そして最後は生きながらにして埋葬されてしまう。それでも予防策の鉦が棺内に取りつけられていれば、まだ助かるかもしれない。もっとも腕や指を動かせないと駄目である。それに火葬の場合は、ほぼ絶望的かもしれない。

生名鳴地方でも火葬は増えていたが、まだ土葬の残っている村もある。その風習に反して火葬にする唯一の例外は、仏が伝染病で死んだときである。虫経村は銀鏡家が火葬に舵取《かじと》りをしない限り、暫《しばら》くは土葬の風習が続くだろう。

だからといって埋められてしまえば、もうお終《しま》い。どうにもならない。

李千子は必死に声を出そうとした。それが無理なら目を開けようとした。それも無理なら指の一本だけでも動かそうとした。

でも全く何もできない。

「そうや、枕飯《まくらめし》の用意をせんと——」

迂闊《うかつ》にも失念していたとばかりに、祖母は小さく叫ぶと、慌てて座敷を出ていった。そのあとを母親が、おっとりとした様子でついて行く。

あっ、待って……。

李千子が慌てて追おうとしたところ、枕元に座っている祖父を残して、なんと彼女の意識だけが身体から抜け出して、祖母と母親と共に台所へ向かうではないか。

やっぱり、これは体外離脱なんやろうか。

ふわふわとした浮遊感を覚えながら、自分の身体と完全に離れる不安も覚える。かといって戻る気はない。これほど異様な状態に陥っていても、祖父と二人切りでいるよりは、祖母たちと一緒にいたいと思ったからか。

祖母は米を研がずに、また竈《かまど》とは別の場所で火を熾《おこ》して、蓋《ふた》をしない鍋《なべ》によって飯を炊《た》くことで、まず「枕飯」を用意した。通夜の仏に供える飯のため、通常の炊き方とは違う手順を踏んでいる。それは「枕団子」の作り方にも言えたが、完成した団子に何本もの針を刺すのだから、どう見ても生きた人間の食べ物ではない。矢張り死者のためのものである。

遺体が安置された座敷に戻って、枕飯と枕団子と「一本花」を供えると、祖母は休むことなく他の準備に取り掛かった。ここまでに母親は、彼女なりに祖母を手伝いはしたが、余り役立っている風には見えない。仮に母親がいなくても、恐らく祖母は困りもしないだろう。

全《すべ》ての用意が整うと、李千子の遺体が安置された座敷に、祖父と祖母、母親と三市郎が集まった。それまで兄の姿が見えないため、なんと薄情な……と彼女は少し怒っていたが、きっと三市郎は祖父を避けていたのだろう。

「李千子が死んだ今、この子に優秀な婿《むこ》を迎えていう夢は、ほんまに夢で終わってしもうた。こうなったからには三市郎、お前がしっかりせんとならん」

祖父のことだから孫の顔を見た途端、そんな小言《こごと》を浴びせたに違いない。

本来なら祖父が隠居をして、父親の太市《たいち》が尼耳家の家長となるところなのに、彼は何年もの間その責務から逃げ続けている。もっとも祖父も、そんな息子には疾《と》っくに愛想《あいそ》を尽かしているらしく、代わりに孫の市太郎《いちたろう》を寵愛《ちょうあい》したのだが、残念ながら戦死してしまう。長兄が駄目ならと期待した市次郎《いちじろう》も、矢張り還《かえ》ってこなかった。そうなると残るのは三市郎しかいないのだが、兄たちに比べると「あいつは本の虫や」と祖父の覚えが悪く、かつ本人も尼耳家を継ぐ気など更々ない。よって迸《とばっち》りが李千子に及ぶわけだが、まだ婿を取る歳《とし》ではなかった。

ところが、その彼女が死んでしまった——と祖父が信じ込んでいる今、再び三市郎が候補に挙がるのは必然だった。

ちなみに父親は、いつものように下斗米《しもとまい》の町まで遊びに出たまま、まだ戻っていないらしい。しかしながら祖父は不肖の息子の帰りなど待たずに、さっさと通夜の段取りを話し出した。

「ほんまやったら今夜が仮通夜で、明日が通夜になる」

祖父の物言いに対して、祖母が不安そうに、

「遠方から来る親戚《しんせき》は、今夜中に揃《そろ》うんは無理でしょうから、それで宜しいやありませんか」

「いんや。今夜で通夜を済ませて、明日は本葬や」

夕刻に仏が出た場合、その日の通夜には遠くの親族がとても間に合わないため、大《たい》抵《てい》は仮通夜が執《と》り行《おこ》なわれる。翌日が通夜で、翌々日が葬儀になる。それを祖父は短縮するという。

もっとも叔父や叔母たちも、従兄弟《いとこ》や従姉妹《いとこ》たちも、全員が本家から遠く離れて暮

らしていることもあり、ほとんど普段から行き来がない。盆や正月でさえ各々の家から叔父や叔母が独りで帰省するだけで、しかもすぐに帰ってしまう。よって親戚が揃《ふ》わなくても、別に何ら不都合はなかった。それなのに祖母が拘《こだわ》ったのは、李千子を不憫《びん》に思ったからだろう。

自分の弔《とむら》いに関する話を耳にしながら、まだ死んでいない事実を、なんとか李千子は伝えようとした。今は周りに四人もいる。こんな機会は、もうないかもしれない。ただ手足は蒲団の中のため、仮に動かせても気づかれない懼れがある。かといって顔には白い布を被せられているので、もし目を開けられたとしても同じである。そうなると、あとは声を出すしかない。

まず喉《のど》に意識を集中する。声ではなく咳《せき》でも充分だろう。とにかく喉を鳴らそうとするのだが、ぴくりとも反応しない。口も同様である。

そんな……。

物凄《ものすご》い無力感に襲われる。こうして生きているのに、それを伝える術が何もない。まだ命があるのに、このままでは生き埋めにされてしまう。

つうっと両目から涙が流れた。

……あっ。

これで気づいて貰えると喜んだのも一瞬だった。顔には白い布が掛かっている。

どうしたら……。

そのとき彼女の脳裏に、葬儀の重要な段取りが浮かんだ。

そうや、湯灌《ゆかん》がある。

仏を棺桶《かんおけ》に入れる前に、温めの湯で遺体を清めなければならない。これを行なうのは、きっと祖母だろう。全裸の状態で全身を拭《ふ》かれるのは、たとえ相手が祖母であっても羞恥《しゅうち》を覚えるが、間違いなく葬儀の中で最大の機会である。何と言っても直《じか》に遺体に触れるわけだから、何処《どこ》か一部を僅《わず》かに動かすだけでも、まだ死んでいないと分かって貰えるに違いない。

もし駄目やったとしても……。

そこから晒《さら》し布の着物に着替えさせ、額に白い三角頭巾《ずきん》をつけ、棺桶に入れる作業が待っている。これらは祖母だけでは無理なので、誰かが手伝うに決まっている。

また仏を納棺したあとは、握り飯、六文銭、扇子、髪道具などを入れた頭陀袋《ずだぶくろ》に、数珠や経本や孫杖《まごつえ》などを加えて、皆で棺に入れる儀式もある。

つまり湯灌が終わっても、生存を伝える機会は続くことになる。しかも人数が増えるため、気づいて貰える可能性も高くなっていく。

そうは言うても……。

最も期待できる行事は、矢張り祖母の湯灌だろう。両親よりも彼女を可愛《かわい》がってくれた祖母ならば、きっと察してくれる。

漸《よう》く李千子に、僅かな希望が芽生《めば》えたときだった。

「この子は、火葬にする」

えっ……という言葉に続いて、とんでもない台詞《せりふ》を祖父が口にした。

「せやから、湯灌も何もせん」

「いくら何でも、そないなこと……」

一瞬の間が空いたあと、祖母が珍しく口答えをした。

「可哀想《かわいそう》やありませんか」

「お前はなーも、分かっとらん」

「忌名の儀礼の最中に、李千子が亡くなったことですか」

「それが普通の死に方でないんは、今更ここで言うまでもないやろ」

祖母は少し黙ってから、

「せやかて権藤先生も、坂堂先生も、山津波に襲われた所為やって、そういう診立てやったやありませんか」

すると祖父が、如何《いか》にも莫迦《ばか》にした口調で、

「権藤先生は若いよって、忌名の儀礼もよう知らんやろ。それに所詮《しょせん》は、隣村の医者に過ぎん」

「そしたら坂堂先生は――」

「ありゃ昔から、藪《やぶ》やないか。虫経村の者でも、ちょっと偉い病気に罹《かか》ってもうたら、態々《わざわざ》こそっと下斗米まで出て、町医者に診て貰いよる。さっきの診立ても、権藤先生があない言うたからこそ、坂堂先生も真似《まね》しただけや」

そこまで酷いかどうかは別にしても、祖父の二人の医師に対する指摘が間違っていないと、当の李千子もよく分かっている。

せやから言うて……。

湯灌も何もかも執り止めとなった場合、生きている事実を訴える機会が、ほとんど失われてしまう。あと残るのは納棺くらいか。

だが李千子の予想は、まだ甘かった。次の祖父の宣言で、彼女はどん底に突き落とされる羽目になる。

「それからな、この子は鍋被り葬にする」

祖母だけでなく母親も兄も、ひぃっと息を呑んだのが分かった。李千子は頭の中が真っ白になって、もう何も考えられない。

伝染病など特殊な病《やまい》で亡くなった者、または盆の最中に逝った者、あるいはその地方特有の禁忌に触れて死んだ者は、遺体の頭部に鍋や擂鉢《すりばち》を被せた状態で葬る「鍋被り葬」と呼ばれる埋葬方法が取られる。そういう風習が――流石《さすが》に都市部ではもう見られないようだが――地方では未《いま》だ廃《すた》れずに残っていた。

鍋被り葬の最大の目的は、遺体の忌避にある。同じことは葬儀そのものにも言えるわけだが、到底それの比ではない。況《ま》して執り行なうのは祖父なのだから、徹底的に遺体との接触は避けようとするだろう。

「それは余りにも、この子が可哀想過ぎます」

祖母が絞り出すような声で、強く異を唱えた。

「もう仏になっとる。可哀想も糸瓜《へちま》もない。しかも普通の死に方やないんやぞ」

「そら、そうですけど……」

すっかり気落ちした祖母を、少しでも慰めようと祖父が考えたわけでは恐らくないだろうが、

「その代わり遺体を地獄縄できつう縛って、座棺に押し込めるような真似はせん。寝棺にするから、この子も窮屈な思いはせんで済む」

「……そうなんですか」

祖父の説明に、心持ち祖母の声音が持ち直した。

都市部では寝棺が主流になりつつあるが、地方ではまだ多くが座棺を用いている。前者では火葬が普及しているため、細長い寝棺でも何ら支障はない。だが土葬となると、どうしても場所の問題が出てくる。寝棺では座棺よりも広い埋葬地が必要になる

からだ。

そのうえ座棺の場合、遺体の扱いが極めて難しくなる。死後すぐに納棺できれば良いが、様々な事情で時間が経《た》ってしまうと死後硬直が起こるため、遺体を座棺に納められなくなる。これを防ぐために死亡が確認されるや否や、両手で両脚を抱《かか》える座り方を遺体にさせたうえで、荒縄で縛る方法が昔からある。この縄を「往生縄」または「極楽縄」と普通はいうのだが、それを生名鳴地方では「地獄縄」と呼んでいた。寝棺を「伸展葬」、座棺を「屈葬」と呼称するのも、正に遺体が取らされる姿勢に因っている。

祖母が少し落ち着いたのも、いくら先祖代々に亘《わた》る葬送儀礼の仕来《しきた》りとはいえ、そんな過酷な恰好《かっこう》を孫に強《し》いたうえに、更に辛《つら》い思いをさせなくて済むと思ったからだろう。

「寝棺やったら――」

それまで黙っていた三市郎が、ぽつりと口を開いた。

「小窓があるから、皆とのお別れもできるやろ」

「そうやねぇ」

寝棺には遺体の顔がくる辺りに、観音開きの小窓が用意されているものがある。出棺の前に親族や弔問客が、故人と最後の別れをするための窓になる。

李千子と同じように「お祖母《ばあ》ちゃん子」である三市郎の、祖母を労《いた》わる発言だった。それが彼女にも分かるだけに、こんな状況に我が身があるにも拘らず、甚《いた》く兄に感謝したい気持ちになった。

　ところが、祖父が即座に否定した。

「そんな窓は、いらん。仮にあっても、閉め切りにしといたらええ」

「せやけど――」

「開けておいたとしても、仏の顔は拝めんぞ」

「まさか……」

　祖母は絶句してから、

「まさか通夜から、鍋を被せるなんてこと……」

「そらやっとかんと、あかんやろ。出棺までの間が、最も仏と身近に接するわけや。九人帷子祓《くにんかたびらばら》いのためにも、もう今すぐに、鍋を被せるべきなんや」

　この「九人帷子」とは、忌むべき状況で亡くなった者が九人の生贄《いけにえ》を求めることで、生名鳴地方に昔から伝わる怪異である。ちなみに死者と九人の関係は、その時々によって変わると考えられているため、特に因縁《いんねん》めいたものはない。

　例えば某家で子供が亡くなり、そのあと近所から同じ子供の死者が出た場合、ほとんどの村人が「九人帷子やないか」と噂して懼れる。ただし仏が老人であっても――

子供の死が連続したときほどではないにせよ——矢張り疑われる。なぜなら前者は「子供繋《つな》がり」であり、後者は「近所繋がり」として考えられるからだ。そして人死にが三人を超えた時点で、ほぼ確実に九人帷子と見做《みな》される。

この災《わざわ》いを除き去るために執り行なわれるのが、「九人帷子祓い」である。つまり少なくとも二番目の死者が出たあとで——実際は三番目のあとが多いのだが——九人帷子祓いは行なわれる。それを祖父は既に今からやっておく必要があると、要は言いたいのだろう。

「この子と同じ年頃の仏が、もしも葬儀のあとで村から出たら、一体どないする心算なんや」

「…………」

祖母は答えられず、もちろん三市郎も母も無言である。

「……よう分かりました」

搾り出すような声を、祖母は苦しげに上げてから、

「せやけど死装束だけは、どうぞ堪忍してやらせて下さい」

「儂の言うとることが、お前は——」

「この通りです」

祖母が畳に額を擦《こす》りつけると、同じように母も頭を下げた。三市郎も二人の真似を

している。

祖父母のやり取りが暫く続いたが、最後には祖父が根負けしたようで、かなり渋々《しぶしぶ》ながらも祖母の訴えを認めた。ただし湯灌はせずに、死装束の支度《したく》も祖母が独りで行ない、時間も余り掛けないという約束のうえである。

一旦《いったん》そこから全員がいなくなり、祖母だけが座敷に戻ってきた。

「堪忍してや」

そう言いながら李千子の衣服を手早く脱がせると、全身を濡《ぬ》れ手拭《てぬぐ》いで拭いていく。祖母なりに考えて湯灌を簡略化した結果、恐らくこうなったに違いない。

しかし折角の好機なのに、これを活《い》かす術が彼女には全くなかった。そもそも濡れた手拭いの冷たさが、何処を拭かれても感じられない。これでは身体を反応させることなど、まず絶対に無理ではないか。

……いぃ、なぁ、こぉっ。

そのとき彼女の忌名が、不意に聞こえた気がした。

祖母が口にしたのかと思ったが、そんな素振りは微塵《みじん》もない。第一あの名を祖母が知る由がない。それが耳に届いた様子も見られない。ただ黙々と手拭いを使い続けている。

……いぃなぁこぉっ。

再び聞こえたと感じたとき、先程《さきほど》よりも近づいている気がして、李千子はぞっとした。まるで馬落前から尼耳家まで、あれが追い掛けてきたかのようではないか。

「…………」

はっと息を呑む気配が急にして、忙《せわ》しなく動いていた祖母の手が突然、ぴたっと止まった。

「……李千子？」

それから恐る恐るといった感じで、彼女の名前を呼んだ。

えっ……。

と戸惑いを覚えた次の瞬間、李千子は大声を上げそうになった。実際には無理だったので心の中で叫んだだけだが、大いに興奮していた。

忌名で呼ばれたときに、もしかすると身体が反応したのではないか。そんな微《かす》かな異変を、祖母が敏感に察したのだとしたら……。

その証拠に祖母は依然として手を休めたまま、時折ちらっと彼女の顔を見詰めつつ、身体のあちこちを触っている。これは明らかに、何処かの部位に生命活動が認められないか、それを探っている仕草《しぐさ》ではないか。

……お祖母《ばあ》ちゃん、私は死んでないんよ。

一生懸命そう訴えようとするのだが、相変わらず何の手段もない。ただ心の内で藻《も》掻《が》くことしかできずに、彼女は堪《たま》らなく悲しくなった。

さっきみたいに、これで涙が流れたら……。

間違いなく祖母は気づくだろう。と思って喜び掛けたのだが、そんな風に冷静な考えが浮かんだ途端、悲しみの気持ちが薄らいでしまい、そうなると涙など出るものではない。

自然に泣いとけば……。

今頃は祖母が異変を察して、権藤と坂堂の両方の医者を呼び戻していたかもしれない。そこで仮に二人が再び死亡を確認したとしても、きっと三市郎が「早過ぎる埋葬」の事例を思い出して、あと数日は様子を見るべきだと主張した可能性がある。少なくとも一縷《いちる》の望みは、今よりもあったに違いない。

しかし祖母は、どうやら自分の勘違いだと思ったらしい。

「……気の所為か」

がっかりした声を出したあと、晒し布の着物を苦労して彼女に纏《まと》わせ、額に白い三角頭巾をつけ、簡単な死に化粧を施しはじめた。

でも李千子は、最後まで諦《あきら》めなかった。三角頭巾をつけられているとき、なんとか目を開けようと頑張った。それが無理と断念してからは、死に化粧をされている際に、せめて目蓋《まぶた》を少しでも震わせようとした。

だけど、どんなに足掻いても駄目だった。如何なる意思表示もできない。

祖父が三市郎を伴って座敷に入ってきたのは、まだ死に化粧が済む前である。そういう意味では祖母の時間の読みは、ほぼ当たっていたことになる。

そこへ絶妙の間で棺桶が届いたのは、どう考えても事前に祖父が注文しておいたからとしか思えない。つまり祖母と話し合う前に、疾っくに祖父は寝棺での火葬を決めていたわけだ。これには祖母も唇《くちびる》を震わせて抗議した。

「……酷いやありませんか」

「こうすんのが、一番ええんや」

祖父は当然のような顔をしている。

「やっぱり、せめて土葬に……」

「それには座棺に移さなあかん。遺体は硬うなっとるから、無理矢理に折ることになる。それでもええんか」

「…………」

祖母が言葉に詰まる。

「そうやって座棺に替えても、銀鏡家に『もちろん火葬になさるんでしょうな』と訊《き》かれ、『いんや、土葬です』と答えたら、揉《も》めるんは目に見えとる。で結局、火葬にせざるを得んわけや。そんときになって、また寝棺に移すなんてことはできん。そのまま焼場へ行くしかない。座棺の場合、なかなか内臓は焼けんのやぞ。遺体が丸まっとるから、どうしても腹まで火が回らん。せやから内臓だけが、ごっそり焼け残る。そないな目にお前は、この子を遭わせたいんか」

身体の感覚が完全にないはずなのに、祖父の説明を聞いている間、李千子は腹部に何とも言えぬ不快感を覚えた。それが忽《たちま》ち喉元《のどもと》まで迫り上がってきて、今にも嘔吐《おうと》しそうである。思わず堪《こら》え掛けて、いや逆に吐くことで生存を知らせるべきなのだと考え直したのだが、実際に肉体的な反応があったわけではない。飽くまでも想像の産物に過ぎない。

祖父の話に嘘《うそ》はなさそうだったが、それでも祖母を納得させるために、態《わざ》と赤裸々な説明をしたのだろう。その思惑通り、祖母は黙ったままである。

寝棺を所定の位置に安置させると、祖父は三市郎に手伝わせて、李千子の遺体をその中に納めた。祖母も諦めざるを得ないと思ったのか、棺の周りを整えはじめる。母親も同じだったが、少しも役立っているようには見えない。

己の身体から解き放たれた視点も同時にあるため、納棺されても何ら影響はないと思っていたが、急に視界が翳《かげ》ったように感じた。それと周囲に圧迫感を覚える。まるで棺桶に寝ているような……いや実際にそうだと分かっているのに、それを第三者として眺《なが》めている自分がいることで、正常に認識できないのかもしれない。とにかく変《へん》梃《てこ》で、とても妙な気分である。

祖父が座敷を出るのを見て、祖母は用意しておいたらしい頭陀袋をはじめ、数珠や経本などを棺《ひつぎ》に入れ出した。そうしながら母親に、それらを菊や百合《ゆり》などの葬式花で隠すように言っている。お陰で棺の中は、あっという間に花で埋まった。

すぐに座敷へ戻ってきた祖父は、そんな光景を目にしても怒らない。もっと重要な葬送儀礼を執り行なうことで、彼の頭は一杯だったからだろう。

李千子の頭部を完全に隠すように、祖父は鍋を被せた。

その瞬間、ずんっと頭が重たくなり、すうっと視界が更に翳る。頭を無理矢理に押さえつけられ、目隠しをされた気分になる。とはいえ周囲は相変わらず見えている。ただ今までと違って、全体に紗《しゃ》が掛かったようにしか映らない。

しかも祖父は、素早く寝棺の蓋を閉めると、さっさと釘《くぎ》づけしてしまった。

……もう、お終いや。

最早《もはや》どうしようもない。正に手も足も出せない状態に追い込まれている。これでは身体の一部を仮に動かせても、絶対に誰にも気づいて貰えない。もし声を出すことができても、決して誰にも聞こえない。

李千子が絶望の淵《ふち》に沈んでいる中で、通夜がはじまった。

最初の弔問客は予想通り、銀鏡家の当主である國待《くにまつ》と、その次男の邦作《ほうさく》である。長男の祇作は分家蔵に住んでおり、今は土石流に呑み込まれている大変な状況なのに、そんな気配を微塵も見せずに、國待は祖父に相対している。

祖父よりも國待の方が、かなりの年下になる。むしろ李千子の父親である太市に近いと言えるのだが、こうして祖父と対峙《たいじ》していても全く貫禄負《かんろくま》けをしていない。矢張り銀鏡家の当主だけのことはある。

「この度は、偉うご愁傷様です」

國待が丁重に頭を下げる横で、邦作は不承不承《ふしょうぶしょう》という体で、まるで頷《うなず》くように首を縦に振っただけに過ぎない。失礼にも程がある。

「しかも忌名の儀礼の最中のご不幸とは、ほんまに心が痛みます」

本心かどうかは別としても、國待の立ち振る舞いは通夜の場に相応《ふさわ》しいものだった。だが邦作の様子は言語道断だろう。

こんな家に、なんで自分が出向かんといかんのや。

という心の声が、はっきりと聞こえてくる。それほど明白《あからさま》な態度である。國待も同じ気持ちなのだろうが、僅かも覗《のぞ》かせないのは矢張り年の功だろうか。

「ご丁寧に恐れ入ります」

もっとも祖父が返礼しつつ、

「選《よ》りに選って当家の忌名の儀礼の際に、祇作さんが大変なことになられたにも拘らず、こうして態々ご弔問を賜りまして、きっと李千子も喜んどります」

と挨拶《あいさつ》した途端、がらっと國待の雰囲気が変わった。

「山津波の被害を受けたんは、うちの分家蔵だけやありません。村人たちの間にも、残念ながら出とります」

「せやけど銀鏡さん、生き埋めになってるんは――」

「銀鏡家としては、まず村の方々に手を差《さ》し伸《の》べる必要があります」

そのため分家蔵を後回しにして、祇作の救助が遅れるのも止《や》むを得《え》ない。ということらしいのだが、実際はこの機に乗じて、祇作を厄介払いしたいのが本音だろう。

そんな酷い仕打ちが普通に読めるだけでなく、邦作の非礼極まりない態度に憤ったらしい祖父は、

「いやはや、ご立派なお心掛けですなぁ。それやったら祇作さんも、きっと充分に納得されるでしょう。共に忌名の儀礼に関わって亡くなったいうことで、李千子も浮かばれます」

明らかに引っ掛かるような物言いをした。

「尼耳さん、一体それは――」

ずいっと前に出る邦作を、片手で國待は抑えると、

「ご焼香をさせて頂こう」

全く何事もなかったかのように、李千子が横たわる棺に向かった。邦作は大いに不満そうだったが、仕方なくという風に父親に従っている。

焼香の仕方も二人は対照的だった。國待が作法に則《のっと》ってきっちりと行ない、少なくとも見た目は仏を弔っているのに比べ、邦作は如何にもお座なりな態度で、供養の心など皆無なのが丸分かりである。

李千子は寝棺の中から、そんな二人を眺めている気分だった。かといって寝ている姿勢のままではない。上手《うま》く言えないが、とにかく自分が棺の内部に留まっているのは確かである。

銀鏡家の二人のあとには、夜礼花《やれはな》神社の神主である瑞穂《みずほ》、六道寺《ろくどうじ》の住職である水天《すいてん》、村長や村議会議員、医師の坂堂といった虫経村の有力者たちが、次々と弔問に訪れた。それらの人々は面白いことに、銀鏡家の國待と邦作のちょうど中間辺りの態度を取っていた。つまり常識的に失礼にはならない程度に、しかしながら尼耳家からは距離を置きたい、そういう心持ちが見えるのである。もっとも彼らが一番その場で忌避していたのは、矢張り李千子の遺体だったろう。自分たちが焼香しなければならない対象を、何よりも厭《いと》うていたのは間違いない。

主だった村のお偉いさんに次いで、近隣の者たちの弔問が続く。その様子は区々《まちまち》で、丁寧に焼香する者もいれば、そそくさと済ます者もいる。ただ例外なく全員が、長居は無用とばかりに座敷から去ってしまう。馬喰村の権藤医師や彼女が通う中学校の教師や同級生たちは違ったが、虫経村の者たちは一様に同じだった。

　そんな弔問客たちに接しているのが嫌になり、ふと李千子は寝棺の中から彷徨《さまよ》い出た。別に当てがあったわけではないが、自然に足は通夜振る舞いの席へと向かう。

　ところが、その途中で奇妙な光景を目撃する。尼耳家の北隣に当たる河皎《かわしろ》家の、長女の縫衣子《ぬいこ》が周囲を窺《うかが》いながら、こっそりと中廊下を通って家屋の奥へと進み、そして裏口から出ていく姿である。あとを尾けたところ、意外にも外で待っていたのは、つい先程まで通夜の場にいた銀鏡國待だった。そこにいたのは彼だけで、息子の邦作は見えない。

　疾っくに日は暮れて辺りは暗くなっているにも拘らず、二人は示し合わせたように裏口から離れて、裏庭に茂っている柊南天《ひいらぎなんてん》の陰《かげ》に身を潜ませ、何やら話し込んでいる。いいや、専ら喋っているのは縫衣子の方で、ひたすら國待は聞いている感じだろうか。

　ただし内容までは、よく聞こえない。なぜか李千子の意識が、どうしても裏口から外へ出ていけなかったからである。

　これなら野辺送りの葬列にも、ひょっとして加われんのやないか……。

　助かるかもしれないと喜び掛けたが、身体の入った棺桶だけが焼場へ運ばれ、この彼女の意識のみが尼耳家に留まる羽目になれば、それから一体どうなるのか。幽霊のような存在になって、一生涯このまま家の中を漂うのか。そんな風に考えて目の前が真っ暗になった。

そのうち縫衣子の興奮したような声が、辺りに響きはじめた。國待は宥《なだ》めているらしいが、相手は声高になっている。だから李千子にも充分に聞こえたものの、今の自分の想像に恐ろしくなって、最早それどころではない。

やがて國待が柊南天の陰から独りで出てきて、裏口から家の中に入った。きっと通夜振る舞いの席へ行くのだろう。縫衣子は少し愚図愚図していたが、同じように裏口を潜ると、通夜が執り行なわれている座敷へと向かった。

その途中で彼女は、相変わらず妙な態度を見せた。絶えず周囲を窺っているような、そんな素振りである。國待のあとを追う心算《つもり》かと思ったが、居場所の見当なら容易につくのではないか。他の誰かを捜しているにしても、廊下で擦れ違う者に尋《たず》ねるわけでもなく、きょろきょろと絶えず周りを注視している。

通夜の座敷に入ってからは、流石に挙動の不審さは目立たなくなったが、そわそわと何処か落ち着きのなさが残っている。こっそりと辺りを、まるで盗み見ている感じがある。ただし彼女の様子に気づいた者は一人もいない。

李千子だけが察したのは、もう人ではなくなっていたからか……。

その彼女でさえ、もちろん心の中までは読めない。しかし縫衣子を眺めているうちに、彼女が忌名の儀礼を凝っと眺めていたことを思い出して、そこから厭な想像が唐突に、ふっと脳裏に浮かんでしまった。

この人には生名子《いなこ》が、実は視《み》えてるんやないやろか……。

例えば祝《はふ》りの滝へ向かう李千子の背後に、そっと生名子が憑《つ》いていることを、縫衣子が認めていたとしたら、どうだろう。あのとき縫衣子は李千子ではなく、その後ろの生名子を眺めていたのだとしたら……。

李千子が死んだ今、生名子は一体どうなったのか。それが気になって仕方なくて、こんな風に周囲を捜しているのではないか。

……つい先程、忌名を呼ばれた。

あれは生名子がかなり近くに、ちゃんといる証拠ではないだろうか。ということは縫衣子が仮に生名子を目にした場合、まだ李千子が死んでいないと悟る可能性がありはしないか。この隣家の女が意外にも、最後の頼みの綱になるのかもしれない。

そのため縫衣子が焼香を終えて座敷から出たとき、李千子はあとを追おうとした。相手に話し掛けることも触ることも、全然できないのは分かっている。だが彼女が、もし生名子を実感できるのであれば、この異様な状態に陥っている李千子のことも、何かの拍子《ひょうし》で目にできるかもしれない。そんな一抹の望みに、李千子は賭《か》けたのである。

　ところが、なぜか少しも動けない。それまでは意識だけが、すうっと移動できた。座敷を出ていく者に、難なく同行が可能だった。しかしながら今は、ぴたっと止まったままである。ただ真っ暗な中に閉じ込められた状態で、棺の外も全く見えない。

　恰も棺桶の中に横たわるかのように……。

　いや、本当に納棺されている。そういう状態なのは分かっているが、それは飽くまでも身体だけのはずではないのか。その肉体から魂だけが離れて、自由に動き回れていたのではないか。

　これまで以上の恐怖が、李千子に伸し掛かってきた。

　無理だと察しつつも、あらん限りの大声を上げようとする。両の手足をばたつかせて、棺桶の中で暴《あば》れようと試みる。だけど矢張り何もできない。にも拘らず酷い疲労感を覚える。そこには絶望感も含まれていると気づくまで、ほとんど時間は掛からなかった。

　もう弔問客どころではない。寝棺から出られない無力感を犇々《ひしひし》と覚えながら、彼女は改めて自分の死を悟った。

　次に棺の外へ意識を向けたとき、通夜は終わっていた。前のように見えたわけではないが、座敷に漂う気配で普通に分かった。家の中に静寂が満ちていることから、恐らく通夜振る舞いも済んでいるのだろう。

ただし祖母だけは、そこに残っているらしい。きっと夜伽《よとぎ》を独りでする心算なのだ。夜通し起きて、蠟燭《ろうそく》と線香を絶やさないように心掛ける。田舎《いなか》によっては遺体に添い寝をする所もあるが、生名鳴地方は違う。仮にそういう風習だったとしても、今回は例外となる。なにしろ火葬にするほど忌まれている遺体なのだから……。

生きながら焼かれる。

ちらっと想像しただけでも、気が違いそうになる。唯一の救いは、身体が何も感じないらしい点だろうか。そのときこの意識はどうなっているのか。また遺体が燃え尽きたあとは、この意識も消えてしまうのか。それが成仏に当たるのか。けれど今と同じように、この意識が残った場合は、一体どうすれば良いのか。

とはいえ全てが絶対ではない。身体に痛みは覚えなくても、生きながらにして焼かれる圧倒的な恐怖は、しっかりと体験する羽目になるのかもしれない。棺桶に火が回るまで、確かなことは何一つ言えない。

……頭が可怪しゅうなって壊れる。

いつそうなっても不思議ではないのに、まだ李千子は正気を保《たも》っていた。それとも疾っくに気が触れているのか。棺から彼女の意識だけが飛び出せたのも、そんな風に空想しただけで、実際の現象ではなかったのかもしれない。全ては彼女の妄想に過ぎず、ただ仮死状態に陥っていることだけが現実なのではないか。

だが、このように思考できるのは、頭が正常に働いている証拠だろう。その事実を突きつけられ、李千子は泣きたくなった。精神を病んだ方が楽になれると分かっているのに、依然として脳は規則正しく働いている。

きっと狂女《くるいめ》になるんは、火葬される瞬間なんや。

本人に自覚はなかったが、彼女の精神状態は非常に危うい状態にあった。独りのまま棺桶の中で一晩を過ごせば、ほぼ間違いなく心が壊れていただろう。

そこまで追い詰められた李千子にとって、祖母の存在だけが救いだった。夜伽のために棺が安置された座敷を離れずに、ずっと付き添ってくれたことで、彼女はどうにか正気を保っていられた。それればかりではない。俄《にわ》かには信じられなかったが、いつの間にか寝入ってしまったらしく、ふと気がつくと翌朝を迎えていた。母親が朝食に祖母を呼びにきたことから、その驚くべき事実が分かった。

……けど、当たり前か。

李千子は死んでいるわけではない。いくら身体が動かないといっても、流石に精神的な疲労は覚えたのだろう。むしろ精神に受けた衝撃が途轍《とてつ》もなく酷かったと言うべきか。だからこそ知らぬ間に熟睡していたのだと分かる。

目覚めん方が……。

良かったのにと思う側から、全く何も見えない真っ暗な棺の中で、ふつふつと恐ろしさが湧《わ》き上《あ》がってくる。まだ葬儀が控《ひか》えているとはいえ、最早どうすることもできない。棺桶の蓋が開けられるわけではない以上、ほぼ助かる機会は潰《つい》えたと言える。最後の好機が夜伽の間だったわけだが、あれだけ祖母が近くにいても結局は何の意思表示もできなかった。それが今から好転するとは、とても考えられない。

どのように葬儀が進み、どんな顔触れが弔問して、どういう雰囲気が漂ったのか。その一切を李千子が少しも認められぬうちに、尼耳家の屋内に於《お》ける葬送儀礼は終わった。そこからは寝棺を輿《こし》に載せて、ほとんど使われていない青雨山《おううやま》の火葬場まで、葬列が村内を練り歩くことになる。ちなみに山の表には六道寺があり、火葬場は裏側に当たる。

ぐらっと棺桶が揺れるのを、李千子は体感した。今や彼女の意識は、完全に身体と同化しているらしい。

ふわっとした浮遊感が少しだけ続いて、ごとっと輿に置かれたのが分かる。通夜と葬儀を執り行なうのが裏庭に面した座敷だったのは、この棺を載せた輿を外へ担ぎ出すことを予《あらかじ》め想定していたからである。

再び浮遊感を覚えるが、先程より随分と安定しているのは、棺桶が輿の上にあるからだろう。ただし一瞬とはいえ、かなり強く傾く。これは座敷から裏庭へと、いよいよ輿が下ろされたからに違いない。

寝棺の中で横たわり、頭に鍋を被されていても、今どういう場面にあるのか、李千子には手に取るように分かった。だからこそ恐ろしかった。刻一刻と自分が焼かれる時が迫っている。輿を担ぐ人が途中で躓《つまず》いて転び、棺桶から遺体が飛び出しでもしない限り、もう助かる機会など一切ない。いや仮にそんな事故が起きたとしても、恐らく何の意思表示もできぬまま、さっさと棺に戻されるのが落ちだろう。

……いぃ、なぁ、こぉっ。

そのとき座敷の方から、不意に呼ばれた気がした。

矢張り生名子は近くにいるのだろうか。そして李千子を追ってくる心算なのか。けど、なぜ。

疑問に思ったのは、本当に刹那《せつな》だった。すぐさま答えが、ぱっと脳裏に浮かんだ。

私と同化するためでは……。

生名子の存在意義は言うまでもなく、あらゆる災厄から李千子を護《まも》ることにある。もっと直接的で嫌な言い方をすれば、李千子に降り掛かる全ての災いを生名子が肩代わりするわけだ。となると当の本人の死は、彼女の消滅を意味するのではないか。せやから最後に、私の中に入ろうとする。

理屈が通っていそうで、実はそうでないと李千子も感じたが、これが真相のように思えてならない。最後の最後に生名子は、李千子自身になりたいのではないか……という気がしてならない。

……い、厭《いや》や。

いくら自分の身代わりになってくれたとはいえ、相手は人ではない。そんなものが、己の中に入ってくる。それは脳内にか、心のうちにか、身体そのものにか、場所までは分からないが、何処であれ物凄い嫌悪感を覚える。

生きたまま焼かれる運命を仮に受け入れるにしても、尼耳李千子として死にたい。これが贅沢《ぜいたく》な願いとは、とても思えない。むしろ当然ではないか。と彼女が考える側から、そっと自分に囁《ささや》く声が聞こえた。

今まで身代わりになってくれた生名子に、それくらいして上げても……。

一瞬ぐらっと心が揺らいだ。尤《もっと》もだという思いが、ちらっと脳裏を掠《かす》める。だが、すぐさま否定した。

自分で望んで、そうしたわけやない。

生名鳴地方に昔から伝わる忌名の儀礼を、本人の意思など完全に無視して、祖父が勝手に行なったに過ぎない。しかも既に他の村では廃れており、虫経村でも執り行なう家が少ない中で、祖父の考えから強制されたのである。

それやのに……。

李千子が憤りつつ懼れている間にも、葬列は進んでいく。ただし今、村のどの辺りを練り歩いているのか、そこまでは分からない。

……いぃ、なぁ、こぉっ。

あの声が後ろの方から、またしても聞こえる。葬列の最後尾に、ぴたっとくっついている感じがある。矢張り追ってきたらしい。

けど、よう考えると変や。

李千子に呼び掛けているのに、生名子が口にするのは自分の名前である。それが李千子の忌名だからだが、筋が通っていそうで実はそうでもない。

相手が人でないものやから……。

訳が分からないのは当然かもしれないが、だとしたら生名子との同化によって何が引き起こされるのか、それも全く読めないことになる。

ひょっとして今度は私が、別の誰かの忌名になるとか……。

最悪の想像が浮かんだとき、

……いぃなぁこぉっ。

棺桶のすぐ後方で、あの声が聞こえた。そこからは速かった。

……いなぁこぉ。

それは寝棺の足元に入り込むと、

……いなこぉ。

這《は》いずるように身体を上がってきて、

……いなこ。

遂《つい》には耳元にまで達したあと、

……いぃいなぁこぉおっ。

ずるずるずるっと旋毛《つむじ》の辺りから頭の中に這入《はい》ってきた。

うわわわあぁあっっ……。

李千子の絶叫が脳内と棺桶の中で轟《とどろ》き、はっと気づいたときは祖母に抱《だ》き抱《かか》えられる恰好で、彼女は寝棺から半身を起こしていた。

第四章　刀城言耶の役割

尼耳李千子《あまがみいちこ》の長い話が終わっても、まだ刀城言耶《とうじょうげんや》の興奮は続いており、今は立ち上がって部屋の中を歩き回っている。彼が窓の前を通る度に、そこから射《さ》し込《こ》む西日の残照がちらちらっと瞬《またた》いて、妙に眩《まぶ》しさを強めていた。

「おい、ちょっと落ち着け」

苦笑しながらも諫《いさ》めたのは、言耶の大学時代の先輩である発条福太《はつじょうふくた》である。

「はい、そうですね」

と応《こた》えながらも当人は一向に足を止める気配がない。

「あのー私、余計なことまで、お話ししてもうたんでしょうか」

福太の婚約者である李千子が心配そうな表情を浮かべつつ、右往左往する言耶をやや恐ろしげに眺《なが》めている。そのため祖父江偲《そふえしの》が、やれやれとばかりに声を上げた。

「先生、ええ加減に座って下さい」

「……うん、そうだな」

「返事はええですから、とにかく腰を下ろしませんか。李千子さんがすっかり怯《おび》えてらっしゃるやないですか」

「いえ、別に私は――」

「先生を甘やかしてはいけません。ただでさえ彼の知らない怪異という餌《えさ》を、あなたは与えてしもうたんですからね」

「ど、どういうことです？」

更に怯える素振りを見せて、心持ち福太に身を寄せる李千子に、偲は飽くまでも真顔で、

「先生はご自分が全くご存じない怪異を耳にされると、それを知る相手が全《すべ》ての情報を吐《は》き出《だ》すまで、その方の都合や迷惑なんか少しも顧みずに、もう食らいついて離れんようになってしまい、骨の髄までしゃぶり尽くさはるんです」

「えっ……」

更に更に怯える余り、今や福太にしがみついている李千子に、にこっと言耶は微笑《ほほえ》みを送ってから、

「僕は遊廓《ゆうかく》の遣《や》り手婆《てばあ》さんか」

透かさず偲には突っ込みを入れた。

「せやかて先生、いつもそうやないですか」

「今の僕の何処《どこ》が、李千子さんに食らいついてる？」

「……あれ？　そういうたら、なーもしてはりませんね」

怪訝《けげん》というよりは不審そうな、もっと言うと明らかに疑っている顔つきで、偲は繁々《しげしげ》と言耶を眺めた。

月はじめとなるその日の夕刻、四人が顔を揃《そろ》えていたのは、古書の町として有名な神保町《じんぼうちょう》から歩いて十数分の鴻池《こうのいけ》家の離れである。ここに刀城言耶は大学生時代から、ずっと下宿をしている。作家として独《ひと》り立《だ》ちしたあと、次第に増える蔵書の問題もあったため、もっと広い貸家にでも引っ越そうかと考えたのだが、大家の鴻池絹枝《きぬえ》に引き留められた。

「センセが学生の坊ちゃんの頃から――まぁ今でも相変わらず坊ちゃん然とされてますけど――うちでお世話してますからな。こうなったら私にお迎えがくるまで、責任を持って面倒をみようやないですか」

もっとも老婦人の一方的な決定によって、言耶は残ることになったのだが、今ある離れの横に蔵書用の書庫を建《た》て増《ま》しすると言われ、彼も二つ返事で承知した。

発条福太は大学の先輩だったが、この離れを訪れたことは一度もない。もちろん尼耳李千子も同様だが、祖父江偲は違った。むしろ数え切れないほど離れに上がり込んでいる。なぜなら彼女は、刀城言耶の筆名である作家「東城雅哉《とうじょうまさや》」の担当編集者だったからだ。

偲が勤める〈怪想舎《かいそうしゃ》〉は、敗戦後に起業した新興出版社の一つで、主に探偵小説と怪奇幻想小説を刊行している。その当時、正に雨後の 筍《たけのこ》 の如《ごと》く興った新しい出版社は、ほとんどが僅《わず》か数年で消えていく運命だった。そんな中で怪想舎は、中小企業ながらも見事に出版活動を続けていた。彼女が担当する月刊誌「書斎の屍体《したい》」は部数低迷に陥《おちい》りつつも、探偵小説の専門誌としての牙城《がじょう》を未《いま》だ立派に守っている。この文芸誌の看板作家の一人が、東城雅哉こと刀城言耶だった。

「ところで祖父江《そふえ》君、今更だけど、どうして君がここに残ってる？」

「嫌やわぁ先生、仕事に決まってるやないですか」

言耶の問《と》い質《ただ》す口調に、自分の不利を悟ったのか、彼女は誤魔化しに掛かったようだが、

「君との打ち合わせが終わったあとに、発条さんたちは見えられた。しかもお二人は事前の約束があったけど、君はいつも通り突然ばぁと現れた」

「私はお化けですか」

「魑魅魍魎《ちみもうりょう》の類なら、無理な執筆依頼はしてこないよ」

「ですから、その件については――」

「うん、説明して貰《もら》ったし、こちらも了解したから、もう済んでいる。けど、だった

らどうして君は帰らない？　なぜ残って僕の横で、李千子さんの体験を聞いてる？」

「なんや怖そうなお話やと漏れ聞こえましたんで、また先生の悪い癖《くせ》が出て、もしも暴走しはったらあかんと、担当編集者としては考えたわけです」

「そういう言い訳は――」

「私も仕事が詰まっていて、そんな余裕は少しもないのですが、先生のためやったら――という一心で泣く泣く残りました」

「あのな」

言耶は呆《あき》れ返《かえ》りながらも、一言きつく返そうとしていると、

「まぁいいじゃないか」

福太が間に入ってきた。

「怪異譚《たん》に夢中になると周りが見えなくなる。この刀城君の癖は、俺も噂《うわさ》には聞いていた。けれど今、それを自分の目で見て、正直ちょっと不安になった。彼のことをよく知る祖父江さんのような方にいて貰う方が、こちらも心強いよ」

「ありがとうございます」

偲が礼を述べながらも、ちらっと言耶を見やった表情には、やっぱり先生には私が必要ってことですよね――と喜んで得意満面になっている想《おも》いが、はっきりと浮かんでいる。

「先輩は祖父江君を、買《か》い被《かぶ》り過ぎです」

「そうか。優秀な美人編集者に、俺は見えるけどな」

「発条さん、いくら何でも正直過ぎますよぉ」

はしゃぐ偲の横で、言耶は李千子に話し掛けた。

「やっぱり仕事柄《がら》、細かい部品とかあって、大変なんでしょうね」

「あっ、はい」

「道理で先輩の視力が、昔と比べて落ちてるわけだ」

福太と李千子の二人が勤めているのは、発条家が経営する〈元和玩具《げんわがんぐ》〉という子供向けの遊具を作る会社である。ただし福太は営業部であり、細かい部品に接しているのは開発部の李千子の方なのだが、そんなことは言耶もよく分かっていた。

「先生ぇ、何が仰《おつしや》りたいんですか」

偲の口調に交じる不穏な響きを察して、再び福太が二人の間に入った。

「それで刀城君に、いつもの悪癖が出なかったのは、なぜかな」

「恐らくそれは――」

素直に偲が答えたのは、刀城言耶に関することなら、自分が一番よく知っているという自負があったからだろう。

「忌名《いな》の儀礼についての細部を、ちゃんと李千子さんが話されたからやと思います。

先生が地方で民俗採訪をされる場合、語り手が何方《どなた》であろうと、大抵《たいてい》お話の多くは説明不足になり勝ちなんです。唐突に怪異の名前が出てきて、それについて全く触れないまま、何が起きたかだけを話されるとか。そうなると先生は、もう止まりません。その怪異の背景に関して、根掘り葉掘り聞き出そうとなさいます。ご自分が納得されるまで、絶対に相手を離さないんです。李千子さんはお話が非常にお上手だったので、この先生の難を逃れられたわけです。と申しましても実際は、危機一髪だったのかもしれません」

偲の余計な一言に、思わず言耶は返し掛けたが、

「それも確かにある」

不毛な言い合いが続くうえに、彼女の考察も間違ってはいないので、一応は認めてから、

「ただ、そのこと以上に大きかったのは、情報の多さだよ」

「せやから興奮して、あんなに歩き回られたんですか」

「いくつか思い浮かんだ解釈もあるんだけど、それを述べるためには、ちょっと図書館で調べる必要がある。そんなこんなが頭の中に、わあぁぁっと広がって、それで気づいたら歩いていたわけだ」

「完全に危ない人やないですか」

「表の道でやらないだけ増《ま》しだろ」

「当たり前です。態々《わざわざ》この離れから外へ出て、そんな彷徨《ほうこう》をはじめたら、流石《さすが》に私も心を鬼にして、某所への入院手続きを取ります」

「にゅ、入院？　いくら何でも大袈裟《おおげさ》だろ。祖父江君ね――」

抗議する言耶から、あっさりと彼女は視線を外して、

「それにしても発条さん、ほんまに先生でええんですか」

「うん。色々と総合的に考えた結果、彼しか適任はいないと思った」

「総合的に……ですか。なるほど」

偲に再び繁々と見詰められて、今度は言耶がそっぽを向いた。他人の恋愛に関《かか》わることほど、刀城言耶先生に似合わぬものはないでしょう――と、彼女に言われている気がしたからだ。

　これまでの経緯は次の通りである。

　下斗米《しもとまい》町の高校に通学していた李千子は、いつも屋上から線路を眺めていた。電車が走っていてもいなくても、線路を眺めながら「あの先へ行きたい」と強く想い続けた。そして今から四年前に高校を卒業した彼女は、望み通りに上京して元和玩具に就職する。

　実家から余りにも遠い就職先を選んだのは、三市郎《さんしろう》の蒐集品《しゅうしゅう》を修理してきた器用

さを活かす仕事に就きたかったのと、暗く重苦しい尼耳家を、延いては虫経村を、更に言えば生名鳴《いななぎ》地方を、とにかく出たかったからである。ただし配属されたのは営業部の事務部門で、当初は願いが叶《かな》わなかった。けれども彼女は満足だった。祖父の目の届かない場所で自由に生きている。そういう実感を覚えられたからだろう。

　すぐに李千子は、福太と親しくなる。切っ掛けは屋上から眺めた線路の思い出だった。その話が鉄道好きな彼の、どうやら琴線に触れたらしい。もっとも互いの心中に、いきなり恋愛感情が芽生《めば》えたわけではない。彼女は高校を卒業して地方から出てきたばかりの言わば田舎者《いなかもの》であり、彼は都会育ちの青年だった。しかも二人には十近い年齢差もある。暫《しばら》くは兄と妹のような関係が続いた。それに変化が見えはじめたのは、彼女の玩具《がんぐ》に対する興味と理解の深さに、彼が気づいてからになる。つまり会社の商品である玩具が、二人の仲を取り持ったとも言える。

　李千子の入社から一年が過ぎた頃、福太は彼女の転属を経営者の両親に提案する。彼女には事務仕事を任せるよりも開発部で力を発揮させた方が、本人と元和玩具のためになると進言した。取《と》り敢《あ》えず試用期間を設けた転属だったが、福太の期待以上の働きを李千子が見せたため、彼女は正式に開発部へ移った。

　更に一年が経《た》って李千子が成人を迎えたあと、福太が結婚を前提にした交際を申し込み、二人は付き合いはじめる。それから一年が過ぎた頃に、彼は結婚話を持ち出すのだが、なぜか彼女は首を縦に振らず、もう少し待って欲しいと言う。しかも入社以来はじめて有給休暇を取ると、あれほど帰るのを嫌がっていた実家に帰省した。

二人の結婚について了承を得る心算か――と福太は考えたのだが、実際は二十一歳で迎える忌名の儀礼を執《と》り行《おこ》なうためだった。尼耳家の、虫經村の、生名鳴地方の俗習を厭《いと》いつつも、この儀礼だけは流石に無視できなかったという。これで最後だという意識も、そこにはあったらしい。とにかく決着をつけておかないと、福太との結婚も進められない。そう李千子は考えた。

二十一歳の忌名の儀礼は、何ら怪異に遭うことなく無事に終わった。もっとも例によって隣家の河皎縫衣子《かわしろぬいこ》には、その行きだけでなく帰りまでも凝視された。また馬落前《もうじまえ》を通っているときには、恰《あたか》も分家蔵に住む銀鏡祇作《しろみぎさく》に覗《のぞ》かれているような気がした。七年前に土石流によって埋もれてしまった地中から、まるで角目《つのめ》に覗《のぞ》き見《み》されているかのように……。そして祝《はふ》りの滝では、今にも忌名を呼ばれそうな気配を感じた。もし一度でも「いなこ」と耳にしてしまえば、振り返ってしまうのは避けられない……。そういう懼《おそ》れに苛《さい》まれ《な》続けた。

――という話を李千子は、実家から戻ってきたあと福太にした。結婚すれば尼耳家との縁も切れる。祖母たちとの付き合いは続けたいが、飽くまでも個人的なものになる。そう彼女が付け加えたので、彼は戸惑いつつも受け入れた。

二十一歳の儀式を経《へ》て、李千子は急に大人びたな……。そんな印象を福太は持った。従来の幼《おさな》さが減じたことは、彼としては正直やや淋《さみ》しくもあったが、結婚を考えるうえでは好ましい変化だと思った。

二人の結婚に於《お》ける障害は、もう何もないはずだった。だが実は、一つだけ存在していた。元和玩具の副社長にして福太の母親の香月子《かつこ》である。彼女は李千子を気に入っており、そこに問題はなかった。ただし香月子は異様に「家の格式」や「家の伝統」に拘《こだわ》る人物だった。

戦前に於ける虫経村の筆頭地主は銀鏡家であり、尼耳家は二番手に甘んじていた。それが敗戦後の農地改革で揺らいだため、資産だけ見れば両家は肩を並べている。もしくは尼耳家が僅かながらも超えている、と言えなくもない。とはいえ村での地位は未《いま》だに銀鏡家の方が高いのは間違いない——と李千子は、福太に説明したらしい。

『微妙ですね』

この話を発条福太から相談されたとき、まず言耶が覚えたのは「どっちに香月子が転ぶか分からない」という不安である。

『今は尼耳家が資産の面で、銀鏡家を追い越している。そう母に言っても、別に嘘《うそ》を吐《つ》いたことにはならないと思う』

『そこは問題ないでしょう。でも先輩の母堂は、両家のどちらが資産家であるか——

を気にされるわけではないと思われます。村での実力者はどちらか――に、きっと重きを置かれるのではありませんか』

言耶の指摘に、福太は身を乗り出しながら、

『つまり格式の点で勝負すると、面倒なことになる。そこで母の目を、伝統に向ける作戦を考えたんだが、どうだろう？』

『いやいや、むしろ拙《まず》いような気がします』

『なぜだ？』

『まだ詳細はお聞きしていませんが、その忌名の儀礼というものは、何やら恐ろしそうではないですか。つまり先輩の母堂からすれば、そんな儀式は古臭くて如何《いかが》わしい俗信だ――ということになり兼ねません』

するると福太は笑いながら、

『おいおい、もう忘れたのか。うちの母のいい加減さを、君も経験したじゃないか』

『あっ、あれですね』

学生時代に言耶は、福太の家へ遊びに行ったことがある。そのとき先輩は彼について、『あの冬城牙城《がじょう》の息子だよ』と母親に紹介した。冬城牙城は戦前「昭和の名探偵」と謳《うた》われるほど活躍した私立探偵の仕事上の名称で、本名を刀城牙升《がじょう》という。つまり言耶の実父なのだが、二人の間には大いなる確執があった。しかも言耶の方に、

より強く存在した。よって彼をよく知る者は、決して父親の話はしない。

だが福太とは、そこまで親しくなかった。だからこそ彼は、その名声が轟《とどろ》いている冬城牙城を引き合いに出して、言耶を紹介したのである。これで後輩は母親に一目置かれるようになり、発条家への今後の出入りも容易《たやす》くなると読んだわけだ。

このとき福太は息子の癖に、母親に対して理解不足があったことを、新たに思い知らされる羽目になる。

『あぁ、そういうお名前の探偵さんは、確かに聞いたことがありますね』

要は香月子にとって、どれほど冬城牙城に名声があろうとも、飽くまでも「探偵風情」に過ぎなかったのである。

母親の反応が予想とは違っていることに、遅蒔《おそま》きながら気づいた福太は、すぐさま起死回生の一撃を口にした。

『刀城家はね、元華族なんだよ』

この一言で香月子の態度が、ころっと見事に変わった。いきなり言耶に対して、下にも置かない歓待を示し出した。ここまでの素早い変わり身を、彼は見たことがなかった。正に百八十度の呆気《あっけ》に取《と》られる変化である。

それを思い出した言耶は、『うーん』と唸《うな》ってから、

『李千子さんのお話をお聞きしたうえで、どのように先輩の母堂にご説明するのが最

も効果的であるのか――を考えるのが良《い》いでしょうね』

そう結論づけた結果が、この日だった。

「先生が人様の恋を取り持つやなんて、世の中も変わりましたねぇ」

これまでの経緯を事前に聞かされていた偲が、半《なか》ばは呆《あき》れて、半ばは面白がりながら、相変わらず言耶を見詰めている。

「僕が頼まれたのは、忌名の儀礼という俗習が、伝統的で由緒正しく格式のある儀式なのだと、先輩の母堂に充分ご理解を頂けるように、なんとか説明することだよ」

「そういう意味では、確かに適任かもしれませんけど……」

偲が奥歯に物が挟まったような言い方をしたので、福太が尋《たず》ねた。

「何か問題でも？」

「李千子さんのお話を聞いてる間の、そして聞き終わったあとの、先生の様子をご覧になりましたよね」

「う、うん」

「発条さんのお母様に、忌名の儀礼についてお話しされてるうちに、そういう謎《なぞ》の儀式に対して独自の解釈を施される先生の癖がつい出て、いつしかご説明の内容が、おどろおどろしい怖いものへと変わってしまう危険が、どうしても付《つ》き纏《まと》うと思うんですけど」

「その危惧《きぐ》は、俺も持っている」

「へっ……」

はっきりと言い切る福太に対して、言耶が情けない声を上げた。

「そんな、酷《ひど》いじゃないですか」

「まぁ待て。とはいえ母は、君のことを甚《いた》く気に入ってる。元華族だから、という母らしい理由も当然あるが、一番は君自身の性格というか人柄《ひとがら》だ。それは間違いない。仮に元華族の件がなくても、時間は掛かったかもしれないが、いずれ母は君を全面的に受け入れただろう。その君が説明するのだから、もし大きな脱線をしたとしても、恐らく問題ないと思う」

「なぁるほど」

納得したらしい偲を見て、福太は思い出したように、

「むしろ李千子が、刀城君に説明役を任せることに、当初は不安を抱いていてな」

「えっ、そうなんですか」

「そら無理もありません」

どう反応すべきか困り顔の言耶と、
全てを悟ったようなしたり顔の偲と、なんとも対照的な二人に、福太は大いに笑い、李千子は恥じ入るように俯《うつむ》いた。

「けど、何でです？」

　無理もないと大いに頷《うなず》きつつも、なぜだと即座に尋ねるところは、流石に祖父江偲である。

「父親が名探偵の冬城牙城で、彼自身にも探偵の才があり、これまで地方の伝承に絡んだ殺人事件を解決してきたと教えたところ、先程《さきほど》の祖父江さんと似た心配をし出したわけだ」

「やっぱり美人の乙女同士、気が合いますね」

「祖父江君の今の言葉は、その前の先輩の台詞《せりふ》との間に、全く何の整合性も――」

「そういう心配をしはるんは、よう分かります」

「それに乙女という単語は、成人した女性に普通は使わない。もっとも李千子さんには当て嵌《は》まりそうだが、君は年齢的に考えても――」

「先生ぇ、お原稿の締め切りが、早まりますよ」

「何の関係が――」

「まぁまぁ」

　福太が苦笑しながら割って入りつつ、

「しかし刀城君の話を聞く限り、決して名探偵というわけではなく、むしろ迷う方の迷探偵だと感じたことを、李千子には説明した。それに刀城君は、うちの母が苦手でね。だから話し込むような心配はなく、あっさりと説明して終わるだろうと伝えた」

「すみません。失礼なことを――」

　李千子が頭を下げたので、言耶は大いに慌てながら、

「いいえ、大丈夫です。そもそも僕は探偵ではないうえに、遭遇した事件が解決を見るのも、飽くまでも偶々《たまたま》に過ぎません」

「先生の推理は二転三転どころで済まずに、四転も五転もしたあと、更に七転八倒《しちてんばっとう》しますからね」

　横から偲が余計な説明をしたが、李千子が不安の籠《こも》った声で、

「でも、ちゃんと最後は――」

「真相に到達するかいうと、それが曖昧《あいまい》なんです。結局は事件を引《ひ》っ掻《か》き回《まわ》して、颯《さっ》爽《そう》と去っていく。そういう恰好《かっこう》だけ見れば、名探偵っぽいかもしれません」

　いつもの祖父江偲なら、ここぞとばかりに刀城言耶の名探偵振りを力説するのだが、先程の「君は年齢的に考えても――」の台詞が、どうやら頭に来ているらしい。そのため普段とは違う辛口になったようだが、名探偵と呼ばれることに前々から抵抗のある言耶にとっては、正に願ったり叶ったりの反応である。

「正に彼女の言う通りで、仕方なく仮に探偵役を務めるにしても、先輩も仰った迷う方の迷探偵でしょう」

「とはいうものの——」

　そこで偲が遅蒔きながら自分の犯した間違いに気づいたのか、

「斯様《かよう》に情けない先生ではありますが、実は——」

　と先を続けようとしたので、言耶は急いで福太に確認した。

「ところで先輩自身は、先程の李千子さんのお話の中で、何か気になることは特になかったのでしょうか」

「いや、それが一つあるんだ」

　すると福太が期待通りの反応を示した。

「何ですか」

「彼女が陥った仮死状態なんだが、一体あの原因は何だったのか」

「状況的には、二つの解釈ができると思います」

　言耶の瞳《ひとみ》が妙に生き生きとしはじめた。

「一つ目は？」

「医師の診立て通り、迫りくる土石流を目にした衝撃から、一種のショック死を起こした」

「二つ目は？」

「忌名を呼ばれて振り返り掛けたことで、魔物の魔性に中《あ》てられてしまった」

「どっちだと、君は考える？」

「あっ、一つ目と二つ目が同時に起きたため、という三つ目もありました」

「うーん、それが正解っぽいか。だが仮死状態など、そうそう起きるものでもないだろう」

と言われて言耶は更に両目を輝かせると、

「昔々プラハの大学病院に、胸膜肺炎を患った学生が担ぎ込まれたのですが、冷たい床の上で立ち上がったところで、彼は倒れてしまいます。医師が診ると、身体《からだ》は冷たく、心音も絶え、瞳孔《どうこう》も拡大して、如何《いか》なる刺激にも無反応でした。静脈を切開しても、僅かな血液しか流れません。医師は医学生たちにも手伝わせて、あらゆる蘇生《そせい》法を試したが駄目でした。それで葬儀の準備を進めていたところ、突然『私は生きている』と叫んで学生が起き上がりました。彼によると意識は終始あって、周りの出来事も全て聞こえていたといいます。あのまま葬儀が行《おこ》なわれていたら、彼は生きながらにして埋葬されていたわけです」

「……同じだ」

「ドイツの産婦人科医が報告した、妊婦の事例もあります。彼女の身体は冷え切って全く何の反応もない状態で、心拍も脈拍も停止していました。両目は酷く落《お》ち窪《くぼ》み、角膜も濁《にご》っていた。如何なる刺激剤の投与も無駄でした。そこで赤ん坊を助けるために、医師は帝王切開を行なうことにします。そのための手術器具を取りにいって、彼が戻ってみると、なんと女性が生き返っていました」

「蘇生する前に、もしも手術をしていたら……」

「ニューヨークの病院で、ある男が突然死を迎えました。医師は死因を特定できなかったので解剖をしたのですが、遺体にメスを入れた途端、がばっと男が起き上がった。それから医師の喉元《のどもと》に摑《つか》み掛《か》かってきた。その結果、医師は卒中を起こして亡くなり、男は完全に蘇生しました」

「そんな例もあるのか」

「フランスの大学で解剖医の実習生が、若い女性の遺体にメスを入れたところ、凄《すさ》まじい絶叫と共に彼女が起き上がり、彼に襲い掛かってきた。女性は実習生の髪を摑《つか》み、顔を引《ひ》っ掻《か》いてきます。彼はメスを振るい続けながらも、余りの恐怖から失神する。やがて気がつくと、彼女の心臓にメスが突き刺さっており、再び死体になっていました。そして彼の顔には、このときの傷が生涯ずっと残ったといいます」

「うん、なるほど。もう充分に分かったから――」

ここまでの言耶の話に、かつての自分の体験が矢張り重なるのか、李千子が怯えた様子を見せていることに気づき、福太は止めようとしたのだが、

「ちょっと因縁《いんねん》めいた例もあります。ルーアンの戦いで負傷して死んだ兵士が、他《ほか》の

戦死者と共に裸で溝に入れられ土を掛けられたのですが、実は生きていました。ただし口を利くことも身体を動かすこともできません。そこへ兵士の下僕が現れて、主人の遺体を宿舎に運び込んで、五日間に亘《わた》り安置したところ、蘇生の徴候が見られました。しかし進軍してきた敵によって、彼は遺体と見做《みな》され窓から投げ捨てられます。兵士は堆肥《たいひ》の上に落ち、丸一日そのまま放置された。でも縁者に見つけられて、漸《ようや》く完全に生き返ることができました。因縁めくというのは、彼の母親は身籠《みごも》った状態で一旦《いったん》は埋葬されたものの、不在だった父親が戻り、遺体を掘り出して腹を切り裂いた結果、彼が無事に取り出された――そんな過去があったことです。つまり彼は狭い場所からの生還を、二度も三度も果たしたわけです」

「確かに凄《すご》い話だけど――」

「凄いと言えば、フランスである若者が父親の勝手な希望により、どうしても聖職者の道に進まざるを得なくなります。その前に彼は旅に出るのですが、一軒の宿に泊まったとき、死んだばかりの娘のために、一晩中どうか祈りを捧《ささ》げて欲しいと、宿の主人夫婦に頼まれます。彼は両親の願いを聞き届けますが、好奇心から遺体に掛かったベールを取ったところ、余りの美しさに心を惑わされてしまい、遂《つい》にやってはいけない行為に及んでしまいます。要は死姦《しかん》ですね。翌朝、彼は自責の念に駆られながら、急いで宿を出ます。それから娘の葬儀が執り行なわれましたが、柩《ひつぎ》を運ぶ途中で内部に振動を感じた者がおり、慌てて遺体を取り出して蘇生を試みたところ、娘は生き返ります。でも数ヵ月後、なぜか妊娠していると分かり、村の噂になってしまう。娘は赤ん坊を産んだあと、修道院に入ります。一方の若者は父親が亡くなったことで、もう聖職者の道に進む必要がなくなりました。その後に彼が再び宿の側を通り掛かったところ、娘のことを耳にして驚き、彼女と結婚した——という信じられないような話があります」

「いや、本当にそう思うが——」

「死んだあとに蘇生した女性と、外国に駆け落ちした例も——」

「いやいや——」

「これはパリにいた——」

「刀城君——」

「二人の商人の、それぞれの息子と娘に——」

「ちょっと待って——」

「先生、白もんこって化物を、ご存じでしょうか」

そう偲が訊《き》いた途端、それまで饒舌《じょうぜつ》だった言耶がぴたっと口を閉ざして、室内に暫く沈黙が降りたあと、

「し、白もんこ……」

彼が例の悪癖を爆発させる前に、しらっと偲が先回りして止《とど》めを刺した。

「あっ、言うときますけど、私も詳細は何も知りませんよ」

「へっ……」

「そう呼ばれる化物がいるって、前に聞いただけで――」

「だ、誰から聞いた？　白もんこは一体、ど、何処にいるんだ？」

「聞いた人が誰やったか、もう忘れました。場所は東北地方やったと思いますけど、いずれにしろ私も、これ以上は何も知りません」

「そんなぁ……」

がっかりする言耶をまじまじと見詰めたあと、福太が心の底からという体で、偲に感謝の言葉を述べた。

「ありがとう。ほんとに助かったよ。伊達《だて》に彼の担当編集者をやっていないね」

「いいえ、お安い御用です。ただ、これは毒を以《もっ》て毒を制す方法ですので、素人さんにはお勧めできません」

「君は何の専門家なんだ？」

早くも立ち直った言耶が、ここぞとばかりに突っ込みを入れる。

「それは無論、刀城言耶先生の悪癖を無難《ぶなん》に鎮める専門家やないですか」

「うん、実際に見事だった」

納得していないのは当人だけで、福太だけでなく李千子も素直に感心している。

「ところで、先輩――」

言耶は気を取り直すと、

「今後の予定ですが、明日の午後に発条家へお邪魔して、如何に尼耳家が格式のある家系か、それを先輩の母堂に僕がご説明する。そして明後日《あさって》、先輩は李千子さんと母堂と三人で、尼耳家を訪ねられて、お二人の結婚の話をなさる」

「今は自由恋愛の時代で、李千子も実家の承諾は必要ないと考えているけど、ここは母の顔を立てないとな」

「先輩の尊父は？」

「全て母に任せてるよ」

「できれば明々後日《しあさって》に尼耳家から戻られ、婚約の発表を正式に行なう」

「結構みっちりの予定ですね」

既に偲の興味は、二人の今後に向けられているらしい。ただ予定を聞いたことにより、どうやら疑問が浮かんだようで、

「えーっと今更なんですが、どうしてもっと早く、ご結婚のお話を進められなかったんですか。李千子さんの二十一歳の儀礼が済んだのは、去年の晩夏ですよね。なぜ一年以上も待たれたのか、ちょっと不思議に思ってしまって……」

遠慮した物言いだったが、はっきりと聞きたいことを口にするのは、矢張り彼女である。

「それには尼耳家の恥を、お話しする必要があります」

「えっ……そうでしたら、無理には……」

偲も「家の恥」とまで言われると、流石に遠慮する恰好になったのだが、李千子は少しも気にすることなく、

「いいえ、私は大丈夫です。むしろお聞きになる刀城先生と祖父江さんが、こちらにお気遣《きづか》いなさるんやないかと思いまして、それで事前にお断りしたんです」

「では互いに、そういう気の回し合いはなし、ということに致しましょうか」

言耶の提案に、李千子はこっくりと頷いてから、

「私の通夜にも葬儀にも、父の姿がなかったお話をしましたけど――」

「葬儀も、ですか」

「はい。あのときは棺桶《かんおけ》の中に、完全に意識が閉じ込められてたので、実際に誰がいたのか分かりませんでした。でも父が不在やったんは、間違いないです。なぜなら次の日に帰ってきて、私の通夜と葬儀があったことを知って、それは仰天してましたから……」

「無理もありません」

「祖父は尼耳家の大黒柱に相応《ふさわ》しい人ですが、残念ながら父は違います。もっとも祖母によると、昔は祖父の覚えも目出度うて、非常に期待されてたらしいんです。でも忌名の儀礼で、何ぞあったらしゅうて……」

「何歳のときですか」

「二十一歳と聞いてます」

「何がありました？」

「詳しいことは、祖母も知らないみたいです。ただ、その何かが原因で、忌名の物語に狂いが生じたんやないか……と、最近になって私は考えるようになりました。本当なら父の忌名が被《かぶ》ってくれた、例えば女癖《おんなぐせ》の悪さや女難のような女性に関する災厄を、父自身が実際に受けてしもうたんやないか……って」

「李千子さんの体験を振り返ると――」

言耶が考え込む口調で、

「七歳より十四歳、十四歳より二十一歳と、年齢が上がるにつれ、儀礼で遭遇する怪異が減少していくように思われます」

「何で、でしょう？」

首を傾《かし》げる偲を見て、言耶が答えた。

「お祖父《じい》様の件宗《けんぞう》氏が仰った『七つまでは神のうち』の通りに、七歳が人として認められる年齢だと解釈した場合、正に人間になったばかりの状態——ということになる。つまり人として不安定な部分がまだあると、そう見做されても可怪しくないわけだよ」

「せやから魔物に狙《ねら》われ易《やす》い」

「うん。でも十四歳は七歳に比べると、かなり大人と言える。だから遭遇する怪異も、七歳のときのような直接的なものではない。ただし思春期に入っているため、精神的に不安定なところがある。よって怪異も、もっと曖昧で漠然とした現象となる。

そんな風に受け取れた」

「ところが、お父様の……」

「太市《たいち》です」

「あっ、すみません。太市さんは、前の二回では何もなかったようやのに、二十一歳で怪異に遭われた。何でです？」

「飽くまでも想像だけど、太市氏は幼い頃から、子供らしくない現実的な性格をしていたのかもしれない。そのため実際には魔物の脅威があったのに、彼は全く気づかなかった。人が認識しない限り、どれほど凄い怪現象が仮に起きようと、それは存在しないことになるからね」

「……本当に、そうかもしれません」

李千子が納得するように、小さく頷いている。

「思春期の真っ最中も、太市氏は妙に冷めていた。つまり魔物が付け入る隙《すき》など、何処にも少しもなかった」

「せやのに、なんで二十一歳のとき――」

「何かが起きたのか。またしても想像で申し訳ないけど、溜《た》まりに溜まっていたのだとしたら、どうだろう」

「何が、です？」

「魔物たちの鬱憤《うっぷん》が……」

言耶の表現に、明らかに三人は戸惑ったらしい。互いに顔を見合わせたものの、どう反応したら良いのか分からず、誰もが黙っている。

「えーっと先生、ここは笑うとこなんですか」

漸く口を開いたのは、最も付き合いの濃い偲である。

「こう言い換えれば、どうかな。忌名の儀礼に纏いつく特有の魔的な空気を、七歳と十四歳の太市氏が少しも体感しなかったが故《ゆえ》に、それらが三頭《さんず》の門から祝りの滝までの間で纏まって、ずっと滞留し続けていた。そして二十一歳の儀礼のとき、彼が何かの拍子《ひょうし》で、そういったもの全てを浴びてしまった……」

「この場に及んで、こんなことを言うのも、どうかと思うけど――」

やや遠慮勝ちながら福太が口を挟んだ。

「そういう怪異が実在する前提で、今後も話を進めていくのか」

「その問題について今回は、最初からはっきりしていると思います」

言耶が断定したので、偲がびっくりしたように、

「先生はいつも、怪異に白黒つけるのは、ナンセンスだと仰ってますよね」

「その立場は揺るがないけど、今回は別だよ」

「どういう意味です？」

「だって先輩の母堂の説得が——という言い方になりますが——今回は何よりも大きな目的になるからね」

半分は福太に顔を向けて、言耶は説明しながら、

「というわけで母堂の、この手の怪異に対するお考えは、どうなっていますか」

「いやはや、はっきりしてるよ」

福太は非常に冷めた口調で、

「例えば都内の某所で、夕方になると何々という化物が現れるらしい……という噂が立ったとしても、恐らく母は鼻で笑って相手をしないと思う。狙われるのは子供だと仮に聞けば、それは人攫《ひとさら》いだろうと極めて現実的な考え方をするだろうな」

「ところが——」

と言耶が促《うなが》すと、福太は苦笑を浮かべつつ、

「生名鳴地方だけの伝統とはいえ――いや、だからかもな――そういう昔からの風習で、そこに魔物が現れると聞けば、きっと無条件で受け入れると思う」

「つまり怪異の背景によって、その受け止め方が百八十度も、くるっと変わるわけですか」

「だから刀城君も、そこは全く気にする必要はない」

「分かりました。すみません、話を逸《そ》らしてしまいました」

言耶は福太に応えてから、李千子に向き直り謝った。

「いいえ、とんでもありません。先生にはご無理を申してるんですから――」

「その、先生という言い方は……」

「わ、私が使うのは、失礼だったでしょうか」

焦り出した李千子に、何の問題もありませんとばかりに偲が、

「いえ、もちろん大丈夫です。作家になってから何年も経つのに先生は、ご自分が『先生』と呼ばれることに未だに照れを覚える、という子供みたいなところがありまして、各社の編集者たちが困っておりまして――」

「また君は、適当なことを言う」

言耶の抗議を、偲は当然のように無視して、

「ですから『先生』と呼んで頂いても、何の問題もございません」

「……良かったです」

それで李千子も納得したのか、先程の続きを話し出した。

「父に何が起きたのかは不明ですが、女遊びに現《うつつ》を抜かすようになったみたいです」

「ちなみに太市氏の、両の目は？」

「本人は頑として認めませんが、どうも右目の視力が、かなり悪いようです」

「二十一歳の儀礼のとき、不意に忌名を呼ばれて、つい右肩越しに振り返り掛けたから……」

李千子はこっくりと頷いたあと、

「このままでは拙いと思案した祖父が、遠戚《えんせき》に紹介して貰うた母との見合いを画策したと、のちに祖母から聞きました」

「お祖母《ばあ》様の瑞子《たまこ》さんは、随分と生々しいお話を、孫のあなたにされるんですね」

言耶は言葉を選びつつも、はっきりと尋ねた。

「全ては、私のためや思います。二人の兄が戦死して、三市郎兄さんは家のことなど眼中に全くのうて、祖父の期待が女の私に伸し掛かるのを、祖母は心配したわけです。そのため尼耳家に関する件は、何でも話しておこうと決めたんやないでしょうか。それに父の話については、忌名の儀礼を疎《おろそ》かにしてしまうと、そういう災《わざわ》いが降り掛かり兼ねないぞ――いう心構えを、祖母は説きたかったのかもしれません」

「なるほど。よく分かりました」

「もっとも尼耳家にとって、父の女癖の悪さが皮肉にも救いになったのは、ほぼ間違いなさそうですけど」

「と言いますと？」

「私の十四歳の儀礼が終わった翌年、市糸郎《いちしろう》君と井津子《いつこ》ちゃんの双子が、当家にやってきました。私と兄にとっては、腹違いの弟と妹になります」

もちろん福太は知っているのだろうが、いきなり聞かされた言耶と偲は、なんとも応えられずに黙ってしまった。

「二人の存在を私も兄も、全く知りませんでした。祖母と母については分かりませんけど、祖父は間違いのう承知してたんやないか思います」

「少なくとも市糸郎君の命名には、件淙氏が関わっているのではないか――と、あなたは考えられたのですね」

言耶の確認に、こくんと李千子は頷いた。

「三人の兄と私の名前も、祖父がつけました。もしも父が弟と妹の命名をしたのなら、きっと意図的に別の名前にした気がします」

「件淙氏と太市氏の仲は、良くないのですか」

「はい。それなのに祖父は、飽くまでも父を長男として、尼耳家の跡取りとして、ずっと認めていました。ですから外で子供を作っても、何ら咎《とが》めんかった。けど流石に愛想《あいそ》を尽かして、孫である市太郎《いちたろう》に望みを託すようになったんやと思います。せやけど兄は戦死し、その次に目を掛けてた市次郎《いちじろう》も同じように亡くなります。残った三市郎には子供の頃から、祖父は何の期待もしておりませんでした。代わりに祖母が、三市郎を猫可愛《ねこかわい》がりしました。私も祖母の愛情を受けて育ちましたが、兄に対するそれは、もう比べ物にならないくらい強いものでした」

「長男と次男の場合、『市』の字が名前の最初にくるのに、三市郎氏は二文字目なのも、こうなると意味がありそうな気がしてきます」

言耶の指摘に、福太が首を傾げながら、

「既に命名のとき、祖父様は三男には期待してなかった——とでも言うのか」

「本当のところは分かりませんが、そんな風に見えませんか」

「うーむ。尼耳家は長男と次男がいれば、安泰だと考えたのかもしれんな」

「有り得ます」

言耶は相槌《あいづち》を打ってから、再び李千子を見やって、

「誕生と同時に差別をされた恰好の三市郎氏が、お祖母様は不憫《ふびん》だったのかもしれませんね」

「はい。斯様な経緯があったもんの、それでも二人の兄の死後、祖父の目は一時だけ、三市郎兄さんに向けられたんです。けど、やっぱりお眼鏡《めがね》に適わんかったみたいで……。同じことが私の仮死状態のときも、繰り返されそうになって……」

「李千子さんに婿《むこ》を取って、尼耳家を継がせる——という件淙氏の計画が、あなたの『死』によって頓挫《とんざ》した。そうご本人は信じたでしょう」

「私は生き返ったわけですが、幸いにも祖父は、あの仮死状態の騒動にかなりの衝撃を受けたみたいで……。私のお婿さんを跡取りにすることを、もう考えんようになって……。せやからこそ市糸郎の存在に、祖父は一気に注目したんやと思います」

「だから公然と二人を、尼耳家に入れられた」

「母が異を唱えることなど、もちろん許されません」

「……酷い」

ぽつりと呟《つぶや》いた偲に、李千子は礼を述べるように少し頭を下げると、

「幸いやったのは、市糸郎も井津子も良い子で、別に問題なかったことです。もっとも性格は逆の方が相応しかったのに、と誰もが思うほど、弟は大人しゅうて素直で従順、妹は人見知りのせん活発で元気な子でした。どっちも黙って座ってたら、お人形さんのように綺麗《きれい》で可愛《かわい》いのは同じやのに、中身は正反対やったんです」

「それでも件淙氏は、男である市糸郎君を尼耳家の跡取りに、と考えられた」

「運動は弟の方が意外にも得意で、井津子は金槌《かなづち》やのに、彼は泳ぎも達者で、身体は丈夫そうやったんで、祖父も心配しなかったんやと思います」

「性格などは直していけば良いと、件淙氏は考えたのかもしれませんね」

「はい。二人が当家に来たのは、私の十四歳の儀礼の、ちょうど一年あとでした。その翌月に二人は七歳の誕生日を迎えたのに、市糸郎だけが忌名の儀礼を執り行なったんです」

「井津子さんを除外したのは、尼耳家の跡取りとは見做されていなかったから？」

「もしも市糸郎が女の子で、はじめから双子の姉妹やったら、間違いのう祖父は井津子の方に、忌名の儀礼を受けさせたでしょう」

「市糸郎君は儀礼を、怖がりましたか」

言耶の質問に、李千子は顔を曇らせながら、

「忌名語りが済んだあと、祝りの滝へ行くのを、それは厭《いや》がりました。祖父が首虫《くびむし》や角目の話をしたからや思います。そしたら井津子が、自分が代わりに行くと言い出したらしく……。市糸郎を庇《かば》おうとしたいうより、あの子自身の好奇心からでしょう」

「どうなりました？」

「祖父は『男の癖に』と怒り出して、私が七歳のとき立派にやり遂げた――いう話を散々したのですが、そんなこと言うても市糸郎が余計に委縮するだけです。見るに見

兼ねて『私に任せて下さい』と申し出て、こっそり例のピストルを渡しました」

「あっ、それは良い」

「そのとき『お姉ちゃんは十四歳のとき、これで化物をやっつけた』って教えました。『けど弱い化物も多かったから、ほんまに怖い魔物が出てくるまで、このピストルは使わんかった』とも言うておきました」

「無事に済みましたか」

「戻ってきた市糸郎の顔は真っ青で、身体が小刻みに震えてたため、祖母も母も随分と心配しましたが、あの子が達成感を覚えてることが、私には分かりました」

「ピストルは？」

「怖い目に遭う度に、もっと恐ろしいものが先にいてる——って考えて、必死に我慢したようなんです。そのため最後まで、とうとう使わなかったそうです」

「ど、どんな目に彼は？」

言耶の興味が怪異へと向き掛けたので、

「そうしてお二人は、尼耳家で暮らすようになったわけですね」

話が逸れないようにと、偲が急いで先を促した。

「私が高校を卒業して上京するまでですから、四年ほどしか一緒に暮らしてませんが、世話を焼くのが楽しい弟と、いつでも明るく話せる妹ができて、ほんまに良かったと思います」

「そうか」

言耶が納得したように呟いてから、

「今年は市糸郎君の、十四歳の儀礼があるんですね。それが終わるまで、先輩との結婚話を進める心算はない。そういう事情ですか」

「ご指摘の通りです。市糸郎の二十一歳の儀礼が済むまで、ほんまは待ちたいんですけど……」

「更に七年というのは、いくら何でも無理だよ」

福太が困惑し切った様子で、

「仮に俺が待てたとしても、うちの親は駄目だろう。さっさと見合いをして結婚しろと、それは煩《うるさ》くせっつくのが目に見えている。だから李千子と話し合って、市糸郎君の十四歳の儀礼が終わったら、ということにしたんだ」

「それで忌名の儀礼の日取りは？」

「今日です」

李千子の答えに、言耶と偲はびっくりした。

「本当に儀礼の直後に、先方に挨拶《あいさつ》をされに行かれるのですね」

「その方が祖父様の注意も、まだ市糸郎君に向けられているだろうから、こちらとしても好都合ではないかと、まぁ考えたわけだ」

「なるほど」

そこからは明日の発条家訪問の話に再びなった。もっとも「そんなら私も、同行します」と言い出す偲に、「君は何の関係もないだろ」と言耶が諫める、そんなやり取りの繰り返しで、どんどん時間が経っただけだったとも言える。

「今日は、本当にありがとう」

「どうぞ明日も、よろしくお願い致します」

「私も絶対にご一緒します！」

二人が礼を述べてから、鴻池家の離れを辞そうとする横で、偲が尚《なお》も同行を主張していたときである。

「センセ、お客様にお客さんですよ」

離れの外で、大家である鴻池絹枝の声がした。

「はい、何方《どなた》でしょうか」

言耶が返事をしながら出ると、絹枝の横に中学生くらいの少年がいて、頬《ほお》を真っ赤に染めて立っている。どうやら走ってきたらしい。

「センセのお客様がお住まいの、アパートの大家さんの、彼は息子さんやいうことです。なんや偉い急ぎの用事みたいですよ」

「尼耳李千子さんに？」

その声が聞こえたのか、当人が表へ出てきたのだが、

「喜代晴《きよはる》君、一体どうしたの？」

「ここにお姉ちゃんがいるから、母さんが届けなさいって……」

アパートを出掛けに大家と顔を合わした李千子は、少し立ち話をした。そのとき行き先を口にしたらしい。だから喜代晴が訪ねてくることができたわけだが、問題は彼が駆けてまで持ってきた代物にあった。

「お姉ちゃん宛《あ》てに、電報が届いて……」

彼から受け取り、その内容を理解した途端、李千子の表情が一変した。

「大丈夫か」

彼女を心配しつつ電報を確かめた福太も、さっと顔色が変わったので、

「……悪い知らせでしょうか」

言耶が気遣う口調で尋ねると、

「忌名の儀礼の最中に、市糸郎君が亡くなったらしい」

第五章　発条家《はつじょう》にて

翌日、予定通り刀城言耶は発条家を訪問した。

祖父江偲《そふえしの》が「私もご一緒します」と言い張った。だが「ただでさえ先輩の母堂の相手は大変なのに、尼耳家《あまがみ》にご不幸があった所為《せい》で、それが余計に難しくなるのは目に見えている。それなのに第三者の君を連れていって、『あら、こちらのお嬢さんは、何処《どこ》の何方《どなた》なの？』と先方に訊《き》かれて、向こうの気に入るように説明しなければと頭を悩ますのは、こんなときなんだから勘弁して欲しい」と彼が切々と訴えると、不承不承ながら納得した。

もっとも言耶の心配は、ほとんど杞憂《きゆう》に終わった。

「あらぁ先生、そのジーンズパンツとかいう風変わりな代物を、相変わらず穿《は》いているんですねぇ」

刀城言耶が学生時代から愛用している——当時も今も、まだ日本では珍しい衣類——ジーンズを懐《なつ》かしそうに眺《なが》めた福太《ふくた》の母親である香月子《かつこ》は、忌名《いな》の儀礼に関する説明に一応は耳を傾けたものの、当初に予定されていた尼耳家の訪問をどうするか――を何よりも気にしたからだ。

「こんなときに、あなたたちの結婚のお話は、流石《さすが》にできないでしょう」

「けど母さん、先に延ばすにしても……」

「そうね。私の予定が、当分は立たないと思う」

元和玩具《げんわがんぐ》の副社長という立場は決して伊達《だて》ではなく、かなり多忙を極めているらしい。生名鳴《いななぎ》地方への日帰りは不可能なため、最低でも二日は必要になる。その前後に大事な予定は、なるべく入れたくない。などと考え出すと相当に難しい。ちなみに今回、香月子は五日間という破格の予定を組んでいた。

「彼女と結婚を前提にした交際をはじめてから、二年も経《た》っている。ここまでは忌名の儀礼という事情があったから仕方ないけど、これ以上もう待つのは……」

福太としては何が何でも避けたいみたいである。

「あなたの気持ちは、よーく分かっています」

それを香月子も充分に理解しているようだが、如何《いかん》せんどうにもできない。

李千子《いちこ》が尼耳家に電話で確かめたところ、市糸郎《いちしろう》の遺体が警察から返されるのは、明日の午後らしい。そのため通夜を明日の夕方から、葬儀を明後日《あさって》に執《と》り行《おこ》なう予定になっているという。ちなみに土葬ではなく火葬である。

「あの、お悔《く》やみは、どうされるお心算《つもり》ですか」

母子の会話に、言耶が遠慮勝ちに入ると、

「本人たちの結婚に対する意思は固くて、かつ両家の親が反対しているわけでもありません。だから何の問題もないけど、家同士のご挨拶《あいさつ》はまだでしょう」

「お互いに知り合ってるわけではない、という状態になりますか」

「そういう関係でのお悔やみって、ちょっと厄介よね」

困り顔の香月子に、福太が応じた。

「かといって、何もしないわけにもいかないよ」

「どうするのが最も失礼にならないか、それを私は――」

再び母子のやり取りが活発に続く横で、言耶は凝《じ》っと考え込んでいたが、

「同時に行《おこ》なってしまうのは、如何《いかが》です?」

ぴたっと二人は口を閉ざしたが、何を言い出すのかという顔の香月子に対して、意外にも福太は少し微笑《ほほえ》んでいるようにも見える。ただし反応したのは、香月子の方だった。

「刀城先生は、まさか結婚についての訪問と、この度の弔問とを一緒にしてしまおう、なんてお考えではないでしょうね」

「その『刀城先生』という呼び方は――」

「作家という方々は、さぞ色々な知識をお持ちなんでしょうが、矢張り常識に欠けている人が多いのかしら」

「極めて合理的な判断だと、僕は思うのですが――」

「先生、そういう世間知らずな――」

「まぁまぁ、ここは刀城君の意見を聞こうよ」

福太が間に入ったため、香月子は仕方なく黙ると、言耶を身振りで促《うなが》した。

「先輩の母堂は、多忙を極めておられます」

「私は時代劇の登場人物ですか」

「母さん、口を挟まないで下さい」

「そのため尼耳家訪問の予定を先に延ばすのは、いつになるか分からない現状もあって、先輩としては何としても避けたい」

福太が首を縦に何度も振っている。

「その一方で、尼耳家に対するお悔やみをどうするか、という問題もある。これらを一気に解決するためには、まずは弔問を行なったうえで、その後に結婚の話をする。この一石二鳥しかありません」

「そんな、初七日も済まないうちに……」

香月子が眉《まゆ》を顰《ひそ》めつつ、

「いくら何でも、非常識過ぎます」

「しかし、別に結納《ゆいのう》を交《か》わすわけではありません。言うなれば両家の、親たちの顔合わせのようなものです」

「だとしても、世間体が悪過ぎるでしょう」

難色を示す香月子に対して、言耶が困り果てていると、

「うちの方でしたら、全く問題ありません」

それまで大人しく三人の会話を聞いていた李千子が、弱々しい声ではあったが、はっきりとそう言った。

「えっ？　駄目でしょう」

驚く香月子に、李千子は訥々《とつとつ》とした口調で、

「尼耳の家には先月の終わりに、実は帰りました。結婚の件の根回しと、忌名の儀礼に臨む市糸郎を励《はげ》ますためです」

「あなたは、その話を聞いてるの？」

香月子に訊かれ、福太は当然という風に頷《うなず》きながら、

「二人の結婚について、彼女のご両親も、お祖父《じい》様もお祖母《ばあ》様も、諸手《もろて》を挙げて賛成して下さったらしい」

「それを早く言いなさい」

「ただし正確に言うと、お祖父様だけは少し違ったようで……」

「どういうこと？」

尼耳家の家長は未《いま》だに祖父の件淙《けんぞう》のため、香月子も気になったのだろう。

「いや反対とか、そういう話ではなく、端《はな》から興味がないみたいで……」

「祖父の頭にあったのは、翌月に控《ひか》えていた市糸郎の忌名儀礼のことだけでした」

横から李千子が補足する。

「私の結婚に対する祖父の気持ちは、ほぼ間違いのう『好きにしたらええ』という程度だったと思います」

「それにお祖父様が、もし反対されたとしても、彼女は尼耳家を――出るわけだから、全く何の問題もない」

福太は「出る」ではなく「捨てる」と言い掛けたのではないか、と言耶は思ったが黙っていた。

「そうは言っても、両方の家に祝福して貰《もら》うのが、やっぱり良《い》いでしょう」

「うん。けど李千子もそこは、ほとんど心配していなかった。お祖父様の反応も、予想通りだったわけだしね」

「無関心なのは残念だけど、反対をされなくて良かったと、ここは考えるべきでしょうね」

香月子が前向きに捉《とら》えるのを、福太は喜びつつも、

「むしろ李千子が気にしていたのは、市糸郎君が控えている儀式だった」

「お祖父様と同じじってこと？」

「そうだけど、意味合いが違う」

怪訝《けげん》そうな顔をする香月子に、福太は言葉を選びつつ、

「お祖父様は尼耳家の跡取りにと、市糸郎君を考えている。だからこそ彼には忌名の儀礼を執り行なうけど、井津子《いつこ》ちゃんには受けさせない。お祖父様が願っているのは、無事に儀式を済ませることで、市糸郎君が跡取りに相応《ふさわ》しいと証明する。その点にある」

「極めて封建的ね」

香月子の率直な物言いに、福太は軽く同意してから、

「でも李千子は、市糸郎君が感じているであろう懼《おそ》れを、できるだけ取り除いて上げたいと思った。それが第一で、次いで忌名の儀礼の最中に、かつて彼女に降り掛かったような不測の事態が起きることを、とにかく恐れていた」

「選《よ》りに選って生名鳴地方は――」

福太の話を補うように、李千子が口を挟んだ。

「市糸郎の儀式の三日前に、私のときと同様に台風が来て、物凄《ものすご》い集中豪雨に見舞わ

れました。しかも翌日には、地震があったようなんです」

「ご心配でしたね」

言耶は彼女を気遣《きづか》ったが、

「李千子が十四歳で経験したような出来事が、もしも発生した場合、こちらの訪問は取《と》り止《や》めになり兼ねない」

福太は肝心な問題について、そのまま話を続けた。

「ただ、たとえ忌名の儀礼で何が起ころうとも、発条家の訪問は必ず受け入れると、尼耳家の皆さんは——というよりお祖父様が、と言った方が確かだな——仰《おっしゃ》ったとのことなんだ」

「でも……」

言耶は躊躇《ためら》いながら、

「まさか市糸郎君が亡くなってしまうとは、流石に件淙氏も考えなかったのではありませんか」

「うん、それはそうだ。けど尼耳家では、お祖父様の決定は絶対と言える」

「つまり言葉は悪いですが、それに乗っかろうというわけですね」

言耶は応《こた》えながらも、ちらっと香月子を窺《うかが》った。こういう調子の良い立ち回りを、彼女が受け入れるかどうか心配したのだが、

「よく分かりました」

香月子の決断は早かった。

「世間的に見て非常識であることに変わりありませんが、尼耳家のご当主のお許しがあるのでしたら、それに甘えさせて頂きましょう」

ほっと言耶は安堵《あんど》しつつも、福太には恨めしそうな口調で、

「先輩、そういうお話が既にあるなら、最初から言って下さいよ」

「いやいや、これを打ち明けるのは、万策が尽きた最後だろう」

しかし福太は、のほほんとした態度である。

「あっ、それでさっき、僕が同時に行なう提案をしたときに、先輩はちょっとだけ微笑まれたんですね」

「相変わらず鋭い観察力だな」

「はい、これで決まりね」

尼耳家が都内や近県にあるのであれば、香月子も絶対に認めなかったかもしれない。だが同家は関東から離れた地方にあり、かつ今回の訪問が発条家と付き合いのある人々にまで広く知れ渡る心配はないと、恐らく彼女は読んだのだろう。

これで当初の予定通り、発条香月子と福太、それに尼耳李千子の三人は、生名鳴地方の尼耳家へ赴くことになったのだが、ここで新たな問題が発生した。

「刀城先生、是非ご同行をお願いします」

香月子が突然、言耶に頭を下げた。

「えっ、だって僕は、何の関係も……」

「先生は地方の――民俗学とか申しましたか、そういう学問の専門家でしょう。先方で分からないことがあっても、先生が側にいれば解説して貰えます」

「えーっと、僕はですね――」

「それに市糸郎君は、どうやら普通の亡くなり方ではないらしい……という話になっているのでしょう」

これまで敢《あ》えて避けてきた話題だったが、李千子が昨夜のうちに尼耳家に電話をして聞いたところ、意外な事実が分かった。

市糸郎は忌名の儀礼の最中に、祝《はふ》りの滝に於《お》いて右目を鋭利な凶器によって刺され、どうやら殺された疑いがあるという。凶器と思《おぼ》しき血痕《けっこん》の付着した錐《きり》が、三頭《さんず》の門近くの藪《やぶ》の中で発見されたらしい。そのうえ虫經村《むしくびりむら》では、あの角目《つのめ》を目撃した者がいる……などと恐ろしい噂《うわさ》も流れていた。

「これは名探偵の、刀城言耶先生の出番でしょう」

香月子にとっては「探偵風情」であり、そこに言耶の場合は「作家風情」まで加わるのに、刀城家が元華族というだけで、この変わりようである。

「それもそうだな」

福太まで賛同しそうで、言耶は慌てた。

「いや、でも――」

「君が躊躇うなんて、可怪しくないか」

怪訝そうに福太が首を傾《かし》げている。

「どうしてです？」

「祖父江《そふえ》さんの話を聞く限り、今回のような場合は、むしろ君の方から同行を希望しそうに思えるんだが――」

「どうにも誤解がありますね。生名鳴地方と虫経村に関しては、僕も大いに興味を惹《ひ》かれています。けれど尼耳家を訪問する目的は、先輩と李千子さんのご結婚のお話と、亡くなった市糸郎君に対する弔問にあります。いくら僕でも、そういう他所《よそ》様のお家《いえ》の大切な用事を利用して、民俗採訪を行なおうと考えるほど厚かましくはありません。李千子さんに尼耳家をご紹介して頂き、後日また訪れる方が、それこそ常識的ではないでしょうか。しかも向こうでは今、殺人事件が起きているのかもしれない。そんな状況下に、のこのこ出掛けていくなんて、とても有り得ません」

「意外と君は、まともだったんだなぁ」

心底から感嘆するような福太の物言いに、言耶が苦笑《くしょう》を浮かべていると、

「矢張り育ちの良さが、そういう性格に出るのねぇ」

香月子は別の感心の仕方をしてから、

「いずれにせよ刀城先生には、私たちに同行して欲しいの。ねっ、お願いします」

かなり強引に頼んできたので、ほとほと言耶も困った。

「李千子さんも、彼が一緒の方がいいでしょ？」

おまけに李千子まで味方に引き入れようとしている。

「……はい、それは、そうですね」

もっとも本人にすれば、そう訊かれても答えに困るだろう。ただでさえ結婚話と弔問が重なり大変なのに、そこに殺人事件が加わり、更に第三者まで同行させる羽目になり掛けている。しかも問題の人物が、なかなか癖《くせ》のある素人探偵作家とくれば、そう簡単に同意もできない。

とはいえ訊かれた相手は福太の母親であり、彼女は言耶の同行を望んでいる。福太自身も賛成のようなので、余り邪険な答え方はできない。刀城言耶を連れていった場合、祖父の件淙は如何《いか》なる反応を示すだろうか。

――などという李千子の心の声が、言耶は聞こえそうな気がして同情した。ここは自分が「絶対に行きません」ときっぱり断って、彼女を助けるべきである。そう思ったものの、生名鳴地方と虫経村に強く惹かれているのも事実だった。

彼自身は決して認めたがらないだろうが、そこに忌名儀礼殺人事件も加わっていたことも、ほぼ間違いなかったはずである。

結局、香月子に押し切られる恰好《かっこう》で、刀城言耶の同行が決まってしまう。

「この件を祖父江君には、くれぐれも教えないで下さい」

仕方なしに言耶は承知したが、透かさず釘《くぎ》を刺すことを忘れなかった。

なぜなら発条家への同行を彼女に諦《あきら》めさせたとき、「先生も尼耳家へ行かれることに、もしもなった場合は、私も絶対に連れてって下さいよ」と、交換条件だと言わんばかりに、そんな約束を強引に取りつけられていたからだ。

「そうか。彼女も行きたがるよな」

福太が鋭い突っ込みを入れると、香月子は興味を示して、

「その方って、先生の担当編集者のお嬢さんでしょ。いいわよ、連れてらっしゃい」

「と、とんでもない」

「李千子さんは、お会いになってるのよね」

「はい。聡明《そうめい》な美人さんで、楽しゅうて面白い人です」

「お連れしても構わない？」

「あの方なら、もちろん大歓迎です」

言耶の同行が決定したため、あとは何人増えようと関係ないと考えたのか、頼むか

ら断ってくれ――という彼の願いとは裏腹に、李千子が承諾の返事をした。

「一つだけ、約束して下さい」

香月子に対抗するのは、まず無理だと観念した言耶は、

「こちらから祖父江君に対して、この話を態々《わざわざ》しないこと」

「でも今日の夕方にでも、きっと彼女は君の離れを訪ねて、ここでの会話を聞きたがるぞ。そのときに教えないのか」

福太に不思議そうに尋《たず》ねられたので、言耶はにっこり笑うと、

「今日は夜遅くまで、あの離れには帰りません」

「明日の朝は、東京駅に九時ですよ。作家さんには、早い時間ではありませんか」

心配する香月子に、言耶は当然のように、

「あの祖父江君を振り切るためには、それくらいの覚悟が必要です。今すぐ離れに戻って旅の支度《したく》をして、誰かの家に泊めて貰う手もあります」

「ふうーん。お二人のご関係は、なんとも面白そうなのねぇ」

嬉《うれ》しそうに笑う香月子をはじめ、しっかりと三人から言耶は約束を取りつけた。

それから言耶は鴻池《こうのいけ》家の離れへ戻る前に、まず図書館に行って調べ物をした。李千子の話を聞いてから、ずっと頭にあった仮説を証明するためである。ただ残念なことに閉館まで余り時間がなく、充分に調べ尽くせなかった。それでも役には立ったの

で、取《と》り敢《あ》えず今はこれで満足するしかない。

祖父江君が来ていませんように……。

そう祈りつつ鴻池家の離れに急いで帰り、旅の支度をして——といっても普段から彼は、いつでも旅立てるように準備をしている——友達の所へ行く。だが、こんな夜に限って誰一人として都合がつかない。いきなり泊めて貰うのだから、それなりに親しい友でないと頼み難《にく》い。とはいえ、そう何人もいるはずもなく大いに困る。

この時間なら、もう帰っても……。

と言耶は考え掛けたが、
いやいや、相手は祖父江君だからなぁ。

油断して離れに入った途端、「先生、お帰りなさい。随分と遅かったんですね」と、電気の点《つ》いていない暗がりから急に、彼女の声が聞こえてくる。そんな気がしてならない。大家の絹枝《きぬえ》と仲の良い彼女はこれまでにも、言耶の留守中に離れへ上がり込んでいたことが、当たり前のように何度もある。

けど、そうなると……。

あと考えられる当ては、たった一人しかいなかった。彼だけは絶対に避けたい、という人物しか残っていない。

……クロさんかぁ。

言耶は心の中で大きく溜息《ためいき》を吐《つ》くと、阿武隈川烏《あぶくまがわからす》の貸家へ嫌々ながら向かった。

「クロさん」とは鳥類の烏の色が黒いことから、阿武隈川につけられた渾名《あだな》である。

阿武隈川は学部こそ違うが、発条福太《はつじょうふくた》とは大学の同期生になる。もっとも言耶との付き合いは福太よりも、それは遥《はる》かに濃厚と言えた。互いに民俗学という共通点があったからだ。しかも怪異に纏《まつ》わる伝承に目がないのも同じだった。阿武隈川の実家は京都の由緒ある神社のため、その伝手《つて》を頼って彼は全国各地の民俗採訪をしている。ただし極度に太っている所為で、余り気軽に出掛けられない。よって先方とは文書のやり取りが主となるのだが、矢張り現場へ足を運ばないと分からない点も多い。そこで後輩にして同好の士である言耶に情報を流し、代わりに行って貰う――というよりも扱《こ》き使う――そんな関係が二人の間には昔からある。

それだけならお互い様とも言えるので、言耶も特に不満はないのだが、問題は阿武隈川の性格にあった。傍若無人《ぼうじゃくぶじん》で、食い意地が張っており、野放図で、食べ物に卑しく、無作法で、食べることに意地汚く、無遠慮で、暴飲暴食を好み、失敬で失礼極まりなく、いつも空腹で、いつも食べている――という人物なのだ。

そのうえ言耶を弄《いじ》ることに無上の喜びを覚える性癖が加わるのだから、本当に堪《たま》ったものではない。よく今まで付き合いが続いているものだと言耶も不思議に思うのだが、これこそ世に言う腐れ縁という奴《やつ》かもしれない。

「こんばんは」

阿武隈川が借りている一軒家の玄関戸を、言耶は軽く叩《たた》きながら声を掛けた。

「クロさん、言耶です」

しかし屋内からは、何の応答もない。

「クロさーん、いるんでしょう」

ただでさえ出不精な彼が、こんな時間に出掛けているわけがないので、言耶が尚《なお》も呼び続けていると、

「……何しに来た？」

いきなり玄関戸の向こう側で低い声がして、言耶はぎくっとした。

「びっくりするじゃないですか」

あれだけの巨体なのに、まるで猫のように物音を立てずに動ける無気味な特技が、阿武隈川にはあったことを思い出しつつ、

「とにかく入れて下さい」

「せやから、何しに来た？」

「事情は中で話しますから」

「お前は、狙《ねら》っとるんやろ。よーう分かってるんやからな」

「はっ、何をです？」

「俺の夜食に決まっとるやないか」

言耶は一気に全身から力が抜けたような気になりながら、

「クロさんが今、夜食を摂《と》ってるなんて、僕に分かるわけないでしょ」

「いいや、お前は食い意地が張っとるからな」

「それだけは、クロさんに言われたくないです」

きっぱりと言耶は応えてから、明日の朝早くの電車で、生名鳴地方の虫経村へ行く必要があることを伝え、そのため今夜は泊めて欲しいと頼んだのだが――、

「あぁ、あの村には、あそこにしかない偉う上手《うま》い茸《きのこ》があったな。あれは茸酒にもなって、そりゃええんや」

と返しながら阿武隈川は、さっさと玄関戸の鍵《かぎ》を開けていた。

「何しとる、早う入れ」

「……失礼します」

「夜食は絶対やらんぞ」

最早《もはや》それに応えるのも莫迦《ばか》らしかったので、言耶は相手をせずお馴染《なじ》みの奥座敷《ざしき》へ進んだ。

阿武隈川に対する苦手意識は学生時代から変わらずにあるものの、彼が持つ膨大な民俗学の知識と実家の神社が有する伝手には、これまで数え切れないくらい世話にな

っている。その切っ掛けの多くが、この奥座敷から生まれていた。

よって言耶も、阿武隈川に対しては単刀直入である。

「忌名の儀礼って、ご存じですか」

「あれは非常に珍しい、他《ほか》の地方ではちょっと見掛けんような、特異な儀式や」

阿武隈川は餡《あん》パンを頰張《ほおば》りながらも、それを言耶が掠《かす》め取《と》るのではないか、と用心する視線を向けながら答えた。

「あと二つあるけど、やらんぞ」

「ですから、いりません。お腹《なか》は空いてませんし、餡パンが好きなわけでもないので、クロさんから貰う心算《つもり》は、本当に、完全に、少しも、全くないです」

ここまで否定すれば大丈夫だろうと思ったのだが、相変わらず阿武隈川は疑いの目を向けているので、言耶は無視することにした。

「何を指して、他にはない特異な儀式と言われるのですか」

「そりゃ贄《にえ》の正体が、実体のない名前だけ――いうことやろ」

「忌名は、言わば生贄《いけにえ》だと？」

「それ以外に、何が考えられるんや」

生贄と言えば、普通は何らかの動物を思い浮かべる。地方によっては人間だったという伝説も残っているが、いずれの場合も生き物になる。のちに形骸《けいがい》化して造り物になった例も無論あるが、元を正せば多くが何らかの動物に辿《たど》り着《つ》く。最初から「実在しないもの」を生贄にする儀式などは、確かに聞いたことがない。

「名前いうんは、まぁ記号に過ぎんわけやけど、それが実体を持ってしまう場合があるんは、お前もよう分かっとるやろ」

「夜道を歩いていると、後ろから何かが跟《つ》いてくる。でも振り返っても、誰もいない。そこで少し道の横に寄って、『お先にどうぞ』と言うと、その怪異が止《や》む」

「静岡《しずおか》と奈良《なら》に伝わる『べとべとさん』やな」

「こんな風に、しばしば日常的に起こる不可解な現象に対して、その名称を考えた途端、そういう妖怪《ようかい》が生まれる――ということですね」

「名前がないままやったら、その現象は体験した者にしか存在せんことになるし、他に体験者がおっても繋《つな》がりようがない。せやから、それに関する体験談も伝播《でんぱ》せんわけや。そないなったら現象そのものが、そのうち消えてしまいよる。けど一旦《いったん》それに名前がつきさえしたら、別や。そいつは実体がないにも拘《かかわ》らず、ちゃんと存在を主張しはじめる」

「生名鳴地方に於ける忌名が、その最たるもの……になるわけですか」

「かというて同じ儀礼を、他の地方でやってもあかんやろな」

「それは僕も、そう思います」

「忌名を与えられたもう一人の自分が、本来は本人に降り掛かる災厄を全《すべ》て担ってくれよる。要は本人の身代わりになるわけで、こりゃ立派な贄やろう」

性格的には多分に問題のある人物だが、その考察は相変わらず鋭いなと、言耶が非常に感心していると、

「お前、何か食う物を持っとらんか」

いきなり訊かれて、あぁやれやれ……と思った。

「たった今、餡パンを食べたじゃないですか。それも三つ」

「数を強調する辺り、やらんかったことを、かなり根に持っとるな。そういう狭い性根は、ちゃんと直さんとあかんぞ」

「その言葉を、そっくりお返しします」

「何かないんか」

「……待って下さい」

これ以上の疲れを覚える前にと、言耶は鞄《かばん》の中から明日の朝食にと買っておいた菓子パンを取り出した。

「やっぱり持っとるんやないか。しかもお前、それ餡パンやろ」

阿武隈川は喜びを露《あらわ》にしつつも、透かさず言耶を攻撃した。

「餡パンなぞ、好きなわけではない言うてた癖に、あれは俺を油断させて、あわよく

ば盗《と》ろうとしてたんやな」

「……あのね、どう考えても違うでしょ」

「いいや、俺は騙《だま》されんぞ」

「分かりました。そういうことを仰るのなら、この餡パンはあげません」

言耶が鞄に仕舞う振りをすると、

「いやいや言《げん》ちゃん、ちょっとした冗談やないか」

それまでの傲岸不遜《ごうがんふそん》な態度が、ころっと見事に一転して、物凄く気味の悪い猫撫《ねこな》で声《ごえ》を出しはじめたので、

「その口調、頼むから止めて下さい」

「言ちゃんが、僕に優しゅうしてくれたら、すぐに止めるよぉ」

言耶が急いで餡パンを差し出したのは、もちろん言うまでもない。

「その忌名の儀礼なんですが――」

餡パンの件は一刻も早く忘れようと、言耶は李千子から聞いた話を、要領よく阿武隈川に語ったうえで、

「本来は身代わりになる忌名によって、銀鏡《しろみ》家の祇作《ぎさく》氏や尼耳家の李千子さんのように、逆に災厄を被《かぶ》ってしまう例があるのは、なぜでしょうか。市糸郎君の亡くなった状況の詳細は不明ですが、儀式の最中だったのは間違いなさそうですから、彼の場合

は命まで奪われたことになります」

「まぁ考えてもみぃ」

あっという間に餡パンを平らげると、じとっーとした視線を言耶の鞄に向けながら、阿武隈川が答えた。

「本人に降り掛かる災厄を、忌名は肩代わりするんやで。しかも実在しとらん、お話の中だけの存在やのに。それを可能にすんのに、どれほどの力が必要になるか」

「つまり反作用も、半端《はんぱ》ではないことに……」

「そういうこっちゃ。ところで、言ちゃん――」

「もう餡パンは、ありません」

きっぱり言耶が突《つ》っ撥《ぱ》ねると――鞄の中には別の種類のパンがあったが、餡パンはないので嘘《うそ》にはならない――阿武隈川は未練がましい顔をしつつ、

「今でも儀式を続けとるんは、銀鏡家や尼耳家いう虫絰村でも一番と二番の、言うたら資産家と呼ばれる家くらいやないか」

「そうかもしれません」

「要は伝統もあって、村でも力を持っとる家系になる。せやから忌名の儀礼ができるし、また執り行なわんことには、家の存続も危うなるいう考えがあるんやろな」

「多分に思い込みに過ぎない……とは思うのですが、李千子さんの体験談を聞いてい

ると、つい信じてしまいそうになります」

「怪異を認めるか否か——白黒をつけるんはナンセンスで、常に灰色の立ち位置にいるはずの刀城言耶が、そんな風に感じるとは、ちょっと凄《すご》いんやないか」

「とはいえ僕は、やっぱり灰色です」

迷いなく断言する彼に、

「戦前の話になるけど、生名鳴地方の七七夜《ななよ》村に、鍛治本《かじもと》いう有力者の家があってな。先祖代々の土地持ちで、当時の当主は下斗米《しもとまい》町の役場勤めをしとった。生名鳴地方の中心地が下斗米町やったから、七七夜村に住んどったとはいえ、その地の偉いさんの一人やったわけやな」

いきなり阿武隈川が、陰陰滅滅とした口調で話し出した。

「その鍛治本家の長男が、七歳になったとき、忌名の儀礼をやりよった。虫経村では最後に祝りの滝へ行くわけやが、これは村によって違っとって、この村では『位牌《いはい》山』と呼ばれる村外れの山に登って、その中腹にあるお堂の側の柿《かき》の木の枝に、忌名が記された御札《おふだ》を結びつけるんや。けど彼がいくら枝に巻きつけても、ぽとん……と御札が地面に落ちよる。仕方ないんで他の御札の上から自分の御札を結びつけたら、ようよう落ちんようになった」

言耶は厭《いや》な予感を覚えつつも、大人しく聞いている。

「翌年、家族から不審死を遂げる者が出た。家長の父親が可怪しゅう思うて、それで長男を問《と》い質《ただ》したら、その御札のことを打ち明けられた。慌てて位牌山のお堂へ上ったもんの、どれほど捜しても問題の御札が見つからん。そもそも二つ合わさった御札など、何処にも見当たらんのや。更に翌年、またしても卦体《けったい》な状況で家族の一人が死に……いうように、毎年のように一人ずつ亡くなっていった。長男が十四歳の儀礼を迎えたとき、血縁は本人と父親しか残っておらんかった」

「それでも忌名の儀礼を、また執り行なったのですか」

「うん。ただな、いつまで経っても長男が山から帰ってこん。それで父親が様子を見に行ったところ、彼は位牌山の柿の木で首を縊《くく》っとった。いや、そうやって死んだんは間違いないはずやのに、縄は枝から外れて落ちとったんや」

「首吊《くびつ》りのあとで、外れた……」

「としか考えられんけど、そないな跡は枝の何処にも見当たらんかった」

「だったら首吊りなんか――」

「そうなんや。できるわけがない」

「まさか、他殺だったとか……」

戸惑う言耶を他所《よそ》に、阿武隈川はこう締めくくった。

「ところが、そうやない。そんな状態にも拘らず、ちゃんと自分で首を吊《つ》れとったたいう話や」

　二人の間に暫《しばら》く沈黙が流れてから、ぽつりと言耶が尋ねた。

「父親は？」

「役場に勤めとるて、言うたやろ。家族全員の死亡届を、全部きっちり自分で処理してな。そのあとは突然、ぷっつりといのうなってしもうた」

「行方不明ですか」

「巡礼姿で四国八十八箇所または西国三十三所観音霊場を巡っとるらしい、いう噂があったようやけど、ほんまのところは少しも分からん」

「忌名の儀礼、恐るべし」

「恐ろしい言うたら、銀鏡家の親父《おやじ》も大概やないか」

「土石流で完全に埋まった分家蔵を放置したまま、生き埋めになった祇作さんを見殺しにしたことですね」

「よう警察が黙っとったなぁ……と思うたけど、田舎《いなか》に有り勝ちな癒着か」

「李千子さんが長じてから、祖母の瑞子《たまこ》さんに教えられた話によると、下斗米町にある警察署の当時の署長と銀鏡家の國待《くにまつ》氏は、かなり昵懇《じっこん》の間柄《あいだがら》だったらしいです。よって『祇作は勘当したので、疾《と》っくに分家蔵を出ている。今は何処にいるのか分からない』という國待氏の説明が、すんなり通ったと言います」

「なるほどな」

「それに土砂崩れの被害が村の家々にも出ており、國待氏は銀鏡家の分家蔵をそっち退《の》けで、村人たちの救済を優先したと、巧妙にも美談に掏《す》り替えたようなんです」

「伊達に村一番の有力者をやっとらんわけや」

「それは言えています」

「ほんまは分家蔵を掘り起こされたら、都合の悪いことがあるから……か」

「村の人たちも心の底では、そう思ってるんでしょうね」

「恐らくな。けど村人らにしても、角目と呼ばれる化物に扮《ふん》して、怪我人《けがにん》が出るほど暴《あば》れる祇作を持て余しとったやろう。その後いくら分家蔵に籠《こも》っとるいうても、いつ何時また錐を持って、村内を徘徊《はいかい》するか分からん。そないな恐怖が、ずっとあったはずや」

「どう考えても積極的に、分家蔵を掘り出して助けようという気には、きっと誰もならなかったのでしょう」

「そいでも銀鏡家の國待が、『倅《せがれ》の遺体を掘り出してくれ』と声を上げてたら、まぁ渋々《しぶしぶ》ながらも従うたやろな」

「しかし國待氏は見え透いた嘘を吐き、当時の警察署長もあっさり認めた。態々それに異を唱える者など、誰一人いなかった」

「そういうこっちゃ」

「人間関係が濃厚な田舎ならではの、恐ろしい出来事です」

　言耶が深く感じ入っていると、

「そいでな、土産の件やけど——」

　ころっと変わった物言いで阿武隈川が、いつものように厚かましい願いを口にし出した。

「虫經村には大傘茸《おおかさだけ》いう、それは美味な珍しい茸があるから、あんじょう選んで持って帰ってきてくれ」

「土産物として売ってるんですか」

「そんなわけあるか。山に自生しとるんを、もちろん採ってくるんやないか」

「……僕が？」

「当たり前や。ただな、気ぃつけんといかんぞ。この大傘茸には毒があるからな。それも食べる以上に傷口なんかに入る方が危険で、尚且《なおか》つ即効性があるいう代物やからな、採集には絶対に手袋が欠かせん。その一方で完全な毒の抽出は、かなり難しゅうてな。村の者でないと、まず無理やろう。せやからお前も、自分で毒抜きをせんようにせぇよ」

「しませんよ、そんなこと」

言耶は即座に否定してから、

「それに僕はですね、決して遊びに行くわけでは――」

「何処に生《は》えとるんか、村の者に訊かんと分からんけど、まぁ簡単には教えてくれんやろな。けど、そこは爺婆《じじばば》に人気のある言ちゃんのことやから、舌先三寸で騙すんは容易《たやす》いはずや」

「僕は詐欺《さぎ》師ですか」

「ただな、綱巳山《つなみやま》と青雨山《おうやま》だけは、どんなに勧められても入るな」

「綱巳山って、銀鏡家の分家蔵があった……」

「魔所と呼ばれとる山で、一方の青雨山の裏には焼場があったはずや。どっちで採れた茸を食っても、まぁ無事には済まんやろう」

「李千子さんのお話では、確かにそうでした。それにしてもクロさん、食べ物が少しでも関《かか》わってくると、信じられないくらい詳しくなりますね」

「何を失礼なこと抜かしとる。全ては俺が、如何に民俗学者として優れとるか――」

と阿武隈川が不毛な主張をしはじめたので、

「市糸郎君の件について、何かお考えはありますか」

さらっと言耶は無視して、肝心な問題を尋ねた。

「流石に情報不足で、今の段階で満足な推理はできんが――」

意外にも怒りもせず阿武隈川が素直に応じたのは、自分には刀城言耶以上の探偵の才があると勘違いしている所為なのだから、なかなか厄介である。

「鋭利な凶器で右目を刺すいう殺害方法は、明らかに忌名の儀礼を意識しとるな」

「かといって市糸郎君の死を、忌名の所為にはできませんよね」

「凶器を使っとるから、そら人間の犯人がおるんやろ」

「ひょっとして犯人は事件に、忌名儀礼を絡めたかった……」

「市糸郎を殺したいだけやったら、別に儀式の最中を狙う必要もないか」

言耶は考え込むように、こう呟《つぶや》いた。

「どうして犯人は、忌名儀礼殺人事件を起こしたのか」

「それが今回の殺人事件の、重要な謎《なぞ》であるんは間違いないけど、もっと別の大きな秘密がありそうなことに、お前は気づいとるんやろうな」

なんとも意味深長な問い掛けを阿武隈川にされ、言耶は戸惑った。

「犯人の正体や動機や殺害方法――といったことではなくて、ですか」

「そういうんは全部、殺人事件の謎やろ」

「えっ、事件以外で？」

何を言われているのか分からず言耶が間誤《まご》ついていると、阿武隈川は優越感を滲《にじ》ませた嫌な嗤《わら》いを浮かべながら、

「尼耳家と虫経村には、何らかの秘密が隠されとる……だけやのうて、それが更に別の大きな秘密を生む羽目になっとるんやないか……と俺は睨《にら》んどる」

第六章　生名鳴《いなな》地方の虫経村《むしくびりむら》の尼耳家《あまがみ》へ

翌日の早朝、刀城言耶は東京駅のホームにいて、絶えず周囲を見回していた。他人の目には待ち合わせの人物を、彼が捜していると映っただろう。しかし捜している点に変わりはないものの、問題は彼が当人と会いたいわけではなく、むしろ見つかりたくないと願っていたことである。

その相手とは、もちろん祖父江偲《そふえしの》だった。

発条《はつじょう》親子と尼耳李千子《いちこ》の三人は、ちゃんと約束を守ってくれたに違いないが、もし偲から問い合わせでもあれば、うっかりと喋《しゃべ》ってしまう懼《おそ》れは充分にある。三人が彼女に話す心配ばかりをして、向こうから連絡がある可能性をつい失念したことを、言耶は大いに悔《く》やんだ。

……けど、姿は見えないよな。

ちなみに三人は、早々と電車に乗っている。言耶が恐れたのは、そうやって座席に落ち着いているところへ、「先生ぇ、お早《はよ》うございます」と偲が、満面の笑みを浮かべて得意げに現れることだった。

そんな目に遭わないように、こうして特急「つばめ」の発車時間の間際まで、彼はホームで頑張っていた。

アナウンスが流れて発車のベルが鳴ったところで、漸《ようや》く言耶は安堵《あんど》しつつ特急に飛び乗った。今から七時間半も掛けて大阪まで行き、鈍行に乗り換え、更にバスを利用して——と、待ち時間も合わせて約九時間の長旅である。

その間中ずっと、祖父江《そふえ》君のお喋《しゃべ》りに付き合わなくて済むと思うと……。

ほっと胸を撫《な》で下《お》ろしたい気分である。これで読書に集中できれば言うことはない、と考えながら車両の通路を歩いていると、

「おーい、ここだ」

発条福太《はつじょうふくた》に呼ばれて、前方向固定のクロスシートと呼ばれる横座席の二列に落ち着いている、三人の姿が目に入った。後列の窓側に香月子《かつこ》が、前列に李千子がおり、李千子の横に福太が座っている。そのため自然と言耶は香月子の隣になった。これでは読書など無理だろう。

「祖父江さんは、どうやら来なかったみたいだな」

言耶が独《ひと》りなのを見てか、福太が後ろを向きながら残念そうな声を出したので、

「まさか先輩、彼女に——」

「いやいや、俺は何も喋ってないぞ」

と言いつつ母親を見やったので、言耶が慌てて香月子に顔を向けると、

「お電話で話しただけですけど、しっかりした娘さんだと分かりましたよ」

「彼女が掛けてきたんですか」

「ええ、刀城言耶先生がお世話になっていますと、それはご丁寧に――」

「こ、この電車に乗ることを、彼女に教えてませんよね」

「私から積極的に言ってはいませんが、なにせ聞き上手なお嬢さんでしたから、会話の中でそういうお話になったような気もします」

要は喋ってしまったのではないか、と言耶は絶望的な気持ちになった。ただ東京駅に現れなかったことを考えると、今回は同行できなかったのだろう。

とはいえ相手は、あの祖父江偲である。

言耶が疑心暗鬼に陥《おちい》っている様子を、暫《しばら》く香月子は興味深そうに眺《なが》めてから、

「祖父江さんは何が何でも、先生について行きたかったようですが、雑誌の校了というものがあるらしく、どうしても無理です――って泣いてらっしゃいました」

「そ、それを早く言って下さい」

明白に安堵する言耶を、香月子は軽く睨《にら》みながら、

「相手のお嬢さんが泣いているというのに、先生も薄情な方ですね」

「嘘泣《うそな》きです」

「まぁ酷《ひど》い。これまでにも先生の旅に同行して、秘書として色々とお役に立っていらっしゃるそうではないですか。それとも、これも嘘なんですか」

「い、いや、まぁ、それなりに……」

「ほら、ご覧なさい。先生のような方のお世話を、率先して焼いて下さるお嬢さんなど、そうそう見つかるものではありません。もっと大事になさらないと罰が当たりますよ。いいですか」

「……は、はい」

先生のような方とは、一体全体どういう意味なのか。ちょっと気になったものの、藪蛇《やぶへび》になると思い言耶は訊《き》かなかった。それに今は祖父江偲が同行できないと分かっただけで、彼としては満足だった。

ところが――、

「その校了というものを済ませて、関西の作家に会う名目で、できれば先生のあとを追い掛けますと、祖父江さんは仰《おっしゃ》ってましたね」

香月子の補足が耳に入り、やれやれ……と言耶は項垂《うなだ》れた。

その様子を目にして福太だけでなく、矢張り無理をして後ろを向いている李千子も微笑《ほほえ》んでいる。彼以外の三人は祖父江偲の同行を願っているわけだ。

そうこうしているうちに横浜へ着いたので、言耶の疑心暗鬼がぶり返した。

まさか祖父江君は、ここで乗る心算では……。

イギリスの探偵作家F・W・クロフツのミステリでお馴染《なじ》みの、電車の時刻表を駆使した犯人の現場不在証明《アリバイ》トリックばりに、彼女が横浜に先回りをしているのではないか、という有り得ない妄想を抱いたからだ。

そんな事態は当然のように起こらず、特急はホームを離れた。次の停車駅は沼津になるため、流石《さすが》に言耶も「もう大丈夫だろう」と安心した。

ちなみにこの年、日本交通公社が刊行している旅行雑誌『旅』には、松本清張の推理小説『点と線』が連載されていた。本作は正にクロフツお得意の現場不在証明崩しを受け継いだ作品だったが、まだ言耶は読んでいない。

彼らが乗っている特急「つばめ」は、昭和五年（一九三〇）に東京と神戸を結ぶ超特急「燕《つばめ》」として誕生した。当時の東京～大阪間の所要時間は八時間二十分である。四年後には丹那《たんな》トンネルが開通して、それが八時間に縮まる。

そして戦争を経て敗戦を迎え、昭和二十四年に東京と大阪を結ぶ特急として「へいわ」の運転が開始されるが、翌年に名称を公募した結果「つばめ」と改められる。また姉妹列車として特急「はと」も誕生しているが、当時の所要時間は九時間にまで実は落ちていた。その後のダイヤ改正で八時間に持ち直し、更に昭和三十一年に東海道本線の全線が電化されたことで、今の七時間半に短縮された。

という知識を福太が披露したのは、彼が無類の鉄道好きなうえに、元和玩具《げんわがんぐ》の主力商品の一つに、汽車や電車の模型があるからだった。この話に耳を傾ける楽しそうな李千子を見て、先輩は本当に良《よ》い伴侶《はんりょ》と出会えたな——と言耶は心から思った。彼女自身が会社の開発部に身を置いているのだから、これほど元和玩具の跡取りに相応《ふさわ》しい嫁もいない。そう考えると今回の同行は責任重大と言える。

いつしか香月子に対する説明役から、発条家と尼耳家の間を取り持つ仲人のような存在へと、言耶は己の役割を自ら難しくしていた。このことを祖父江偲が知ったら、

「如何《いか》にも先生らしいですね」と、きっと呆《あき》れ返《かえ》っただろう。

ちなみに福太も李千子も前を向いたまま、後列の香月子と言耶と会話をしている。不自然なこと極まりないが仕方がない。

車中での話題は、なぜか専ら刀城言耶が過去に遭遇した事件について——になっている。彼としては市糸郎《いちしろう》殺しの検討をしたかったが、李千子も電話で少し聞いただけで、それ以上は何も知らない。今朝の東京の新聞にも何ら記事は出ておらず、圧倒的に情報不足である。ならば生名鳴地方や虫経村、または忌名《いな》の儀礼に関する突っ込んだ話をしたい、と言耶は考えたものの、それを香月子の前で行《おこ》なうのは危険かもしれないことに、はっと気づいた。

昨日の言耶の説明で、尼耳家は特有の伝統を持つ由緒正しき旧家である、という認識を香月子は今している。別に間違ってはいないが、いつもの癖《くせ》で彼が下手に突っつき回して、とんでもない怪異が顔を出してしまい、香月子の印象を悪くしては元も子もない。この冷静な物の見方ができるうちに、そういう話題は避けるべきである。怪異譚蒐集家《たんしゅうしゅう》の彼とは思えないほどの、これは大変な気の遣いようだった。

だからといって言耶が関《かか》わった事件の話に、どうしてなるのか。そこには大いに不満を覚えながらも、仕方なく彼は話題を提供し続けた。

もっとも香月子が喜んだのは、言耶独りが巻き込まれた事件――例えば本宮《もとみや》家の別邸である四つ家《よやおい》に於ける雪密室殺人事件、終下市《ついかいち》の猪丸《いまり》家に於ける狐狗狸《こっくり》さん殺人事件、神戸《ごうど》地方の奥戸《くまど》に於ける六地蔵《むつじぞう》様の童唄《わらべうた》による見立て連続殺人事件――などではなく、祖父江偲が持ち込んだ事件――株小路町《くひこうじまち》に於ける元公爵令嬢殺害事件、荒川の外れの砂濠町《すなほりまち》の吾妻通《あづまどお》りに於ける人間工房の人間消失事件、五字町《ごじちょう》立五字小学校の校長殺人事件――などの方である。

その中でも香月子が歓喜したのは、波美《はみ》地方の水魑《みづち》様の儀に於ける神男《かみおとこ》連続殺人事件と強羅《ごうら》地方の犢幽村《とくゆうむら》に於ける怪談連続殺人事件だった。特に前者の話には、もう身を乗り出さんばかりにして興奮した。どちらも事件が起きた地方に偲が同行しており、かつ神男連続殺人事件では彼女自身も危険な目に遭ったからだろう。

「向こうに着いたら、祖父江さんを電話で呼び寄せましょう」

両の瞳《ひとみ》を輝かせる香月子に、言耶は度肝を抜かれた。

「ど、どうして、そうなるんです？」

「それは彼女がいらした方が、より面白くなるからでしょ」

「いやいやいや――」

言耶は大いに否定したいのだが、満足に言葉が出てこない。矢張り香月子に苦手意識を持っている所為《せい》か。

「でも、母さん――」

福太が見兼ねたのか、助け船を出してくれた。

「祖父江さんが合流することで、刀城君の関わる事件がより魅力的になるとしたら、今回そこに我々も巻き込まれるかもしれない……という懼れがあるわけですよ」

「……あら、そうね」

香月子の調子が途端に落ちた。

「こうしてお話を聞くのは楽しいけど、その渦中に我が身を置くとなると、流石にご免被《こうむ》りたいから……残念、祖父江さんは呼べないわね」

「うん、止めておいた方がいい」

福太は同意してから、話題を会社の新企画へと振った。それが最も無難《ぶなん》だと判断したのだろう。

浜松に時刻表の通り十二時半に着く。ホームには昼時の所為か、「べんとぉ、べんとぉ」と声を上げながら行き来する駅弁売りの姿が見えた。首から帯で吊《つ》るした盆のような箱の中に、駅弁と茶の容器が並んでいる。それほど種類もなかったので、四人とも稲荷寿司《いなりずし》を買って昼食にする。駅弁を包んだ用紙に鳥居と松と波が描かれており、如何にも浜松の駅弁らしい。

昼食後、急に静かになったのは、香月子がうとうとし出したからである。次いで福太の頭が垂れ、それに李千子も続いた。そっと前列を覗くと、彼女の頭は福太の肩に寄り掛かっており、その寝顔は微笑ましいくらい安堵感に満ちている。

お似合いの二人だ。

改めて思いながらも言耶は、これで心置きなく読書ができると喜んだ。このとき彼が読んだのは、推理作家の江川蘭子《えがわらんこ》も加わっている同人誌『グロテスク』の古い号である。三人とも少し目覚めては、また寝直すという繰り返しだったため、言耶は『グロテスク』を読み終わったあと、閇美山犹稔《へみやまなおなり》『禁呪兆占論《きんじゆちようせんろん》』（英明館）に取り掛かることができた。

閇美山の本は具体的な事例が多く取り上げられ、その考察もかなり刺激に富んだ内容だったが、やがて言耶も舟を漕《こ》ぎはじめた。昨夜の遅くまで阿武隈川烏《あぶくまがわからす》と話し込んでいた影響が、どうやらここで出たらしい。

はっと目覚めると、既に「つばめ」は京都駅を過ぎていた。

「よーく寝ていましたね。可愛《かわい》い顔で」

香月子に揶揄《からか》われて、この場に祖父江偲がいなくて良かったと、言耶は心底そう思った。

特に会話もないまま大阪に着き、鈍行に乗り換えて暫く走ると、車窓の風景が徐々に田舎《いなか》染みてきた。更に乗り換えて「土泥《とどろ》」という珍しい名称の駅で降り、そこからバスに乗車した頃には、ほとほと四人も乗り物疲れを覚えていた。

「す、すみません。こんな辺鄙《へんぴ》な所まで、態々《わざわざ》こうやって来て頂いて……」

頻《しき》りに恐縮する李千子に、もちろん三人は首を横に振ったのだが、正直なところ「まだか」という思いが誰の胸にもあったのは間違いない。

やがてバスが下斗米《しもとまい》町の停留所の一つに停《と》まると、

「あそこに少しだけ校舎が見える高校に、私は通ってました」

李千子が車窓の外を指差しつつ教えてくれた。彼女の顔に浮かんだ、それが最後の笑みだったかもしれない。

下斗米町を出たあとの李千子は、これまで以上に口数が少なくなり、表情もやや強《こわ》張《ば》りはじめる。そしてバスが馬喰村《ばくろうむら》に着いたとき、すっかり彼女は緊張しているようで、三人に掛ける声も震えているように聞こえた。

「も、申《もう》し訳《わけ》ありませんが、ここで降りて頂けますか」

「次の停留所が、虫経村ですよね」

怪訝《けげん》に思って言耶が訊くと、

「そうなんですけど、尼耳家が西外れにありますんで、村の中心にある停留所で降りると、そこから戻ることになるんです」

「あっ、なるほど」

しかし馬喰村で下車すれば、そのまま進んでいくだけで尼耳家に到着する。そういうことらしいと言耶は納得した。

ところが、そろそろ夕間暮れを迎える時間のうえに、馬喰村も虫経村も山間に延びている立地の所為で、早くも薄暗くなり掛けている。しかも山々が連なるのは村の南北で、おまけに低山のため、ちょうど西日を背に受けながら進む羽目になった。村の中心を抜けると、あとは平地に広がる田畑と点在する溜池《ためいけ》の間を縫うように歩くのだが、忽《たちま》ち汗が噴《ふ》き出《だ》す始末である。かなり残照が強い。

そのうえ村外れまで来ると、別の難儀が道そのものに現れた。五日前の台風の影響か、あちらこちらに大小の枝などが落ちており、とにかく歩き難《にく》いことこの上ない。特に三人は余所《よそ》行《い》きの服装をしているため、なかなか大変である。福太が李千子の面倒を見ているので、自然と言耶は香月子の世話をした。もしも祖父江偲も同行していたら、彼の苦労も二倍になっていたかもしれない。

「先生だけは気楽な恰好《かっこう》で、宜《よろ》しいわね」

決して皮肉ではなく香月子が本心を口にしたので、

「僕が民俗採訪を行なう地は、どうしても辺鄙な場所にあることが多いですから、この恰好が一番良いのです」

素直に応《こた》えたものの、ふと大きな不安を改めて覚え、李千子に尋《たず》ねた。

「そのー、今更ですが、本当に喪服は必要ないのですか」

「あっ、はい。大丈夫です」

葬式と言えば黒い喪服が今は当たり前になっているが、そもそもは白の着物で統一されていた。棺桶《かんおけ》を結わえる帯も、遺族が頭部につける鉢巻きも、また外出の際の被《かぶ》り物《もの》も、全《すべ》て白木《しろも》綿《めん》が使われた。都会の葬儀で名残《なごり》があるのは、遺体の額に巻く白い三角頭《ず》巾《きん》くらいかもしれない。

死者は白がよく見える。

そんな俗信を言耶も知っていたので、未《いま》だに生名鳴地方では葬送儀礼に白が用いられると李千子から教えられ、彼なりに納得したのだが、この期に及んで「本当に問題ないのか」と心配になってきた。

「この辺りでは、衣服に白い布切れをつけて、それで通夜や葬儀に出ます。遺族だけは喪服を着ますが、他所《よそ》から駆けつけてくる親戚《しんせき》も、村の人たちと同じです」

「親族も、そうなのか」

福太が驚きながら確かめると、

「むしろ喪服を着てきたら、仏の出ることを前以《まえもっ》て知ってて、恰《あたか》も準備してたかのように思われて、とても失礼な仕打ちやと見做《みな》されるんです」

「同じ考え方は、他《ほか》の地方にもありますね」

言耶はそう言って理解を見せたが、福太は違った。

「とはいえ今は喪服を着ていかないと、矢張り失礼に思われるからな」

「今度のような場合、李千子さんご本人はどちらになります？」

言耶は覚えた疑問を、すぐさま本人に向けて口にした。

「あなたは遺族であると同時に、遠方から駆けつける人にもなりますよね」

「私も迷ってしもうて、一応こうして喪服も持ってきました」

「やっぱり俺たちも――」

福太が話を蒸《む》し返《かえ》し掛けたが、

「いいでしょ。ご遺族である李千子さんが、そう仰っているのですから」

あっさり香月子は終止符を打ったあと、

「郷《ごう》に入っては郷に従え――ですよね、先生」

と言耶に振ってきたので、ふと彼は思い出した伝承を口にした。

「地方によっては、河童《かっぱ》に引かれた者に対して、黒葬をする習わしがありました」

「はっ？」

「黒葬とは黒色を用いた葬儀で、ほぼ現代のものに近いと言えます」

「い、いえ、そこではなく、河童って……」

「衣類から棺《ひつぎ》に至るまで、とにかく一切の白を用いないのです。それだけでなく火も使いませんが、これは別火《べっか》という考え方ではなく――」

「えーっと、そういうお話は……」

「あっ、その理由ですが、このように黒葬をすると、河童の目と腕が腐って、遂《つい》には死ぬと考えられていたからです。そもそも河童の――」

「先生、宜しいですか」

香月子が口調を改めたので、言耶も何事かと思い、

「はい、何でしょう？」

「今は河童のお話より、せめて暗くなる前に、なんとか村へ入る努力をしましょう」

目の前の問題に、彼の注意を向けた。

そこからは一切の無駄話を止めて、ただ黙々と更に十分ほど歩き続ける。お陰《かげ》でか

なり西日の残照が薄暗くなり掛けた頃、ちょうど低い峠を上った地点で、虫経村の道祖神に出迎えられた。その前に通り過ぎた馬喰村の村境と同様、矢張り河童が彫られている。

この辺りには、河童の伝承が多いのか。

言耶は興味を持ったものの、今は少しでも李千子に尋ねると、「そういう質問はあとでね。一刻も早く先様に行きましょう」と香月子に怒られそうである。

峠の上からは、ほぼ虫経村の全景が眺められた。馬喰村と同じく平地には田畑が広がり、その合間に民家と溜池が点在しており、それらの左右には低い山々がずっと連なっている。東西に平地が延びる特徴的な地形を除けば、何処《どこ》の地方でも見られる農山村と言えた。

なだらかな坂を下り切ったところで、何処となく物寂《ものさび》しげな雰囲気のある四辻《よつつじ》に出た。そのまま真《ま》っ直《す》ぐ進めば、どうやら村の中心部に辿《たど》り着《つ》けるらしい。

「この先に三頭《さんず》の門があって、祝《はふ》りの滝に行けます」

李千子が左手を指差して説明する。

いつもの言耶なら何ら迷うことなく、そのまま三頭の門を目指したはずである。しかしながら今は、そういう勝手が利《き》かない。

先輩たちに同行したのは、もしかすると早計だったかな。

少し後悔を覚える言耶に気づくことなく、李千子は右手へ三人を誘った。

暫く民家が続いたあと、ぽつんとある空地の前に出たと思ったら、その南隣に何とも言えぬちぐはぐな家が現れた。古さと新しさが交ざり合った外壁の眺めが、恰も継《つ》ぎ接《は》ぎのように見えている。

そうか。火事を出して村八分された河皎《かわしろ》家が、きっとここなんだ。

この言耶の判断を裏づけるように、窓辺にぬっと女の顔が現れた。恐らく縫衣子《ぬいこ》だろう。李千子の忌名の儀礼の折に、家の前を通る彼女を必ず眺めていた女性である。そして今、こうして帰省した李千子を、またしても縫衣子は見詰めている。

……どうして？

もっとも気にしたのは言耶だけで、李千子と福太は互いにお喋りをしながら、河皎家を一顧だにせず通り過ぎた。

香月子は一瞥《いちべつ》して、何か感じたように見えた。ただし彼女が早々と目を背けたのは、どういう扱いを村で受けている家なのか、咄嗟《とつさ》に察したからではないか。きっと李千子の話を思い出したのだろう。しかし窓辺の縫衣子には、少しも気づいていないらしい。

河皎家の南側から続く木立のあとに、漸く尼耳家の屋敷《やしき》が顔を出す。だが門を潜る前に、言耶は自分の勘違いを悟った。あの木立は既に、尼耳家の敷地《しきち》だったのである。その手前には垣根《かきね》があって、ずっと側を歩いていたのに、夕間暮れの薄暗さの中で背後の常緑樹に紛《まぎ》れ、少しも気づかなかったらしい。

周囲の自然と一体化してるような、そんな雰囲気の家だな。

尼耳家に対する言耶の第一印象だったが、それも御霊燈の提《ちよう》灯《ちん》と簾《すだれ》に貼《は》られた忌中札に出迎えられることで、呆気《あつけ》なく薄まってしまう。

四人が開け放たれたままの玄関戸から入り、李千子が三和土《たたき》で奥に声を掛けると、彼女の祖母の瑞子《たまこ》と母親の狛子《こまこ》が即座に現れて、正座して深々と頭《こうべ》を垂れた。

「偉い遠いところを、ほんまに態々お疲れ様でございます」

次いで瑞子は、すぐに謝った。

「こないなお見苦しい姿で、誠に申し訳ございません」

彼女は右目に痛々しい眼帯をしている。

「まぁ奥様、大丈夫でございますか」

素早く反応する香月子に、

「ちょっとした麦粒腫《ものもらい》ですので、どうぞお気遣《きづか》いなさいませんように」

「それでも、ご不自由でしょうに」

という儀礼的な会話を眺めながら、言耶は心の中で呟《つぶや》いた。

選《よ》りに選って右目か……。

もちろん偶然に過ぎないのだろうが、市糸郎が右目を刺されて殺されたことを考えると、矢張り薄気味悪く感じられる。それは香月子も同じではないかと思われるのだが、完全に瑞子の麦粒腫を心配している風にしか見えないのは流石である。

漸く二人のやり取りが終わり掛けたところで、

「あっ、これは大変失礼を致しました。この度は本当に、何とお悔《く》やみを申し上げれば――」

「いいえ、ご丁寧に――」

と今度は肝心の挨拶《あいさつ》が延々と――いつ終わるのだろうと言耶が途方に暮れるほど――続く羽目になった。

「申し遅れました。息子の福太でございます」

その後に香月子は、簡単にそう紹介してから、

「こちらは刀城言耶先生という方で――」

今度は長々と言耶の説明をはじめたので、彼は面喰《めんく》らった。その中には実家が元華族であることや、父親が名探偵である事実なども含まれており、思わず口を挟んで止めそうになったが、辛《かろ》うじて我慢した。

尼耳家の人たちにとって僕は、完全な部外者だからな。

これくらいの説明は当たり前だと、恐らく香月子も考えたのだろう。こういう社交

辞令的な対応は、彼女に任せておくに限る。そういう判断を彼はした。

「こんな玄関先で、いつまでもお客様をお待たせしてしもうて――」

どうやら自分たちの話が長いことを、瑞子もずっと気にしていたらしく、詫《わ》びながら言耶たちを客間へ通した。

「早速ですが、ご焼香をさせて頂けますか」

「ありがとうございます。ただ、まだ納棺が済んどりませんで……」

それでも李千子は遺族の一人として、遺体と対面しなければならない。しかし本人が、すっかり怯《おび》えてしまっている。

「一緒に行っても、宜しいでしょうか」

福太が付き添いを申し出て、瑞子が困惑しながらも認めたのだが、そうなると「私も」と香月子が言い出して、当然のように言耶も加わった。正に先方の迷惑も顧みず――なのは承知の上である。

李千子が家の奥から白い布切れを持ってきて、言耶たちの用意が整ってから、瑞子と狛子が四人を案内した。

市糸郎の遺体は、裏庭に面しているらしい座敷《ざしき》に安置されていた。三隅《みすみ》蚊帳の中に寝かされている姿が、細かい木綿の無数の穴越しに見えて、言葉にはできぬほどの痛ましさを言耶は覚えた。

まだ十四歳になったばかりなのに……。

しかも彼の場合、こうして尼耳家に引き取られて、忌名の儀礼を受けていなければ、もしかすると高齢まで生きていられたかもしれないのだ。

「李千子、どないしました？」

そのとき瑞子が、ぼんやりと魂の抜けたような状態に映る李千子に、そっと声を掛けた。

「しっかりして、さぁ顔を見て上げなさい」

それから蚊帳の中に入るように促《うなが》したのだが、当人は尻込《しりご》みをしている。

この座敷は……。

恐らく李千子が仮死状態となったまま安置された、八年前と同じ場所なのだろう。そう言耶が考えて彼女に目をやると、かなり動揺が隠せないように見える。忌《い》まわしい過去の記憶が、この座敷に足を踏み入れた途端、ぶわっと一気に甦《よみがえ》ったのかもしれない。

見兼ねた福太が、自分も一緒に蚊帳へ入る素振りを示したので、やんわりと言耶が止めた。遺族以外の者が遺体を直視することを、忌む地方は割と多い。通夜の作法を一瞥した限りでは、虫絰村も同様だろうと推察したのである。

「お顔はあんじょうしてあるから、大丈夫や」

しかし瑞子は、遺体の右目の損傷を李千子が気にしていると、どうやら勘違いしたらしい。それでも彼女が動かなかったので、

「納棺のときは鍋被りになるから、それまでにちゃんと見てやってな」

仕方なく瑞子は、そう言ってその場を取《と》り繕《つくろ》った。

本来なら遺族ではない言耶たちのいる場所ではなかったが、こうして遺体を目にしている以上は——と、三人は丁重に両手を合わせた。

ここからは湯灌と納棺になる。駄目で元々と言耶は同席を頼んでみたが、丁寧な口調ながらも瑞子に断られた。そこを何とか——と粘《ねば》ろうとしたが、今度は彼の方が福太に、やんわりと止められる羽目になった。

言耶としては湯灌に於ける様々な作法——仏の髪の毛を剃《そ》る「剃り受け」、仏を洗い清める「逆《さか》さ水」、仏に着せる「死装束」、仏の額につける「三角巾《さんかくきん》」、棺桶に入れる「頭陀袋《ずだぶくろ》」や「孫杖《まごつえ》」など——が、この地方ではどう扱われるのか、是非それを目にしたかった。だが発条家の付き添い人という立場では、そう無理を言うこともできない。

李千子だけを残して、三人は客間へ戻った。

ちなみに彼女の祖父である件淙《けんぞう》と父親の太市《たいち》の二人からは、明日の葬儀が終わるまでは正式な挨拶《あいさつ》を待って欲しい——という希望を、瑞子を通して伝えられている。

「とはいっても通夜の席で、お二人とは顔を合わせるわけでしょ」

その前に挨拶だけでも済ませておけば、と香月子は思ったらしいが、ここは相手の言う通りにするしかない。

「今回はお父様が、いらっしゃるんですね」

「八年前の通夜では、いなかったからな」

言耶と福太のやり取りを聞いて、香月子は苦笑しながら、

「そうそう女遊びも、いつまでもできないでしょ」

「市糸郎君を跡取りにすると、件淙氏は決めていたようですから、その大事な忌名儀礼の日には必ず家にいるようにと、前以て太市氏に釘《くぎ》を刺したのかもしれません」

「しかし、彼としては血が繋《つな》がっているとはいえ、きっと複雑な心境だったよな」

「そうかしらね」

香月子は浮かべていた苦笑を、今度は皮肉な笑みに替えつつ、

「市糸郎君がご存命で成人したあとで、かつお祖父様がお亡くなりになった場合など、太市さんの女遊びが復活したのではないかと、私は思いますよ」

この指摘を言耶だけでなく福太も、どうやら鋭いと感じたらしい。

「李千子の実家が遠方のお陰で、そういう人と親しい付き合いをせずに済みそうなので、お母さんも安堵していませんか」

「この辺で、こういう話は止めておきましょう」

香月子が突然、そんな風に言い出したのは、壁に耳あり障子《しょうじ》に目ありと心配したからだろう。実際こういう田舎の屋敷では、何処で聞き耳を立てられているか分からない懼れがある。

「それにしても――」

彼女が懸念するように、

「正式なご挨拶が、お葬式のあととなると、早くても明日の夜になるわね」

「田舎の野辺送りは本来、夕方からになります」

透かさず言耶が、明日の予測を立てて説明した。

「それから野帰りとなって、野帰り膳《ぜん》の夕食を摂《と》ります。火葬ですから一晩中、村の人が火の面倒を見て、翌日は遺族だけで骨揚げをして、そして納骨という手順を考えると、早くて明後日《あさって》の夕方から夜に掛けて、漸くご挨拶ができる案配でしょうか」

「万一の場合もあるからと、五日間の予定を立てておいて、本当に正解でした」

香月子は愚痴《ぐち》るに違いない、と言耶は睨んでいたので、この反応は意外だった。それほど二人の結婚を真剣に捉《とら》えている証拠だろう。

やがて通夜がはじまった。

だが三人は遠慮して、村の有力者たちや近所の人たちが済むまで、ずっと焼香はしなかった。そのため通夜振る舞いの席に着いたのも、ほとんど最後だった。

　ちなみに料理の全ては、近所の家で用意されたものである。仏を出した家の者は、そもそも死穢《しえ》を被っている。そのため同家で煮炊《にた》きした食事を摂ると、「火を被る」羽目になった。それは忌を被ることであり、死穢の伝染を意味した。喪のある家に出入りして病気になると、「火負け」と言われるのも同様の理由からだ。

　喪家で使われる火は、「死に火」と呼ばれて厭《いと》われる。よって通夜振る舞いの料理は全部、「別火家」または「精進宿」で作られた。この死に火を忌む風習は多くの地方にあり、食事だけでなく煙草《たばこ》を喫《の》むための燐寸《マッチ》まで、喪家のものは使わない弔問客もいるという。

　うっかり死に火と関わった場合、その人が山に行くと怪我《けが》をし、田畑に出ると作物が枯れ、蚕室に入ると蚕が絶滅する……とまで言われる。それほど昔は恐れられたため、死に火を忌む風習が未だに根強く残っている所も多い。

　李千子を含む通夜振る舞いの四人の席は、どう見ても下座だった。それが不当と言耶は――恐らく福太もだろう――思わなかったが、香月子が不満に感じるのではないか、と大いに心配した。すると彼女が酒の徳利《とっくり》を持って、上座の人々に酌《しゃく》をはじめたので、彼は仰天した。

「まさか先輩の母堂が、ああいう気遣いを、ここでなさるとは――」

福太に小声で囁《ささや》いたところ、

「俺も会社に入ってから、家とは違う副社長としての母親を見せられて、色々と感じ入る点があってな。この人が副社長をやっているのは、決して夫が社長だからではない——と、つくづく分かったんだよ」

「なるほど。流石ですね」

もっとも香月子に酌をされた人々の反応は、どうにも微妙に映った。まるで尼耳家の娘である李千子と結婚する青年の母親という存在は厭いながらも、元和玩具の副社長という社会的な立場は歓迎したい——と考えているかのようである。

李千子さんには八年前の、あの忌まわしい過去がある所為か。

しかも今は、同じ儀礼で命を落とした弟の通夜に出ている。

そのうえ当の市糸郎君は、何者かに殺された疑いがある。

という思いが脳裏に浮かんで、目の前の香月子にどう対応すれば良いのか、誰もが途方に暮れているのかもしれない。それでも何人かは、彼女と少し熱心に話している。香月子の人当たりの上手さだろうか。

ただ、そのうちの一人の青年が、ちらちらと言耶たちを窺《うかが》っている様子があり、彼は戸惑いを覚えた。最初は香月子が息子たちの話をしているために、こちらを見やっているのかと思ったが、どうも彼は李千子を眺めているらしい。

一通り上座を回った香月子が、その他の村人たちにも愛想《あいそ》の良い顔を振りまきながら、自分の席に戻ってきた。

「何方《どなた》と話されてたんですか」

透かさず言耶が尋ねると、

「ある程度お話が弾んだのは、銀鏡《しろみ》家の國待《くにまつ》さん、夜礼花《やれはな》神社の瑞穂《みずほ》神主、この村のお医者様の坂堂《ばんどう》先生、馬喰村のお医者様の権藤《ごんどう》先生で、逆に慇懃無礼《いんぎんぶれい》だったのが、銀鏡家の邦作《ほうさく》さん——國待さんの次男ね——と六道寺《ろくどうじ》の水天《すいてん》住職かな。特にご住職は、ちょっと食えないお方みたい」

地方で事件に巻き込まれたとき、よく言耶が村の噂《うわさ》などを聞き込むのが、銀鏡家のような有力者であり、神主の瑞穂や住職の水天などの宗教者、それに村医者だった。よって香月子の人物評は、今後かなり役に立ちそうである。

「どちらでもなかったのが、銀鏡家の勇仁《ゆうじ》さんでした。なんでも遠縁から預かっている方だとか」

「李千子から聞いたことがないな」

「そらそうよ。だって銀鏡家に来たのは、昨日だって言ってたもの」

「来て早々、葬儀に出されるとは……」

「つまり國待さんが、それだけ目に掛けているってことじゃないの」

二人の会話を聞きながら、当の勇仁の様子が、ちょっと言耶は気になった。なぜなら先程《さきほど》から何度も、ちらちらと李千子の方を見やっていたからである。ひょっとすると彼女を見染めでもしたのだろうか。

とはいえ言耶も、態々それを福太と李千子に教えなかった。この先、三人が親しく交わることはないだろう。だったら余計な波風を立てる必要はない。

「ご近所の方々で、ご挨拶しておくべきなのは――」

そんな内緒話を彼女が李千子とはじめたところへ、その李千子の母親の狛子が顔を出したので、二人はさっと話題を変えたのだが、

「先生、ちょっと宜しいでしょうか」

用事があったのは、意外にも言耶だったらしい。

「はい、何でしょう？」

「あちらで警察の方が、先生にお会いしたいと仰っておられます」

「えっ……」

「この通夜振る舞いの席を、県警の警部さんがこっそりご覧になって、失礼ながら皆さんにご興味を持たれた、いうことなんです」

「当然ですよ」

恐縮する狛子を気遣ったのか、香月子が何でもないとばかりに応えた。

「それでは、ちょっと行ってきます」

言耶も素早く席を立つと、狛子のあとに続く。もっともその行動とは裏腹に、警部には余り会いたくないな……という気持ちが心の中に少なからずあった。

今回のように殺人事件が起きた場所で、言耶を目の前にした警察関係者の反応は、大きく二つに分かれる。

まず一つは、名探偵である冬城牙城《とうじょうがじょう》が警察に齎《もたら》した多大なる貢献に重きを置き、かつ言耶自身も探偵の才を発揮している事実に鑑《かんが》み、彼に事件解決の助力を仰ぐ場合。

次なる一つは、冬城牙城という民間探偵に協力を求めることを警察の恥と捉えて、それと同じ感情を言耶にも大いに抱く余り、彼が事件に首を突っ込むことを認めない場合。

この二つの要素が交ざる例も多くあるが、どちらにより傾いているかによって、言耶の行動も変わらざるを得なかった。

とはいえ彼は、決して探偵ではない。事件に巻き込まれても、別に解決する義務もない。ただし今回のように事件の謎《なぞ》を解くことが、世話になった人への恩返しになる、困っている人を助けることになる、という場合も多々あって、ふと気づくと彼は探偵の真似事《まねごと》をしている。そんな例が、ほとんどだったかもしれない。

市糸郎君の件は……。

すぐに事件が解決されないと、福太と李千子の二人が難儀するわけでは、今のところなさそうである。そのため警察の出方を心配する必要も、彼にはないはずなのだが、とはいえ矢張り不安に駆られてしまう。

「こちらです」

通夜振る舞いの座敷から、かなり離れた襖《ふすま》の前で、狛子は言耶を振り返ってから、

「警部さん、刀城先生をお連れしました」

部屋の中へと声を掛けた。

「どうぞ」

素《そ》っ気《け》ない返事があり、狛子が一礼して去ってから、

「失礼します」

言耶は覚悟を決めて、目の前の襖を開けた。

第七章　角目《つのめ》の化物

八畳間に据えられた座敷《ざしき》机の向こうに、三人の男が座っていた。左から順に二十代の後半、四十代の前半、五十代の半《なか》ばくらいに見える。恐らく真ん中が警部で、左が若手の、右がベテランの刑事だろう。

この刀城言耶の読みは当たっており、真ん中が「中谷田《なかやだ》警部」、左の目つきの悪い若者が「島田《しまだ》刑事」、右の恵比寿《えびす》顔《がお》の初老が「野田《のだ》刑事」だと分かった。専ら喋《しゃべ》るのは警部の中谷田で、それを野田が補足して、言耶の話を島田がメモに取る——といった感じである。

「お父上のご活躍は、色々とお聞きしている」

まず挨拶《あいさつ》代わりのように中谷田が切り出した。

「野田さんなどは実際に、現場をご一緒したこともあるそうや」

そう言われた当人は、恵比寿顔に更なる笑みを浮かべて言耶を見やったが、それで安心するほど彼も初《うぶ》ではない。冬城牙城《とうじょうがじょう》のお陰《かげ》で警察に煮え湯を呑まされた経験も、全くないわけではないからだ。

そういう意味では島田のように、最初から反感を剝き出《むだ》しにされた方が分《わ》かり易《やす》くて良い。この三人で問題なのは、明らかに中谷田だろう。言耶に対する人当たりが普通なだけに、なかなか本心が読めない。

それでも言耶は、こういう場合いつもする断りを口にした。

「父の探偵としての活動は、僕が地方で行《おこ》なう民俗採訪とは何の関係もありません。また僕が、そういった当地で遭遇した事件を結果的に解決したことがあったとしても、それは飽くまでも偶々《たまたま》であって、また当然ながら父とも全く無関係です」

「いや、あなたの主張は、これでも理解してる心算《つもり》なんや」

すると中谷田が意外な台詞《せりふ》を吐《は》いたので、ちょっと言耶も驚いた。

「どういうことですか」

「刀城家の親子の間には、なかなか難儀な確執がある――いう噂《うわさ》は警察の内部でも、それなりに広まっとるからな」

「…………」

この返答には、言耶も黙り込むしかなかった。途轍《とてつ》もない恥ずかしさを覚え、その場に居《い》た堪《たま》れなくなる。

そんな彼の態度を、島田は意地悪そうな視線で、野田は明らかに同情する表情で、中谷田は相変わらず無表情な顔で眺《なが》めている。

正に三人三様だったわけだが、これほど異なる反応を分かり易く示す彼らが、一体どうして自分を呼んだのか……と、ふと言耶は疑問を感じた。だが、それに対する率直な答えが、すぐに中谷田の口から出た。

「あなたに対する我々の評価が、完全にバラバラであることは、既にお気づきみたいやな」

「ええ、まぁ……」

戸惑いつつも言耶は認めた。

「失礼な物言いになるけど、島田は『素人探偵なんぞに協力を求めるんは、警察の恥や』と大いに思うとる」

当の島田が、びくっと両肩を震わせた。ここまで率直に中谷田が伝えるとは、全く考えてもいなかったからだろう。かといって否定する心算はないらしい。黙ったままである。

「一方の野田さんは、お父上の凄《すご》さを目の当たりにしてるうえ、あなたの評判も色々と聞いてるので、『ここは助力を仰いだ方が、宜《よろ》しいやないでしょうか』いう意見や」

にこにこしながら頷《うなず》く野田に、言耶は軽く一礼してから、

「警部さんは、どう思われるのですか」

中谷田を真《ま》っ直《す》ぐ見据えて尋《たず》ねた。

「これが特に珍しゅうもない、よくある殺人事件やったら、あなたに協力を乞《こ》うことはなかったやろ。しかし相当に特殊な儀式の絡んだ、ほとんど我々が経験したことのない事件らしいと、早いうちから分かっとる。これには誰ぞ、専門家の力を借りる必要がある。そう考えとったところへ、刀城言耶先生、あなたが現れたわけや。こんな機会を逃すのは阿呆《あほう》のすることやないか、とは思いませんかな」

「ぼ、僕には、何とも……」

そう答える以外に言いようはなかったわけだが、

「い、いえ、ちょっと待って下さい」

はっと言耶は肝心なことに気づき、慌てて付け加えた。

「僕の民俗学的な知識がお役に立つのであれば、もちろん協力は惜しみません。ただ僕が今回の事件に、積極的に関《かか》わりたいかというと、今のところ別にそうではありません。事件を解決しないことには、先輩の発条福太《はつじょうふくた》さんと尼耳《あまがみ》家の李千子《いちこ》さんのご結婚に支障を来す——のであれば、むしろ僕から警部さんにお願いしていたでしょう。でも現在、そんな状況にはありません。ですから——」

「あなたに協力を求めようと決めた理由は、そこにある」

ずばっと話を遮《さえぎ》られたにも拘《かかわ》らず、言耶は大して不快感を覚えることなく、むしろその理由が気になった。

「と言いますと？」

「素人探偵いう人種は、数は少ないものの存在しておって、ちょっとでも事件に関われそうやと分かった途端、ぐいぐいと首を突っ込んできよる。仮に本人とは遠く離れた土地で起きた事件であっても、態々《わざわざ》ぐいっと首を伸ばしよる。それで事件の解決にほんの僅《わず》かでも寄与できるんやったら、まだええかもしれんけど、実際は役に立たん場合がほとんどや。むしろ邪魔になる」

「はぁ」

「しかしながら先生は、どちらかいうと関わりとうない気持ちの方が強い。過去の事件の話を関係者から聞いても、それがよう分かる。せやのに先生は、多くの事件の解決に貢献してきたいう実績がある」

「警部さんの仰《おつしや》ることを、全《すべ》て認める心算はありませんが、今はそういう話ではなく、僕が今回の事件に関わる謂《いわ》れが――」

「まぁそう言わんと、取《と》り敢《あ》えず事件の状況を聞いて、そのうえで判断してみてはどうや」

ここで中谷田の顔に、はじめて笑みが浮かんだ。

「こんなこと言うのにも、ちゃんと訳がある。どんな事件か知ったら、恐らく先生は興味を惹《ひ》かれて、ほぼ確実に我々に協力しとうなるからや」

「…………」

警部の決めつけに、言耶は絶句したが、

「先生と一緒に捜査をした警察関係者の誰もが、同じような意見を述べとるからな。最初は遠慮してるように見えても、そのうち夢中になって捜査に加わってくる――とな」

そんな風に言われると、まぁ否定はできないか……という気になってしまう。

「どうですか」

中谷田に意思を確認され、言耶は決断した。

「現場を見せて貰《もら》いつつ、事件の説明を伺《うかが》う。ということで如何《いかが》でしょうか」

「なるほど。一石二鳥でええかもしれんな」

そういう提案をしたのは、三頭《さんず》の門から祝《はふ》りの滝までは恐らく立入禁止になっており、警察の許可がないと中を歩けないだろうと推察したからである。仮に今回の事件が起こらなくても、忌名《いな》の儀礼の現場は目にしたいと思っていた。警部の言う通り言耶にとっても、これは一石二鳥なのかもしれない。

中谷田と話し合った結果、明日の朝九時に、警部と野田の二人が尼耳家へ言耶を迎えにくることになった。それから言耶は通夜振る舞いの席に戻り、中谷田たちは警察が臨時の捜査本部としている村の寄り合い所へ帰っていった。

彼が警察に協力すると分かり、香月子《かつこ》も福太《ふくた》も喜んだ。それで事件が解決すると二人とも信じているらしい。李千子にも尼耳家にも、とにかく事態の収束が一番だという気持ちが、この二人にはあるからだろう。

けど果たして、本当にそうか。

言耶は大いに疑問を覚えた。今ある情報は李千子から聞いた話だけで、手掛かりとしては不足している。にも拘らず市糸郎《いちしろう》殺しの容疑者として、尼耳家の人々が容易に浮かんでくる。そんな状況にあったからだ。

被害者は七年前に、「尼耳家に入り込んだ」とも言える立場にあった。しかも「同家の跡取りとして」という破格の扱いである。これは充分な動機になるだろう。

尼耳家の当主である件宗《けんぞう》は、市糸郎を尼耳家に入れた張本人であり、かつ忌名の儀礼の成功を誰よりも願っていたはずなので、真っ先に容疑者から外して良いだろう。

件宗の妻の瑞子《たまこ》は、まだ孫の三市郎《さんしろう》がいるのに、という想《おも》いが絶対にあったと思われる。一時期とはいえ件宗も、彼を跡取りに考えていた。三市郎を猫可愛《ねこかわい》がりした彼女にしてみれば、なかなか市糸郎を受け入れ難《がた》かったのではないか。

件宗と瑞子の長男である太市《たいち》は、本来なら跡取りになるはずだった。しかし女癖《おんなぐせ》の悪さが祟《たた》って件宗に見放され、太市の長男と次男に期待が寄せられたが、二人とも戦死する。そこで三市郎が候補と考えられたものの、件淙のお眼鏡《めがね》に適わず、遂《つい》には李千子にまで目が向けられる。だが太市に隠し子がいると知った件淙は——それとも前から承知していたのか——その子を尼耳家に引き取り、跡取りにしてしまう。

太市にとって市糸郎は我が子ながら、他所《よそ》の女との間にできた隠し子である。それを件淙が独断で家に入れて、跡取りと決めた。彼としては複雑な心境にならないか。だからといって市糸郎を亡き者にしなければ……とは、いくら何でも考えないことは分かる。ただ容疑者から完全に外すのは、まだ早いかもしれない。

太市の妻の狛子《こまこ》にすれば、市糸郎は夫が浮気をした結果できた子供になる。にも拘らず法律上は自分の子として育てなければならない。とても平常心ではいられなかったのではないか。普段は舅《しゅうと》の件淙と、姑《しゅうとめ》の瑞子に従順らしい彼女だが、だからこそ積年の念が忌名の儀礼を切っ掛けとして、一気に溢《あふ》れ出《だ》したとも考えられる。

三市郎は被害者と腹違いの兄弟で、跡取りの座を奪われた立場になる。如何《いか》に彼が尼耳家の跡を継ぐことに興味がなくとも、市糸郎が当主になったあとの、自分の生活の心配はしたのではないか。これまで通りの趣味に生きる日々が、あっさりと終わる懼《おそ》れを抱いて、相当な不安に苛《さいな》まれたとしても可怪しくはない。

李千子にとっては、市糸郎は救世主と言える。彼が尼耳家に入ったことで、件淙の支配から逃れられたからだ。また同家を捨てる決心のある彼女には、腹違いの弟が当主になっても特に何の問題もなかった。つまり全く動機がないという意味では、件宗と同じである。

井津子《いつこ》は被害者の双子の妹ながら、兄とは違い何の期待もされていない。市糸郎だけを引き取るわけにもいかず、仕方なく彼女も尼耳家に入れた。そんな経緯が窺い知れる。双子の仲が良かったのかどうか、それに関する情報はまだないが、妹が兄に嫉《しっ》妬《と》していたかも……という可能性は矢張り考えるべきだろう。かつて件宗が、李千子に婿《むこ》を取らせて尼耳家を継がせる――と計画していたことを、もし井津子が知っていたとしたら、その代わりに自分も充分なれると思ったのではないか。

――という思考を辿《たど》った言耶は、更に考えを深めようとした。

容疑の濃い順番は……。

ところが、そこへ意外な人物が現れた。

「ご挨拶《あいさつ》が遅れて、失礼しました」

丁重な言葉遣いながらも、その口調に幼《おさな》さが残る物言いで、可愛《かわい》らしく聡明《そうめい》そうな少女が頭を下げている。ただし両手の指に目立つ絆創膏《ばんそうこう》の所為《せい》で、何処《どこ》かやんちゃな印象を受ける。そんなちぐはぐさが、なんとも好ましい。

「市糸郎の妹の、井津子と申します」

香月子も福太も言耶も、ちょっと呆気《あっけ》に取《と》られたが、そこは年の功で、

「この度は、本当に——」

すぐさま香月子が悔《く》やみの言葉を述べはじめ、それに福太と言耶も慌てて続いた。

「三市郎兄さんも、ちゃんと挨拶して下さい」

井津子の後ろには、彼女よりも大きな身体《からだ》の二十代半ばから後半に見える男が、まるで隠れるように身を竦《すく》ませている。にも拘らず彼女の肩越しに、ちらちらと彼は盗み見るように、なぜか言耶にだけ視線を向けていた。

「もう、しょうがないなぁ」

井津子は急に子供の口調のあとで、再び大人びた物言いに戻しながら、

「刀城言耶先生でいらっしゃいますか」

「……は、はい」

それに答える言耶の方が、おどおどしてしまっている。

「三市郎兄さんは、先生の愛読者なんです」

「そ、それは、ありがとうございます」

「ほら、探偵小説について、先生とお話しするんでしょ」

井津子の取り持ちによって、少しずつ三市郎は言耶と会話をはじめた。その様子を見届けてから彼女は、発条《はつじょう》親子と話し出した。

三市郎の喋りは訥々《とつとつ》としており、かなり緩《ゆる》い調子で進んだのだが、それが次第に熱

を帯びてきたのは、彼が愛読している論理性を重んじる本格探偵小説と、言耶が「東《とう》城雅哉《じょうまさや》」名義で書いている変格探偵小説との比較を、滔々《とうとう》と口にしてからだった。

「先生のお書きになる変格物の中には、下手な本格作品など太刀打ちできないほどの、質と量を備えた伏線が張られ、それらに基づく非常に優れた論理性があります」

「そ、そうかな」

「はい。本格を名乗っている癖《くせ》に、まともな推理など一つもない作品が多い中、先生の変格物は非論理を謳《うた》いながらも、ちゃんと論証の組み立てが――」

と全く留まることなく喋り続けている。言耶に意見を求めながらも、彼が満足に答える前に、もう三市郎は口を開いている始末である。

二人の第一印象では、活動的で物怖《ものお》じしない井津子の方が、より容疑者らしさがあると感じられた。もっとも今、隣で福太と話している彼女は、明るく純な少女にしか見えない。この年頃の女の子にとって、自分の姉の――半分しか血は繋《つな》がっていないが――結婚相手という存在は、ちょっと眩《まぶ》しいのだろうか。福太に接する彼女の態度には、何処か恥ずかしがっているような初々しさがあり、それが言耶には微笑《ほほえ》ましく映った。

一方の三市郎は全く覇気の感じられない大人しさで、とても殺人など実行できそうに見えない。しかし一旦《いったん》、彼が話しはじめると、その見方が大きく変わり出した。一度でも強く思い込むと、こういう人間はとことんまで突き進むのではないか。己の趣味嗜好《しこう》を護《まも》るためならば、どんな悪事にも手を染め兼ねないのではないか。

第一印象がくるっと入れ替わったため、言耶はやや戸惑ってしまった。だが、そこで重大な問題に気づき、はっと息を呑《の》んだ。

双子の兄の通夜だというのに、なぜ井津子は悲しそうではないのか。

三市郎の話に耳を傾けながらも、言耶が彼女を観察していると、狛子が二人を呼びにきた。そろそろ上座の弔問客たちが帰るようなので、その見送りのためらしい。

「お時間のあるとき、私の部屋に是非お出《い》で下さい」

座を立つときには三市郎も、すっかり積極的になっていた。とはいえ言耶に対してだけ、だったのかもしれない。

「玩具《おもちゃ》のお話を、また聞かせて下さいね」

そして井津子は、すっかり福太に懐《なつ》いたようである。

「あんなに可愛い妹までできて、俺も幸せ者だな」

通夜振る舞いの席を離れる二人を見やりつつ、福太が嬉《うれ》しそうな顔をしている。

「帰ったら早速、我が社の人形でも送って上げるか」

「あなたは、まだまだ駄目ね」

すると香月子が、透かさず小言《こごと》を口にした。

「どうして？」

「人形を貰って喜ぶのは、もっと年下の女の子でしょ。井津子ちゃんが興味を示したのは、我が社の玩具の機械仕掛けだったじゃないの」

「あっ、そうか……」

「営業の責任者の一人が、そんな為体《ていたらく》では困ります」

香月子の前では、福太も半人前扱いである。

二人が会社の話をはじめたので、言耶は厠《かわや》に立った。事前に場所は教えて貰っていたのに、少し酔っていたのか迷ってしまう。

はて……。

知らぬ間に随分と、家屋の奥まで入り込んでしまったらしい。一旦ここは戻って、誰かに尋ねた方が良《い》いかと思っていると、薄暗い廊下に面した一つの襖《ふすま》が妙に気になり出した。正確には襖の向こうの部屋に蟠《わだかま》っている妙な気配が……と言うべきだろうか。

ここは……。

客間にしては、余りにも奥まっている。かといって家人が普段から使用している感じもなく、また使用人の部屋とも思えない。

……仏間。

という印象を受けたものの、それとも違う空気感が、この襖の向こうには明らかに漂っている。

「……し、失礼します」

躊躇《ためら》い勝ちに声を掛けて、そっと襖を開ける。だが室内は真っ暗で、全く何も見えない。

誰もいないのか。

そうと知った言耶は大胆にも、そのまま座敷に入り込んだ。そして天井から下がっているであろう電灯の紐《ひも》を手探りして、部屋の明かりを点《つ》けたのだが、

……な、何だ、ここは？

周囲を見回して、ぎょっとした。

なぜなら言耶を取り囲むように、四方の襖や障子《しょうじ》や床の間には、掛け軸に表装された幽霊画が何幅も掛かっていたからだ。しかも、どの画にも恐ろしい形相の女霊が描かれており、彼女らの恨めしげな眼差《まなざ》しが、はったと彼に向けられていた。

幽霊画に於《お》ける女霊たちの描写は、大きく三つに分けられると言耶は考えている。一つ目は美人画、二つ目は病人画、三つ目は怨念《おんねん》画である。美人画は幽霊と雖《いえど》も美貌《びぼう》に溢《あふ》れ、白装束や無足の描写、また背景となる薄ヶ原がなければ、本当に美しき人を描いた画に見えなくもない。同じことは病人画にも言えた。つまりこの二つは、幽霊

らしい演出を除きさえすれば、それぞれ美人と病人の画に映ると言っても良い。しかしながら怨念画は違う。凄《すさ》まじいばかりの恨《うら》み辛《つら》みを表現した面相は、どう眺めても人間とは思えない。仮に普通の着物を纏《まと》って両脚があり、緑豊かな芝生に佇《たたず》んでいたとしても、この世のものではないと、はっきり分かってしまう。正に幽霊らしい描かれ方になっている。

そんな怨念画ばかりが、なぜかこの部屋の四方に飾られていた。しかも画の多くが「後妻《うわなり》打ち」のため、余計に陰惨さが感じられる始末である。

後妻打ちとは、前妻の一族が後妻の家を襲って家財を壊す平安時代の風習から来ている。それが江戸時代には「相当打ち」と呼ばれるようになる。

幽霊画の後妻打ちとは文字通り、前妻《こなみ》が後妻《うわなり》を、または本妻が妾《めかけ》を打ち据える行為を指す。この部屋に飾られた画にも、死んで幽鬼と化した年配の女が、若い女性の髻《もとどり》を摑《つか》み上げている、あるいは血塗《ちまみ》れの首筋に嚙《か》みついている、遂には生首を掲げ持っている……という凄まじいばかりの場面が、これでもかとばかりの執拗《しつよう》さで描かれていた。

「件宗氏の趣味か……」

思わず言耶が声に出したのは、黙っているのが怖いほどのひんやりとした冷気が、その座敷に漂っていたからだ。

こんな所に長居は無用か。

そう考えたものの、今一度ぐるっと周りを見回した彼の目が、床の間にある台座に置かれた丸いものを捉《とら》えた。

……あれは？

近づいて繁々《しげしげ》と眺めて、更に首を捻《ひね》る。

石みたいだけど……。

台座には小さな座布団が敷かれ、その上に手毬《てまり》ほどの大きさの丸い石が安置されている。それを眺めているうちに、言耶の脳裏には何かが浮かび掛けたのだが――、

……ずぅぅっ。

何処かで妙な物音が聞こえ、彼はどきっとした。

四方を見やるが、特に変わったところはない。音の正体も、その出所も不明である。にも拘らずこの部屋の中の幽霊画のどれかが、物音を立てたように思えた。そんな気がして仕方ない。しかし、いくら見回しても分からない。

……ずうぅぅっ。

またしても同じ物音が、しかも先程《さきほど》より大きく聞こえた途端、すっかり失念していた尿意を強く覚えたため、慌てて幽霊画座敷を出ると厠を捜した。幸いすぐに見つかり助かったものの、そこから先程の部屋に再び行こうとしたところ、途中の廊下に使

用人たちがいて、諦《あきら》めざるを得なくなった。勝手に入る姿を見られるのは、矢張り拙《まず》いだろう。

それにしても、あれは何だったのか……。

後ろ髪を引かれる思いで言耶が、福太と香月子の席へ戻ったあと、暫《しばら》くして通夜振る舞いが終わった。そこから三人は近所の家に分散して、風呂《ふろ》を使わせて貰うことになった。尼耳家で風呂を立てなかったのは、もちろん火を熾《おこ》さないためである。

言耶は半ば強引に、尼耳家の北隣に当たる河皎《かわしろ》家へ自分が行けるように、風呂の割り当てを勝手に調整した。その頃になって弔問客の中に、同家の縫衣子《ぬいこ》がいなかったのではないか……と、漸《ようや》く気づいたからだ。

忌名の儀礼のために祝りの滝へ向かう李千子を、いつも縫衣子は覗《のぞ》いていた。そして今日は尼耳家を訪ねる言耶たちを、ひたすらに窓から凝視していた。それなのに肝心の通夜には現れなかった。

村八分になってるから……。

だが、この場合それは通用しない。相互扶助が働くためである。実際に河皎家でも、ちゃんと風呂を提供している。決して仲間外れになっているわけではない。にも拘らず同家の誰も、通夜には顔を出さなかった。

それが言耶には引っ掛かった。だからこそ河皎家の風呂に入りにきたのだが、玄関で案内を乞うても、しーん……と屋内が静まり返っている。怖いくらい何の気配もせず、それこそ「まるでお通夜のような」という表現が当《あ》て嵌《は》まりそうである。

「夜分にすみません。尼耳家さんから、お風呂《ふろ》を貰いにきた者なんですが――」

何度も声を掛けているうちに、漸く家の人が出てきた。その顔を見ると、あの窓辺の女性の縫衣子だった。

「こっちへ」

慇懃無礼《いんぎんぶれい》というよりは、心ここに有らず……といった感じである。

「恐れ入ります」

ところが、言耶が礼を述べてから簡単に自己紹介をすると、

「そう言うたら、村の人やないね」

縫衣子の顔に少しだけ生気が戻って、そう尋ねられた。

「お通夜の様子は、どんな塩梅《あんばい》やった？」

「村の方々が、それは沢山お見えになっていました」

香月子から教えられた弔問客たちについて、言耶は一通り説明した。ただ銀鏡《しろみ》家の名前を出したとき、ふと彼女の表情が揺らいだ気がした。

「それで葬儀の仕方は……」

しかし縫衣子が訊《き》いてきたのは、そのやり方だった。

「火葬のようですね」

「やっぱり……」

そう呟《つぶや》いてから彼女は、

「まさか、鍋《なべ》……」

と続け掛けたので、言耶はびっくりした。恐らく彼女は「鍋被《かぶ》り葬」と口にする心算だったのではないか。

「八年前に李千子さんが仮死状態になられたとき、尼耳家は鍋被り葬にしようとした――と、ご本人からお聞きしました」

「…………」

「今回も同じになると、あなたはお考えなのでしょうか」

「…………」

依然として縫衣子は黙ったままだったが、

「どうして尼耳家に、ご興味を持たれるのですか」

そう言耶が続けて訊いた途端、急にそわそわとし出して、

「こっち」

廊下を先に立つと、言耶を風呂場へと案内した。

屋内では相変わらず物音の一つも聞こえず、無気味なくらいの静寂が降りている。

耳につくのは薄暗い廊下に虚《うつ》ろに響く、したっ、したっ……という微《かす》かな二人の足音だけである。

　こちらの家の方が、本当にお通夜のようだな。

　玄関を入ったときに覚えた、あの奇妙な感覚に再び言耶は囚《とら》われ出した。すると前を歩いている縫衣子が、何やら得体の知れぬ存在のように思えてきて、ちょっと怖くなった。

　今にも彼女が、ばあっと振り返って……。

　人であって人ではない顔を向けてくるのではないか……という妄想が止まらない。祖父江偲《そふえしの》が知れば、「流石《さすが》は怪奇幻想作家の先生」と感心するだろうか。

　家屋の隅《すみ》に位置するらしい脱衣場に着くと、「帰りの挨拶をする必要はない」という意味の台詞を囁《ささや》くように吐いて、すっと縫衣子がいなくなった。つまり「風呂から上がったら、さっさと帰ってくれ」と言いたいのだろう。

　言耶としては尋ねたいことが色々とあったが、今夜は無理をしない方が良いと判断した。そう考えたのは、事件の詳細を未《いま》だ把握していない事実もあるが、この家に漂う物淋《ものさび》しくも何処か恐ろしげな気配に、やや怯《ひる》んだ所為だったかもしれない。

　ここまで辿ってきた廊下と同様に風呂場も薄暗く、どうにも陰陰滅滅とした空気を感じて、決して長居をしたいと思える所ではなかった。ただ、ちゃんと沸かされた湯は気持《きも》ち好《よ》く、忽《たちま》ち旅の疲れが取れそうで有り難かった。

河皎家は単なる隣家という以上に、何か尼耳家と関わりがあるのか。

それとも縫衣子さんだけが個人的に、李千子さんや市糸郎君に思うところがあるのだろうか。

市糸郎君が三頭の門へ赴く際、この家から縫衣子さんは矢張り凝《じ》っと彼を覗いていたのか。

銀鏡家と尼耳家は虫絰村《むしくびりむら》で一、二を争う資産家だが、そこに河皎家が何らかの理由で絡んでいるのだろうか。

言耶は湯船に浸《つ》かりながら、そんなことを考えていた。

これらの疑問は果たして、今回の忌名儀礼殺人事件と関係があるのか。

もしかして犯人は、尼耳家の人間ではないのか。

そう考えた場合、縫衣子さんは容疑者に入るのか。

銀鏡家の者たちにも、疑わしい点があるのだろうか。

くらっと頭が揺らいではじめて、漸く湯に当たり掛けていることに気づき、彼は慌てて湯船から出た。

風呂から上がったあと、「お風呂をどうも、ありがとうございました」と一応は礼の言葉を家の奥に掛けたが、しーんとしたまま何の返事もない。これ以上の執拗さは失礼だろうと思い、玄関で「お休みなさい」と挨拶をして、言耶は尼耳家へ戻った。

すると先に帰っていた福太が待っていたかのように、すぐさま彼の客間へ顔を出した。隣の広い方の客間が発条親子に宛《あて》がわれているのだが、既に香月子は就寝しているらしい。

「俺が行った家で、あの噂を耳にしたぞ」

母親に遠慮してか、福太が小声で話し出した。

「あの噂って、何です？」

「角目が出た……というあれだよ」

李千子が電話で聞いた、市糸郎の事件に関する例の噂らしい。

「それについては、僕も気にしていました。でも、事件が忌名の儀礼の最中に起きたこと、被害者が片目を刺されたこと、凶器と思われる錐《きり》が祝りの滝までの道筋に捨てられていたこと、この三点から想像された飛語が、ただ村に広まっただけではないか……と、一応は考えています」

「俺も最初は、そんなことだろうと思っていた」

「違うんですか」

「子供ながらも、ちゃんと目撃者がいるらしい」

「そう言えば李千子さんが聞いた話にも、角目を見た者がいると……」

「うん。つまり彼女は電話で教えられた通りに、俺たちに話していたわけだ。けど、それは言葉の綾《あや》みたいなものだろうと、俺は受け取った」

「僕も同じです」

「いやいや、君は今の説明のように、三つの点から推理をした結果、そう結論づけたんだから流石だよ」

「しかし、間違っていたようです」

あっさり言耶は認めてから、

「それで目撃者というのは、何処の誰なんですか」

「銀鏡家の邦作《ほうさく》さんの息子で、直《じき》に七歳になるらしい和生《かずお》君だ」

「ほうっ」

思わず言耶は大きく息を吐いてから、

「國待《くにまつ》氏の長男が、例の分家蔵の祇作《ぎさく》氏で、邦作氏は次男でしたよね。その息子さんが七歳というのは、少し幼過ぎませんか」

「遅くに生まれた子供らしい」

「選《よ》りに選って角目の目撃者が、銀鏡家の人とは……」

「信憑性《しんぴょう》が俄然《がぜん》、出てきただろ」

「とはいえ相手は、まだ子供です」

言耶が疑いを露《あらわ》にすると、福太は困惑と畏怖《いふ》の念が交ざったような顔で、

「問題はな、和生君が角目の話を、全く知らなかった事実にある」

「えっ……」

「順を追って話そう」

ちらっと隣の客間に目をやったあと、福太は更に声を潜めつつ、風呂を貰った家で聞いたという和生の体験を、以下のように語った。

銀鏡和生は来月、七歳の誕生日を迎える。そのとき忌名の儀礼を執《と》り行《おこ》なうことを、祖父の國待から前以《まえもっ》て聞かされていた。ここ十年以上、銀鏡家で儀式を行なった者は一人もいない。もしかすると同家で最後の儀礼経験者が、彼になるかもしれなかった。ちなみに伯父の祇作について、和生は何ら知らされていない。ただ「父親には兄がいたが、八年前に家を出て行った切りである」と言われていたに過ぎない。

村人たちも相手が銀鏡家の子供のため、態《わざ》と昔の話を蒸《む》し返《かえ》して教えるような者は、幸い一人もいなかった。にも拘らず和生は、尼耳家の市糸郎が忌名の儀礼を執り行なう日と、それを見物できる場所を知っていた。

『白い着物の小父《おじ》さんが教えてくれた』

そう聞かされた銀鏡家の人は、ぞっとしたという。白い着物から野辺送りを連想したからだ。一体そいつは何処の何者なのか。これに関しては、今も謎《なぞ》らしい。

忌名の儀礼を見物できる場所とは、分家蔵が元あった綱巳山《つなみやま》の中腹だった。そこからなら確かに馬落前《もうじまえ》が望める。八年前の土砂崩れの跡が未《いま》だに生々しく残っているものの、普段は特に危険ではない。ただし市糸郎の忌名儀礼の三日前に来た台風の所為で、生名鳴《いななぎ》地方は集中豪雨に見舞われている。そうなると綱巳山も充分な注意が必要になってくるが、生憎《あいにく》そういう判断がまだ和生にはできない。それに彼は家の人には黙って、当日は独《ひと》りで綱巳山へ向かった。祖父に知られでもしたら、きっと物凄《ものすご》く怒られるに違いないと、彼なりに考えたからである。

その日の夕間暮れに、和生は綱巳山の中腹に着くと、八年前の土砂崩れの所為で崖《がけ》と化した場所から馬落前を見やった。すると恰《あたか》も待っていたかのように、卓袱《ちゃぶ》台《だい》岩と馬落前の北の隅の中間くらいの辺りに、顔から角のようなものを生《は》やした白っぽい何かがいて、彼の方を見ていたという。

綱巳山から銀鏡家へ戻る途中、和生は村の中を通ったのだが、その様子が明らかに可怪しいことに気づく者が何人もいた。

『坊ちゃん、どうなさったんや』

『何やお顔の色が悪いな』

『お腹《なか》でも痛いんやったら、うちで薬を飲んでったらええ』

誰もが親切に声を掛けたところ、和生が今さっき見たばかりの存在を口にして、その場がしーんと静まり返った。

『それって、まさか……』

やがて誰かが躊躇い勝ちに、ぽつりと漏らした。

『角目やないのか』

次の瞬間、一気に場がざわついた。そこから村人たちは、和生が目撃したものの詳細を、もっと彼から聞き出そうとした。

ところが、和生は視力が余り良くなかった。そろそろ眼鏡を作る必要があると、銀鏡家でも気にしていた。よって彼が「右目の部分から角が生えていた」とは言わずに、「顔から角が生えていた」と証言したのも頷ける。そのため彼の目にしたものが、一体どんな姿をしていたのか……という肝心なところは、ほとんど不明のままだった。

そもそも彼は「顔から角のようなものを生やした何か」を見た途端、途轍もなく怖くなってしまい、慌てて視線を逸《そ》らしたらしい。恐る恐る見直したときには、それはいなくなっていたという。

ほとんど村の中心で数人が固まっていた所為で、そこに次々と新しい村人が加わり、あっという間に『角目が出た』と騒ぎが大きくなった。そのうち一人が『そう言うたら――』と、たった今ふと気づいたかのように指摘した。

尼耳家では今日、市糸郎の忌名儀礼が執り行なわれているのではないか……と。

今でも村で儀式を行なっているのは、銀鏡家と尼耳家くらいしかない。その最中に、なんと角目が現れたというのである。どう考えても市糸郎の忌名の儀礼が、このまま無事に済むとは思えない。

多くの村人が不安そうな顔をする中で、一人の若者が急に莫迦《ばか》にした口調で、

『なーんや、せやったら銀鏡の坊ちゃんが、尼耳の子供を角目と見間違えた、それだけのことやないのか』

『あっ、そうやな』

すぐに若者の友達も賛同して、

『白っぽう見えたんは、そら儀式のための装束やったんやろ』

歳《とし》の若い者ばかり数人が、そう和生に笑いながら言い聞かせていると、

『尼耳の子供の顔には、にゅうっと角が生えとるんか』

と年配の男に突っ込まれ、若者たちは口を閉じてしまった。その後は再び、その場が墓所のように静まり返った。

――という話を福太が語った。

「それで村の誰かが尼耳家へ知らせに走り、そうして市糸郎君の遺体が発見された。そんな経緯がありそうですね」

「恐らくな。ただ、そこまで話は聞けなかった」

福太は喋り疲れたのか、やや掠《かす》れた声で、

「事件の翌日から、角目が出た……と言う者が、夕方になると現れはじめた。もちろん村の中ではなく、山の中腹や田畑の外れ、隣村との境にある道祖神の辺りなど、ほとんど人のいない所だったらしいが、そういう目撃談が今日の夕暮れ時にも、矢張りあったようだぞ」

「具体的には、どんな――」

言耶としては詳しく知りたかったのだが、

「俺も流石に寝たいから、あとは明日にしよう」

福太は申し訳なさそうに断って、そのまま隣室へ引き揚げた。

しかしながら言耶は、もう就寝どころではない。風呂に浸かった心地好《ここちよ》さから、このまま安眠できると思っていたのだが、今は目が冴《さ》えてしまっている。

和生君が見た角目とは、果たして何者だったのか。

そいつが市糸郎君の右目を、錐で突き刺したのか。

けれど、どうして？

一体そいつの動機は何なのか。

いくつもの疑問が、ぐるぐると頭の中を回っている。その渦の中心を見極めようとすればするほど、言耶は真っ暗闇《やみ》の直中を凝視している気分になった。いくら見詰めても、全く何一つ見えない。ただただ黒い広がりがあるばかりで……。

そんなとき黒々とした闇の中から、にゅうっと一本の角が現れて、いきなり彼の片目を突いてこようとした。

第八章　忌名《いな》儀礼殺人事件

翌朝、刀城言耶が起床したとき、暗闇《くらやみ》から現れた鋭利な一本の角に、一晩中ずっと追い掛けられる悪夢を見た……ような気分だった。

その不快さを拭《ぬぐ》うために、顔を入念に洗う。それから朝食の席に着く。そこには発《はっ》条香月子《じょうかつこ》の他《ほか》に、尼耳三市郎《あまがみさんしろう》、李千子《いちこ》、井津子《いつこ》の姿があった。件淙《けんぞう》と瑞子《たまこ》、それに狛《こま》子《こ》と太市《たいち》は、どうやら疾《と》っくに済ませたらしい。

「お早《はよ》うございます」

「先生、よく眠れましたか」

先に食べはじめている香月子に訊《き》かれ、正直に悪夢を見た話をすると、

「怪奇作家さんなのに、悪夢に魘《うな》されるのねぇ」

彼女は素直に驚いたようである。

「先輩は、まだお休みですか」

「目は覚めているのに、お蒲団《ふとん》の中で愚図愚図しているから、私だけ先に起きたんで

すよ。本当に何歳になっても、子供みたいなところがあって――」

二人で福太《ふくた》の話をしているところへ、当人が現れた。

「朝から偉く盛り上がっているな」

「あなたの話題ですからね」

香月子の澄まし顔に、福太は眉《まゆ》を顰《ひそ》めながら、

「選《よ》りに選って母親と後輩の二人が、自分のことを話してるなんて、余りぞっとしないな」

「何を言っているんです。こちらに伺ったのは、あなたの結婚のためでしょう。こうして刀城先生がお付き合い下さっているのも、あなたと李千子さんのことを想《おも》ってでじゃありませんか」

「……うん、それには感謝している」

福太が改めて頭を下げてきたので、言耶が困っていると、そこへ瑞子と狛子が朝の挨拶《あいさつ》に現れた。もっとも今朝は忙しいのだろう。すぐに席を立ってしまった。

「さぁ、早く食べなさい。私たちにも何かお手伝いできないか、このあと訊いてみましょう。先生も今朝は、警察の人と用事があるのでしょ」

香月子は福太と言耶にそれぞれ声を掛けつつ、のんびりと朝食を摂《と》っている場合ではないと、暗に仄《ほの》めかした。

その朝食だが昨夜の通夜振る舞いと同様、料理も給仕も近所の女性たちが取り仕切っている。ひょっとすると初七日が済むまで、もしくは四十九日が過ぎるまで、この状態は続くのかもしれない。

そう思った言耶は、一人の年配の女性に尋《たず》ねてみたのだが、知らん顔をされた。

「何なんだ、あの態度は？」

むっとした表情を福太が見せて、すまなそうに李千子が謝ったので、

「君の所為《せい》ではないよ。あの人が――」

「先輩、ここは抑えて下さい」

透かさず言耶が小声で注意した。

「我々は他所《よそ》者のうえに、今は忌中です。しかも市糸郎《いちしろう》君の死に方が、尋常ではありません。きっと村の人たちも、神経質になってるんですよ」

「それにしたって、返事くらい――」

「まぁ見ていて下さい」

言耶は少しも負《め》げることなく、給仕する近所の人たちを暫《しばら》く観察していたが、やがて一人の若い女性に目をつけると、同じ問い掛けをした。

「……今夜の、野帰り膳《ぜん》まで、です」

彼女は両の頬《ほお》を少し赤く染めながら、周囲を気にしつつ抑えた声で教えてくれた。

「初七日までとか、ではないのですね」

言耶も囁《ささや》き声《ごえ》で返すと、

「戦前までは、もっと長かったみたいなんやけど……」

「戦後は短縮されるようになった」

「はい。それに──」

と更に何か言い掛けたところで、はっと彼女は身体《からだ》を強張《こわば》らせると軽く言耶に一礼して、そそくさと逃げるように去っていった。

あれ？

不審に思いつつ辺りを見やると、年配の女性たちの数人が、そんな言耶と立ち去る若い女性の双方を、非常に鋭い眼差《まなざ》しで一瞥《いちべつ》していた。その事実に気づき、ぞくっとする。

「おい、なんか拙《まず》くないか」

福太も察したのか、食事を続けながらも、ぼそっと訊いてきた。

「何もなかった振りをしましょう」

ちなみに香月子は疾っくに、私は無関係ですよ──とでもいう態度で、ひたすら朝食に向かっている。

「さっきの彼女には、悪いことをしたかもしれません」

「あとから小母《おば》さんたちに、『余計なことを喋《しゃべ》るな』って怒られるとか」

「そうならなければ良いのですが……」

尚《なお》も小声で二人は会話を続けたが、今や給仕の女性たち全員が、まるで聞き耳を立てているような気配があり、どちらからともなく口を閉じてしまった。

気まずい朝食を終えたあと、言耶はすぐに尼耳家を出た。中谷田《なかやだ》と約束した九時まで間があるうえに、向こうが同家に来ることになっていたが、悠長に待っている気がしない。かといって発条親子のように手伝いを申し出るのは、ちょっとお門違いだろう。それに待つには長いが、何かをするには短い時間しかない。

尼耳家の長い垣根《かきね》沿いに進み、河皎《かわしろ》家を通り過ぎ、更に数軒の民家をあとにすると、四辻《よつつじ》に出た。左に行くと馬喰村《ばくろうむら》へ、真《ま》っ直《す》ぐ辿《たど》ると三頭《さんず》の門へ、右に折れると虫《むし》絰村《くびりむら》の中心へ、それぞれ向かうことになる。

そのまま直進したい気持ちを抑え、言耶は四辻を右へ進んだ。左手に広がる森に沿って歩いていくと、それが途切れて崖崩《がけくず》れの跡が生々しく残る山が、田畑の向こうに忽然《こつぜん》と現れる。銀鏡《しろみ》家の分家蔵が建っていた綱巳山《つなみやま》である。もし土石流が馬落前《もうじまえ》の方へ流れていなかったら、目の前の田畑は完全に埋まっていただろう。村人たちにしてみれば、銀鏡祇作《ぎさく》が犠牲になっただけで済んで、ほっとしたのかもしれない。

綱巳山の東隣にこんもりとした小山があり、その更に隣が青雨山《おううやま》になる。麓《ふもと》から延びる石段の先に、六道寺《ろくどうじ》が見えている。あの裏に火葬場があるらしい。

そんな山々を眺《なが》めながら、四辻から十分ほど田畑の間に通じる道を歩いただけで、もう言耶は村の中心部に着いていた。そこには役場、郵便局、商店などが並んでいる。県警が臨時の捜査本部を置く寄り合い所も、すぐに見つかった。

まだ早いな。

言耶は心の中で呟《つぶや》き、そこを通り抜けようとした。中谷田との約束まで時間があるのと、ここでは特に注意するべき場所がなかったからだ。かつ前方の高台に見えている銀鏡家の側まで行って、逆方向から村を眺めたいと思った。

ところが、その言耶の足が、ふと止まった。何気なく辺りを見回している振りをしながら、実際はその場を行き来する村人たちを、それとなく観察する。

やっぱり……。

最初は勘違いかと思ったが、明らかに誰もが言耶を避けている。彼が視線を向けても、目が合う前に、すうっと逸《そ》らしてしまう。前方から歩いてくる人も、早々と道を譲って――いや、慌てて避けているようにしか映らない。

他所者だから……。

地方に行くことの多い言耶は、そういう扱いに慣れていた。況《ま》して今の彼は、忌中の家の客人という立場である。

余り関《かか》わりたくないのも、まぁ当然か。

そう納得はするのだが、どうにも違和感を覚えて仕方がない。先程《さきほど》の給仕をしていた若い女性の件もあるからかもしれないが、何処《どこ》か可怪しいような気もする。

この妙な感覚は、一体……。

もやもやした気持ちのまま歩いていくと、次第に家屋が疎《まば》らになって再び田畑が広がり出す。もっとも四辻から村の中心部までほど多くはない。その半《なか》ばまで来たとき、道の右手に鳥居が現れた。参道の先を見やると、丘のような小山の上に夜礼花《やれはな》神社が見えている。

やがて道は緩《ゆる》い上り坂となり、そのまま進むと銀鏡家の前に出た。威圧的な築地塀《ついじべい》越しに、立派な御屋敷《やしき》が見えており、正に村を睥睨《へいげい》している感じがある。尼耳家の自然と融合した如《ごと》き雰囲気に対して、こちらからは城塞《じょうさい》のような印象を受ける。

そこで言耶はくるっと後ろを向いて、ざっと村を見渡した。反対側の道祖神から望んだ眺めとは違い、まるで別の村のように思える。先に目にした村が、田畑の広がる普通の田舎《いなか》だったのに比べ、今こうして見詰めている村は、少しずつ片田舎《かたいなか》から脱しようと踠《もが》く地方の小さな町のようにも感じられる。

この眺めの差異が、なぜか恰《あたか》も尼耳家と銀鏡家の懸隔《けんかく》を表しているかのようで、ふと彼は首を傾《かし》げた。

どうして僕は、こんな風に感じるのか。

「兄ちゃん、誰なん？」

そのとき後ろから、急に声を掛けられた。反射的に振り返ると、六、七歳くらいの男の子が学校に行く恰好で門の前に立っている。

「君は銀鏡《ちかがみ》さん家の、和生《かずお》君かな」

福太が近所の家で聞いた話を、咄嗟《とっさ》に言耶は思い出して、そう呼び掛けたところ、

「なんで僕の名前、知ってんの？」

和生はかなり驚いたようで、両の目を丸くしている。

「だって君は今や村でも、有名人だからなぁ」

それは事実だったに違いないが、言耶が態々《わざわざ》そう言ったのは、少年を得意にさせて目撃談を聞き出すためである。我ながら小聡明《あざと》いと思ったが、これも民俗採訪で学んだ一つの手法だと、彼は自分に言い聞かせた。

「うん、まぁな」

言耶の作戦は当たったようで、和生は得意そうな顔をした。

「それで兄ちゃんは、誰なん？」

かといって言耶に心を許したわけではないらしい。なかなかしっかりしている。

「僕は――」

言耶は和生の前に蹲《しゃが》むと、尼耳家の李千子の婚約者である発条福太《はつじょうふくた》の大学時代の後輩である、ということを子供にも分《わ》かり易《やす》く説明したのだが、

「ふうぅん」

和生の興味は少しも惹《ひ》かなかったようで、詰まらなそうな反応を見せた。

「これで自己紹介も済んだので、君に頼みがあるんだけど」

「何？」

素《そ》っ気《け》ない振りをしつつ、かなり好奇心を持っているような様子に、言耶は思わず笑みを溢《こぼ》しながら、

「君が見た変なものの話を、僕にもして欲しいんだ。どうかな」

「うーん、別にええけど……」

一応は躊躇《ためら》ったあと、和生は喋りはじめた。

その内容は福太から聞いた話と、ほぼ同じだった。つまり和生の目撃談に余計な尾《お》鰭《ひれ》などがつかずに、今のところは流れている証拠である。ただし、新たな情報もあった。村の噂《うわさ》では、和生の気づかぬうちに角目《つのめ》はいなくなっていたが、実際は馬落前の端《はし》――祝《はふ》りの滝の方面――へと消える白いものを、ちらっとながら彼は目にしていたらしい。

やっぱり本人に会って、こうして話を聞くことが大切だな。

これまでの民俗採訪でも同様の体験をしていたが、それを言耶は改めて肝に銘じた。もっとも肝心なのは、ここからだった。更に新事実を引き出せるかどうか、全《すべ》ては彼の話の進め方で決まってしまう。

「その白っぽい変なものについて、姿や恰好《かっこう》、または動きなど、何でもいいから思い出したことはないかな」

「ううん」

すぐさま和生が首を振った。

「そうかぁ」

言耶は相槌《あいづち》を打ちつつも、この子は嘘《うそ》を吐《つ》いてる……と確信した。そう推理する根拠があったわけではない。強《し》いて言うなら、これも長年に亘《わた》る民俗採訪の経験の賜物《たまもの》だろうか。

「今から君だけに教えるけど――」

そこで言耶は、子供だけに通用する奥の手を出した。

自分が「探偵である」ことを――普段は否定しているのに――打ち明け、親しい編集者たちから〈怪奇小説家の探偵七つ道具〉と呼ばれる「秘密兵器」を取り出して、それを和生に見せながら説明した。強羅《ごうら》地方の犢幽村《とくゆうむら》に於《お》ける怪談連続殺人事件でも、この手を使って子供から証言を引き出していたので、今回も採用したのだが、矢張り見事に当たった。

　和生は探偵七つ道具に興味津々で――それを欲しがったのには困ったが――言耶を見る目も明らかに変わって、遂《つい》に重い口を開いたからだ。

「……あんな、僕な、あれの秘密を知ってるんや」

「それを教えてくれるかな」

「探偵やったら、知っとかんといかんもんな」

「うん」

　言耶は頷《うなず》きながらも、ここで軽い後悔の念を覚えた。なぜなら和生の様子が、どうも怖がっている風に映ったからだ。

　こうして角目を見た記憶を思い返すのが、彼には恐怖なのではないか。

　相手に対する気遣《きづか》いが――しかも子供である――少しもできていないことに、言耶は忸怩《じくじ》たる思いを抱いたが、それでも心を鬼にして尋ねた。

「あれの秘密って、何だろ」

「武器になるはずの角が、弱うなっとるんや」

「えっ……」

「ぽろっと取れてもうたんを、僕は見たんやから……」

　これが何を意味するのか、もちろん言耶には分からない。

角が脆《もろ》くなってる？

けど、どうして？

ただ途轍《とてつ》もなく恐ろしい「事実」を自分が知ったような気がして、ふと彼は寒気を覚えた。

「その角だけど――」

尚も突っ込んで訊こうとしたとき、

「和生、学校にも行かんと、何をしとる？」

門の方から険《けわ》しい声が掛かった。

言耶が目を上げると、こちらを中年の男性が睨《にら》みつけている。和生に呼び掛けながらも、実際は言耶を誰何《すいか》しているような態度である。

「あっ、失礼しました」

すぐに言耶は立ち上がって一礼して、自己紹介をした。相手が通夜振る舞いの席にいた、和生の父親の邦作《ほうさく》だと気づいたからだ。

「尼耳の家の――」

と邦作は言った切り、暫く言耶を睨《ね》めつけていたが、

「発条の家とも無関係らしい者が、なんで尼耳の家におるんや」

第三者から見ると不思議に思えるであろう問題を、ずばり突いてきた。

「えーっと、話せば長くなるのですが――」

どう自分の立場を説明するべきか言耶が困っていると、

「いや、別にええ」

邦作は冷たく応じてから、まだ言耶と喋りたそうな和生を「遅刻やないか」と怒りながら学校に行かせ、自分はさっさと門から中へ戻ってしまった。

これ以上の新たな情報は、もう和生の口から聞けそうにもない。しかし、あと一度くらいは話をしたいと彼は考えた。今回のように持って行き方によっては、まだ何か小さな事実が出てくるかもしれない。

そこで言耶は腕時計を見て、あっと叫んだ。

「しまった！」

中谷田との約束の時間まで、もう十数分しかない。

彼は緩い坂を駆け下りて、田畑と村の中心部と再び田畑の間を走り続けた。すると例の四辻に差し掛かろうとしている中谷田と野田《のだ》らしい二人の後ろ姿が、やがて目に入ってきた。

「おーい！　すみませーん」

まず野田が振り返って、すぐさま言耶を認めたらしく、次いで中谷田を呼び止めている様子が窺《うかが》える。

漸《よう》く言耶が四辻まで辿《たど》り着《つ》き、はぁはぁと息を吐いていると、

「朝の、お散歩ですか」

野田の呑気《のんき》そうな声がした。

「お見えになるまで、結構な時間があったので、ちょっと村を見ようと――」

「で、収穫は？」

中谷田の簡潔な問い掛けに、警察が銀鏡和生の目撃談を承知しており、本人に対しても事情聴取を一応していることを確かめてから、言耶が新たな情報を伝えようとしたところ、

「あの角目の件やったら、それに相応《ふさわ》しい場所で聞いた方がええな」

そう中谷田は断って、

「ここで会えるとは、手間が省けた」

と言うが早いか四辻の右手の道へと、そのまま言耶を誘った。

「島田《しまだ》刑事は？」

「村人たちへの聞き込みです」

無表情な中谷田とは違い、そう答える野田の顔には微《かす》かな笑みが浮かんでいる。

「もっとも大した成果は、今のところ出ておらん」

「現場が村の外れにあるうえに、態々ここまで誰も来ないからでしょうか」

中谷田の苦言に対して、言耶は少し先に見えている三頭の門らしき場所を指差したが、その視線は今いる場所から左手に逸れた、ほとんど獣道のような細い筋に向けられていた。

こっちへ行くと、何処に出るんだろう。

道としての存在を半ば放棄して、ほとんど消え掛かっている幽《かそけ》き筋にも拘《かかわ》らず、なぜか招かれている気がして仕方がない。

こっちへ行くと、何があるのか。

現在の最大の興味は三頭の門から祝りの滝までの道程にあるはずなのに、左手の細い道を進みたいと強く感じてしまう。

こっちへ行くと……。

もしも彼だけだったら、その道を疾っくに辿っていたかもしれない。

「そういうことやな」

ぶっきら棒な中谷田の返事に、はっと言耶が我に返っていると、そのまま警部はすぐさま本題に入った。

「事件当日の午後三時五十分頃、尼耳件淙と市糸郎の二人は、この門の前に着いた。ただし時間は、飽くまでも大凡《おおよそ》に過ぎん。そこから市糸郎は独《ひと》りで門を潜り、件淙はこの前で孫の戻りを待っていたわけや」

三人は、中谷田、言耶、野田の順で、三頭の門を潜った。

「暫くは件淙にも、市糸郎の後ろ姿が見えとったが、こう路《みち》が曲がり出したところから、あとは当然ながら分からんようになった」

「李千子さんが夜雀《よすずめ》という怪異の鳴き声を、ちょうど聞かれた辺りですね」

この野田の発言に、言耶は驚いた。

「彼女の体験を、警察はご存じなんですか」

「兄の三市郎さんから、全てお聞きしています」

「だからと言って――」

と言耶が続けると、中谷田が察し良く、

「そんな怪異を警察が認めるかいうと、それは違うわな」

「ですよね。ただ夜雀ではなく、『袂雀《たもとすずめ》』の可能性もあるかと……」

「ほうっ、何ですか、それは？」

興味を示したのは野田である。

「これに憑《つ》かれると不吉だと忌《い》むのは、まぁ夜雀と似ていますが、こっちは怪異に遭っても、和服の袂を摑《つか》んでいると問題ない、という対処法があります」

「袂に何か意味でも？」

「いえ、特にありません。怪異というものは時として、かなり変なんです」

「はぁ」

野田は納得できないらしい。

「九州にはセコと呼ばれる河童《かっぱ》がいますが、これは山に登ります」

「水の妖怪《ようかい》なのに、ですか」

「はい。これに山で遭うと拙いので、そのときは鉄砲《てっぽう》を撃つか、読経するか、あるいは言い訳をすれば助かると伝わっています」

「えぇえっ？　言い訳？　河童に？　どうしてです？　そもそも何を言い訳するのですか」

野田は完全に戸惑っているらしい。

「ただ、そう伝わっているだけで、詳細は不明なんです」

「……なるほど。怪異ならでは、というわけですか」

「そういう例は、他にも一杯あります」

「しかし私などからしますと――あっ、先程の話にまた戻りますけど――雀とは可愛《かわい》いもんですがなぁ」

「死者の遺体を安置する殯堂《もがり》は、かつて全国に存在しました。様々な名称がつく中で、『雀堂』と呼ばれる地域がありましてね。この場合の『雀』とは、鎮魂の『鎮め』を意味します。斯様《かよう》に実際の容姿とは全く関係なく、別の使い方をする名前は実に多いのです」

「いやはや、勉強になります」

二人の会話を聞いていなかったかのように、

「凶器の錐《きり》が見つかったのが、ここや」

いきなり中谷田が、路の左手に茂る藪《やぶ》を指差した。

「どんな感じで、でしょうか」

「油紙に包んだ状態で藪の中へ入れ、その上に大き目の石が置かれとった」

「つまり隠してあった？」

言耶ではなく問題の藪を見詰めつつ、中谷田が逆に訊いてきた。

「先生は、どない考える？」

「現場は祝りの滝のようですから、凶器を始末するのであれば、それこそ滝壺《たきつぼ》に投げ込めば済みます。ただし錐柄《え》は木製なので、水に浮くかもしれません」

「その心配を犯人はしたか」

「しかし凶器の始末を本気で考えたのであれば、こんな藪の中ではなくて、もっと深い森の奥へと投げ捨てるとか、地面を浅く掘って埋めるとか、他に方法はあったはずです」

「最も手っ取り早いのは、現場から持ち帰ることやろ。けど凶器を身近に置いたままでは、かなり危険でもある」

「犯罪者の心理としては、矢張り一刻も早く処分したいでしょう」

「そう考えたらこの状況は、どないなる？」

「本件の凶器の遺棄に関しては、二つの解釈があると思います。まず一つ目は、犯人が衝動的に処分した。そして二つ目は、犯人は計画的に処分した」

「一つ目の場合は？」

「祝りの滝で市糸郎君を殺《あや》めた犯人は、そのあと来た路を戻ります。ただし犯行の興奮から、ずっと凶器は持ったままだった。それに気づいたのは、三頭の門が見えてきたときです。そこで犯人は慌てて少し戻ると、近くの藪の中に凶器を捨てた。錐は元から油紙に包んであったので、同じ状態で遺棄したわけです。そのとき咄嗟《とっさ》に、手近にあった石で隠したのでしょう」

「ところが、藪の中の石いうんは、逆に目立ってしもうて、それで警官に発見された。なんとも皮肉やな」

「一つ目の場合は、そうなります」

意味深長な言耶の物言いにも、藪に向けた中谷田の眼差しは変わらない。

「二つ目は？」

「今のように警察が考えると、犯人は読んだうえで、この藪に凶器を捨てた。ですから石は、実は目印として置いた」

「ほうっ」

中谷田が藪から、徐《おもむろ》に言耶へ視線を移すと、

「そんな風に誘導する目的は？」

「こっちへ犯人が逃げたと、警察に思い込ませるためです」

「我々がそう考えた場合、最有力容疑者になるんは尼耳件淙か。被害者を見送ったあと、ずっと三頭の門の前で待っておったと、彼は証言しとるからな」

「それが犯人の狙《ねら》いだった――と解釈すると、筋は通ります」

「けど件淙には、全く動機がない」

「そ、そうなんです」

言耶は興奮気味の口調で、

「そんな大事なことを、犯人が知らないはずありません」

「となると――」

「ただ……」

中谷田と言耶の呟きが、ほぼ同時だった。だが、あとを続けたのは言耶である。

「犯人の狙いが、もっと大まかだったとしたら……」

「どういう意味や」

「尼耳件淙氏に容疑を掛けるというよりは、尼耳家そのものに警察の目を向けようとした――とも考えられます」

「心理的な罠《わな》か」

「犯人が三頭の門へと戻ったように見せ掛けることで、その延長線上にある尼耳家を自然に連想してしまう。それを見越したわけです」

「偉う遠大な罠やとは思うが、先生の言わんとしとることは分かる」

てっきり莫迦《ばか》にされるかと言耶は思ったが、中谷田は真面目《まじめ》に受け止めたらしい。

「犯人は犯行後、祝りの滝からこの藪の前まで戻ります。ここで路は曲がっているので、三頭の門の前で待つ件淙氏にも、決して見つかりません。それでいて犯人は、相手の動向を覗《のぞ》き見ることができます。そのうち件淙氏は、いつまで経《た》っても帰ってこない市糸郎君を心配して、祝りの滝へ向かうはずです。犯人は予《あらかじ》め藪に隠れておいて、そんな彼をやり過ごして、そのあと門から外へ出て逃げたのです」

「藪の中に見えた大き目の石の下からは、実は油紙が覗いとる状態やった」

「その情報を今になって出されるとは、警部もお人が悪いですね」

「せやけど先生の二つの推理は、どちらが正しゅうても、犯人には凶器を隠す気はなかった、いうことにならんか」

「そうです。そのうえで警部は、どちらだと思われますか」

「まだ何とも言えんな」

そう答えると中谷田は、再び山路を歩き出した。

「念のためにお訊きしますが、凶器に付着していた血痕《けっこん》は？」

「被害者と同じO型やった」

「そこに不審な点は、特にないわけですね」

「今のところはな」

少し会話が途切れたあと、言耶が右手の灌木《かんぼく》を見やりながら、

「李千子さんが、無気味な白い影を見たのは、この辺りかもしれません」

「それが角目やったんか」

「さぁ、どうでしょう」

やがて路はガレ場の坂へと差し掛かった。

「ここで彼女は、謎《なぞ》の怪音を聞いています」

「私が最初に上がろう」

言耶の指摘を気にすることなく、中谷田がガレ場を上りはじめた。次いで言耶が、最後に野田が続く。しかし、怪しい物音など少しも聞こえない。

「この辺りに、本が投げ捨てられとった」

警部がガレ場の半ばくらいで、そう言耶に伝えた。

「えっ、本ですか」

「江戸川乱歩の『少年探偵団』や」

「それって市糸郎君が、大切にしていた本でしょう。恐ろしい怪異から逃れるためには、自分が大事にしている物を投げつければ良い、と李千子さんが話していました。前以《まえもっ》て頭陀袋《ずだぶくろ》に入れておいて、いざというときに使うわけです」

「市糸郎のいざは、早う来過ぎたんやないか」

「彼が七歳のときの儀礼では、李千子さんから渡されたピストルを、最後まで使わなかったと聞いています」

「つまり今回の方が、より怖い目に遭うとるわけか」

「という解釈もできますが、幼《おさな》かったからこそ最後まで我慢できたけど、思春期を迎えた所為で想像力も豊かになり、昔よりも怖がりになったため、とも考えられます」

「どっちにしろ何かに怯《おび》えて、つい本を投げたんやろうな」

　ガレ場を過ぎてからは平坦《へいたん》ながらも、ぐねぐねと蛇行《だこう》する山路となる。すぐ左右にイネ科の草叢《くさむら》が迫っており、その背後には樹木が鬱蒼《うっそう》と茂っている。まるで深山幽谷の直中にいるような、なんとも心細い気分になる。唯一の救いは独りではなく、三人でいることだろうか。

　こんな中を七歳の子が、たった一人で歩いたなんて……。

言耶は信じられない思いだった。大人でも怖いと感じるのに、これまで幼い子供たちがどれほど恐ろしい目に遭ってきたことか……。それを考えると、どうにも居《い》た堪《たま》れない。

そういう鬱々《うつうつ》とした気分が、さぁっと一気に晴れるような感覚を、森を抜けるや否や言耶は味わった。

両側の濃い緑が綺麗《きれい》になくなり、土色の世界が目の前に広がったからである。色彩の変化だけ見れば、むしろ気分の沈む変わりようと言えたが、突然の視界の拡大によって、妙な解放感を覚えた所為だろう。

「馬落前ですね」

言耶の確認に、中谷田が無言で頷く。

李千子が描写したように緩い凹凸のある路は、何頭かの馬の背中が連なっているように見えなくもない。すとんっと下まで落ち込んでいたという左右の鴉谷《からすだに》が、その連想を恐らく強調していたものと思われる。

ただし今は、ちょっと事情が違っている。鴉谷の左手はその通りなのだが、右手は馬落前のかなり手前まで土石流が迫ってきたらしく、それが生々しい跡となって残っていた。どうやら大量の土砂が複雑に固まった結果、馬落前の右手の鴉谷には激しい凹凸のある雑草も疎らな不毛の原っぱが出現したようである。

「ここを辿ると――」

「綱巳山に辿り着けそうやな」

つまり件淙のいた三頭の門を潜らなくても、誰であれ祝りの滝へ向かえたことになるわけだ。

「でも、足場が悪過ぎますか。儀式の三日前には、台風も来ていました。ここを果たして通れたかどうか……」

「三頭の門から祝りの滝までの両側は、我々も一応は調べた」

「犯人が出入りしたような跡は？」

気負い込む言耶に、素っ気なく中谷田は首を振ると、

「痕跡《こんせき》がなかったいうよりも、分からんかったと認めるべきやろな」

「仕方ありませんね」

「それで、銀鏡和生の件やけど――」

中谷田に促され、言耶は少年から聞いた話をした。

「角が取れた……」

この証言には、中谷田も野田も困惑したようである。

「その角を凶器にしても、良さそうですな」

野田が述べた意見に対して、言耶が応じた。

「犯人は忌名の儀礼に見立てて、市糸郎君を殺めたかった」

「何のために、です？」

「……まだ、分かりません」

力なく項垂《うなだ》れる言耶に、にこにこと野田は笑い掛けながら、

「いやいや私も、お訊きするのが早過ぎましたな」

すると中谷田が意外そうに、

「すぐさま何でも、推理できるわけではないんか」

「あ、当たり前です」

言耶は抗議するように、

「そもそも僕は、探偵でも何でも――」

「あぁ、分かった。で、和生が目撃した角目は、ちゃんと実在しており、それが犯人の扮装《ふんそう》やった――この場合は変装か――いうことやと思うか」

「普通に考えると、そんな恰好を外で見られる危険は絶対に冒せないので――その進入路は不明ながら――三頭の門から祝りの滝までの何処かで、犯人は角目に化けたのだと見做《みな》せます」

「けど、そうではないと？」

「村の方々による、角目の目撃談がありますからね」

「あれらが信用できるんかどうか……」

「是非そこは警察に調べて頂きたいのですが──」

「何をや」

「それらの目撃談が出はじめたのは、和生君の証言のあと、ではないのか……という点です」

「なるほど。子供の話に、大人が引っ張られたいうわけか」

「その可能性は、充分に有り得ます」

「分かった。そいで犯人は、角目に化けたんか」

「……恐らく」

「何のために？」

「この場合の解釈は、三つあります。一つ目は、万一の目撃者対策として。二つ目は、市糸郎君に恐怖を与えるため。三つ目は、儀式に絡んだ何らかの理由で──」

「一つ目は、銀鏡和生いう目撃者が実際に出とる。けど門から滝までの道中で、第三者に見られる懼《おそ》れがあるんは、この馬落前くらいやろ。それも綱巳山の分家蔵があった辺りに、誰かがおった場合だけになる」

「犯人が態々それを想定していた、というのは確かに解《げ》せませんよね」

「あんな所に誰かがおって、こっちを見てる心配など、普通はせんやろ」

中谷田は綱巳山に真っ直ぐ視線を向けている。

「ただし一つだけ、そんな想定のできる解釈があります」

「ほうっ、何や」

「尼耳家の市糸郎君が忌名の儀礼を執《と》り行《おこ》なう日と、それを見物できる場所を和生君に教えたという白い着物の何者か、そいつこそが犯人だった場合です」

この指摘に中谷田は、ふと黙り込んだ。野田は横で、はっと息を呑《の》んでいる。

「それが仮に真実だとすると、犯人は角目の姿を和生君に目撃させたかった、ということになりませんか。ただ、ここで判断がつかないのは、例の取れた角の件です。犯人は角が着脱可能な事実を示したかった、もしくは全く予定外に角が取れてしまった、この二つのどちらの可能性もあるからです」

するると野田が慎重な口調で、

「和生君が目を逸らして、再び馬落前を見たとき、ちょうど角目がここを離れるところだったことから、私には後者のように思えますが……」

「着脱可能な角を見せつけたいのなら、片手で振り回すくらいのことは、確かにしても良いでしょう。けれど角目は、さっさと和生君の前から姿を消している。なぜなら不可抗力で角が取れてしまい、角のない角目など怖くも何ともないから……だと考えると、しっくりきます」

「しかしな――」

中谷田が口を開いた。

「そないなると市糸郎ではなく和生に、犯人は恐怖を与えたことになる」

「彼の目撃証言から、同様の恐怖が村中に蔓延《まんえん》することを、きっと意図したのだろうと思うのですが、その目的が分かりません」

中谷田に訊かれるよりも先に、あっさり言耶は認めた。

「解釈の三つ目は、どうなる？」

「儀式に絡んだ何らかの理由で、犯人は角目に扮《ふん》した。これが最も蓋然性《がいぜんせい》があると、僕は考えているのですが――」

「肝心の理由が、まだ不明か」

「はい。ひょっとすると一つ目も二つ目も、犯人は意図していた。ただ飽くまでも一番の目的は三つ目であり、あとは実現できれば儲《もう》けもの程度の扱いだったのかもしれません」

「犯人は態々そんな面を、自分で作ったんか」

中谷田が根本的な疑問を出してきたので、言耶は李千子から聞いた――銀鏡祇作が角目の面をいくつも放置したので、村人たちが燃やして処理したが、こっそりと隠し持って若い女を驚かせる不逞《ふてい》の輩《やから》もいた――話をした。

「その面が残っており、犯人が利用したかもしれんわけか」

「厄介ですね」

苦々しい中谷田の口調に、野田が相槌を打った。

「ここでの話は、これくらいでええか。先へ行こう」

三人が連なった馬の背のような馬落前を——その途中に出現する卓袱台岩《ちゃぶだいいわ》を迂回《うかい》しつつ——渡り切ると、再び両側に濃い森が出現した。路はUの字のように抉《えぐ》れた坂で、ひょっこりと要所要所に岩が顔を出している。そのため歩き難《にく》くて仕方がない。大きな岩が坂の真ん中に出ている箇所は、それを迂回する必要がある。そういう動きを上りながら行《おこ》なうのは、ほとほと疲れてしまう。

非常に癖《くせ》のある坂を上り切ると、そこから山路は平坦になった。代わりに左右の藪が深く押し寄せてきて、山路を半分ほど埋めている。ほとんど藪漕《こ》ぎをしている状態である。また森に入った所為か、午前中だというのに辺りが妙に薄暗い。ここまで歩いてくる過程で信じられないほど時間が掛かり、そろそろ逢魔《おうま》が時《とき》を迎える頃合だ……と言われても、つい納得してしまいそうな仄暗《ほのぐら》さである。

「ところで先生、今回の事件とは無関係かもしれませんが——」

後ろから野田に話し掛けられ、言耶が半ば振り返りつつ藪漕ぎをしていると、

「首虫《くびむし》の化物というのは、何なんでしょうか」

かなり返答に困る質問をされ、大いに困惑した彼は逆に訊き返した。

「ちなみに首虫のことは、何処でお聞きに？」

「村人たちに訊き込みをしたとき、お年寄りの何人かが、『こりゃ首虫の仕業や』と言ったんですよ。それは何ですと尋ねたら、『祝りの滝に棲《す》む化物や』と教えられました。ただし肝心の正体については、誰も分からないというより、どうも口を閉ざしてる感じでしたね」

「本当は知ってるのに、態《わざ》と言わない――いえ、口にできないとか」

「そうかもしれません」

「李千子さんの話にも、名前しか出てきてなくて――いえ、それに彼女は追い掛けられたようなんですが、見たわけではなくて……。ですから僕も、さっぱり分からないんです」

「何かお考えは……」

「あるには、ありますが――」

そのとき微かな物音が言耶の耳についた。

「ちょっと待って下さい。あれって……」

「ああ、滝の音や」

前を進んでいる中谷田が振り向くことなく教えてくれた。

あとは一気に藪を抜けると、ぱっと目の前が開けて、何張りかテントが設営できそうな草地の広場へと出た。その先は岩棚で、更に向こうには滝口から降り注ぐ水流が見えている。

岩棚へと歩く途中の左手に、下っている石段が目に入ったが、言耶はそのまま直進した。

「被害者はここに、岩棚の淵《ふち》に対して斜め向きで倒れとった」

中谷田の説明を受けて、言耶が確認する。

「滝が真北で、岩棚の淵が東西に走っていると見做した場合、彼は南西に頭を向けた状態で倒れていたことになりますか」

「西南西くらいか」

「犯人は後ろから声を掛けて、市糸郎君が振り向いた瞬間、錐で右目を刺した？」

「岩棚と被害者の間に犯人が立てる余裕は、どう見てもないからな」

「もしくは市糸郎君の横に、犯人は立っていた。そして話し掛け、彼が顔を向けたところを、凶器で刺した？」

「とも考えられるか」

「前者だった場合、市糸郎君は犯人と面識がなかった可能性が高く、後者の場合は二人が顔見知りだったと思われる。そうなりますね」

「現場の状況を見る限り、どっちとも判断はつかん」

「それにしても襲われた勢いで、よく滝壺に落ちませんでしたね」

「犯人が被害者の右横におった場合、刺された衝撃で斜め後ろに倒れたんやないか。犯人が被害者の後ろから近づいて振り向かせた場合は、右目を刺されたんで、咄嗟に被害者は左へ逃げようとしたんかもしれん。せやけど足が縺《もつ》れて倒れてしもうた」

市糸郎が倒れていた地点に立つと、言耶は犯行を再現するような動きを、その場で何度も繰り返してから、

「振り返ったところを刺されたのなら、仮に足が縺れたにしても、岩棚側ではなく滝壺側に倒れる可能性の方が高くないでしょうか」

「我々も当初、そこに引っ掛かった。せやから犯人は、被害者の横に立っとったんやないか。故《ゆえ》に顔見知りの犯行やと、ほぼ断定し掛けたんやが――」

「そうとは限らない手掛かりが、何処かから出ましたか」

中谷田の物言いから、言耶が先回りすると、

「実はある茸《きのこ》の毒が、錐の先には塗られとった」

「ま、まさか……」

「何や、心当たりがありそうやな」

「大傘茸《おおかさだけ》ではありませんか。食べるよりも傷口に入る方が危険で、しかも即効性があ

る毒だと聞いています」

「ほうっ、流石《さすが》ですなぁ」

二人の後ろで、野田が頻《しき》りに感心している。

「その毒に被害者はやられ、一瞬で方向感覚を失《な》くしたのやないか、と我々は見とる。滝壺側に落ちずに、岩棚側に倒れたんは、せやから偶々《たまたま》いうことになる。実況見分を考えたら、こっち側でほんまに良かった思う。滝壺に落ちとったら、偉い難儀やったやろ」

「犯人は錐の先に、なぜ毒を塗ったのか」

言耶の独《ひと》り言《ごと》のような呟きに、中谷田が答えた。

「理由は分からんが、犯人は被害者の片目を狙いたかった。せやけど片目を刺すいうても、なかなか難しいやろ。不意をつかんとならんし、ちょっとでも相手が動いたら、狙いが逸れてしまいよる。顔の一部に、浅く刺さるだけかもしれん。そうなると相手は死なんうえに、逃げられる懼れも出てくる。そこで念には念を入れて、凶器に毒を付着させた」

「そう考えると、筋は通ります」

言耶は納得しながらも、阿武隈川烏《あぶくまがわからす》から得た情報を口にした。

「この毒の抽出は、村の人でないと難しいらしいですね」

「尼耳家の者にしかできん——とかやったら、こっちも楽なんやけどな」

中谷田が無茶な願望を吐いてから、言耶に問い掛けた。

「犯人が片目に執着する動機は？」

「忌名の儀礼に関係していることは、まず間違いないでしょう。あの儀式を七歳で執り行なったあと、もし何者かに忌名で呼ばれても、決して振り返ってはならない。その声に反応して後ろを向いてしまったら、目が潰《つぶ》れる。銀鏡祇作氏の角目の面は、この言いつけを守らなかった所為で生まれた、そんな負としての証《あかし》でもあります」

「説明になっとるようで、実は少しもなっとらんことは、言うまでものう先生も分かっとるやろ」

中谷田の鋭い指摘を受けながらも、こう言耶は呟かずにはいられなかった。

「どうして犯人は、そこまで忌名の儀礼に拘《こだわ》るのか」

第九章　忌名《いな》儀礼殺人事件（承前）

「肝心な部分は、謎《なぞ》のままか」

当たりのきつい中谷田《なかやだ》を補佐するように、野田《のだ》がにこにこ顔で、

「ですから忌名の儀礼に詳しい先生に、是非とも謎解《なぞと》きをお願いしたいのです」

「いえ、僕は、決して――」

「警察より向いとるのは、まぁ間違いない」

中谷田の決めつけに、言耶は何も言えない。

「滝壺《たきつぼ》に下りるか」

「あっ、はい」

岩棚を少し戻って、狭くて急な石段を中谷田、言耶、野田の順で下りていく。右側の乾いた岩壁に片手を這《は》わせつつ進むと、そのうち湿り気を覚えたので見やったところ、苔《こけ》が生《は》えていた。それは石段も同様で、滝壺へ近づくに連れて苔の繁殖が盛《さか》んになっている。ともすれば手足が滑《すべ》りそうになるため、自然と足取りも慎重にならざる

を得ない。

やがて石段の下の石畳に着くが、三人が辛《かろ》うじて並べる幅しかない。しかも石畳は濡《ぬ》れており、不用意に動くと滑って滝壺に落ちそうである。

『決して滝壺には近づくんやない』

忌名の儀礼に臨む李千子《いちこ》に対して、尼耳件淙《あまがみけんぞう》が厳重に注意した場所に、言耶は今、やや危なかしげに立っていた。

「かなり深そうですね」

「村の古老のお話によると、『一度でも沈んでもうたら、もう二度と浮き上がってこん』とのことでした。それは滝壺が実際に深い所為《せい》だけでなく、ここに首虫《くびむし》が棲《す》むからとのことです」

野田が聞き込みで得た怪異な伝承を披露したのとは対照的に、中谷田は飽くまでも現実的な反応を見せた。

「ここに被害者が落ちとったら、こっちの仕事も大変やったな」

「犯人が遺体も凶器も滝壺に投げ込まなかったのは、被害者の片目を錐《きり》で突いたという殺害状況を、はっきりと示したかったから——ではないでしょうか」

「さっきも言うた通り、問題はその理由や」

どうして忌名儀礼殺人事件を、犯人は起こそうとしたのか。

阿武隈川烏《あぶくまがわからす》とのやり取りで、最終的に浮かび上がってきた謎である。それを解く鍵《かぎ》が、この祝《はふ》りの滝にありはしないか。

どうどうと落下する豊かな滝の流れを、滝口から滝壺まで目で追っていたときである。幅のある滝に向かって左端《ひだりはし》、ちょうど滝壺と接する辺りに、平らな空間が存在することに気づいた。そこは祠《ほこら》や祭壇を祀《まつ》るのに、恰《あたか》も適した場所のように映った。

李千子の体験を思い出して、その空間の背後に目を向けると、岩壁に彫られた絵が確かに見えている。

「あの岩壁の絵について、何かご存じですか」

言耶が尋《たず》ねると、中谷田は首を振り、野田は申し訳なさそうに、

「少なくとも聞き込みでは、そんな話は出ていません」

「李千子さんは岩棚の上から、あれを見たそうです。そのときは菩薩《ぼさつ》か如来か、そういう有り難い神仏が彫られてると思ったらしいのですが、同時に彼女は別の感じ方もしたと仰《おつしや》っていました」

「何だ、それは？」

「とても気味の悪いもの……という感覚です」

この言耶の言葉を受けて、中谷田と野田は岩壁の絵を凝視し出したのだが、

「おい、ひょっとして、あれは……」

「あぁ、頭部の左上ですね」

二人は続けて、そんな台詞《せりふ》を吐《は》いた。

「はい。向かって左の頭の上に、一本の角があるように見えます。右には最初からなかったのか、滝の所為で摩耗して消えてしまったのか、ここからは判断できませんが、左の角は存在していると見做《みな》しても良いでしょう」

「角のある神仏なんか、いるんか」

不審そうな声を出す中谷田に、言耶が答えた。

「神道と仏教が融合した神仏習合による神である牛頭《ごず》天王が、正にそうです。京都の八坂神社の祭神として有名ですね。『祇園《ぎおん》牛頭天王御縁起』によりますと、牛の頭を持ち、そこには赤い角が生えていました。この容姿のため嫁取りができずに、彼は酒浸りの日々を送ります。しかし、あるとき――」

「その先生の御高説には、この事件に役立つ情報が必ずあるんやろな」

「えーっと、どうでしょう？」

「ほんなら牛頭天王縁起は、あとで聞かせて貰《もら》うとして、今はさっさと戻ろう」

石段を上がって草地に出るまでは、三人とも無言だった。滑りそうな足元に、誰もが意識を集中していたからだろう。

「最初に話したように、尼耳件淙と市糸郎《いちしろう》の二人が三頭《さんず》の門に着いたんは、事件当日の午後三時五十分頃やった」

まず口を開いたのは中谷田である。

「李千子さんのときに比べて、随分と早いですね」

「薄暗うなると市糸郎が怖がるから、いう理由で件淙が儀式の開始を早うした。そういうことらしいな」

「相手が孫であっても、そんな気遣《きづか》いなどしそうにないのに……」

「年齢と共に丸うなったんか、跡取り候補は市糸郎が最後やろうと、まぁ彼なりに考えるところがあったんか」

「後者でしょうか」

「我々が実際に歩いて計ったところ、三頭の門からガレ場までが六分、ガレ場から馬落前《もうじまえ》までが七分、馬落前から祝りの滝までが九分の、計二十二分やった。ガレ場やUの字の坂で少し足を取られたとしても、二十五分あれば十分やろう」

「往復で四十四分から五十分」

「ところが、四時四十分を過ぎても、市糸郎は戻ってこんかった。その前に雨が降り出したこともあって、件淙は祝りの滝まで急いで向かった。滝に着いたんは五時頃で、すぐさま岩棚に倒れとる市糸郎の姿が見えた。ちなみに雨が止《や》んだんは、その少しあとらしい」

「待って下さい」

　言耶は慌てて断ると、

「その前に銀鏡和生《しろみかずお》君の話を聞いた村人の誰かが、三頭の門で待つ件淙氏の許《もと》へ駆けつけ、角目《つのめ》の目撃談を話したと思うのですが――」

「いや、そんな事実はない」

　中谷田は否定してから、言耶に尋ねた。

「これを先生は、どない見る？」

「どんな形であれ、忌名の儀礼には関《かか》わりたくなかった……ということでしょうか」

　それを補足するように野田が、

「村で聞き込みをしていても、そういう感じは常にあったように思います」

「もしも和生君の話が、すぐさま件淙氏に伝わっていたら……。市糸郎君は殺されずに済んだかもしれませんね」

　この仮定には中谷田も野田も何も応《こた》えなかった。

「件淙は尼耳家に取って返し、駐在に連絡した。我々が現場に到着したのは六時半で、すっかり辺りが薄暗うなっとった」

「死亡推定時刻は？」

「四時半から五時半になるが、件淙の証言が正しいとすれば、四時半から五時やな」

「和生君が角目を目撃したのは、何時頃か分かってるんですか」

「はっきりしませんが――」

野田が申し訳なさそうな様子で、

「彼から話を聞いた村人たちの証言に基づいて推察しますと、どうやら四時から四時十五分の間ではないか……と」

「市糸郎君が馬落前に差し掛かったのは、四時三分から五分くらいになります。そうなると角目が彼の前にいたのか、後にいたのか、和生君の目撃談だけでは判断できません」

「犯人の侵入経路が、そもそも不明やからな。犯行前の両者の位置関係を把握しても、ほとんど意味はない」

「三頭の門と綱巳山《つなみやま》方面以外からでも、ここへは入れるんですか」

「森や藪《やぶ》を抜けさえしたら、いくらでも可能やろ」

「その場合、どうしても痕跡《こんせき》が残りませんか」

「村の青年団にも協力を要請して、門から滝までの両側を一応は調べた。それっぽい跡がいくつか見つかったもんの、獣のものかもしれん」

「確実に人間が通った跡とは、断言できないわけですか」

「そないなるな」

Uの字の坂の上へ出たため、そこから足取りは慎重になったものの、三人は事件の検討をそのまま続けた。

「被害者が尼耳家に引き取られたんが、今から七年前になる。その理由はずばり、同家の跡取りとして育てることだった」

「同じように僕も、李千子さんから聞いています」

「その跡取り候補が殺されたわけやから、我々としても動機は、尼耳家の財産になるんやないかと、まず考えた。つまり犯人は、被害者の顔見知りいうことや」

「すると第一容疑者は？」

「三市郎《さんしろう》と李千子の二人やろ」

「け、けど――」

言耶が抗議するよりも早く、中谷田は付け加えた。

「李千子には立派な現場不在証明《アリバイ》があるうえに、発条福太《はつじょうふくた》との結婚も決まっとることから、そもそも動機が見当たらん。むしろ彼女の今の立場やったら、市糸郎が尼耳家の跡を継いでくれた方が、要は助かるわけや」

「その通りです」

言耶は安堵《あんど》したが、中谷田は気にした様子もなく、

「先生の前で何やけど、三市郎は探偵小説の愛読者や。他《ほか》の容疑者よりも、殺しに関

しては抵抗がないかもしれん」

「それは探偵小説の読者に対する、へ、偏見です」

言耶が強く抗議した。

「むしろ紙上の殺人劇を楽しむ精神があるからこそ、現実の人殺しには身震いするという読者の方が、きっと多いと思われます」

「いずれにしろ三市郎には、強い動機がある」

中谷田は少しも譲ることなく淡々とした口調で、

「次は三市郎を幼《おさな》い頃から可愛《かわい》がっとったいう祖母の瑞子《たまこ》と、彼の母親の狛子《こまこ》になる。血の繋《つな》がっとらん市糸郎ではのうて、実孫または実子に家を継がせたいと、彼女らが心から望んだとしても不思議やない」

「お二人の容疑は、同等でしょうか」

「今は纏《まと》めて二人を挙げたけど、実際の動機は違うかもしれんな」

「と言いますと？」

「三市郎への想《おも》いは、瑞子の方が強い気がした。せやから彼女の場合は、孫を慮《おもんぱか》ってになる。しかし狛子は実子のためいうより、旦那《だんな》が他所《よそ》の女に産ませた子に、そっくり尼耳家を譲るんが癪《しゃく》で仕方ない、いう動機が考えられる」

「それは僕も思い浮かべたのですが、こうして改めて指摘されると、あの大人しそうな狛子さんが、まさか……とも感じてしまいます」

　この言耶の躊躇《ためら》いに、中谷田と野田は同時に顔を見合わせてから、

「やっぱり先生は、育ちがええんやな」

「これまでに難事件や怪事件をいくつも解決してこられて、人間の悍《おぞ》ましい業もご覧になっているはずなのに、そんな風に受け取られるのは、少しも擦れていない証拠です」

「はっ？」

　二人の物言いに、言耶がきょとんとしていると、

「舅《しゅうと》にも姑《しゅうとめ》にも常に従順で、旦那に浮気されても、他所で子供を作られても、ひたすら耐え忍んで、そのうえ問題の双子の面倒まで見させられて、遂《つい》には家まで乗っ取られる……いう目に遭うとる女が、いつまでも爆発せずに済むわけがないと、先生は思わんか」

「いえ、ですから僕も、そう考えたのですが――」

「本人を見てると、そない恐ろしいことをする女とは、とても思えんか」

「……はい」

「いやいや、ああいう自己主張が全くのうて、何事にも凝《じ》っと耐えとる人間こそ、一旦《いったん》ちょっとでも切れると、そら物凄《ものすご》いことになるもんや」

「狛子さんはO型ですからね。周りを気遣って我慢しているのでしょうが、警部の言われるように、そういう人が爆発すると大変です」

「野田さんお得意の、血液型分析が出たな」

中谷田が珍しく笑みを浮かべたが、当の野田は飽くまでも真面目《まじめ》な顔で、

「そういう例は刑事をやっておりますと、嫌というほど見る羽目になります」

ここまで二人に言われると、もう言耶も反論できない。

Uの字の坂を無事に下り切ると、目の前に馬落前が現れた。鴉谷《からすだに》の左手は土石流の所為で、仮に落ちても擦り傷で済む程度の高さしかないが、右手は完全な崖《がけ》になっており、覗《のぞ》き込《こ》むと吸い込まれそうな恐怖がある。

しかし三人は、そんな鴉谷の特徴に目を留《と》めることなく事件の検討を続けた。

「父親の太市《たいち》氏は、どうでしょう？」

「動機がないいう点では、件淙や李千子と同じやが……」

珍しく中谷田が言《い》い淀《よど》んだので、おやっと言耶は思いつつ、

「何か他に気になる点でも？」

「狛子と同様、要は性格の問題やな」

「どういうことですか」

「財産持ちの家で、何不自由なく育ったけど、ずっと父親である件淙に頭を押さえら

れとって、跡取りとしては認めて貰えず、自分の長男と次男に期待が掛けられたもんの、二人とも戦死したため三男の三市郎へ移るが、これも駄目出しされ、長女の李千子の婿《むこ》取りが考えられたあとで、自分の隠し子の市糸郎に白羽の矢が立った――いう目に、太市は遭うてるわけや」

「それを本人が、果たして気にしてるでしょうか」

「せやな。そんな素ぶりは微塵《みじん》もないように、我々にも映った。ただ狛子と同様に、実際のところは分からん。太市の女癖《おんなぐせ》の悪さは、件淙の絶対的な支配下から逃れられる、唯一の方法やったからとも考えられる」

そこで中谷田は、ちらっと野田を見やって、

「名刑事の血液型分析によると、太市のＡＢ型が関係しとるそうやが――」

「警部、勘弁して下さい」

恥じ入るような野田とは対照的に、

「太市氏本人にとってだけ、随分と都合の良《い》い解釈ですね。妻の狛子さん、子供の三市郎氏や李千子さんには、そんな言い訳など通用しません」

言耶が憤った口調で応えると、中谷田《た》は興味深そうな眼差《まなざ》しを向けつつ、

「要は狛子とは別の意味で、太市にも溜まりに溜まった尼耳家に対する複雑な気持ちが、相当にあったんやないか、いうことや。それに市糸郎の母親が誰か、あの男は喋《しやべ》

らんでな」

「太市氏が町の別宅で囲っていた、お妾《めかけ》さんではないのですか」

「本人は『飲み屋の女で、もう疾《と》っくに関係は切れとって、ほとんど忘れ掛けとる』と言うておったが……」

そこで中谷田は、なぜか意味有り気な顔で野田を見やったので、言耶は妙に感じた。咄嗟《とっさ》に二人の間で、何か合図が交《か》わされたかのようである。

だが警部は何事もなかったように、

「最後に残るんが、被害者の双子の妹の井津子《いつこ》や」

そう言い放ったので言耶は、

「被害者は血の繋がった、実の兄ですよ。にも拘《かかわ》らず彼女にも動機があると？」

「先生は、どない思う？」

またしても質問を質問で返されたが、そこで言耶は、通夜振る舞いの席での井津子を思い出していた。

「……血の繋がった兄の通夜なのに、彼女は余り悲しそうに見えませんでした。それは間違いないかもしれません」

「ほうっ、なかなか鋭い観察眼や」

「兄の跡取りという立場に、彼女は少なからぬ嫉妬《しっと》を覚えていたとも、この場合は考えられますか」

「大人しい市糸郎よりも、元気な井津子の方が、むしろ跡取りに相応《ふさわ》しい。そんな風に件宗は考えて、万一の保険として彼女も引き取ったんかもしれん」

「かつての李千子さんのように、ですか」

「あの兄妹《きょうだい》、実は別れて育てられとったらしい。市糸郎は年季が明けた元遊女が、井津子は遊女屋の元やり手婆《ばばあ》が、それぞれ太市から金を貰うて、親代わりになっとったと聞いた。前は下斗米町にも廓町があったからな」

「だとしたら血の繋がりがあっても、兄妹の情は薄かったのかもしれませんね。跡取りになる兄だけではなく、態々《わざわざ》もう片方の妹を引き取ったのも、警部が言われたように保険の可能性が高いような気がします」

「その件宗の思惑を、井津子は聡《さと》くも察した」

「つまり動機が、彼女にもある……」

と続けながらも言耶は慌てて、

「し、しかしですね。通夜振る舞いの席で話した感じでは、とても財産目当てで、兄殺しなどしそうにない……」

「先生、そこは狛子さんと同じように考えるべきでしょう」

野田が諭《さと》すように、やんわりとした口調で、

「一概には言えませんが、親代わりが元遊女と元やり手婆では、前者の方が後者よりも恵まれているかもしれません。遊女が身受けされて、結婚して旦那の家に入ると、それは良く家族に尽くすと聞きます。元遊女ということは、きっと子供に恵まれていなかったでしょう。だから余計に市糸郎君に愛情を注いだとも考えられます。そんな元遊女に比べると元やり手婆が、何処《どこ》まで子供を可愛がったのか、私には疑問です。しかも相手は、女の子ですからね。つい遊廓《ゆうかく》で辛《つら》く当たっていた遊女たちを思い出して――という状態も充分に予想できます。仮に私の見立てが正しければ、井津子ちゃんもまた、狛子さんや太市さんのように、他人には窺《うかが》い知れぬ心根を持っている。そんな風に見做せませんか」

　野田の言には妙な説得力があった。これも長年に亘《わた》って刑事をやってきた、その経験からくるものだろうか。

「……分かりました。取《と》り敢《あ》えず彼女も容疑者に加えるとして――以上ですか」

「最も濃厚なんは、その辺りやろう。あとは事情聴取や聞き込みで、どれだけ他の者が浮かび上がってくるかやな」

「となると次は、関係者たちの現場不在証明でしょうか」

「件淙は三時五十分頃から四時四十分頃まで、三頭の門の前におったという。ただし、その時間帯に門の前を通った村人は、誰もおらんかったらしい。よって市糸郎のあとを追って、いくらでも犯行を為《な》すことは可能なんやが、あの爺様《じい》には動機が全くない」

「李千子さんは同時刻、僕が下宿している東京の鴻池家《こうのいけ》の離れにいて、ちょうど忌名の儀礼の体験談を語っていたわけですが……。そう考えると何とも言えぬ気味の悪い、これは偶然の一致になりそうです」

言耶は自分で言っておきながらも、ちょっと厭《いや》な気がした。

「この二人は、とにかく除外できる」

しかしながら中谷田は少しも動じた風がなく、そのまま馬落前を渡り切った。そこからは平坦《へいたん》ながらも蛇行《だこう》する山路が、暫《しばら》く続くことになる。

「三市郎は散歩をしてたと言っとるが、何処まで行って戻ってきたんか、さっぱり要領を得んでな。かなり怪しい」

「僕から訊《き》いてみましょうか」

通夜振る舞いの席での三市郎を思い出して、そう言耶は提案した。

「探偵小説好きやから、先生には話すかもしれんな」

「お力になれるか分かりませんが……」

「いや、ここはお願いしたい。宜《よろ》しゅう頼む」

中谷田に頭を下げられ、言耶が恐縮していると、

「もっとも李千子の他には誰一人、現場不在証明がないようで、ほとんど意味はないかもしれんけどな」

身も蓋《ふた》もない言い方をした。

「そうなんですか」

「瑞子はずっと家にいた、と言うとる。実際に使用人たちが、何度か彼女の姿を見ておるのは間違いない」

「それなら――」

「けどな、その居場所が絶えず確認されとったわけやない。祝りの滝まで行って戻ってくることも、ギリギリとはいえ可能そうなんや」

「具体的には、どうなります？」

「尼耳家から四辻《よつつじ》までが四分、辻《つじ》から三頭の門まで四分として、三頭の門から祝りの滝までが二十二分やから、往復一時間の道程や。使用人たちの証言によると、瑞子は四時頃に家内の廊下で目撃されたあと、次は五時頃に台所へ現れたらしい。被害者の死亡推定時刻は四時半から五時やから、ギリギリで犯行は可能やろう」

「老婦人の足で、ですか」

「せやから、ギリギリやと言うとる」

「なるほど」

「狛子は出掛けておったが、その行き先がちょっと妙でな」

「何処です？」

「奥武ヶ原《おうがはら》やと言われた」

中谷田は漢字を説明してから、

「何処ぞの古戦場か思うたが、長男と次男の埋葬地やいうから、てっきり尼耳家の裏にある墓所かと当たりをつけたら、そこやない言われて、こっちは混乱してもうた」

「尼耳家は両墓制なんでしょう」

「流石《さすが》に先生やな。すぐに分かるか」

「ご遺体を埋葬する埋め墓または埋《い》け墓と、供養するための参り墓が、全く別に分けられているわけです」

「埋け墓とも言うんか」

「つまり『死者を埋ける墓』の意ですね」

「ここら一帯がそうか思うたら、銀鏡家と尼耳家だけや言われた」

中谷田は補足しながらも、どうも納得がいかない様子で、

「せやけど変やないか。お参りする墓石の下に、遺体も遺骨もないやなんて」

「同じ両墓制でも、埋葬地に埋めたご遺体が白骨化したあと、それを参り墓に移す場合があるのと、埋けたままの例もあります。前者では遺体が朽ちるまで葬られたあ

と、その魂が浄化されてから参り墓へ移すとされている。一方の後者は目印も立てないため、そのうち何処に埋めたのか分からなくなってしまう。これを放置葬とも言いますが、一種の林葬と見做すこともできるでしょう」

「こら、先生の講義やな」

「埋葬地は『三昧《さんまい》』とも呼ばれます。仏教で三昧とは、瞑想《めいそう》により精神集中が高まった状態を指すと同時に、それが転じて亡くなった状態も表すため、墓所を意味する言葉でもあります。ちなみに火葬場で死体を千体以上焼くと、死霊が集まって人の形の妖怪《ようかい》になるという伝承があり、これを『三昧太郎』と呼びます。野焼きをする人を『野の人』と言いますが、『三昧太郎』と呼称する地域もあって――」

「なるほど、よう分かった」

「警部さんが古戦場かと思われた奥武ヶ原の『奥武』は、色の『青』や『淡い』の『淡』の訛《なま》りで、埋葬地を意味する古代語になります。表に六道寺《ろくどうじ》が、裏に火葬場がある青雨山《おううやま》の『青』も、恐らく同様の意味があるのでしょう。そもそも色の『青』は黒と白の中間色で、墓地または埋葬地を指していましたからね」

「うむ。埋葬地の話は、もう――」

「賽《さい》の河原《かわら》の『賽《さい》』は『さえ』であり、『境』即《すなわ》ち境界で、本来は埋葬地を意味します。『河原』と記すものの、河川の側にあるとは限りません。海岸や山中にある場合は大抵《たいてい》、岩がごろごろと転がっています。つまり河原は強羅《ごうら》だったと考えられるわけです」

「先生、その辺で――」

「墓地で一週間、ずっと火を焚《た》く夕参りの風習は――」

「おい、どうにかしてくれ」

中谷田が痺《しび》れを切らして野田に命じた結果、ベテラン刑事が言耶を宥《なだ》めて、漸《ようや》く彼の講義が終わった。

「こりゃ迂闊《うかつ》に、なーも訊けんぞ」

警部はぼやいたものの、かといって言耶を急に継子《ままこ》扱いすることもなく、それまで通りに事件の検討を進めた。

「尼耳家で何か儀礼がある度に、狛子は奥武ヶ原に行っとるらしい」

「ひょっとして戦死した、市太郎《いちたろう》氏と市次郎《いちじろう》氏の供養のためでしょうか」

「彼女にしたら尼耳家の裏の墓所より、その埋葬地に参る方が、よっぽど実感があるんやろ」

「つまりお二人のご遺骨は、戦地から戻ってきた……」

「いや、どうやろ。流石にそれは訊けんでな」

戦死者の遺骨だと言われて遺族が白木の箱を受け取るが、その中を検めるとごろっと石が一つだけ入っていた、という話は戦時中ざらにあった。

「仮にご遺骨がなくても、先祖代々に亘ってご遺体を埋葬してきた奥武ヶ原こそ、きっと狛子さんにとっての墓所なのでしょう」

「まぁ、それは個人の自由なんで、別にええんやが……」

「何か問題でも？」

「奥武ヶ原と祝りの滝は、実は近い位置関係にあってな」

「えっ……」

「しかも行き来したと見做せるような跡が、ないこともない」

「でも、はっきりしているわけではない？」

「ほとんど獣道に近いからな」

「祝りの滝の周囲の森は、かなり深かったように思います。女性の足では、ちょっと無理ではありませんか」

「絶対に不可能や、いうわけでもないやろ」

「一気に容疑が、これで濃くなりますか」

「その通りなんやが、狛子だけに言えることでは、実はのうてな」

言耶は戸惑いを覚えながらも、中谷田の話の続きを待った。

「太市は当初、三市郎と同じく散歩に出ていたと言うとったが、こちらが突っ込むと途端におろおろし出した。更に突いたところ、河皎家《かわしろ》におったと白状した」

「尼耳家とはお隣さんですが、それほど親しい関係だったのでしょうか」

「ところが、あとで瑞子や狛子にも確かめたんやが、そうではないようでな」

「なぜ河皎家にいたのか、太市氏は話しましたか」

「件淙と市糸郎が出掛けたんで、ちょっと心配になって自分もついて行こうとしたら、河皎家の前に縫衣子《ぬいこ》がおって、お茶でも飲んでいけと誘われた。そう言うんや。河皎縫衣子に確認したところ、それで間違いないと証言したんで、太市は現場不在証明があるとも見做せる」

「李千子さんが忌名の儀礼を執《と》り行《おこ》なったときも、縫衣子さんは河皎家の前で、凝っと彼女を眺《なが》めていたそうですから、同じように市糸郎君を見送ったとしても、別に不思議ではないわけですが――」

「どうして縫衣子は、それほど尼耳家の忌名儀礼に興味があるんか」

「はい。それと警部さんが、太市氏の現場不在証明を今一つ認めていないのは、一体なぜなのでしょうか」

「ほうっ」

　言耶の問い掛けに、中谷田は満足そうな様子を見せたが、そこから一転、なんとも邪《よこしま》な笑みを浮かべながら、

「この一連の状況から、野田さんは一つの仮説を立てたんやが、それが先生には分かるか」

「ちょっと待って下さい」

言耶が断ってから、改めて野田を見やると、

「先生には少し、生々しい仮説になるかもしれませんね」

「……ありがとうございます」

この返しには野田も驚いたようで、

「どうして、お礼を?」

「今のお言葉は、僕に対する手掛かりですよね」

「やっぱり見抜かれましたか」

二人で微笑《ほほえ》み合っていると、中谷田に責っつかれた。

「で、どうや」

だが、そこでガレ場の上に出たので、一人ずつ無言で坂を下りることに集中する。そうして三人が下り切ったところで、

「ひょっとすると市糸郎君と井津子さんは、尼耳太市氏と河皎縫衣子さんの間にできた、子供ではありませんか」

言耶が自分の推理をすぐに述べると、

「いやはや、大したものです」

大袈裟《おおげさ》なほど野田が感心して見せた。

「野田刑事から、重要な手掛かりを頂いたお陰《かげ》です」

「それを野田さんは、太市と縫衣子の二人と、それぞれ一度だけ話したあとで、すぐに見抜いたんやからな」

「そうは言いましても警部、まだ裏づけが取れたわけでは――」

「その点は、なーも心配しておらん。太市なら少し突っつくだけで、べらべらと喋ってくれるやろうからな」

中谷田は上機嫌で、

「野田さんの血液型分析によると、縫衣子は狛子と違うA型のため、かなり神経質なとこがあって、そこが太市には新鮮で――」

「け、警部、その辺で、どうかご勘弁のほどを……」

これほど絶妙な警部と部下の組み合わせもないのではないか――と、甚《いた》く言耶は感じた。

階級は中谷田の方が、歳《とし》は野田の方が、それぞれ上になる。しかし警部は野田の刑事としての経験を高く評価しており、また野田は警部である中谷田を上手に立てている。この二人の絶妙の関係が、きっと捜査にも活《い》かされているに違いない。

そんな感嘆を覚えながらも言耶は、他にも手掛かりがあったことに気づいた。

「実は名前の件で、少し引っ掛かっていました」

「被害者のか」

「太市氏の長男と次男は、『市場』の『市』と『太郎』と『次郎』の組み合わせです。これを三男にも踏襲すると『市三郎《いちさぶろう》』となるわけですが、そこを捻《ひね》って『三市郎』にしています。でも、この捻りには、別に不自然さはありません」

「全《すべ》ての命名は件淙氏がしており、三市郎君の名前がそうなったのにも、特に深い意味はないそうです」

野田の補足に、言耶は軽く頭を下げてから、

「その三人に比べると市糸郎君は、読みこそ『しろう』と四男らしいのですが、肝心の『し』の字は漢数字の『四』ではなく、なぜか『糸』になっています。これは名前を捻るとか、そういう感じではなく、そこに何らかの意図を覚えませんか」

「どんな？」

「ひょっとすると件淙氏は、漢数字の『四』をつけた命名をした。しかし太市氏が珍しく父親に逆《さか》らった。そして縫衣子さんに配慮して、彼女の『縫衣』の字からの連想で、『糸』という字に替えてしまった――」

「件淙としては、尼耳家に関わる子供やないため、太市の改名を認めた。そういうこ

とか」

「それとなく調べておきます」

どうやら中谷田と野田は、この言耶の解釈を受け入れられたらしい。

「これは証拠にもなりませんが――」

と彼は断ったうえで、李千子が自分の通夜で体外離脱をしたときに、縫衣子が尼耳家で誰かを捜している様子を目撃したが、あれは太市を見つけようとしていたのではないか、という話をした。

「かなり迂遠《うえん》な状況証拠やな」

全く相手にされないかと思ったが、そう言って中谷田は苦笑している。

「これで先程《さきほど》、警部が太市氏の現場不在証明について、今一つ疑っておられたらしい訳が、漸く分かりました」

「縫衣子の証言となると、どうしても信用性には欠ける」

「そこは理解できます。でも、そもそも太市氏に掛けられた容疑が、この新事実によって薄まりませんか」

「被害者が二人の子供やったから――か」

「実の母である縫衣子さんが、太市氏による我が子殺しを手伝うとは、とても思えません」

「せやけどな先生、縫衣子は母親いうても、市糸郎を育てたわけやない」

「それは件淙氏によって、恐らく引き離されてしまったために……」

「我々に真の事情は分からんが、河皎家で育てることもできたんやないか」

「こういう田舎《いなか》では、常に村の目が――」

と言い掛けて言耶は気づいた。

「いえ、河皎家は村八分になっています。仮に縫衣子さんが、父親が分からない子供を育てはじめたとしても、今更どんな後ろめたさも、村人たちに対して覚えなかったはずです」

「そこまで我々は読んどらんが、被害者に対する感情の起伏が、ほとんど感じられんかった。むしろ冷たかったように思う」

「では忌名の儀礼に、どうして彼女は興味を持っていたのでしょう」

「上手ういけば市糸郎が、尼耳家の跡取りになるやもしれん、いう考えがあったんやないか」

「財産狙《ねら》い……」

だが言耶は昨夜のことを思い出して、

「昨日の夜、僕は河皎家で風呂《ふろ》を使ったのですが、そのとき縫衣子さんは、市糸郎君の葬儀の様子を気にしていました」

「彼女は嘆いとったか。偉う悲しんどったか」

「……いいえ」

そんな気配が少しも感じられなかったのは、まず間違いない。

「でも――」

とはいえ言耶は、中谷田に反論した。

「太市氏と縫衣子さんに、市糸郎君に対する愛情が少しもなく、かつ二人が尼耳家や自分たちの子供に複雑な感情を覚えているのが事実だったとしても、それだけで被害者を手に掛けるとは、とても思えません。つまり二人には今のところ、明確な動機が見当たらないわけです」

「せやな」

てっきり却下されるかと言耶は身構えたが、中谷田はあっさり認めてから、

「他の容疑者に比べると、疑わしい要素は低い。せやけど完全に除外するには、何処か胡散臭《うさんくさ》いところもある。そういう扱いになるか」

「それにしても村の人たちに、よく二人の関係がばれませんでしたね」

「せやなぁ。縫衣子の家が村八分になっとるとはいえ、もう一方は銀鏡家に次ぐ資産家の尼耳家の、本来やったら当主になっとる太市やからな」

「密会は下斗米町《しもとまい》まで出て、態々そこで行《おこ》なっていたとか……」

「それはそれで逆に目立ちませんか」

野田の意見に、中谷田は頷《うなず》きながらも、

「よっぽど上手う立ち回ってたと言えるわけやから、なかなか油断できん二人やいうことが、これでよう分かる」

ここまで灌木《かんぼく》と藪に挟まれた山路を、三人はゆっくりと歩いてきたが、もう前方には三頭の門が見えている。

「井津子の現場不在証明に関しては、我々もびっくりした」

「何処にいたんです？」

「ここや」

中谷田がその場の地面を指差したので、言耶も思わず仰《の》け反《ぞ》った。

「ええっ……」

「件淙と市糸郎が三頭の門を潜る前に、もう入っておったらしい」

「な、何のために？」

「兄の身を案じて……とは、やっぱり違うらしい」

「そうでしょうね」

「むしろ嫉妬やないかと、私も野田さんも感じた。同じように尼耳家に引き取られながら、兄は跡取りとして見られとる。その証拠に忌名の儀礼を受けるんも、彼だけや。せやから、その儀式いうんがどんなものか、彼女は近くで見たかったいうんや」

「その気持ちは、なんとなく分かりますが……」

だからといって忌名の儀礼の最中に、この中に潜んで様子を窺う度胸があるかは、また別の話だろう。

「偉う肝が据わった娘さんや」

「それで彼女は、ずっと市糸郎君のあとを尾けたのですか」

「この辺りの灌木の陰《かげ》に、井津子は身を潜めとった。せやから件淙と市糸郎が三頭の門の前でした会話も、辛うじて聞こえた。そっから被害者が独《ひと》りで、この路《みち》を歩くのが見えた。彼女は充分に距離を取って、兄のあとを尾けたらしいんやが……」

「気づかれたとか」

「つい井津子が立てた物音に、市糸郎は過激に反応したようやな。それが彼女には可笑《おか》しかったわけやが、それも最初のうちだけやったと、本人は言うとる」

「なぜです？」

「そのうち自分の他にも、兄のあとを跟《つ》いてくるものが、実はおるんやないか……と、井津子が気づき出したからや」

言耶は一瞬、ぞくっとした。

「市糸郎にしてみたら同じ不審な物音でも、井津子にとって、それは二種類に分かれた。自分が不注意に立ててもうた音と、別の何かが出してるらしい気配とに……」

「彼女は、どうしたんですか」

「流石に怖うなったけど、大いに好奇心もあった。せやから先へ進んだ。ただな、そのうち森の中に、ちら、ちらっと白い何かが見え出したらしい」

「李千子さんの体験と、同じです」

「ところが、ガレ場や馬落前など、完全に姿を晒《さら》さんと進めん場所では、いくら待っても現れんので、次第に恐ろしゅうなってきた」

「その白いものは、ずっと森の中を歩いていた……と？」

「まぁ不可能ではないやろうが、かなり大変や」

「余程そういう環境に慣れているのか、あるいは人に非《あら》ざる何かだったので平気だったのか」

この言耶の解釈に、中谷田は特に触れることなく、

「井津子は馬落前の手前で、市糸郎のあとを尾けるのを諦《あきら》めて、ここまで戻ってくると、再び灌木の裏に隠れたらしい。かなり経《た》ってから、件宗が目の前の路を奥へと進むのを見て、それと入れ替わるように、彼女は門から逃げたいう話や」

「最も現場の近くにいた人物、という見方もできますか」

「そうやな」

　中谷田は頷いてから、ふと思い出したように、

「言うのを忘れとったけど、被害者の頭陀袋《ずだぶくろ》に入っとった、例の玩具《おもちゃ》のピストルな。あれは、ちゃんと撃たれとった」

「えっ……」

「何を撃ったんかは、もちろん分からんけどな」

第十章　野辺送り

三人が三頭《さんず》の門から出たところで、

「我々は寄り合い所に戻るが、先生はどないする？」

中谷田《なかやだ》に訊《き》かれ、言耶は迷った。

「もうお昼ですから、僕も尼耳《あまがみ》家へ帰るべきなんでしょうが……」

「何処《どこ》か行きたいとこでもあるんか」

「できれば奥武ヶ原《おうがはら》を、一度ちゃんと見ておきたいです」

これには中谷田も苦笑したが、一方の野田《のだ》は、

「発条《はつじょう》家の付き添いという先生のお立場を考えると、一旦《いったん》ここは尼耳家に戻られるのが、矢張り望ましいのではありませんか。そして葬儀が滞りなく済んだあとで、そこへ行かれてはどうでしょうか」

すぐさま常識的な助言を口にしたのは、如何《いか》にもこの刑事らしい。

三頭の門から四辻《よつつじ》まで戻る途中で、言耶は奥武ヶ原へ通じている細い道を確認して

おいた。そこは門へ行く際にふと目に留めた、あの左手に逸《そ》れている獣道のような細い筋だった。

こっちへ呼ばれてる気がしたんだが……。

その先に埋葬地があると知っている今、あのまま行っていれば一体どうなっていたのか……と想像するだけで、ひんやりと首筋が冷えてくる。

「やっぱり行くんか」

そんな言耶を見て、中谷田が呆《あき》れたような声を出したので、

「いえ、野田刑事の仰《おっしゃ》る通り、今は戻ります」

言耶は四辻で二人と別れると、尼耳家へ足を向けた。

けど野辺送りが終わってからだと、夕方の遅い時間になるな。

そういう時間帯に態々《わざわざ》そこへ赴くのは、いくら何でも酔狂だろう。如何に彼が怪異譚蒐集家《たんしゆうしゆうか》とはいえ、余りにも無謀ではないか。

明日の朝に……。

しようかと考えたところで、ちょうど河皎《かわしろ》家の前に差し掛かる。

縫衣子《ぬいこ》さんと太市《たいち》氏が……。

そういう関係になったのは、彼女が「行かず後家」と呼ばれた過去と、恐らく繋《つな》がっているのではないか。それを更に遡《さかのぼ》ると同家の出火騒動があり、そこから村八分

になった辛《つら》い出来事に結びついているに違いない。

負の連鎖。

正にそう言えるわけだが、これが都市部だったら、こんな風にはならなかっただろう。昔ながらの因習が色濃く残る生名鳴《いななぎ》地方だからこそ、ここまで捻《ね》じれたのではないか。

それにしても村人たちに、よく気づかれなかったな。

もし二人の仲がばれているのなら、疾《と》っくに噂《うわさ》となって流れており、警察の事情聴取でも必ず浮かび上がってきたはずである。こういう閉鎖的な田舎《いなか》では、そうそう男女の秘め事など隠し通せるものではないからだ。

よっぽど上手《うま》く立ち回ったのか……。

言耶が感心しつつ尼耳家へ戻ると、すぐに昼食となった。ただし食事の席は朝食のときとは別の部屋で、しかも発条親子と彼の三人だけである。そのうえ給仕をしてくれたのが、朝食では無愛想《ぶあいそう》だった年配の女性だけで、あとは誰も顔を出さない。

「おい、これって……」

「我々はどうやら、要注意人物になったみたいです」

同じ懼《おそ》れを抱いたらしい福太《ふくた》に、そう言耶が応《こた》えると、

「あら、私は関係ないでしょ」

しれっと香月子《かつこ》が嘯《うそぶ》いたので、二人は苦笑するしかなかった。

「午前中は、どうされてたんです？」

言耶が尋《たず》ねると、香月子が答えた。

「こういう場合、他所者《よそ》はお邪魔ですし、下手にお手伝いしてもご迷惑になるだけです。でも、それはそれとして、まぁお役に立つ方法など、いくらでもあるんですよ」

昨夜の通夜振る舞いでの彼女を見ても、よく分かると言耶は思った。もっとも福太は、そんな母親と一緒にいて難儀したのではないか。

「先輩は？」

「俺は右往左往するだけで、何の役にも立たなかった。李千子《いちこ》が見兼ねたのか、井津子《いつこ》ちゃんのお守役を与えてくれたので、まぁ助かったようなものだ」

「彼女は事件について、何か話してませんか」

「ああっ、そうだよ」

福太は突然、大声を出すと、

「あの日、井津子ちゃんが実は現場にいたことを、君は知ってるか」

「はい。中谷田警部から聞きました」

「あのお嬢さんが……」

香月子には衝撃だったようだが、言耶が状況を掻《か》い摘《つま》んで説明すると、

「度胸がありますねぇ」

今度は甚《いた》く感心したようで頻《しき》りに褒めている。

「僕も彼女の話を詳しく聞きたいので、是非先輩から――」

「お昼からは本格的な準備がはじまるでしょうから、あとになさったら如何《いかが》です」

やんわりとした物言いながらも、香月子が諭《さと》すように言った。

「でも先輩は、再び井津子さんのお守役をすることに――」

「なるかもしれませんが、それもこちらに頼まれてからでしょう」

「午後からは男手が必要だと、誰かが言っていたから、俺や君も頼りにされるかもな。井津子ちゃんの話を聞くのは、今夜でもいいんじゃないか」

福太にも宥《なだ》められたので、言耶も仕方なく引き下がった。

ただし三人は昼食後、完全に暇を持て余す羽目になる。香月子の手伝いの申し出は「客間でゆっくりなさって下さい」と遠回しに断られる始末で、福太と言耶に男手を求められることも全くなかった。

「母さんが午前中に出しゃばり過ぎたので、警戒されたんじゃないか」

「まぁ『親の心、子知らず』と言いますけど、本当にその通りですね。誰のために出しゃばっているか、あなたは分かっていますか」

「俺と李千子のためなのは、もちろん承知だけど、こういう田舎の家や村には特有の風習もあるんだから、他所者は何もしない方が――」

「それでもお声を掛けて、何か手伝わせて下さいと申し出るのが、礼儀というものです。私たちはお客さんではありません。今の状況と立場というものを――」

「いやいや、その状況と立場が問題で――」

「ちょっと出掛けてきます」

親子の言い合いの邪魔をしないように、言耶は小声で伝えたのだが、

「先生、どちらに？」

「えっ、何処へ行くんだ？」

ほぼ同時に二人から訊かれたので、言耶は思わず微笑《ほほえ》みながら、

「野辺送りの準備の見学です」

すると親子で正反対のことを、またしても同時に言い出した。

「色々と質問して、煩《うるさ》くしてはいけませんよ」

「この機会に訊き回って、事件の手掛かりを摑《つか》んでくれ」

言耶が返答に困っている間に、親子の言い合いが再開されたので、そのまま彼は静かに客間から出ていった。

少しだけ尼耳家の様子を探ったものの、ここに彼の居場所はないらしい。そう早々と悟った言耶は同家を出て、例の四辻から東へ歩き出した。目当ては「無常小屋」で

ある。今朝、警部たちと合流する前に、彼は村を抜けて銀鏡《しろみ》家まで行っている。その際に青雨山《おううやま》の麓《ふもと》にある小屋に、ちゃんと目をつけていた。

無常小屋とは主に野辺送りで使用する葬具を普段から仕舞っておく所で、村の共同財産のようなものである。村内の家で死者が出ると、誰もがこの小屋の世話になる。一部の有力者や旧家であれば、自前の葬具を持つことも可能だろうが、日頃の管理を考えると一般の家ではなかなか難しい。しかも物が葬送儀礼用であるため、その常備には少なくない抵抗を覚えてしまう。よって無常小屋のような共同の収容場所が、恐らく誕生したのだろう。

そういう知識があったので、言耶は真っ先にここへ足を運んだのだが、ちょうど無常小屋からは神輿《みこし》の台のようなものが運び出されている最中だった。

棺《ひつぎ》を載せるための「輿《こし》」と呼ばれる台である。前に二本、後ろに二本、それぞれ棒が突き出ている。これを四人の男が両手で持って、喪家から埋葬地または火葬場まで棺を運ぶ。そのための葬具である。

「その輿ですが、座棺用と寝棺用があるのでしょうか」

「えっ……い、いや」

小屋の近くにいた青年は、いきなり他所者に話し掛けられ、かなり驚いたらしい。それでも律儀に返事してくれたので、

「そうですよね。どう見ても座棺用に思えます。ということは寝棺の場合でも、あれで代用するわけですか」

「載せられんことは、まぁないからな。もっと寝棺を使う家が増えたら、そんときは専用の輿を誂《あつら》えんとならんやろうけど……」

「今は代用で間に合うと」

「う、うん」

本当は相手をしたくないと思いながら、言耶が屈託なく話し掛けている所為《せい》で、どうやら青年も無視できないらしい。

「あの小屋には他《ほか》に、どんな物が仕舞われてるんです？」

「えーっと、共同の農機具とか大工《だいく》道具とか……」

「村人であれば、何方《どなた》でも使えるわけですよね」

「いや、まぁ……」

「ところで、銀鏡家に来られた勇仁《ゆうじ》氏って、どんな方なんでしょう？」

「あぁ、あの人な」

無常小屋とは無関係の質問にも拘《かかわ》らず、青年は急に内緒話をするような態度を見せつつ、

「前に住んどった所で、どうも問題を起こしたようで……」

「一体どんな？」

「女絡みやいうことしか、まだ噂になっとらんのやけど……」

そう聞いて言耶は、李千子を見やっていた勇仁の眼差《まなざ》しを思い出して、ちょっと嫌な気持ちになった。

「もっと詳しい話が分かったら、僕に教えて貰《もら》えませんか」

「……あぁ、別にええよ」

「それで角目《つのめ》ですけど、村で目撃した人は多いのでしょうか」

これも突然の問い掛けだったが、その内容が問題だったらしく、

「あ、あんたは？」

この人の好《よ》い青年も、漸《ようや》く言耶の正体が気になったようである。

「失礼しました。尼耳家にご厄介になっている者です」

「……東京から来たいう、花婿《はなむこ》さんか」

「いえ、それは先輩の方で、僕は単なる付き添いです」

「へぇえ」

「それで角目ですが、目撃者は多いのですか」

「……そ、そうやなぁ」

「具体的には、どのように？」

「……日ぃが暮れてきたんで、もう上がろう思うとったら、田圃《たんぼ》の畦道《あぜみち》の果ての森ん中に、ぬぼうっと立ってこっちを見とった……とか。道端《みちばた》の祠《ほこら》の陰《かげ》から、地べたに顔をくっつけんばかりの恰好《かっこう》で、ぬうっと覗《のぞ》いとった……とか。あっ、そうや。この無常小屋の前を通ったとき、ちょっとだけ戸が開いとったんで、変やなぁって目をやったら、その隙間《すきま》から、にゅうっと角だけが突き出とった……いう話も聞いたな」

「でも角目って、銀鏡家の祇作《ぎさく》氏のことですよね」

この言耶の突っ込みに、青年は目を白黒させながら、

「まっ、まぁ……な」

「しかし当の祇作氏は、分家蔵ごと土石流に埋められてしまった——のではありませんか」

「そ、それは……やな。地の底から、ぎ、祇作さんが、い、生き返った……いうことで……」

「つまり村の方たちは、市糸郎《いちしろう》君殺しの犯人として、蘇《よみがえ》った祇作氏を疑っているのですね」

「そう恐れとる奴《やつ》らが半分で、あとは——」

と言い掛けたものの、しまった……という顔を青年が即座に見せた。

普段の言耶なら、「もう半分の方々は、何処の何方に容疑を掛けているのでしょ

う」と透かさず尋ねるのだが、今回は違った。

ここで下手に突っ込むと、この青年は口を閉ざすかもしれない。咄嗟《とっさ》にそう判断したのである。こういう臨機応変が、この手の聞き込みでは大切になる。だから彼は、話を元に戻すことにした。

「ところで、あなたも角目を見たのですか」

「……い、いやぁ」

青年は首を振ったが、その仕草《しぐさ》に言耶は妙な躊躇《ためら》いを感じた。かといって相手が嘘《うそ》を吐《つ》いているとも思えない。ここまでの朴訥《ぼくとつ》な受け答えから、そう彼は睨《にら》んだ。

見ているけれど見ていない。

この矛盾を説明できる解釈とは……と言耶は考えて、はたと思い当たった。

「最近は見ていないけれども、子供の頃には目にした覚えがある——ってことでしょうか」

「ほうっ、あんた凄《すご》いなぁ」

頼りに感心する青年に、言耶は当時の体験を話して貰った。

日本が戦争という大きな泥沼に、完全に両脚を突っ込もうとしていたその年の夏の夕刻、彼は夜礼花《やれはな》神社の境内《けいだい》で友達と隠れん坊をしていた。森の奥深くまで入るのは禁止されていたが、鬼になったのが彼の苦手な餓鬼大将だったため、絶対に見つかりたくない一心から、つい約束を破ってしまった。

お陰《かげ》で鬼が捜しに来ることもなく、彼は独《ひと》り北叟笑《ほくそえ》んでいた。ただ、それも最初のうちだけだった。隠れん坊は鬼の気配を感じるからこそ面白い、という当たり前の事実を、そのうち身を以って知る羽目になったからだ。決して鬼に捕まらないと分かっていて、一体それの何が楽しいのか。ひたすら時間を持て余すだけではないか。そんな当然のことに、漸く彼も気づいた。

……今から境内まで戻って、別の場所に隠れようか。

でも、もしも森の奥に入っていたと知れたら、餓鬼大将に殴られる。それだけは何としても避けたい。

絶対に見つからんように、こっそり戻らんとあかんな。

そう考えた彼が、身を潜めていた大きな樹木の陰から出ようとしたとき、

……うぉぉぉぉーん。

もっと森の奥から、奇妙な声が聞こえてきた。

……うぉぉぉーん。

かなり籠《こも》ったような唸《うな》り声で、しかも彼の方へと近づいてくる。

……うぉぉーん。

やがて人影が見えてきた。それは右目から角の生《は》えた面を被《かぶ》った、なんとも薄汚い

着物を纏《まと》った姿をしている。

……つ、角目や。

もちろん村の噂は知っていたが、まさか自分が目撃する羽目になるとは夢にも思っていなかった。それが今、林立する樹木を縫い、繁茂《はんも》する藪《やぶ》を掻《か》き分《わ》けて、こちらへ近づいている。恐ろしく気味の悪い唸り声を上げながら、彼へ迫ってきている。

……うぉーん。

ところが、その唸り声が変だった。どうも角目の後方から聞こえているような気がする。つまり角目のあとから、別の何かが跟《つ》いてきているのではないか。それに角目は追い掛けられているのか。だとしたら一体それは何なのか。

角目だけでも怖いのに、この新たな何かの存在は、彼を心底ぞっとさせた。

……に、逃げんとあかん。

そう思うのだが、少しも足が動かない。

……うぉーん。

しかも角目の動きが可怪しいことに、更に彼は気づいた。まるで四肢に不自由があるかのような、ぎごちない歩き方をしている。両手を振る仕草も、何処か変である。

……物凄《ものすご》う気持ち悪い。

角目の面に覚える恐怖とは別種の、何とも言えぬ不快感に彼は囚《とら》われた。恐ろしさと悍《おぞ》ましさに雁字《がんじ》搦《がら》めにされ、樹木を背にして全く身動きできない。

……うおぉっーん。

やがて角目が、彼の目の前に立った。唸り声の主は、どうやら角目のすぐ背後にいるらしい。そこで無気味な声を上げている。にも拘らず全く姿が見えない。

……なんでや。

全く訳の分からない恐怖の所為で、彼は小便を漏らしそうになった。だが本当の慄《おのの》きは、そのすぐあとにやってきた。

ゆっくりと角目が、その場で回りはじめた。ぐるっと百八十度の回転を見せて、ばぁっと本物の顔を彼に曝《さら》した。

角目は面を後頭部に被っていた。ここまでは後ろ向きで歩いてきたらしい。問題の唸り声も、もちろん角目自身のものだった。

この意味不明の言動を知って、かつ角目の素顔を目にした所為で、彼は失禁した。だが下半身が濡《ぬ》れたお陰で、はっと我を取り戻すことができ、あとは一目散に逃げ出していた。

——という体験を青年は、素朴な口調で言耶に話してくれた。

「祇作さんの右目は、矢張りなかったのですか」

うんうんと彼は頷《うなず》きながらも、

「せやけど顔を見たんは、ほんまに一瞬やったから……」

「余り細部までは、ちゃんと見ていない？」

「……せやな」

「後ろ向きの角目は当時、他でも目撃されたのでしょうか」

「いんや」

そう言って首を振る彼の様子には、なぜ自分だけそんな目に遭ったのか……という遣《や》り切《き》れなさが感じられる。

「ありゃ一体、何やったんや」

「後ろ向きに現れるものは、その多くが怪異だという捉《とら》え方があります」

「そ、そうなんか」

「けど角目の正体は、銀鏡祇作さんでした」

「うん、それは間違いない」

「祇作さんは、頭の中で首虫《くびむし》が鳴き続けよる——と言ったと聞いています」

「あぁ、そないな話もあったな」

「その狂おしい状態を表現するために、角目の面を後ろ向きに被り、面とは反対側から声を出したのかもしれません」

「……なんや、それ？　よう分からんのやけど」

青年は明らかに途方に暮れているらしいが、これ以上は言耶も上手く説明する自信がない。

「この説明はまた、いずれさせて貰うとしてですね、白い人影のようなものについては、如何でしょうか」

「それやったら数日前に、あっちの道祖神の近くで見たな」

青年が指差したのは馬喰村《ばくろうむら》の方角だった。つまり言耶たちも通ってきた、あの辺りということになる。

「せやけど、同じような白装束は、過去の儀礼んときでも――」

「おーい！　吉松《よしまつ》ぅぅ」

そのとき一人の年配者が、青年を呼んだ。単に名前を口にしただけだったが、そこに非難の色合いがあることを、言耶だけでなく当人も察したに違いない。

「ほ、ほんなら……」

吉松は申し訳なさそうな顔をして、言耶の側を離れた。かといって彼を呼んだ年配者が、何か用事を頼んだ節もない。ただ吉松に対して、苦虫を嚙《か》み潰《つぶ》したような顔で、頻りに小言《こごと》を口にしている風である。

僕と安易に喋《しゃべ》っていたからか。

そう考えると気の毒に思えたが、その一方で言耶は少し悪魔的な想像もしていた。

彼からならもっと、村の噂を聞けるかもしれない。

ここに祖父江偲《そふえしの》がいて、この言耶の思惑を知ったら、きっと「先生の鬼、悪魔、人《にん》非人《ぴにん》」と罵《ののし》られたことだろう。

それからは言耶がいくら話し掛けても、誰も相手をしてくれなかった。その中には今日の午前中に彼が村内を歩いたとき、顔を合わせた、または擦れ違った、という覚えのある人もいた。これまでの経験からいって、初対面よりは二度目、二度目よりは三度目と、回を重ねるごとに相手の口は開き易《やす》くなる傾向が、こういう地方の村にはある。だが、ここでは通用しないらしい。特に年齢が上になるほど、見事に無視された。先程《さきほど》の吉松と同様、若い人はそうでもないように映るのだが、周囲の年寄りたちの目を気にしているのは明らかだった。

ここは大人しくしておくか。

もっとも祖父江偲が側にいたら、「いえいえ先生、もう皆さんには散々、話し掛け捲《まく》ったやないですか」と言われそうである。

尼耳家へ向かう村人たちのあとから、言耶もついて行く。こういう道中こそ無駄話には恰好なのだが、誰もが言耶と目を合わせないようにしている。そんな彼を見詰めるのは、それ以上ちょっとでも話し掛けてきたら、村から叩《たた》き出《だ》すぞ——と言わんばかりの年配者たちの眼差しだけである。

やがて尼耳家に到着した輿は、裏門を潜って裏庭まで進み、更に座敷《ざしき》へと入れられた。そこで寝棺が慎重に載せられ、村の若者たち四人に担われて、そろそろと静かに座敷から担ぎ出された。その輿の動きに合わせるように、裏庭では即座に「仮門」が作られている。

竹を「コ」の字の形に組んで、それを二人の仮門役が縁先で捧《ささ》げて、その間を輿に載せた棺が通って家から出る。この儀礼が仮門であり、古代天皇の葬儀の仮の門に由来するらしい。また墓地の入口を指す場合もあるという。

そうして尼耳家から出た輿は、ぐるぐると裏庭を三周すると、次いで当家の敷地《しきち》から外へと、今度は裏門を通って出ることになる。地方によっては、この三周が済んだあとで、仮門を潜る所もあった。いずれにしろ家の敷地内から出る前に、ここを通らなければならない。

この一連の流れを言耶は、邪魔にならないように裏庭の隅《すみ》から、興味深そうに眺《なが》めていた。これまでにも地方の葬儀に行き当たったことは何度もあるが、こればかりは事前に予定を組むわけにもいかない。偶々《たまたま》そこに滞在しているとき、偶然に出会《でくわ》すしかない。

言耶が表へ出ると、既に野辺送りの準備が整っており、そろそろと徐《おもむろ》に進みはじめたところだった。透かさず彼も歩き出したのだが、その全体を把握しようと、列の前へ行ったり後ろに移動したりと、とにかく忙《せわ》しない。ここに祖父江偲がいれば、「先生ぇ、ちょっとは落ち着いて下さいよ」と呆れたに違いない。

野辺送りの先頭は「先松明《たいまつ》」で、葬列の先導役を務める。「先火」ともいう。頭に白細紐の鉢巻きをして経帷子《きょうかたびら》を着込み、肩に藁束《わらたば》で縛った薪を担ぎ、両手で松明を持っているが、それに火はついていない。実際に松明を燃やす地方もあるが、どちらかというと少ないだろう。神式の場合は松明に箒《ほうき》が加わる。この箒は『古事記』の天《アメノ》若日子《ワカヒコ》の野辺送りに由来している。

次は遺影持ちと墓標持ちだが、意外にも前者は李千子だった。本来なら市糸郎の父親である太市が、遺影持ちを務めるべきだろう。仮に誰か別の者がやるにしても、今の尼耳家での彼女の立場を考えると、最も相応《ふさわ》しくない人物とも言える。にも拘らず彼女になったのは、間違いなく件淙《けんぞう》の指示と思われた。

なぜ李千子さんなのか。

言耶が覚えた一抹の不安は、実は予兆だったことに、あとから彼は気づく羽目になるのだが……。

後者の墓標持ちは、土葬の場合に必要となる埋葬地に立てる標《しるべ》のため、今回のように火葬で、かつ独自の埋葬地である奥武ヶ原を有する尼耳家では無用となる。火葬された遺骨を拾う「骨揚げ」の際に、「六角仏」という塔婆を立てることもあるが、同家ではどうするのか、今のところは不明だった。

こういう細かい差異が、地方や家や葬儀方法によって見られるわけだが、それが言耶には堪《たま》らなく魅力的に映った。どうして異なるのか。そこを考える面白さに、いつも彼は惹《ひ》かれる。ただし今回は意外な遺影持ちという事実に、どうにも心がざわついてならない。

李千子の後ろには、「四本幡《しほんはた》」と呼ばれる四本の白い幟旗《のぼり》が続く。それぞれに「諸行無常」「是生滅法《ぜしょうめっぽう》」「生滅滅已《めつい》」「寂滅為楽《いらく》」と無常偈《げ》が記されている。釈迦《しゃか》が童子として修行中に、帝釈天《たいしゃくてん》が羅刹《らせつ》に姿を変えて唱えた仏の功徳を讃《たた》える詩の前半に感動して、我が身を悪鬼に差し出す覚悟で後半を聞いたというのが、この無常偈である。

野辺送りが進むにつれて、四本幡が正に無常の風に、恰《あたか》もはためいているように見え出す。その幡の蠢《うごめ》きが言耶には、なんとも無気味に思われて仕方がない。有り難いはずの偈文《げもん》が風でうねることで、まるで禍々《まがまが》しい呪文《じゅもん》に変化したかのようである。

次の「四花《しか》」は、白い紙を千切って花のように細工したもので、「紙花」「死花」「四華」とも書く。これは墓の四隅《よすみ》に立てられる弔《とむら》い花である。

ここからは僧の列となり、妙鉢《みょうはち》を打ち合わせる音楽僧、脇《わき》導師、大きな朱傘を差す引導僧の導師と続くはずなのだが、実際には六道寺《ろくどうじ》の住職である水天《すいてん》と、その弟子らしい若い僧侶《そうりょ》の姿しか見えない。これが虫経村《むしくびりむら》では当たり前なのか、または尼耳家ならではなのか、もちろん言耶には分からない。

僧のあとに葬列を照らす提灯《ちょうちん》が続き、そこからは「善の綱」という長い白木綿《しろもめん》の綱を引く白装束の女性たちが、ぞろぞろと歩く。「縁の綱」「惜しみ綱」「名残《なごり》綱」とも言われる善の綱は、輿の上の棺に繋がっている。それを仏の近親者の女性たちが引くのだが、狛子《こまこ》と井津子の他に見えるのは、いずれも尼耳家の親戚《しんせき》の者らしい。

全員が遠方に住む所為か、普段から同家との付き合いも薄いようで、言耶たち以上にお客様然としている様子が、どうにも昨日から窺《うかが》えてならない。そのためか尼耳家の人たち以上に、同家の親戚の者たちは村人と全くの没交渉のようである。

善の綱に引っ張られる恰好で、輿に載った棺が進む。しかし実際に輿を舁《かつ》ぎながら歩くのは、白装束の太市と三市郎《さんしろう》、それに遠縁の男性と、なんと福太だった。遠縁の男と福太が輿前方の二本の棒を受け持つ「前担ぎ」で、太市と三市郎が後ろの二本の棒を担う「後舁《か》き」だった。

どうして先輩が……。

善の綱を引くのも、輿を舁《か》くのも、ほとんど近親者である。つまり福太は、親族として認められたことになるのか。と言耶は考え掛けたが、どうも素直に頷けない。なぜなら遺影持ちが李千子だったことが、未《いま》だに引っ掛かっていたからである。福太が輿に加わっているのは、親族の男手が足らないと知った香月子が、手伝うように言ったのかもしれない。

輿の上には「天蓋《てんがい》」と呼ばれる荘厳な葬具が翳《かざ》され、それに「後ろ提灯」が続き、漸く位牌《いはい》を持った喪主となる。これを件涼が務め、彼のあとから仏の「お膳《ぜん》持ち」である瑞子《たまこ》が歩く。「死者の昼弁当」とも言われるお膳持ちは、幼女が担当する場合もあるが、喪主夫人の役目とする地方が多く、どうやら虫経村もその通りらしい。もう彼女は眼帯をしていなかったが、なんとなく右の目蓋《まぶた》が少し腫《は》れている風に見えなくもない。

ここから後ろは一般の会葬者となるが、銀鏡家のような旧家の人間の他は、ほとんどの者が野良着など普段の恰好をしている。それが何処の地方でも、極めて普通の対応であるのは間違いない。にも拘らず言耶は、葬列の最後を歩く会葬者たちの列に、どうにも居《い》た堪《たま》れない何かを感じて仕方なかった。

この野辺送りには加わりたくない。

そんな気配が辺りに充《み》ち満ちているように、なぜか思えてしまう。当の仏が忌名《いな》の儀礼の最中に死んでいるからか。しかも片目を刺されて殺された所為か。そのうえ犯人は角目だという噂が流れているためか。だから関《かか》わりたくないと心の底では避けており、それが態度に出ているのか。

この言耶の読みを証明するかのように、「門送り」をする村人たちも多かった。喪家から葬列に加わることなく、行列の途中から参加する。それを門送りと言った。そのうえ村人の中には、主要な辻《つじ》で見送りを済ます者もちらほらと見受けられ、彼の疑いが更に濃く深くなっていく。

尼耳家ほどの旧家で、この参列者の状態は変ではないか……。

しかも、それだけではなかった。門送りや辻で見送る人々の多くが、なぜか一様に李千子を一瞥《いちべつ》するのだ。

最初は言耶も「久し振りに帰省したからか」と思ったものの、彼女は先月も尼耳家に帰っている。では「結婚の話があると知っているから」と考えたが、それにしては彼女に向けられる眼差しが妙である。

……どう見ても好意的ではない？

そんな風に思えてならないのは、どうしてなのか。この四年の間、ずっと李千子は尼耳家にいなかった。福太と結婚したあとは、ほぼ実家との縁も切れるだろう。そういう立場の彼女に対して、この村人たちの反応は、かなり可怪しくはないか。

言耶は酷くもやもやとした気持ちになった。と同時に嫌な予感も覚えた。福太と李千子の前に、何か忌《い》まわしいものが立《た》ち塞《ふさ》がって、二人の邪魔をしそうな気がして仕方ない。

この言耶の胸騒ぎは、不幸にも当たる羽目になる。ただし全く予想外の方向から立ち現れ、彼を驚かせるのだが……。

しかしながら尼耳家の野辺送りに対して、言耶が抱いた不審な思いは、これで終わりでは決してなかった。

彼は当然ながら一般の会葬者に含まれる。とはいえ刀城言耶のこと、野辺送りが尼耳家を出て村の中を通り抜け、銀鏡家の前まで行って折り返し、最終的に青雨山の火葬場を目指す全行程の中で、葬列の先から最後尾まで、行ったり来たりを繰り返した。少しも落ち着くことなく、好奇心のままに動き回った。

そうしていると不意に、妙な感覚に囚われた。何だろうと思って野辺送りを眺めるのだが、その正体が一向に分からない。

……違和感？

とでも呼ぶべき何かが、ここにあるような気がする。門送りをする村人たちの様子や辻で見送る彼らの態度など、これまでに気づいた問題ではない。それらとは別個の異様さが、この長い列そのものに感じられてならない。

だが葬列の何処を見やっても、不自然な点など少しも目に入らない。先頭から最後尾まで子細に観察しても、変なところなど全く見当たらない。

ちなみに会葬者たちの後ろ、野辺送りの最後尾には、その名も「殿《しんがり》」がいた。文字通り葬列の殿を務める老人で、「供押え」とも言われる。これは血の繋がりのある親族ではなく、その村の物分かりの良《い》い年寄りなどが担う役目である。今回の葬列で最後尾を務めたのは、夜礼花神社の瑞穂《みずほ》宮司だった。

殿は葬列道中の辻々《つじつじ》に立てられている「道蠟燭《ろうそく》」または「道灯籠《とうろう》」あるいは「六道」と呼ばれる明かりを、一つずつ抜いては菰《こも》に包んでいく。道灯籠は青竹を細く割って、その上部に木の葉または輪切りの大根を受け皿として備えつけ、そこに蠟燭を立てて作る。これは亡者が六道の辻で迷わないようにと予《あらかじ》め立てられた道標で、それを殿が回収するのである。

さて、野辺送りに異様な何かを感じた言耶だが、その当人が村人たちにどう見られていたかというと、最初のうちこそ「この他所者は、何をうろちょろしとるんや」という目を向けられていたが、すぐに無視されるようになった。それは排他的な行為というよりも、まるで彼自身が葬列に纏いつく魔物であることに皆が気づいて、そっと視線を逸らしたかのようで、なんとも居心地が悪いものだった。とはいえ言耶が一向に負《め》げなかったのは、各地の民俗採訪で似た扱いを何度も経験していたからだろう。

葬列が青雨山の裏の火葬場に着くと、「野の人」が前以《まえもつ》て準備している薪を組んだ井桁《いげた》の上に、輿から棺が移される。これを「野普請」ともいう。そして野に於《お》いて茶毘《だび》にふすことを「山仕舞い」と呼ぶ。

土葬の場合は「野拵《こしら》え」または「野普請」といい、朝から墓穴を掘って野辺送りの到着を待っている。その際には「穴掘り酒」や料理が出るのだが、全《すべ》ての飲食をその場で済まさなければならない。無理矢理にでも喉《のど》を通して、決して残してはならぬ決まりがある。

ただし多くは喪家に戻ってから、来賓よりも上座で膳《ぜん》を振る舞われるのが普通だった。今回は火葬のためか、はじめから穴掘り酒も料理も出ていないらしい。

また土葬では、輿から棺が一旦「蓮華《れんげ》台」へと移される。これは蓮華の模様が刻まれた石の台である。その前には「石台」があって、ここに花や盛物や香炉を置く。これらの台は共に「野机」と呼ばれた。

そして土葬では、ここで「野葬礼」という引導儀礼が行《おこ》なわれる。だが火葬の場合、井桁に組まれた薪の周りに四つの門が据えられており、遺族が右回りに三度くるくると巡る「四門行道」を行なう。東の発心門、南の修行門、西の菩提《ぼだい》門、北の涅槃《ねはん》門から成り、これを時計回りに潜ることで往生が遂げられるのである。禅宗の「四門の火葬儀礼」に由《よ》るものだが、この村が同じ儀式を踏襲しているのかどうか、この場では流石《さすが》に分からない。

その間、一応は野葬礼の代わりなのか、六道寺の住職である水天が経を唱えていたが、如何にも御座形《おざなり》のようにしか映らない。通夜振る舞いの席で、いみじくも香月子が「ちょっと食えないお方」と評したのは、強《あなが》ち間違っていなかったのかもしれない。差し詰め言耶なら、きっと「生臭坊主《なまぐさぼうず》」と呼んだことだろう。

四つの門の経《へ》巡《めぐ》りが終わると、棺の上に濡れた筵《むしろ》が被せられ、遺族によって薪に火が点《つ》けられる。ちなみに野焼きには、「抱き芋」と呼ばれる習俗が地域によってはある。薪の中に山芋を入れておき、それが焼けたら食べるのだが、脳病が治ると言われている。仏を棺に納める前は、「芋埋《い》け」といって菰に包んで埋葬した事実を考えると、この抱き芋も違った目で見られるかもしれない。

また同じ食する行為でも、遺体の脳味噌《のうみそ》を口にする地方も中にはあったらしい。恐らく不治の病《やまい》に効くと考えられたのではないか。遺骨を食べる「骨咬《か》み」自体は、そんなに特別で奇異な風習でもない。葬式で振る舞われる馳走《ちそう》を骨咬みまたは「骨をしゃぶる」と称したことからも、そう推察できる。ちなみに骨絡みの言葉には、「骨こぶり」や「骨被り」のように、葬式の手伝いに行くという意味を持つものもある。

いずれにしろ野焼きの火葬では、充分に経験を積んだ野普請の下準備が必要になる。井桁の組み方一つにも工夫がいる。そこに不具合があると、遺体が完全に焼けずに残ってしまう。特に内臓は生焼けになる懼れがあった。棺の上に濡れ筵を被せるのも、仏を万遍なく素焼きにするためだ。低温で時間を掛けて蒸《む》し焼《や》きにすることで、遺骨が綺麗《きれい》な形で残る。野焼きならではの工夫だろう。

ここからは「野帰り」となる。尼耳家では水を満たした盥《たらい》が用意されており、ここで足を洗って清める。本来なら野辺送りの際には「死人草鞋《わらじ》」が用意され、それを履いて練り歩くのが普通であったが、今は廃《すた》れているらしい。

あとは通夜振る舞いに代わる「野帰り膳」を待つわけだが、その席がはじまる前に、三市郎の部屋に李千子と井津子、福太と言耶の五人が集まった。三市郎たち四人が警察の動きを、言耶に聞きたがったからである。

「三頭の門から祝《はふ》りの滝まで実際に歩きながら、中谷田警部にお話を伺いました」

言耶は掻い摘んで説明しながらも、その表現には充分に気をつけた。なぜなら聴衆の中には、警察が容疑者と見做《みな》す三市郎と井津子がいたからだ。

「銀鏡家の和生《かずお》君が見たいうんは、ほんまに角目やったんでしょうか」

一通り話が終わったあとで、真っ先にそう訊いてきたのは李千子だった。

てっきり三市郎の如何にも探偵小説的な質問攻めに遭うと思っていた言耶は――彼の部屋の本棚には、内外の探偵小説や怪奇小説が何百冊もある――やや意外の感に打たれたものの、すぐさま納得した。

自分の体験に照らし合わせて、そう訊かずにはおれなかったのか。

彼女は七歳と十四歳の忌名儀礼のときに、角目の正体である銀鏡祇作と馬落前《もうじまえ》で対峙《たいじ》している。そして二十一歳のときは、まるで地中から角目に覗《のぞ》き見《み》されているような、なんとも厭《いや》な気配を覚えている。

そんな曰《いわ》くのある同じ場所で、和生が角目を目撃したというのだから、流石に黙っていられなかったのだろう。

「彼の視力が余り良くないことから、今一つはっきりしないため、本来なら見間違いや錯覚ではないか、もしくは子供の作り話かと、僕も思うのですが……」

「そうは受け取れない何かが、今回はあるみたいだな」

李千子の代わりに、福太が鋭く突っ込んできた。

「はい、確かにあります」

「一体それは何だ？」

「角目の角が取れた、らしいことです」

この答えには誰もが困惑したようで、一瞬しーんとなってしまった。

「どういうことでしょうか」

矢張り李千子が、最初に口を開いた。

「角が取れたという現象そのものに、真実性が感じられるからです。そんな出来事を、見間違いや錯覚で目にするでしょうか。もし作り話だったとしたら、そういう余計な嘘は加えないのではありませんか」

「訳の分からない目撃談だからこそ、君は信用できると踏んだわけか」

福太は大いに納得したようだが、

「なぜ角が取れたのか、については君の推理は？」

それだけで満足するのではなく、すぐさま言耶の解釈を求めてきた。

「今のところ思いついたのは、一つだけです」

「いや、一つで充分だろう」

事件を解決する段になると、ああでもない、こうでもない――と真相を二転三転させる刀城言耶の悪癖を知る警察関係者が聞けば、間違いなく苦笑するであろう福太の意見だったが、当然ここでは誰も突っ込まない。

「そう言って貰えると、僕も助かります」

「で、何だ？」

「銀鏡家の祇作氏が二十一歳の儀式を執《と》り行《おこ》なったとき、忌名を呼ばれて振り返ってしまい、右目が潰れたらしい……という噂が当時ありました」

李千子が無言で頷き、三市郎が暗算しているような顔で、

「……十六年前になります」

「そのとき角目が誕生したわけですが、祇作氏は同じ面をいくつも作って、なぜか村のあちこちに放置しました。ほとんどは村の人たちが焼いたものの、それを拾って隠し持って、女性に悪戯《いたずら》をするのに使った不届き者もいました。そういった面の一つを今回、もしかすると犯人は使ったのではないでしょうか」

「市糸郎君を脅すためにか」

「それと万一、誰かに見られた際の用心に」

「なるほど」

「そして実際、犯人が馬落前に差し掛かったとき、綱巳山《つなみやま》には銀鏡和生君という目撃者がいた。犯人は焦ったでしょうが、面を被っているので、別に大丈夫だと思った。しかし、そこで角が取れてしまったとしたら……」

「どうして？」

「十六年も前に、素人が作った面です。恐らく自然に取れたのでしょう」

「それで犯人も慌てて、和生君の前から姿を消したのか」

「やっぱり名探偵は、ち、違いますね」

三市郎が妙な感心の仕方をしたが、

「けど、そないなると、あれは……」

そう続けた切り口籠《くちごも》ってしまったので、言耶は興味を引かれた。

「どうされました？」

「い、いえ……」

「もしかすると、あなたも何かご覧になった……とか」

言耶に訊かれて、びくっと三市郎は身動《みじろ》ぎしたが、

「先生にやったら、お教えしてもええです」

と断ったかと思うと、当日の四時過ぎに綱巳山へ上っていたと告白したので、言耶も思わず身を乗り出した。

「そのとき、銀鏡家の和生君は？」

「まだ来てませんでした」

「あなたは綱巳山の、どの辺りに行かれたのですか」

「かつて分家蔵があった場所まで、まず上りました。蔵ごと流されたわけやけど、その跡は山ができとって、その上に立てるんです」

「危険ではありませんか」

「……大丈夫や思います。ただし馬落前に面する側は、すとんっと切り立った崖《がけ》になっとって、その下には地割れのような細長い亀裂《きれつ》があって、あそこに落ちたら、ちょっと這《は》い上《あ》がれんかもしれんです」

相当に危ない場所ではないかと思われるが、敢《あ》えて言耶もそれ以上は触れずに、

「その山の上で、あなたは馬落前の方をご覧になった？」

「はい。すると崖の下から、何やら白い人影のようなもんが、ちょうど這い上がってるところが見えて……」

「その崖とは、綱巳山側ですか」

反対側は切り立っているため、当然そうだろうと考えながらも、言耶は念のため確かめた。

「ええ、こっち側でした。鴉谷《からすだに》と呼ばれとった、崖の一方ですね。土石流の所為で、今は元鴉谷になっとります。けど、かなり隅っこの方やったんで……。しかも上り掛けたと思うたのに、すうっと再び引っ込んでもうたらしく、すぐ姿が見えんようになって……」

「つまり馬落前の、祝りの滝側の隅っこに、それは現れたわけですね」

「そうです。で、今のは何やったんや……って、その場で暫《しばら》く固まっとったら、下から誰かが上ってくる気配がして、慌てて反対側の窪《くぼ》みに身を潜めたら、あの子が現れました」

「和生君の様子は、どうでした？」

「見つかりとうなかったんで、ほとんど見てません」

「彼が角目を目撃した瞬間も？」

「そうです。ただ、短い叫び声のようなもんは、はっきり耳にしました。それから立ち去る気配がしたんで顔を出すと、あの子が慌てて逃げてくみたいに、姿を消すところやったんです」

「そのとき和生君は、角目を見た。となると三市郎さんは一体、何を目にしたんだ？」

　福太に尋ねられ、言耶は首を傾《かし》げながら、

「和生君が目撃したのが、角目に扮《ふん》した犯人だったとしたら、三市郎氏が見たのは、白装束の市糸郎君ではないか……とも考えたのですが、彼が馬落前の鴉谷から這い上がるはずがありませんよね」

「……落ちた、とか」

「可能性は否定できませんが――」

　と言いながらも言耶は、自分が歩いた馬落前の様子を脳裏に描きつつ、

「その場で何かに驚いたとか、そういう外部からの働き掛けがない限り、そう簡単には落ちないでしょう」

「私も、そう思います」

　経験者の李千子が、言耶の意見を支持した。

「それに万一、落ちた市糸郎君だったとすれば、崖を上がり掛けたところで、再び戻るのは変でしょう」

「角目が来るのが見えたから……とか」

　福太の指摘に、はっと言耶は息を呑《の》むと、

「三市郎氏が白い何かを目撃されたあとで、和生君が角目を見たわけですから、それ

は充分に有り得ますか」

「やっぱり兄やのうて、森の中にいた、あの白いもんやないですか」

井津子が自分の目撃談を、そこへ持ち出してきた。

「市糸郎君よりも先に三頭の門を潜って、彼が入ったあとを尾けはじめたとき、君が途中の森の中で見た例の白い何かだね」

と言耶に苦笑しつつ言われても、彼女は一向に悪びれた風もなく、

「そうです」

はっきりと答えてから、李千子に尋ねた。

「李千子義姉《ねえ》さんも儀式のとき、同じようなもん見てるんでしょ」

「……そうやね」

彼女は肯定しながらも、その口調に迷いがあったのは、それの正体が未だに何か分からないからかもしれない。

「つまりは、あそこにいる魔物の一種ってことになるのか」

「そう決めつけるのは、まだ早い気もします」

福太の言葉に、言耶が応じた。

「なぜだ?」

「忌名儀礼の最中だった李千子さんや、実際にその場にいた井津子さんだけでなく、

全く別の場所から三市郎氏のような第三者にも目撃されているからです」

「信憑性《しんぴょう》があるか」

「同じことが、和生君の目撃証言にも言えます」

それから言耶は、そのときの市糸郎と白い魔物と角目の位置関係を、なんとか割り出そうとした。三市郎が正確な時間を覚えていないため難航したが、どうにか「こうではなかったか」という推測は立てられた。

「三市郎氏が白い魔物を目撃されたとき、市糸郎君は馬落前を通り過ぎたあとで、角目は逆に差し掛かっていなかった――と見做せるのかもしれません」

「要は角目と白い魔物という二つの忌むべき存在が、事件当時そこにいたってことか。それで角目が犯人の扮装《ふんそう》だったとすると、その白い魔物は……」

「本物でしょうか」

「おいおい、探偵がそれを認めていいのか」

「ですから僕は、探偵ではありません。もしも受け入れざるを得なくなったら、怪異の存在を否定する心算はないのですから……」

「とはいえ易々《やすやす》とは、君も認めんだろう」

「そう心掛けています」

殊更《ことさら》に強く主張する言耶を、福太は頼もしそうに眺めていたが、

「それにしても忌名の儀礼とは本来、本人を災厄から護《まも》るために執り行なうものだろ。そのはずなのに、かつて李千子は死に掛ける目に遭い、今度は市糸郎君が殺されて……と、碌《ろく》なことがないじゃないか」

「先輩、そういうことは……」

当事者である三市郎と李千子の前で、口にするのは拙《まず》いと言耶は大いに心配したものの、

「せやから今では、当家と銀鏡家くらいしか、これを重要視してないんでしょう」

当の三市郎は、むしろ福太の意見に賛成らしい。李千子が何も言わないのは、本人の気持ちを福太が知っていると、彼女にも分かっているからだろう。

「いくら護ってくれる存在にしても、ちょっとな……」

当事者たちを前にして、流石に福太も気まずくなったらしい。あとは言葉を濁《にご》したので、徐《おもむろ》に言耶は尋ねた。

「先輩、御霊《ごりょう》信仰をご存じですか」

「えーっと、菅原道真《すがわらのみちざね》とか」

「はい、一番有名かもしれません。本来は祟《たた》り神になるところを、逆に祀《まつ》り上げてしまうことにより、言わば味方に転じさせたわけです」

「凄い発想ではあるな」

「でも、それ故《ゆえ》に、実はかなりの注意が必要になります。本当なら祟られている状況を、完全に覆して正反対にするのですから。つまり一歩でも祀り方を間違って、相手の機嫌を少しでも損《そこ》ねた場合、途轍《とてつ》もない災《わざわ》いに降り掛かられる懼れがある……ということです」

「忌名の儀礼も、同じってことか」

「信仰することで得られる現世利益が高ければ高いほど、その反動も大きい。これは当たり前の法則でしょう」

「あの儀式も、言うなれば信仰のようなものか」

「クロさんに聞いたのですが――」

「おい、あの阿武隈川烏《あぶくまがわからす》と、まだ付き合いがあるのか」

単に名前を口にしただけで、ここまで嫌悪感のある反応が返ってくるのは、流石《さすが》クロさんである……と、言耶は変な感心の仕方をした。

「学生時代は色々と柵《しがらみ》もあるから已《や》むを得ないけど、卒業したあとまで奴との関係を続けるのは、どう考えても自殺行為だぞ。自暴自棄過ぎる」

「そ、そこまで……」

言わなくても――と思ったものの、阿武隈川烏の弁護をすることほど、この世に無駄で莫迦《ばか》らしい行為もないか……と考えて、言耶は反論しなかった。

「そのクロさんから、ここへ来る前に聞いたのですが――」

「碌な話じゃないな」

「生名鳴地方の七七夜《ななよ》村の、鍛治本《かじもと》という有力者の家で――」

「きっと大法螺《ぼら》に決まってる」

「戦前に執り行なわれた、忌名の儀礼について――」

「騙《だま》されるだけだぞ」

「あのー、先輩」

福太には珍しく執拗《しつよう》な絡みだったので、言耶は心配になって尋ねた。

「クロさんに学生時代、何かされたんですか」

「奴の被害に遭わなかった学生が、何処にいる？」

すると福太が、顔を真っ赤にして怒り出した。

「それは、やっぱり、食べ物に関して、でしょうか」

「言うまでもない」

具体的には怖くて訊けなかったので、阿武隈川烏の全人格は否定するにしても、彼が持つ民俗学的な見識と知識には計り知れないものがある――という説明を、言耶《と》は言葉を尽くして行なった。その結果、生名鳴地方の七七夜村の鍛治本家の話を、取り敢《あ》えず聞くことを福太は納得してくれた。

やれやれ、クロさんが絡むと、本当に余計な手間が掛かる。

言耶は心の中で大いにぼやきつつも、阿武隈川烏から教えられた例の一家全滅の恐ろしい話を語った。

「……なんとも凄《すさ》まじいな」

福太は心底ぞっとしたらしく、絞り出すような声を発してから、

「この話を聞いたことは？」

李千子に尋ねたが、彼女は首を振った。

「三市郎さんは、如何です？」

すぐに言耶も訊いてみたが、同じように首を振られたので、

「そういう負の面は、件淙氏も伝えなかったわけですね」

「無理もないか」

福太は理解を示しながらも、鍛治本家の話を李千子が知ってしまったことに、心を痛めているようである。

「お二人には、厭な思いをさせてしまいました」

李千子と三市郎に、言耶が素直に謝ったところ、

「いいえ、先生がお気になさる必要は、なーもありません」

「あの儀礼そのもんが、とんでもない内容やから……」

二人は口々にそう言った。

全員にやや疲れが見えてきたところで、三市郎のレンズ嗜好《しこう》の話になった。本棚の横の棚には李千子が言っていたように各種のレンズが揃《そろ》えられているだけでなく、映写機や幻灯機まであったのには、言耶も感心させられた。

「李千子義姉さんに代わって、今では私が修理係なんですよ」

井津子が得意そうに、福太に教えている。

「その指の絆創膏《ばんそうこう》は、ひょっとしてその所為とか」

「あっ、ばれましたね」

彼女は恥じるような表情で、

「まだ私、李千子義姉さんほど、上手うできんのです。それで指に、しょっちゅう怪《け》我《が》をしてもうて……」

「せやけど腕は、間違いのう李千子に匹敵しとるな」

三市郎が保証すると、嬉《うれ》しそうに彼女が笑った。

「へぇ、だったら将来は、我が社に就職するか」

「はい、します」

福太は冗談半分の心算だったのだろうが、井津子は傍《はた》で見ていても微笑ましいくらい喜んでいる。

「乱歩先生のレンズ嗜好は有名ですが、三市郎さんも凄いなぁ」

言耶が感嘆の声を上げていると、

「そ、そうですか」

三市郎は途端に相好を崩して、嬉々《きき》として映写機や幻灯機の準備をはじめた。

「兄さん、今はちょっと……」

という李千子の注意にも、彼は全く耳を貸さない。

それらの映像は、ほとんどがモノクロの怪奇幻想的な海外の作品だった。ただ、その中に白いシーツを頭から被った西洋幽霊のような代物があり、今ここに件宗が入ってきたら「この不謹慎者がぁっ」と怒鳴《どな》りつけられそうで、言耶でさえ冷や冷やしながら鑑賞した。

そこへ実際に誰かが来たので、もう全員が慌て捲った。まるで非合法のブルーフィルムでも上映していたかのような騒ぎである。

幸いにも顔を出したのは狛子だった。野帰り膳の用意が整ったと呼びにきたのである。部屋は通夜振る舞いのときと同じ座敷で、既に大方が席に着いているらしい。

言耶たちも急いで向かい、各々の膳の前に座る。すると酒が行き渡るのを待っていたかのように、またしても香月子が動き出した。最初は村の有力者たちに酌《しゃく》をしていたが、今夜は村人たちにも積極的に酒を注いでいる。

暫くして彼女は自分の膳へと戻ってきたのだが、すぐさま隣の言耶に妙な耳打ちをした。

「野辺送りの最中に、かなり気味の悪い出来事が、どうやらあったみたいですよ」

第十一章　六道寺《ろくどうじ》と寄り合い所

野辺送りの翌朝、朝食が済んで少し経《た》ったところで、尼耳《あまがみ》家の人々は青雨山《おううやま》の火葬場へと向かった。仏の骨揚げのためである。

これを発条香月子《はつじょうかつこ》と福太《ふくた》は遠慮したが、もちろん言耶はついて行った。

「くれぐれもお邪魔にならないように、よくよく注意してくれよ」

福太に忠告されたのは、時と場合によって言耶が暴走することを、彼が大いに懼《おそ》れているからと思われた。

しかしながら「墓積み」または「灰だれ」とも呼ばれる骨揚げは、あっさりと済んだ。あとは尼耳家の裏の墓所に骨壺《こつつぼ》を納め、六道寺の住職である水天《すいてん》が経を唱えて終わりである。通夜から野辺送りまでの大仰さに比べると、拍子抜《ひょうしぬ》けするほどだった。

だからというわけでは当然ないが、昼食のあと件淙《けんぞう》が遂《つい》に発条親子と李千子《いちこ》に声を掛けた、と言耶は知らされた。

「お話が上手《うま》く纏《まと》まりますように、陰《かげ》ながら祈っています」

三人と同席するには、些《いささ》か妙な立場に彼はいる。そのうえ結婚話の場にいたいかと言えば、そんなことは全くない。そこで福太を励《はげ》ます言葉を述べて、再び出掛けることにした。

まず目指すのは青雨山の六道寺である。

香月子の人物評では、住職の水天は取《と》っつき難《にく》く、夜礼花《やれはな》神社の神主である瑞穂《みずほ》は親しみ易《やす》い、という評価になっている。しかしながら後者とは話が大いに弾むものの、核心に迫った肝心な事柄《ことがら》については、実際は何も聞けない可能性があるのに対して、前者は相手の口を巧《たく》みに滑《すべ》らせさえできれば、とんでもない手掛かりが得られるかもしれない。彼は経験上、そんな展開になり勝ちなのを知っていた。

言耶が尼耳家を出て少し歩いたところで、河皎《かわしろ》家の小さな前庭に、またしても出ている縫衣子《ぬいこ》と目が合った。市糸郎《いちしろう》が亡くなった今、彼女が尼耳家の出入りを気にする必要など、もうないはずである。にも拘《かかわ》らず前庭にいる事実に、彼は少し胸が痛くなった。

「先日はお風呂《ふろ》を、ありがとうございました」

言耶が礼を述べると、彼女は「あぁ」という顔をした。どうやら話し掛けるまで、彼を認めていなかったらしい。

……大丈夫かな。

ちょっと心配になったが、縫衣子が最も気に掛けているかもしれない骨揚げと納骨の話題を出しても、ほとんど関心を見せない。

この反応は拙《まず》くないか。

市糸郎が亡くなったことで、完全に参っているのでは……と言耶は懸念した。とはいえ生前の仏に対して、彼女が愛情を覚えていたのかどうか、本当のところは分からない。それに関してはかなり心許《こころもと》なかったのではないか、という気がしている。

この異様な様子は息子の死が原因ではなく、尼耳家との関係が切れてしまった所為《せい》だったとしたら……。

そんな嫌な想像をしてしまい、途端に言耶は自己嫌悪に陥《おちい》り掛けた。

すぐにもこの場を立ち去ろうとしたが、事件当日について質問できる、これは恰好《かっこう》の機会かもしれない。そう彼は考え直した。本来なら息子を失《な》くしたばかりの母親に質問するのは躊躇《ためら》われるが、彼女ばかりは例外になりそうである。

「ちょっとお尋《たず》ねしたいのですが――」

言耶が改めて話し掛けると、一応は彼を見て反応を示したので、

「事件の当日、尼耳家の件淙氏と市糸郎君が忌名《いな》の儀礼に向かう頃、あなたは今のように前庭へ出ておられたとお聞きしていますが、この前を通るお二人をご覧になりましたか」

「……ええ」

「お二人の前後に、他《ほか》にも何方《どなた》か、ここを通られたでしょうか」

「もっと前に、井津子《いつこ》が……」

中谷田《なかやだ》が言っていた、井津子の先回りである。

「井津子さん、件淙氏と市糸郎君、この順番ですね」

ゆっくりと縫衣子は無言で頷《うなず》いてから、

「次に三市郎《さんしろう》さんが……、ちょっとして狛子《こまこ》奥様が……」

前者は綱巳山《つなみやま》へ、後者は奥武ヶ原《おうがはら》へ向かったと分かっている。

「それから……」

と言った切り彼女が口を閉じたので、

「太市《たいち》氏が、ここを通られた？」

言耶が促《うなが》すと、こっくりと彼女が頷いた。

「あとは、どうですか」

「……誰も見てない」

「瑞子《たまこ》さんの姿は、ご覧になってないんですよね」

またしても無言で頷く。

ただ、だからといって瑞子に現場不在証明《アリバイ》があるとは言えない。尼耳家の裏庭から河皎家の背後を通り抜けて、縫衣子に見られずに四辻《よつつじ》まで行くことは充分に可能だろう。あの辻《つじ》からは三頭《さんず》の門へ向かわずに、門と奥武ヶ原に通じる細い筋の中間辺りを進めば、灌木《かんぼく》と藪《やぶ》を抜けて例の夜雀《すずめ》が出没する路《みち》に出られるのではないか。

「ご覧になった尼耳家の人の中で、何か荷物をお持ちの方はいましたか」

暫《しばら》く縫衣子は、当日のことを思い出す様子を見せてから、

「……傘を持ってた」

「全員が？」

「いんや、市糸郎は頭陀袋《ずだぶくろ》を下げとるだけで……」

「彼の分は、件淙氏が持たれていた？」

「二本あったかどうか……」

「分からなかった？」

こっくりと縫衣子が首を縦に振る。

「他には？」

「狛子奥様が、小さなハンドバッグを持っとった……」

「市糸郎君の頭陀袋と狛子さんのハンドバッグを除くと、あとの方々は皆さん傘だけで手ぶらでしたか」

頷く彼女を前にして、とはいえ凶器は錐《きり》であるため、何処《どこ》にでも隠せたに違いない

――と言耶は考えた。

「今の方々が、尼耳家へ戻るところは、流石《さすが》にご覧になってませんよね」

「……見た」

まさかの返事だったので、言耶はびっくりした。

「太市氏のお相手をされていたのでは？」

「それでも外は、見とった」

どういう状況なのか計り知れないが、そこを突っ込むと彼女が口を閉ざしそうな気がした。取《と》り敢《あ》えず今は、証言して貰《もら》うことが肝心である。

「最初に戻られたのは、何方ですか」

「狛子奥様やった」

「次は？」

「井津子」

狛子は奥武ヶ原に、井津子は三頭の門から馬落前《もうじまえ》までの間にいた事実を考えると、この順番は逆のようにも感じられる。しかしながら井津子は、件淙が三頭の門から中へ入って祝《はふ》りの滝へ向かうまで、そこから出られなかったはずである。故《ゆえ》にこの順になったのだろう。

「三人目は？」

「二人よりも少し遅れて、三市郎さん」

「この三人が戻った、それぞれの時間は？」

「……分からん」

「四人目は？」

「その三人よりは遅れて、件宗様が……」

「太市氏はずっと、お宅におられたんですよね」

縫衣子は首肯したものの、彼女が外を見ていたのであれば、こっそり抜け出すことは可能だったのではないか。

「他に気づいたことは、何かありませんか」

彼女は首を振り掛けて、ふと思い出したような表情をしたので、

「何でも結構です。どんな小さなことでも構いません」

「……狛子奥様のハンドバッグが、帰りは見当たらんかった」

「どちらの手にも、バッグを持っていなかった？」

「……見んかった」

奥武ヶ原に忘れてきたのだろうか。

でも、一体どうして……。

「あと奥様の足元が、偉う汚れとった」

森の中を抜けて祝りの滝まで往復したから、そんな状態になったのか。

言耶は少し興奮しながらも、もう何も話すことはないらしい縫衣子に礼を述べて、河皎家をあとにした。

四辻に着くと、すぐ村の方へ曲がらずに、しばし言耶は馬喰村《ばくろうむら》へと通じる坂道を見やった。その道祖神の辺りで、例の白い人影らしきものが目撃されていたからだ。

そう都合良くは目にできないか。

再び歩き出すものの、頭の中は昨夜の野帰り膳《ぜん》の席で香月子から聞いた、あの気味の悪い話を思い出していた。

葬列の中に忌中笠《きちゆうがさ》を被《かぶ》った白装束の者がいた……。

この「忌中笠」とは、喪主などの近親者が被る深編笠《あみがさ》のことなのだが、昨日は件淙をはじめ誰も笠など用いていなかったという。

『その人物の顔を見た方は？』

言耶が尋ねると、香月子は薄気味悪そうに、

『忌中笠というのは、深編笠とも呼ばれるように、かなり目深に被るものらしいの。だから余り見えなかったみたいで……』

『尼耳家の親戚《しんせき》の誰かではありませんか』

『ところが違うらしいのよ。だから尼耳家の人たちは、きっと村の誰かだろうと思っ

て……。逆に村の人たちは、尼耳家の者だろうと考えたって……』

『まるで蝙蝠《こうもり》だ』

『えっ、どういう意味？』

『イソップはご存じですよね』

『あの童話の？』

『はい。その「イソップ寓話《ぐうわ》集」に、こんな話があります。獣族と鳥族が争っていた昔々、蝙蝠は前者が優勢になると「私は毛《は》が生えているので獣です」と言い、後者が有利になると「私は羽が生えているので鳥です」と主張して、とにかく勝っている側につこうとした。でも獣族と鳥族が和解をした結果、都合良く立ち回った蝙蝠は忌《い》み嫌《きら》われ、洞窟《どうくつ》の中に追いやられてしまう。そういうお話です』

『現実の社会でも、そういう人はいますよ』

香月子が口にすると矢張り重みが違うな、と言耶は感じ入ったが、今はそれどころではない。

『忌中笠の人物は、正に蝙蝠ではありませんか』

『そんな何者かが葬列の中を、ゆっくりと移動してたっていうのよ』

自分が野辺送りに覚えた違和感は、これだったのか……。

言耶はそう思った。葬列の中に忌中笠が見えること自体は、別に少しも珍しくない。ただし彼が気づかぬほど、それが葬列の中を緩慢に動いていたのだとしたら、その不自然さを無意識に感じ取ったとしても不思議ではないだろう。

『それで結局、何者でしたの？』

彼女には好奇心に満ちた口調で訊《き》かれたが、もちろん言耶にも分からない。

『……今のところ不明です。ただもしかすると、かつて李千子さんが目にして、今また三市郎氏が目撃したという、あの白い人影らしきものなのかもしれません。村の人たちが見たという証言もありますしね』

『その手のもの……ってわけね』

香月子なりの結論が出たところで、もうこの話をするのを厭《いや》がった。そんな得体の知れぬものには関《かか》わりたくないと、彼女は強く思っているらしい。

言耶が今、左右の田畑と背後の山々を眺《なが》めながら、頻《しき》りに周囲を見回しつつ歩いているのは、もちろん白い人影擬《もど》きを捜してだった。だが、これまでの経験を振り返っても、彼自身が怪異を目の当たりにできた例は、残念ながら非常に少ない。

そのうちに綱巳山の前まで来る。銀鏡《しろみ》家の分家蔵の跡地を一度は目にしておきたいと思ったものの、そこには帰路に立ち寄ることにした。そのまま通り過ぎて少し歩くと、青雨山の麓《ふもと》の無常小屋が見えてきた。小屋の戸は閉まっており、すっかり葬儀の片づけも済んでいるようである。

石段を上って六道寺の山門を潜り、境内《けいだい》から庫裏《くり》へと進んで、そこで案内を乞《こ》う。若い僧侶《そうりょ》が出てきたので、尼耳家に逗留《とうりゅう》している者で、刀城言耶と申します――と名乗り、水天住職にお目通り願いたいと伝えた。

若僧《にゃくそう》が奥へ戻るのを見送りつつ、玄関払いされるのが落ちか……と言耶が覚悟していると、意外にもすんなりと上がることができた。

しかし、まだ喜ぶのは早かった。なぜなら水天は一方的に、尼耳家のこと――特に李千子の結婚について――を言耶から聞き出してしまうと、彼の質問に関しては明白に興味がなさそうな態度を示したからだ。

なんとも独《ひと》り善《よ》がりな人だなぁ。

半《なか》ば予想通りとはいえ、この応対に言耶は呆《あき》れ返《かえ》った。とはいえ彼も場数を踏んでいる。こういう場合の対処法は心得ていた。

「ところで、忌名儀礼殺人事件の犯人ですが、村の方々は地の底から蘇《よみがえ》った銀鏡祇作《ぎさく》氏、即《すなわ》ち角目《つのめ》の仕業と確信しているみたいですね」

実際には有り得ない解釈に、どっぷりと村人たちは浸っている――そういう示唆《しさ》をした場合、村の知識階級を自任する者ほど大いに反発することを、言耶は経験からよく知っていた。だから揺さ振りを掛けてみたのだが、

「まっ、そういう奴《やつ》らが半分はおるか」

という水天の反応に、彼は戸惑う羽目になった。

「……すると、あとの半分の方々は、どう考えておられるのです？」

「いやいや半分いうんは、飽くまでも言葉の綾《あや》や」

「そうなんですか」

あなたが「半分」と言ったのではないか——と言耶は心の中でぼやきつつも、表面は愛想《あいそ》良く返しながら、

「では、角目こと銀鏡祇作氏に疑いを掛けていない人たちは、何処の誰を犯人と考えているのでしょうか」

「そりゃ、あんた——」

水天は思わせ振りに言葉を止めると、言耶を暫く見詰めてから嫌な嗤《わら》いを浮かべつつ、とんでもない答えを口にした。

「尼耳の李千子に、決まっとるやろ」

「えっ……」

「尼耳家を市糸郎に乗っ取られる前にと、奴を始末したに決まっとる」

「そ、それはいくら何でも、有り得ません」

「なんでや」

「彼女が疾《と》っくに村を出て、東京で働いてることは、ご住職もご存じですよね」

横柄に水天が頷く。

「よって事件の当日も、李千子さんは東京にいたわけです。市糸郎君が殺害されたと思《おぼ》しき時間帯には、僕の目の前にいたのです。そんな彼女が――」

「誰が本人やと、言うたんや」

「はっ？」

「本人に犯行が無理なんは、当たり前やろ」

いやいやいや、あなたが「尼耳の李千子」だと、はっきり言ったのではないか――と、流石に言耶も反論しそうになったが、ぐっと堪《こら》えて我慢して、

「ひょっとして李千子さんの忌名が、彼女に代わって犯行を為《な》した……とでも？」

まさかと思いつつ尋ねると、水天が得意そうな顔を見せたので、どうやら正解だったようである。

……そういうことか。

言耶は漸《よう》く合点した。野辺送りで村人たちが、なぜ李千子に妙な眼差《まなざ》しを向けてきたのか。その理由が分かったと思ったのだが、だからと言って無論それを受け入れることはできない。

「要は本人が何処におろうが、全く関係ないわけや」

「いえ、そんな決めつけは……」

「こっちに残っとる忌名が、あんじょうやってくれるからな」

「彼女の忌名が疑わしいのなら、三市郎氏の忌名も同様ではありませんか」

言耶としては尤《もっと》もな意見だと思ったのだが、水天は少しも動じることなく、

「兄と妹では、雲泥の差があるやないか」

「どういうことです？」

「李千子は忌名の儀礼に於《お》いて一度は死んで、野辺送りの最中に蘇ったんやぞ。どう考えても特別な忌名が、あれには憑《つ》いとるに違いない」

「そういう見方も、確かにあるでしょうが……」

厄介なことになったなと言耶が困惑していると、むしろ水天は意外そうな顔で、

「あんたは、偉う怪異な事件を専門にしとる、探偵らしいな」

どうやら香月子が野帰り膳の席で、そんな説明をしたらしい。否定したかったが、余計に拗《こじ》れそうなので再び言耶は我慢した。

「ほんなら、よう納得できるやろ」

「えーっと本気で、そう考えておられるのですか」

一部の村人たちが、その手の俗信に染まっているにしても、水天までが同じとは、ちょっと考えられない。だから言耶は訊いたのだが、

「この世にはな、人間の頭だけでは理解できんことが、そりゃ仰山あるもんや」

体よく煙《けむ》に巻《ま》かれてしまった。香月子の見立て通り本当に食えない男であると、言耶は天を仰ぎたくなった。

「ご住職は、憑物《つきもの》をご存じですか」

しかし彼も、これくらいで負《め》げる男ではない。

「狐狸《こり》の類が人間に憑くいう、あれか。犬神や管狐《くだぎつね》いうんも、前に聞いたことがあるな。要は獣の障《さわ》りやろ」

犬神も管狐も実際の動物ではないのだが、ここで説明するとややこしくなるので、言耶は黙っておくことにした。

それにしても――。

と彼は心中で苦笑する。本来そういう解説は、刀城言耶が最も得意とし、かつ好むところのはずなのに、この水天を前にすると、そんな気が全く失《う》せてしまうのだから面白い。

「その憑物の中に、牛蒡種《ごんぼだね》と呼ばれるものがあります」

「ほおっ」

「この牛蒡種が凄《すさ》まじいのは、その家の者が隣の田圃《たんぼ》に目をやって、『見事なほど稲穂が実っていますね』と言えば、忽《たちま》ち稲は枯れてしまい、近所の家で生まれた赤ん坊を見て、『なんて可愛《かわい》らしい子なんでしょう』と褒めれば、あっという間に子供が死んでしまう……という恐ろしいまでの『効果』にあります」

「なんや、それは……」

「つまり牛蒡種とは、憑いた家の者が口にした言葉の、その裏に実は潜んでいるかもしれない意味を勝手に忖度《そんたく》してしまう、そういう恐ろしい憑物なのです。人間が他者を称賛するとき、もちろん心から賛していている場合もありますが、そこに僅《わず》かとはいえ妬《ねた》みや嫉《そね》みが含まれてしまうことは、往々にしてあるものでしょう。仮に本人は少しも思っていなくても、そんな負の感情が心の奥底に全くないとは、誰であれ言い切れません」

「それを牛蒡種いう憑物は察して、主人に代わって相手をやっつけるんやな」

水天は甚《いた》く感心した様子だったが、

「李千子の忌名も、きっと同じやったんや」

正に言耶の思惑通りの反応を見せたので、透かさず異を唱えた。

「ところが彼女の場合、それだけは絶対にないと、はっきり言えるのです」

「……なんでや」

きっぱり否定されたのが納得できないのか、水天は半ば怒りながらも相当に戸惑っているらしい。

「李千子さんには肝心の動機が、少しもないからです」

Uの字の坂の上での中谷田との会話を、ここで言耶は再現したのだが、

「せやけどな、尼耳の財産が――」

最も現実的な動機を水天が口にしかけたので、

「こういう言い方は、どうかと思いますが、尼耳家よりも彼女が結婚する相手の発条家の方が、遥《はる》かに資産家であることは、まず間違いありません」

「ほおっ、そうなんか」

水天が素直に感心したようなので、ちょっと言耶も驚いたが、ここは一気に畳み掛けるべきだと見取って、

「つまり彼女には、市糸郎君に対する負の感情が一切ないわけです。よって牛蒡種でさえ、どんな反応もできないでしょう。全く同じことが、忌名にも言えると思いませんか」

「なるほどなぁ」

「ですからご住職のお力によって、村の方々の李千子さんに対する謂《いわ》れのない疑いを、是非とも解いて頂きたいのです」

福太と結婚すれば、ほとんど李千子は村を捨てた状態になるだろう。と分かっていながらも今この時、そんな目で村人たちから見られている彼女が、言耶は不憫《ふびん》でならなかった。

「いやはや、あんた、なかなか大した探偵やな」

しかし水天の興味は、彼自身に向けられているらしい。そこでもう一度、そっくり同じ願いを繰り返す羽目になった。

その甲斐《かい》あって水天も、一応は聞き届けてくれた。これで言耶も少しは安堵《あんど》できた。この住職が説けば、きっと村人たちも理解を示すだろう。

言耶は六道寺を辞すと、次は夜礼花神社を目指した。神主の瑞穂と話す内容について、既に彼は決めてあった。何処まで相手が応《こた》えてくれるか分からないが、他に適任者が見つからない以上、ここは賭《か》けるしかない。

左右に広がる田畑を見ながら歩いていくと、やがて村の中心部へと出る。その途中で少なくない村人たちと擦れ違ったので、言耶は愛想よく振る舞ったのだが、全員の反応は一様だった。つまりは見て見ぬ振りである。

いや、一人だけ例外がいた。無常小屋の前で会話をした、あの吉松《よしまつ》という青年だけは違った。

「こんにちは。昨日は色々とお話をして下さって、ありがとうございます」

彼が向こうから来るのを目にして言耶が挨拶《あいさつ》すると、

「あぁ、こ、こんちは」

と返してくれた。ただし、はっと身動《みじろ》ぎをしたあと、すぐに周りを見回してから、そそくさと立ち去ったのは残念だった。

僕と喋《しゃべ》ってるところを、誰かに見られたくないのか。

そうとしか思えない。もっとも「誰かに」ではなく、「村人の全員に」の可能性が高そうに思えたため、言耶も決して深追いはしない。

人目の全くない所で、あの青年と会えれば……。

もしかすると話ができるかもしれない。そう考えながら村の中心を抜けようとして、ふと寄り合い所が目に留まった。

これまで入手した情報を、中谷田警部の耳に入れておくか。

そんな義務は当然ないのだが、こういう場合は持ちつ持たれつである。警察でしか調べられない事件上の問題も多いため、向こうの協力を得るためには、それなりの態度を言耶も見せなければならない。

寄り合い所の玄関横の壁には、「尼耳市糸郎殺人事件臨時捜査本部」と毛筆で書かれた紙が貼《は》られていた。「臨時」とあるが、実質ここが本部になっているに違いない。

がたつく横開きの硝子《ガラス》戸を開けて案内を乞うと、すぐさま刑事の野田《のだ》に手招きされたので、言耶は畳敷きの広間に上がった。そこには警部の中谷田と若手刑事の島田《しまだ》もいて、ちょうど三人で打ち合わせをしている最中に見えた。

「何ぞ収穫があったんか」

一切の挨拶は抜きで、いきなり中谷田に訊かれたので、

「まるで僕が今まで、訊き込みをしていたみたいですけど……」

「違うんか」

不審そうに尋ねられたので、言耶としても苦笑して認めるしかない。

「ええ、まぁ、そうですね」

「で、新しい情報は？」

そこから言耶は、村の青年の吉松から聞いた角目の噂《うわさ》と白い人影擬《もど》きの目撃談、三市郎が綱巳山に上がって目にした白い人影のようなものの話、香月子が聞き集めた野辺送りに出没した忌中笠の無気味な噂、縫衣子が眺めた尼耳家の人たちの動きに対する証言、六道寺の水天が口にした村人たちの李千子に対する疑惑——といった事柄を、少しも包み隠さずに語った。

「あの縫衣子という女、そんな話は一言も喋らなかったぞ」

すると島田が怒り出したので、

「我々が訊いたのは、太市さんのことでしたからね」

やんわりと野田が諫《いさ》めたものの、若い刑事はぶすっとしている。警察が訊き出していない事実を、こうして言耶から得ているのも面白くないのだろう。

だが中谷田は平気な顔で、

「三市郎は綱巳山におったと、素直に認めたんか」

しかも納得したように言ったので、言耶は訊き返した。

「予想されてたみたいですが？」

「現場への出入りが可能で、あと残っとるんは、あの山くらいやからな」

「でも、どうして……」

「尼耳家の財産を考えたら、第一容疑者は三市郎と李千子の二人やと、儂《わし》は言うたはずや。そっから彼女が外れたら、残った一人が最有力容疑者になるんは、こりゃ自明《じめい》やないか」

「その割に警察は、散歩の行き先をはっきり口にしない彼に対して、ほとんど追及していないのは、一体なぜなんです？」

「一つは油断させるため、もう一つは外堀から埋めるためやな」

つまり警察は村人たちへの訊き込みから、事件のあった時間帯に三市郎が綱巳山に上がっていたことを、既に摑《つか》んでいるらしい。

「し、しかし——」

そこで言耶は慌てて、三市郎の弁護に回った。

「綱巳山の上で彼は、銀鏡家の和生《かずお》君を見ているのですから、現場不在証明がありそうにも思えるのですが——」

「銀鏡和生の件は、疾っくに村中に知れ渡っとった。それを三市郎が利用したんかもしれん。第一その前に、綱巳山に四時過ぎにおったんやったら、彼にも犯行は可能やったことになる」

そう言いながら警部が、ちらっと野田を見やると、

「銀鏡家の分家蔵があった綱巳山の跡地から馬落前までは、かつて起きた土石流によって繋《つな》がっております。そこを辿《たど》るのが容易ではないとはいえ、全く無理なわけではありません」

ベテラン刑事の説明を受けて、それに言耶が続けた。

「三市郎氏の話によると、分家蔵の跡地の前は崖《がけ》になっていて、その下には深い亀裂《きれつ》があるらしいですね」

「確かに仰《おつしや》る通りですが、そこを回避することは充分に可能です。もっとも綱巳山から土石流跡に入ったあとが、なかなか厄介でした」

「実際に歩かれたのですか」

「警察は現場第一主義ですからなぁ」

野田は穏和な笑みを浮かべたが、そこから急に眉《まゆ》を顰《ひそ》めると、

「事件の三日前の台風による集中豪雨の所為で、一旦《いったん》は固まった土石流跡も緩《ゆる》くなっている箇所があちらこちらにあって、そこを避けながら進む必要がありました」

「それでしたら、もしも犯人が通っている場合、足跡が残ったのではありませんか」

言耶は少し興奮したが、野田は残念そうに首を振った。

「当日の四時四十分前から五時過ぎまで、この地方は夕立がありました。それも一時かなり激しい降りだったため、そういう跡は残らなかったようです」

「だから皆さん、傘を持っていたのですね」

「ラジオの天気予報で、夕立のことを知ったみたいです。それに当日の夕刻は、ちょっと降りそうな空模様だったといいます」

「綱巳山の分家蔵の跡地から馬落前までは、どれくらい掛かりますか」

「辿る道筋さえ誤らなければ、八分くらいでしょうか。それでも両者の距離を考えると、ちょっと時間が掛かり過ぎと言えます」

「馬落前から祝りの滝までが九分ですから、計十七分です。和生君が分家蔵の跡地から逃げ出したのを四時十分から十五分と考えると、三市郎氏が祝りの滝に着けたのは、四時二十七分から三十二分になります」

「死亡推定時刻は四時半から五時半ですが、件淙さんが被害者を見つけたのが五時頃ですから、犯行は四時半から五時と見做《みな》され、三市郎さんにも充分に可能だったと分かります」

「仮に分家蔵の跡地から馬落前まで、もっと時間が掛かっていても、何ら差《さ》し障《さわ》りがないことになりますね」

「これで三市郎にも、現場不在証明がないと分かった」

中谷田が結論づけると、

「先程《さきほど》のお話に戻しますが――」

そう野田は断ってから確認するように、

「尼耳家を出たのが、井津子さん、件淙さんと市糸郎君、三市郎さん、狛子さん、太市さんの順で、戻ったのが、狛子さん、井津子さん、三市郎さん、件淙さんの順でしたね」

「それぞれが行った場所と、そこでの状況を考えると、特に不自然さは感じませんが、どうでしょうか」

言耶の問い掛けに、野田は頷きながら、

「事件当日の夕方、三市郎さんが綱巳山へ上がったのは、確かなようです。村人の目撃証言もあります」

しかしながら中谷田は、ばっさりと切り捨てた。

「個々の時間がはっきりせんのでは、余り役には立たんな」

「……面目ないです」

「先生が謝る必要はないでしょう」

しょ気る言耶を見て、野田が温かい笑みを浮かべた。

「せやけど狛子のハンドバッグの忘れ物と、足下が汚れとった事実を訊き出したんは、流石やな」

「あっ、やっぱり気になりますよね」

中谷田に認められ、少し言耶は嬉《うれ》しくなったが、

「それを本人には、まだ確かめてないんやな」

透かさず咎《とが》められるように訊かれたので、彼はしどろもどろになった。

「……だ、だって僕は、刑事でも探偵でも、な、ないんですよ」

「そんなもん、この際どうでも宜《よろ》しい」

あっさり中谷田は切って捨てると、

「その足で尼耳家へ戻って、狛子に話を訊くべきやったと、儂は言うとるんや」

「……は、はい」

どうして叱《しか》られなければならないのか、言耶は釈然としないながらも、つい返事をしてしまう。

「角目と白い人影らしきものは、同一人物でしょうか」

野田の疑問は、もしかすると言耶に対する助け船だったのかもしれないが、それには彼自身が強く反応した。

「僕もある時期まで、そう睨《にら》んでいたのですが、三市郎さんと和生君という二人の目撃談がある以上、別人と考えるべきでしょう」

「その場合、角目が犯人やったとしたら、白い人影擬きは何になる？」

福太と同じ質問を中谷田が口にした。

「……分かりません」

「そらそうか」

警部は特に失望もせずに、すんなり言耶の言葉を受けてから、

「村人たちに対する事情聴取でも、この二つの話題は出とる」

「それを警察は……」

「無論まともには受け取っておらんが、興味深い事実が一つあってな」

「何でしょう？」

「角目は事件のあとで急に目撃談が増えて、しかも今なお続いとるんに対して、白い人影擬きは事件の前後に集中しとることや」

「村に残ってるのは角目だけで、もう片方は疾っくに立ち去った……みたいですね」

「そうやな」

「でも、野辺送りに出没した忌中笠の人物が、もしも白い人影擬きだったとすれば、また戻ってきたことになりませんか」

「それらが一体、何を意味しとるんか」

ここでいくら考えても結論は出ないため、六道寺の水天から聞いた村人たちの李千子に対する疑惑について、言耶は話を進めたのだが、

「そりゃ警察では、どうにもならんな」

中谷田には非情にもそう返された。

「しかし警部さん、警察は彼女を少しも疑っていないと――」

「確かに言うた。せやけど態々《わざわざ》そんな発表をするんは、どう考えても変やろ」

「そ、そうなんですけど……」

水天には村人たちの誤解を正すように頼んだが、このままでは李千子に思わぬ災《わざわ》いが降り掛かりそうで、言耶は不安だった。それは忌名の儀礼でも振り払えない、とんでもない災禍のような気がして仕方なかった。

「よし、今はこんなとこか」

だが中谷田の一声で、その場の話し合いは済んでしまった。

言耶は寄り合い所を辞すと、村の中心部を通り抜けた。そうして再び道の両側に田畑が現れ、前方の右手に鳥居が見えてきたときである。

……あれは？

銀鏡家に続く緩い坂道を上がっている二人連れの姿が、ふと目に入った。

件淙氏と……李千子さん？

後ろ姿なので定かではないが、言耶には二人のように映っている。

銀鏡家を訪ねるのか。

しかし李千子から聞いた話の限りでは、両家に親しい付き合いはなさそうに思える。どちらかと言えば、むしろ敬遠している感じを受ける。それも「敬」は薄くて「遠」が深い。そんな関係に思えてしまう。

にも拘らず二人は、明らかに銀鏡家を訪ねようとしていた。件淙氏だけなら、まだ分からなくもない。でも李千子まで一緒なのが、どうにも解《げ》せない。第一あの彼女が祖父との同行を承知するだろうか。それほど重要な用事が、要はあるということか。

いや、やっぱり可怪しいぞ。

そもそも尼耳家は今、喪中ではないか。他家を訪問して良いはずがなく、訪ねられた相手も迷惑千万である。どう考えても変なのだ。

……嫌な予感がする。

次第に遠ざかる二人の後ろ姿を眺めながら、言耶は胸騒ぎを覚えていた。

第十二章　夜礼花《やれはな》神社と尼耳《あまがみ》家の秘密

　李千子《いちこ》が件淙《けんぞう》と二人で銀鏡《しろみ》家を訪問することは、恐らく香月子《かつこ》も福太《ふくた》も知っているに違いない。だったら言耶としても、ただ黙って見守るしかない。彼の立場では、どうすることもできないのだから……。

　釈然としないながらも言耶は、鳥居を潜って参道を歩きはじめた。

　六道寺《ろくどうじ》は青雨山《おううやま》の中腹に建てられていたが、夜礼花神社はこんもりとした丘のような小山の麓《ふもと》に鎮座《ちんざ》している。

　境内《けいだい》の高札で神社の縁起に目を通してから、言耶は案内を乞《こ》うた。

　神主の瑞穂《みずほ》は予想通りに彼を歓待し、事件に関する質問にも丁寧に答えてくれた。野帰り膳《ぜん》の席での香月子の話から、彼が素人探偵だと理解しているようでもある。だが、当《あ》たり障《さわ》りのないことしか言わなかったのも、矢張り睨《にら》んだ通りだった。しかも水天《すいてん》のように明け透けには訊《き》いてこなかっただけで、李千子の結婚話にはかなり興味を示した。よって言耶も別に隠し立てはせずに、知っている事実は全《すべ》て伝えた。

「ところで――」

話が一段落つくのを見計らい、言耶は徐《おもむろ》に切り出した。

「村の方々の尼耳家に対する、そのー態度と言いますか、様子について、僕はずっと引っ掛かっていました。最初は市糸郎《いちしろう》君の死に原因があって、だから通夜や葬儀でも妙な反応を示されるのだろうと、そう思ったのですが……」

意味深長に言耶が言葉を切ると、

「今は別の考えを、お持ちになってるのかな」

そのあとを瑞穂が続けて、更に促《うなが》すような表情を浮かべた。

「はい、そうです。村の方々の反応は決して一過性のものではなく、もっと長きに亘《わた》って継続しているのではないか、と考えるようになりました」

「お若いのに、なかなかおやりになる」

「恐れ入ります」

「それで、どのような推察をなさったのか。いやいや、その前に、まず何処《どこ》に端緒をお求めになったのか」

瑞穂は明らかに面白がっていたが、そこに水天のような嫌らしさは感じられない。どういう風に言耶が考察したのか、純粋に興味を覚えているように見える。

「色々と頭を悩ませた結果、注目したのは忌名《いな》の儀礼です。それも忌名語り自体ではなく、そのあとで行《おこ》なわれる御札《おふだ》を滝に流す儀式――あれについてでした」

「普通は忌名語りの方が、遥《はる》かに重要に思えそうやのに？」

「僕も最初は、そう思いました。でも、だったら忌名語りのあとに、態々《わざわざ》あんな滝まで歩いていって、どうして御札流しを執《と》り行《おこ》なう必要があるのか――と、そこが気になり出したのです」

「一理あるな」

「すると李千子さんの体験談を聞いたときに、ずっと引っ掛かっていたにも拘《かかわ》らず、その後うっかりと失念してしまっていたある場面について、ふと思い出したのです」

「ほうっ」

「それは李千子さんがガレ場を上がる前に、『ここを昔は、儀式のために通ったらしい』と考えるところでした。けれど肝心の儀式の説明を、彼女はしていません。きっと李千子さんも、件淙氏から簡単に教えられただけだったのでしょう。ただし村の外の者には、決して安易に喋《しゃべ》ってはいけないと、恐らく注意されてもいた。そんな風に僕は思いました」

「それが体験を喋る中で、つい口に出てしまうたか」

「だからこそ、何の説明もしなかった」

「ふむ」

「この『儀式』という言葉が脳裏に甦《よみがえ》った途端、彼女の話に出てきた数々の名称に、実は隠された意味があるのではないか——と、僕の解釈は一気に進みました」

「是非お聞きしたい」

「まず三頭《さんず》の門ですが、ぱっと見た感じは鳥居に似ています」

「せやけど島木《しまぎ》も笠木《かさぎ》ものうて、言うたら貫《ぬき》だけがある案配やなぁ」

貫とは左右の柱を文字通り貫《つらぬ》く水平材で、鳥居では最下に位置する。その上にある水平材が島木で、貫と二段になっている。鳥居によっては島木がなくて、貫だけの場合もある。そして笠木は貫と島木の更に上で、最上部に当たる。

「貫の上の額束《がくづか》も楔《くさび》も、柱頭部の台輪《だいわ》もありません。それを言うなら、柱下の亀腹《かめばら》も根巻も見当たらない。つまり鳥居とは、明らかに異なるものです」

「ほんなら、何やろ」

「鳥居にはなくて、三頭の門にはあるもの。それは貫に相当する横棒の、中心と左右の三ヵ所から生《は》えているように見える、鬼の角のような突起です。これについて李千子さんは、まるで何かを掛けられそうだと思ったみたいですが、かつては実際にそうだった……としたら、どうでしょうか」

「何が掛けられてたと？」

「牛の首です」

「………」

瑞穂は特に動じなかったが、その反応が逆に、言耶には自分の指摘を肯定しているように映ったため、そのまま続けて、

「もっとも生首ではないでしょう。頭蓋骨《ずがいこつ》と思われます。それが三つ、横棒の角に掛けられていたので、三頭の門と呼ばれたわけです」

「なぜ牛の首なんか……」

「あとで纏《まと》めて説明します」

瑞穂は納得したらしく、それ以上は突っ込んでこない。

「夜雀《よすずめ》や白い影が出るという灌木《かんぼく》と薮《やぶ》にも、無気味な物音が響くらしいガレ場にも、特に名称はついていません。その後の平坦《へいたん》ながらも蛇行《だこう》する山路も同様です」

「となると次は、馬落前《もうじまえ》やな」

「はい。『馬が落ちる』という表現から、すぐさま『落馬』を連想しますが、漢字の順番が逆になっています。『落馬』では馬から人が落ちるわけですが、ここでは馬そのものが鴉谷《からすだに》に落ちることを意味するとしたら……」

「かつての馬落前は、両側が切り立った崖《がけ》やったから、何ぞの拍子《ひょうし》に馬が暴《あば》れて、誤って落ちたとしても不思議やないなぁ」

「あの地形では確かに、そういう事態が起きたかもしれません。ただし全国には、牛

落、馬転、犬落といった地名にも拘らず、特に険《けわ》しくもなく、また牛馬を連れて通る道でもない場所に、そういう名称がつけられている所が、実はあるのです。それに実際、そこで馬の遭難がかつて相次いでいたのなら、馬頭観音でも祀《まつ》られているのが本当ではないでしょうか。でも馬落前には、全く何ら見当たりません」

「その考察もあとで、かな」

「恐れ入ります」

頭を下げる言耶に、

「牛の次は、馬か」

と瑞穂は気にした風もなく楽しそうにしている。

「それも『牛馬』と一括《くく》りに呼ばれることから、ここもまた牛であったとしても可怪しくはないでしょう」

「そうやなぁ」

「次のUの字坂も、その後の藪漕《こ》ぎをする平坦な山路も、別に名称はついていませんから飛ばして、いよいよ祝《はふ》りの滝です」

「ここまでは何やら不穏な感じがあったけど、滝の名前は目出度そうやないか」

「漢字だけ見れば、確かに仰《おつしや》る通りです。しかし『はふり』という音に目を向けたところ、忽《たちま》ち『葬る』の名詞形の『葬り』を連想しました」

言耶は漢字の説明をしてから、

「その途端『祝い』の『はふり』の方も、『日本書紀』に登場する『祝部《はふりべ》』という指導者たちに、ふっと連想が飛びました」

「ほおっ、そりゃ大したもんや」

「ここまで辿《たど》り着《つ》ければ、真相に肉迫するのは簡単です。なぜ尼耳家という名称なのか。どうして虫経村《むしくびりむら》であり、その両隣が馬喰村《ばくろうむら》と七七夜《ななよ》村になるのか。村境の道祖神が河童《かっぱ》の像になっている訳は？　虫経村の寺院が六道寺と夜礼花神社なのには、果たして意味があるのか」

一旦《いったん》そこで言耶は息を吐《つ》くと、

「今まで気づけなかっただけで、この地方の名前の数々に、実は手掛かりが潜んでいたことを、漸《ようや》く僕は悟れたのです」

「して、その真相とは？」

「虫経村とは、元々『牛経村』だった。つまり『うし』が『むし』に転訛《てんか》したわけです。そして尼耳家とは、本来は雨の神様を意味する『雨神』であり、かつては代々に亘って雨乞《あまご》いの儀礼を執り行なってきた家系だった。どうして尼の耳という漢字を使うのか、その点までは分かりませんが、雨神家であったことは、ほぼ間違いないと思います」

「ふむ、お見事。尼の耳の漢字の意味は、今では誰も解けんやろうな」

「それは残念です」

「せやけど、あんたさんなら、ひょっとすると――」

「いえ、買《か》い被《かぶ》らないで下さい」

言耶は恥ずかしさを覚えながらも、きっぱりと否定してから、

「雨乞いの方法は、大きく二つに分かれます。祈願する神様に対して――これは龍神や該当する池の主など様々ですが――『雨を降らせて下さい』と飽くまでも低頭にお頼みするか、逆に相手を激怒させることで、その怒り――つまりは罰ですね――によって雨を降らせるか」

熱心に耳を傾けている瑞穂を見て、はっと言耶は慌てながら、

「あっ……こ、これは、釈迦《しゃか》に説法でした」

「いやいや、そんなことはない。それで尼耳家の場合は？」

「神主様もご存じのように、後者です。『日本書紀』の祝部とは、殺牛または殺馬の祭祀《さいし》を司《つかさど》っていた村々の指導者でしたからね」

ここで言耶はちょっと悔《くや》しそうな表情を浮かべて、

「そもそも虫経村という名称を知ったとき、すぐに推理を働かせるべきでした。村の名前の二文字目は、中国の喪服とも言える衰経《さいてつ》の『経』の字ですが、これは明らかに

首を括る『縊《い》』を意味していますからね。つまり虫の首を縊《くび》る村——になるわけです。これに今ここで解釈した個々の名称の意味を当て嵌《は》めると、虫ではなく牛だと推察でき、即《すなわ》ち牛の首を縊る村——だと分かります」

「馬喰村と七七夜村は？」

「前者は牛馬の仲買商人のことですので、諸《もろ》に殺牛祭祀に繋《つな》がります。恐らく昔の隣村に、馬喰《ばくろう》たちがいたのでしょう。後者は何処の地方でも雨乞いの儀礼によく見られる、七日七夜という儀式の期間に因《ちな》んでいると思われます」

「道祖神が河童なんは、あれが水に因《ちな》んどるからか」

「そうです。両方の村に溜池《ためいけ》が多く見られたのも、昔の水不足の影響でしょう」

「六道寺さんと、うちの夜礼花神社は、どないなる？」

「まず六道寺と聞けば、京都の六道珍皇寺《ろくどうちんのうじ》を思い浮かべませんか。あそこには小野篁《おののたかむら》が冥界《めいかい》と行き来したと伝わる、有名な井戸があります」

「井戸と言えば、水やなぁ」

「貴社の夜礼花という名称ですが、これが『古事記』に登場する深淵之水夜礼花神《ふかふちのみずやれはなのかみ》を指していることは、境内の高札にも記されていました。この神様が水に縁があることも、ちゃんと明記されていたので助かりました」

「お役に立てて、何よりや」

「では、どのように雨乞いの儀式が行なわれたのか」

夜礼花神社の神主である瑞穂なら恐らく知っているのではないか――と思いながらも、言耶は自分の推察を述べはじめた。

「三頭の門に到着する前に、何処で、どんな儀礼が執り行なわれたのか、それは流石《さすが》に分かりません。綱巳山《つなみやま》とは過去に山津波が起きたために、その名がついたと考えられるので――実際に銀鏡家の分家蔵が、土石流の被害に遭っていますね――あの山の上で、まず祈禱《きとう》が為《な》された可能性はあるでしょう」

「ふむ」

瑞穂は否定も肯定もしない。

「ただし綱巳山という名称の山の上で、雨乞いの儀式を行なうのは、諸刃《もろは》の剣とも言えそうですから、実際のところはどうだったのか……」

と言耶は誘いを掛けてみたが、神主が一向に乗ってこないので、

「そこは、まぁ良《よ》いでしょう。山の上や広場などで護摩を焚《た》くなどして、とにかく儀式を執り行なったあと、尼耳家の人を中心にした一行は、生きた牛を引き連れて三頭の門へと向かいます」

「生きとる牛か」

何か言われるかと思ったが、そう瑞穂は呟《つぶや》いただけである。

「門を潜って、夜雀や白い影が出没する灌木と藪を通り、無気味な物音が響くガレ場を上がりますが、なにせ牛を連れているので、ここは難所だったでしょう。李千子さんが『さぞかし大変だったろう』と考えるのも、よく分かります。それから平坦ながらも蛇行する山路を辿《たど》って、漸く馬落前に着きます」

「そうまでしても、牛を連れていったわけや」

「なぜなら卓袱台《ちゃぶだい》岩の上で、その牛の首を刎《は》ねる必要があったからです」

ここで言耶は態《わざ》と一拍置いたのだが、

「…………」

瑞穂は口を閉ざした状態で、ただ彼を見詰めている。

「そして牛の遺骸《いがい》を、左右どちらかの鴉谷に捨てました。馬落前という名称は、ここからきていると思われます。牛ではなく馬なのは、更に昔には馬の首を斬《き》っていたからかもしれません。いずれにしろ牛馬と一括りにできるため、ここは馬落前と呼ばれたわけです」

「すると鴉谷いうんは……」

「はい。遺棄した牛の遺骸に、鴉《からす》たちが群がったからでしょう」

「あとに残るんは、牛の首いうことになる」

「それを持って一行は、Uの字坂と藪漕ぎの平坦な山路を辿り、祝りの滝へ向かいます。そして石段を下って、更に滝壺《たきつぼ》を泳いで渡り、滝の左手にある平らな空間に、牛の首を置くわけです。あの平らな場所は、つまり祭壇だったのです」

「あそこなぁ」

「もちろん全て、尼耳家の役目でした。特に滝壺へ着いてからは、雨乞いの儀式の仕上げになりますからね」

「あそこには、妙な像が彫られとった」

「祭壇の背後の岩肌に彫られた、角のある菩薩《ぼさつ》のようにも見える像の正体は、今のところ不明ですが、雨乞いの儀式に関係していることは、まず間違いないでしょう」

「神道にも仏教にも、どちらにも見当たらん御姿やから、あれは昔々の民間信仰のもんかもしれんなぁ」

「僕も、そう睨んでいます」

「せやけど、牛の首の生贄《いけにえ》とは……」

「別に珍しい話ではありません。大正十三年に広島の矢淵《やふち》の滝で、ぶら下がった仔牛《こうし》の首が二つ見つかっています。昭和九年か十年には山梨《やまなし》の四尾連《しびれ》湖で、牛の首が湖に投げ入れられた記録があります。また昭和十四年に兵庫の惣川《そうがわ》の上流に、矢張り牛の首が投げ込まれました。いずれも雨乞いの儀式としてです」

「いやはや、なんともお詳しい」

甚《いた》く興味を示した眼差《まなざ》しを瑞穂は、真《ま》っ直《す》ぐ言耶に向けてきた。

「大学では民俗学を勉強しておりました」

「ほおっ」

その答えに対して神主は、妙に感心したようである。

「市糸郎君殺しの現場が、なぜ祝りの滝なのか。どうして忌名の儀礼の最中に、彼は殺されたのか。その謎《なぞ》を解くためには、御札流しの現場とも言える三頭の門から祝りの滝までの、あの道筋の正体を突き止める必要がある。そう僕は考えました」

「なるほどなぁ」

瑞穂は納得してから、徐に訊き返した。

「で、事件との関《かか》わりは分かったんかな」

「いいえ。それが雨乞いのための道行きであった――と一応は解釈できたのですが、どう市糸郎君殺しと繋がるのか、肝心な点はさっぱりです。むしろ過去に執り行なわれた雨乞いなど、全く何の関係もないのかもしれません」

言耶は首を振ったものの、当然それだけでは終わらせなかった。

「僕の推測は如何《いかが》でしたでしょうか。これで合っていますか」

真っ正面から瑞穂に、己の推理の判定をずばり求めた。

「いやぁ、見事やった」

そう答えることで神主は、尼耳家の秘密を知っていたと告白したようなものだが、全く気にした様子がない。しかも、しれっとした顔つきが、どうにも憎めない。

本当に食えないのは水天住職ではなく、瑞穂神主なのかもしれないな。

目の前の老人を眺《なが》めながら、そんな風に言耶は改めて思ったのだが、相変わらず本人は摑《つか》み所《どころ》のない様子で、

「そんな儀式も、いつしか廃《すた》れてもうたなぁ」

「ところが、尼耳家に対する畏怖《いふ》の念は、依然として村人たちに残ったのではないか
――と僕は考えたのです」

「けど敗戦からでさえ、もう十年以上も過ぎとる。偉う昔の風習の記憶が、そない執《しつ》拗《よう》に、いつまでも残るもんかどうか」

「普通なら疾《と》っくに、きっと消えていたでしょう。でも虫経村では、それが今日まで続いてしまう要因がありました」

「忌名の儀礼か」

「はい。牛の生首を捧《ささ》げる雨乞いと、忌名の儀礼のどちらが先にあったのか、そこまでは分かりませんが――」

ここで言耶は再び一拍置いてみたが、相変わらず瑞穂は何も言わないので、

「いつしか両者は結びついた。もしかすると雨乞いが廃れたあとで、そうなった可能

性もあります。いずれにしろ忌名儀礼の御札は――言葉は悪いですが――始末する必要があった。七七夜村では位牌《いはい》山と呼ばれる村外れの山に上って、その中腹にあるお堂の側の柿《かき》の木の枝に、御札を結びつけました。それが虫経村では、祝りの滝の御札流しになったわけです」

「その所為《せい》で尼耳家に覚える複雑な感情も、村人たちの心の奥底に残り続けてしもうた、いうことやな」

「雨乞いの儀式そのものは、村にとって必要でした。そんな役目を担う尼耳家に対して、間違いなく村人たちは感謝の念を持ったはずです」

ここで言耶は、かつて波美《はみ》地方の水魑《みづち》様の儀を巡って発生した神男《かみおとこ》連続殺人事件の話を簡単にしてから、

「とはいえ、こういう儀礼を司る立場の家は、感謝されると同時に懼《おそ》れられもするものです。しかも尼耳家の場合は、村の筆頭地主であった銀鏡家に次ぐ資産家でもありました」

次いで彼は、今年の春に遭遇したばかりの蒼龍郷《そうりゅうごう》の神々櫛村《かがぐしむら》に於《お》けるカカシ様連続殺人事件の話を、またしても簡略に伝えたあとで、

「あの神々櫛村でも、矢張り村一番の資産家である神櫛《かみぐし》家と二番手の谺呀治《かがち》家とが、完全に村を巻き込んで対立していました。それには憑物《つきもの》信仰が大きく関わっていたの

も事実ですが、それだけが理由では決してありません。谺呀治家が『成り上がり』と言われるような、そういう発展の仕方をしたからでしょう。つまり村人たちの少なからぬ嫉妬《しっと》が、両家の争いの根底には存在していた。昔からの一番手である家を贔屓《ひいき》したいという心理も、そこには含まれていたに違いありません。また中には成り上がった二番手の家を応援したい、という人もいたはずです」

「田舎《いなか》はな、色々と大変なんや」

他人事《ひとごと》のような瑞穂の口振りだったが、この神主が全てを承知していることは、まず間違いないと言耶には確信があった。

「あの神々櫛村の両家と同じような構図が、この虫経村の銀鏡家と尼耳家にも見える気がしました。神櫛家と谺呀治家の対立をより複雑にしていたのは、後者の家が憑物筋の家系だったからですが、尼耳家の場合は過去に、重要な雨乞いの儀礼を執り行なっていたという秘密がありました。憑物筋の問題ほど根は深くないでしょうが、村人たちが畏怖を覚える対象には充分になった。その記憶が今でも、間違いなく受け継がれているわけです」

「もっと年月が経《た》たんことには、なかなか消えんか」

「そのうえ今回の事件では、忌名儀礼の最中に、同家の跡取りと見做《みな》される市糸郎君が殺されてしまいます。ここで村の方々の記憶に甦ったのが、恐らく李千子さんの生き返り事件ではないでしょうか」

　六道寺の水天も同様のことを言っていたと言耶は付け加えながら、

「だから事件の当日、この村にいなかったにも拘らず、彼女が疑われた。と同時に、かつて角目《つのめ》と化した銀鏡祇作《ぎさく》氏のことも思い出されたらしく、彼にも容疑が掛かったわけです」

「李千子さんは偉う遠方におって、祇作さんはもっと遠望におったのになぁ」

「もっと遠望とは、あの世のことですね」

　瑞穂は鷹揚《おうよう》に頷《うなず》いたあと、

「ほいで儂《わし》に、どうして欲しいんや」

　この人は矢張り話が早いと言耶は感心しつつ、

「そういう非合理的な考え方は、徒《いたずら》に事件を迷宮化させるだけだと、どうか神主様から村の方々に説いて頂きたいのです。同様のお願いは、六道寺のご住職にもしております」

「さて、あの生臭な坊さんが、そんな殊勝《しゆしよう》な行ないをしよるかどうか」

　言耶と同じ見立てだったので、彼は笑いそうになるのを慌てて堪《こら》えつつ、

「いえ、ご住職はちゃんと、聞き届けて下さいました」

「それで安心しとったら、酷《ひど》い目に遭うかもしれんけどな」

「そういう心配があるようでしたら、尚更《なおさら》です。神主様から是非、村の人たちに説いて頂けないでしょうか」

「よう分かった。けど、そないな説明をするんやったら、合理的な疑いのある人物についても、ちゃんと言わんとならんやろ。そしたら村の者たちも、そら納得するんやないかな」

「有力な容疑者は誰か――ということですか」

瑞穂の意見はもっともだったが、ここで安易に名前を出すと、今度はその人物が犯人だと村内で噂《うわさ》される羽目になってしまう。しかも、そう囁《ささや》かれるのは、またしても尼耳家の者になるではないか。

そんな危惧《きぐ》を言葉を選びながら言耶が伝えると、

「村の者には言わんから、ここだけの話として教えてくれんか」

「……何でしょう？」

「警察が最も疑うとるんは？」

「三市郎《さんしろう》氏のようです」

「で、あんたさんは？」

「正直まだ分かりませんが……」

「せやけど誰かを、実は疑うとるんやないか」

「……本当に自分でも、まだよく分からないのです。僕は自分の思考の流れを辿りつつ事件を考察する、そんな厄介な癖《くせ》がありまして――。ただ、その推理行為に突入するのには、まだまだ手掛かりが足らないような気もしていて……。でも一旦それが開始されると、とんでもない真犯人に行き着きそうな予感も覚えており、正直ちょっと怖いんです」

何処か憑《つ》かれたように喋る言耶を、瑞穂は凝《じ》っと見詰めていたが、

「あい承った。今夜ちょうど、寄り合いがあるんでな。寄り合い所は警察に使われとるから、寺の本堂に集まることになっとる。そこで話そう」

「ありがとうございます」

神主が何も教えてくれなかったことに心の中で少し腹を立てつつも、言耶は礼を述べた。

「ほいでも――」

ふと思いついた風に瑞穂が首を傾《かし》げながら、

「そないな非合理的疑いを、村の者たちが持っとるんやったら、なんで首虫《くびむし》の化物もそこに加わらんのやろうなぁ」

「恐らく首虫の伝承は、尼耳家に強く残っているほど、村には伝わっていないのではないでしょうか。警察の訊き込みでも、角目や白い人影の話は出てきたようですが、

首虫のことを口にしたのは、ほとんどお年寄りばかりのようでしたから……」

「ふーむ、そうかもしれんな」

瑞穂は納得しながらも、そこから急に首を捻《ひね》ると、

「そもそも首虫いう化物は、ありゃ何やろ」

もっとも根本的な問題を口にした。しかも言耶を見詰める眼差しには、大いなる期待が籠《こも》っているのが、正に手に取るように感じられた。

「その正体を暴くには、流石に手掛かり不足としか……」

「せやけどあんたさんには、何らかのお考えがある？」

「ええ、まぁ、一応は……」

「是非とも聞かせて欲しい」

言耶は正直ちょっと困ったが、この村でこんな話をできるのも瑞穂くらいかと思い直して、

「首虫とは、正確には首牛のことになります」

「そないなるか。せやけど牛首ではのうて、首牛なんやろ」

こっくりと言耶は頷いてから、

「如何《いか》に雨乞い儀式のための生贄とはいえ、生きている牛の首を刎ねて、その生首を何年間も供え続けたのですから、何か異変が起きたとしても、それほど不思議ではあ

りません」

「まぁ、そうやな」

「ちなみに三頭の門に掲げた牛の頭蓋骨は、恐らく祝りの滝の祭壇に供えた生首が、時間と共に白骨化したものを持ち帰り、言わば門番として再使用したのではないか――と僕は睨んでおります。そうやって順々に交換することで、門の頭蓋骨の鮮度を保《たも》ったのです」

「なるほどなぁ」

「尼耳家の通夜に於いて、仏の胸元に鞘《さや》から出した脇差《わきざし》や鎌《かま》が置かれる代わりに、牛の角が用いられるのも、その所為でしょう。三頭の門に掲げた牛の頭蓋骨の中から、古くなっても角がしっかりと残ったものを使っているのだと思われます」

「ふむ。で、首牛は？」

「最初に出た――と思われた怪異は、牛首の化物だったのではないでしょうか」

「あんたさんは、そうお考えになるわけやな」

「はい。怪異とは本来、単純明快なものです。それが複雑になるとしたら、その原因は間違いなく人間の方にあります」

「つまり牛首の化物を、尼耳家の者が首牛の化物に変えてしもうた……いうんか」

「そうです」

「そないなことを、何でまた？」

「通夜や葬儀に於ける、逆様《さかさま》の呪《まじな》いと同じ意味があったのではないか——と僕は考えました。逆《さか》さ枕《まくら》も、逆さ箒《ほうき》も、逆さ屏風《びょうぶ》も、全ては魔物を惑わせるための装置です。だから牛首を首牛と逆に呼ぶことで、化物を封じようとしたわけです」

「ほおぉっ」

この考察には瑞穂も、ほとほと感心したらしい。

「ところが、長い年月を経《へ》るうちに、肝心の呪いの意味が上手く伝わらずに、何処かで途切れてしまった。そうなると残るのは、首牛という非常に無気味な名称だけになる。この名前から喚起される心象が、相当に恐ろしいものだったために、それが独《ひと》り歩《ある》きをはじめてしまう。しかも何処かで転訛が起こり、牛が虫と化して余計に訳が分からなくなる。その結果、忌名の儀礼を執り行なう人たちは、得体の知れぬ首虫の化物に怯《おび》える羽目になったわけです」

「いやはや、あんたさんと喋っとると、ほんま面白いなぁ」

もっと言耶を引き留めて、瑞穂は話をしたがった。そのため夕食を一緒にとまで言われたが、今の彼の立場では余り勝手もできない。

「お誘いありがとうございます。でも、そろそろ尼耳家に戻らなければなりません」

「客分の身ぃやから、そら仕方ないか」

「あっ、最後にもう一つありました」

「何かな」

「尼耳家の奥の座敷《ざしき》の一つに、幽霊画ばかり飾られている部屋があるのを、ご存じでしょうか」

「いいや、知らんな」

瑞穂は否定しながらも、かなり強力に興味を引かれたようである。

「それは、件淙さんのご趣味かな」

「というよりも必要に駆られて、ではないかと思われます」

「何ぞ意味があるんやな」

「主に東北に見られる風習なのですが、幽霊画を雨乞いに使っていた地方が実はあるのです」

「ほおっ、それで……」

「恐らく尼耳家のご先祖は、そういう他《ほか》の地域の呪《まじな》いまで取り入れようとなさった。それが今でも残っているのでしょう」

あの部屋の床の間にあった丸い石は、多分「鮓答《さとう》」あるいは「ヘイサラバサラ」と呼ばれる代物だろうと、言耶は当たりをつけていた。これは牛馬の胃腸内に生じる結石のことだが、かつて至宝とされた地域と時代があり、また一部では雨乞いの呪具とも見做されていたのである。

しかし、そんな話をすると、更に引き止められるのは目に見えている。頻《しき》りに残念がる瑞穂に見送られて、言耶は夜礼花神社を辞した。だが彼は参道を戻りつつも心の中で、ずっと同じ言葉を呟き続けていた。

あの神主は何か隠している……。

確かに言耶の解釈を認めてくれはしたが、自分から喋ることは一度もなかった。常に受け身だった。そのため彼が気づいていない問題があったとしても、向こうから態々それを教える心算はなかった。そんな風に思えてならない。

前方に見えてきた鳥居を潜る瞬間、ふと言耶の脳裏に、ある言葉が浮かんだ。

尼耳家と虫経村には、何らかの秘密が隠されとる……。

東京を発《た》つ前夜、祖父江偲《そふえしの》から逃れて阿武隈川烏《あぶくまがわからす》を訪ねたとき、彼に向けて述べられた意味深長な指摘である。

尼耳家の秘密は解いた。

でも虫経村の秘密が、まだ残っている……。

一体全体それは何なのか。過去の雨乞いの儀式や現代まで続く忌名の儀礼と関係あるのか。そして事件にも関わってくるのだろうか。

村人たちの相も変わらぬ眼差しを受けつつ、しかし言耶は考え事に夢中でほとんど気づかないまま、いつしか村の中心部を通り抜けると、例の四辻《よつつじ》の所まで戻ってきていた。右手へ折れると三頭の門、その途中から左手に逸《そ》れると奥武ヶ原《おうがはら》、真っ直ぐ進むと村境を経て馬喰村、左手へ進むと尼耳家に行き着く。

そろそろ夕間暮れのため、坂の上の村境から西日が射《さ》し込《こ》んでいる。その眩《まぶ》しくて暑い残照を背景に、今にも白い人影擬《もど》きが黒々とした影となって、そこに現れそうな雰囲気があった。だからこそ言耶はその場に、暫《しばら》く佇《たたず》んでいた。だが、いくら待っても何も出てこない。

そのうち、こんな場所で強い西日を浴びつつ突っ立っている自分を村人が目にしたら、きっと化物と見做されるに違いないと思い、すぐに立ち去ろうとして――。

奥武ヶ原を見てみたい……という感情に、不意に囚《とら》われた。昨日の午前中、この四辻で中谷田《なかやだ》たちと別れたあと、彼は奥武ヶ原に行こうとした。それを野田《のだ》にやんわりと止められ、尼耳家へ戻ったのである。

あれから、すっかり忘れていた。

今が良い機会かもしれない。そう考えて三頭の門へと続く右手の道に折れ、その中途で左手に見える獣道の如《ごと》き細い筋へと入った。途端に辺りが薄暗くなって、既に日が暮れ掛かっていることに、改めて彼は気づいた。四辻で感じた西日の暑さも、もう覚えなくなっている。むしろ微《かす》かに涼しい気がしないでもない。

もうすぐお日様が沈もうというときに、なぜ態々ドラキュラのいる城に乗り込んで、奴《やつ》を退治しようとするのか。太陽に弱い奴の弱点を知りながら、余りにも軽率ではないか。

という笑い話を阿武隈川烏としたことが何度かある。もちろん小説や映画では、そういう設定にした方が「怖いから」である。ただ、そのためには主人公たちが夕刻に城へと行く訳を、ちゃんと用意しなければならない。これがないと単なるご都合主義になってしまう。

今の僕に、そこまでの理由が……。

あるわけでは決してない。明日の朝に延期しても一向に構わない。それなのに足が止まらないのは、一体どうしてなのか。

……呼ばれてる。

ふと、そんな気がした。そう考えると確かに、四辻から見た右手の道に、何か感じるものがあったように思える。あれは三頭の門へ通じる道ではなく、この獣道に覚えた感情だったのではなかったのか。

それって……拙《まず》いよな。

という強い警戒感を覚えるのに、少しも歩調は変わらない。ただ黙々と歩き続けている。まるで何かに招かれているかのように……。

ざぁぁっ、ざぁぁっ。

鬱蒼《うっそう》と茂った足元の雑草を掻《か》き分《わ》ける物音だけが、辺りに物淋《ものさび》しく響いている。それを耳にしているうちに、次第に陰陰滅滅とした気分になってくる。両側に迫る濃くて深い森が、その感情を余計に高めているのは間違いない。このまま尼耳家には戻らずに、ふっと何処かへ行ってしまいたいような、なんとも妙な心地である。

こうやって人は簡単に、ひょっとすると神隠しに遭うのかもしれない。

怪異の真実を突き止めた心算に言耶がなっていたとき、いきなり目の前が開けた。

そこは二十畳ほどもある平地だったが、背の低い草が全面に生えているだけで、全く何も見当たらない。背後には木立が、その更に後ろには深い森がある。草地だけの平地も合わせて、そこには自然しか見当たらない。

ここが奥武ヶ原なのか……。

しかし、そう思って改めて眺めると、ずっしりと重たく湿った空気が漂っており、暗然たる気配が隅々《すみずみ》まで充《み》ち満ちている気がしてきた。まるで目に見えない澱《おり》が、長年に亘り積もりに積もったように見えてしまう。

いや、何もないわけではなかった。ちょうど草地がはじまる地点の右手の浅い藪の中に、何やら石像らしきものが潜んでいる。神仏だろうか。複数あって横に並んでいるところをみると、どうも六地蔵《ろくじぞう》らしい。ただし藪が絡みついており、おまけに表面が摩耗しているため、はっきりとは分からない。

人間は死ぬと生前の行ないによって、地獄、餓鬼、畜生、修羅、人、天の六道のうち、いずれかに赴くことになる。そこには衆生を救済するために、檀陀、宝珠、宝印、持地《じじ》、除蓋障《じょがいしょう》、日光という六体の地蔵がおられる。その六体の地蔵は「六地蔵」と呼ばれ、よく墓地の出入口に安置されている。恐らく目の前の石像も、きっと六地蔵に違いない。

けど、なんか変だ……。

地方の山路を歩いていて、路傍の苔生《こけむ》した地蔵に出会うと、いつも言耶はほっとした気持ちになる。仮に疲れていても、予定通りに進めていなくても、また路《みち》に迷っていたとしても、彼は安堵《あんど》感を覚える。

お地蔵様が見ていて下さる。

そう受け取れる所為ではないかと思うのだが、この奥武ヶ原の六地蔵を前にしても、そういう気持ちが一向に湧《わ》いてこない。

放置されているように映るからか……。

確かに埋葬地という場は、仏を埋める葬儀がない限り、普段は誰も訪れない所ではある。そのため大抵《たいてい》は雑草が生《お》い茂っており、なんとも物淋しく薄気味悪い場所になっている。決して墓所ではないので、ほとんど手入れはされない。しかしながら一時的とはいえ、実際に仏を埋める場でもあるわけだ。

墓地であって墓地ではない……という曖昧《あいまい》な歪《いびつ》さが、この異様な空気感を醸《かも》し出《だ》させているとしか思えない。

歪と言えば……。

目の前の草地に生えている草花の色合いが、場所によって微妙に異なることに、はっと言耶は気づいた。植物の種類によって、そんな棲《す》み分《わ》けが為されているのかと考えたが、どれほど見比べても何処にでも繁茂《はんも》する雑草が、この場の一面に広がっているようにしか映らない。にも拘らず所々で恰《あたか》も雑草の継《つ》ぎ接《は》ぎをしたかの如《ごと》く見えるのは、一体どうしてなのか。

まるで区画を分けたような……。

という連想から、ぎくっと彼は身体《からだ》を強張《こわば》らせた。

……仏を埋めた跡だ。

埋葬するためには、当たり前だが草地を掘り起こす必要がある。そして仏を埋《い》けて、また土を埋め戻す。それから白骨化するまで待って仏を掘り返し、再び土を元に戻す。当然その箇所だけ草花は取り除かれる。だが数日もすれば、また生えてくる。あっという間に繁茂する。ただし周囲とは少し異なってしまう。

そういう訳か。

言耶は納得し掛けたが、待てよ……と引っ掛かった。

掘り起こしの作業があってから、数日はそんな見た目が続くかもしれない。だが、その後は忽ち繁殖力の強い雑草が蔓延《はびこ》って、ほとんど区別がつかなくなる。それが普通ではないか。こんな風に微妙ながらも残るのは、いくら何でも可怪しいのではないだろうか。

それとも尼耳家では市糸郎君の前に、別の仏が出ているのか。

言耶は妥当な推理をし掛けたが、すぐさま首を振った。そんな事実が仮にあるのなら、流石に李千子が話しているだろう。つまり彼女が十四歳で仮死状態となり、危うく火葬にされ掛けて以来、尼耳家で葬送儀礼を執り行なったのは、市糸郎が初と考えられる。

それなのに……。

奥武ヶ原の草の色合いが、場所によって僅《わず》かに違っている。これは埋けられた死者の何かが土壌に作用して、そういう変化を起こさせた所為ではないか。

その何かとは……。

流石に言耶にも分からない。ただし余り良いものではない気がする。西洋の怪奇小説や映画のように、ぼこっと地面の下から片手が突き出され、ゆっくりと死者が這《は》い出《だ》してくる……という妄想にまで囚われはしなかったが、これ以上は一歩たりとも前へは出たくない。六地蔵の側を離れたくない。そう言耶は強く感じた。

もう戻るか。

すぐに日も沈むだろう。こんな所で夜を迎えるのは、どうにもぞっとしない。もしも星明かりがなければ、辺りには忽ち漆黒の闇《やみ》が降りるだろう。

言耶が踵《きびす》を返《かえ》そうとしたときである。ちらっと何かが光ったように見えた。

あれは……。

埋葬地の斜め右手の奥辺りに、無数の雑草に埋もれるようにして、明らかに異物が存在しているのが分かる。

何だろう？

こういう好奇心を覚えてしまうと、もう彼自身も己を止められなくなる。これ以上は埋葬地に足を踏み入れたくない。依然として抵抗感を覚えながらも、どうすることもできない。目に留めた何かに、結局は真っ直ぐ向かっていた。

……あっ。

それは黒いハンドバッグだった。きっと狛子《こまこ》の物に違いない。しかし、こんな所になぜあるのか。うっかり落としたのか。でも、何があればハンドバッグを落として、そのことに気づかぬまま放置する羽目になるのだろうか。

おや……。

言耶が耳を澄ますと、どおうっっっ……という微かな物音が耳朶《じだ》を打った。

……祝りの滝か。

あの滝と奥武ヶ原が意外に近いと、中谷田は言っていた。その埋葬地の奥に、狛子のハンドバッグが落ちていた。これは一体、何を意味するのか。

滝音のする方向を凝視するが、既に森の中は真っ暗である。そこに白い何かがふわっと現れ、するするするっと樹木の間を物凄《ものすご》い速さで通り抜けて、こっちへ驀《まっしぐら》地に迫ってくる。という幻視を言耶は覚えそうになり、慌てて視線を森から逸らした。

ハンドバッグを拾って、さっさと戻ろう。

そう考えた言耶が、その場に蹲《しゃが》み込んだとき。いきなり彼の背後に、ぬぼおぉっっと何かが立つ気配を感じた。

えっ……。

ここに今いるのは、もちろん言耶だけである。あとから誰かが来たのであれば、雑草を踏む足音が聞こえたはずだ。それに普通は声を掛けるだろう。黙ったままで物音も立てないのは、どう考えても有り得ない。にも拘らず彼の真後ろには、何か得体の知れぬものが佇んでいる。

そっとハンドバッグに右手を伸ばして、言耶が拾い上げようとするのを、それは背後から覗《のぞ》き込《こ》んでいるようだった。今にも彼の肩越しに、ぬっとそれの顔が出てきそうで、もう生きた心地がしない。

これほど悍《おぞ》ましい状況に身を置きながら、振り返って正体を確かめたい衝動に、なんと言耶は駆られた。怖くないわけではない。大いに慄《おのの》いてもいる。後ろを向くことで、物凄く後悔するかもしれない。でも、ここで逃げ出したとしても、同じように悔《く》いるのではないか。だとしたら思い切って確かめた方が良いのではないか。

猟奇者。

ふと彼自身を表す言葉が浮かんだ途端、言耶は振り向いていた。

……何もいない。

いつの間に日が暮れたのか、そこには真っ暗な闇があるだけだった。

ほっと息を吐いて、ハンドバッグを拾い上げる。上着の内ポケットから〈怪奇小説家の探偵七つ道具〉の一つ、万年筆型ライトを取り出して点《とも》そうとして、はっと彼は動きを止めた。

…………いる。

暗がりの直中に、何かが突っ立っている気配がある。それも一つではなく、わらわらと複数いるらしい。そういうものたちが埋葬地のあちこちで、ゆらゆらと揺れている。という恐ろしい映像が、ふっと脳裏に浮かんだ。

何なんだ、こいつらは……。

場所柄《がら》から考えると、矢張り幽霊という存在になるのか。それなら奥武ヶ原に出ても、一向に不思議ではないだろう。

……い、いや、やっぱり変だ。

ここには確かに遺体を埋めるが、決して墓場ではない。いずれ時期が来れば掘り返して、尼耳家の裏の正式な墓所に納骨される。つまり奥武ヶ原は、飽くまでも仮の埋葬地に過ぎないわけだ。

今ここには、遺体は一つも埋まっていないはずである。そんな所に霊的なものが、そもそも出るだろうか。仮に忘れられた仏が万に一つあったとしても、これほどの数になるわけがない。いくら何でも可怪しくはないか。

恐怖に打ち勝つためにも、言耶は必死に頭を働かせた。しかし結果的に、それは彼を更に追い詰めることになった。

けど……。

遺体は存在しないものの、これまでに何十体もの仏が、この地に埋められ続けてきたのは間違いない。その所為で雑草の色合いが変わっているのではないか、と言耶も最初に推測している。だとしたら草色の変化という物理的な影響の他に、何らかの霊的な障《さわ》りが沈殿していると考えるのも、この場合は有りなのではないか。

余計なことを……。

脳裏に思い浮かべてしまったと後悔したが、もう遅い。お陰《かげ》で恐怖心が増大して、とにかく奥武ヶ原から逃げ出したくなった。

しかし、周囲には漆黒の闇が広がっている。思わず天を仰いでみたが、星明かりなど少しも見えない。本物の暗黒に埋葬地は包まれていた。いいや、それは広がる、包む、覆うというよりも、この地に蟠《わだかま》っている感じが強い。ただの空気では決してない、まるで粘《ねば》りつくような黒々とした気体の如きものが、ここには漂っている。みっちりと密になって、ぐねぐねと蠢《うごめ》きつつ、日が暮れてから足を踏み入れた人間を、絶対に逃さないとばかりに……。

とてもライトは点せない。

そんなことをすれば、態々こちらの居場所を教えることになる。もっとも先程《さきほど》の背後にいた何かには、既に知られているのか。一体あれは何処へ行ったのか。あれがいない今のうちに、一刻も早く逃げるべきではないか。

六地蔵様は……。

方向の見当は大凡《おおよそ》ついたので、そろそろと歩を進める。ざぁっ、ざっ……と足音が立つため気が気ではない。おまけに重苦しい空気が、行く手を阻《はば》んでいるとしか思えないほど、妙な抵抗を身体全体に感じる。特に皮膚が剝《む》き出《だ》しの顔は、ぬっちゃりとした得体の知れぬ感触があって、とにかく不快で気持ちが悪い。

そのとき不意に、すぐ左手で闇が身動《みじろ》ぎして、

……めぇ。

という囁きが聞こえた、ような気がした。

何かが「目」と言ったのか。何かとは何か。「目」には何の意味があるのか。なぜ「目」と口にしたのか。どんな訳があるのか。

言耶の頭は目まぐるしく回ったが、それは答えを導き出すためでは決してない。そうした思考に没頭することで、周りの奇々怪々な現象から己の意識を逸らせながらも回避しつつ、あとは六地蔵に向かって歩く行為だけに集中させる。その手段に過ぎなかった。

怪異を認識して取り込まれぬように、問題の怪異自体を利用する。刀城言耶でなければ為し得ない荒業だったわけだが、お陰で無事に六地蔵の前まで戻ることができた。

彼は六地蔵の右手に延びる獣道へ入るや否や、漸く大きく息を吐いた。それから少し迷ったあとで、恐る恐る振り向いた。

すぐ真後ろに、そいつらはいた。

わらわらと群れた状態で、ふらふらと揺れている。

言耶は必死に悲鳴を堪えながら、じりじりっと後退《あとずさ》りした。それらは幸いにも追っ

てこなかった。恐らく奥武ヶ原からは出られないのだろう。

日暮れ時に魔所へは向かうべからず。

きつく己に言い聞かせつつ万年筆型ライトを点して、彼は尼耳家へ急いだ。そうして戻ってみると、同家では一大騒動が起きていた。

言耶が客間に入った途端、彼を待っていたらしい福太が、

「おい、大変だ。俺たちの結婚は認めないと、祖父様《じい》が言い出した」

第十三章　尼耳件淙《あまがみけんぞう》の乱心

今日の尼耳家での昼食のあと、件淙が発条《はつじょう》親子と李千子《いちこ》の三人を、言耶たちが滞在しているのとは別の客間に呼んだ。

『李千子との結婚は、絶対に認められん』

そこに用意された座布団に三人が腰を下ろすや否や、唐突に件淙は切り出してきたという。流石《さすが》の香月子《かつこ》も、咄嗟《とっさ》に言葉が返せなかったらしい。

「ど、どうされたんですか」

言耶が尋《たず》ねると、彼女は憤懣《ふんまん》やるかたないとばかりに、

「もちろん、何を仰《おつしや》っているのでしょうかと、ちゃんとお訊《き》きしました」

「すると？」

「跡取りの市糸郎《いちしろう》さんが亡くなったので、李千子さんに婿《むこ》を取らせる話が、これで復活したというのです」

「無茶苦茶だ」

当然ながら福太《ふくた》もかなり怒っている。

「ああっ、それでか」

言耶が軽く叫んだため、二人は少し驚きながら、

「何ですか」

「どうした？」

口々に尋ねてきたので、野辺送りで李千子が遺影持ちを務めていたことを指摘してから、

「あれは李千子さんの、尼耳家に於《お》ける地位の復活を意味していたわけです」

そう彼が説明したところ、二人とも呆《あき》れたようである。

「無茶苦茶だ」

同じ言葉を繰り返す福太に、言耶は思案顔で、

「件淙氏は先輩に対して、暗に尼耳家の婿養子《むこようし》になって、この家を継げ——と仄《ほの》めかしていた、ということはないのですか」

「実は俺も、ちらっとは考えた」

「私も同じです」

二人とも認めたあとで、

「無論ご免被《こうむ》りたかったけど、それなら話し合う余地が、まだある気がしてな」

「結婚そのものに反対でないのなら、私もまだ何とかなると思いました」

各々がそう続けたので、言耶は戸惑った。

「そうではなかった?」

「あぁ、違った。李千子の相手は、既に考えてあると言われた」

言耶が驚いていると、更にびっくりするような返答があった。

「ど、何方《どなた》です?」

「それが銀鏡《しろみ》家の、勇仁《ゆうじ》という男なんだよ」

「その人は確か……」

「通夜振る舞いの前の日に遠縁から預かったと、國待《くにまつ》さんからお聞きした方です」

香月子に言われ、すぐに言耶も思い出した。

「李千子さんも流石に、ご存じないのではありませんか」

「その通りだった」

福太は全く理解できないという顔で、

「祖父様が勇仁の名前を出したとき、一体それは何者なのか、李千子も完全に分かっていないようだった。そして相手が銀鏡家の遠縁に当たる男だと知った途端、とんでもないとばかりに首を振りはじめたよ」

「件淙氏は?」

「俺や母親の意見どころか、李千子本人の意思もお構いなしだ。そう決めたのだと、その一点張りでな」

「けど李千子さんは、全く承知しなかった――」

と言い掛けて、はたと言耶は口を閉ざした。銀鏡家へ向かう件淙と李千子の後ろ姿が、まざまざと脳裏に蘇《よみがえ》ったからである。

「どうした？」

「実は――」

二人を見たことを正直に告げると、福太は暗い表情で、

「彼女が何の反論もせずに、唯々諾々と祖父様に従ったことが、俺には衝撃で……」

「この子は、まだ言っているのですか。ちゃんと彼女を信じて上げなさい」

しかしながら香月子は、どうやら違うようである。

「でも……」

「情けない声を出すんじゃありません」

「けど……」

「しゃんとしなさい。しゃんと」

「あの……」

言耶は遠慮がちに、二人の間に割って入ると、

「李千子さんは、お二人に対して、何も言わなかったのですか。その場では無理でも、あとからとか――」

「それがね、その一方的なお話が済んだあとは、ずっと件淙さんが李千子さんの側にいて、銀鏡家へ出掛けるまでの間、私たちと彼女が会話する機会が、一切ありませんでした」

「李千子が着替えるときも、部屋の前にいたくらいだ」

「ただね――」

香月子が意味有り気な口調で、

「お二人を玄関で、私たちが見送るような恰好《かっこう》になったとき、李千子さんが私と息子を、しっかりと見たのは確かです」

「それを先輩は、どう受け取りました？」

「俺たちに、何も言えなかったんだろ」

「あぁ、もう」

香月子が突然、大きな溜息《ためいき》を吐《つ》いたかと思うと、

「あなたは昔から、一旦《いったん》ちょっとでも自信を失《な》くすと、なかなか立ち直れない子でしたが、大人になっても少しも直っていませんね」

「な、何の話だよ」

「あの李千子さんの眼差《まなざ》しは、『祖父の顔を立てて銀鏡家に行きますが、何の心配もありません』と言っていたに、それこそ決まってるじゃありませんか」

「何処《どこ》に、そんな根拠が――」

「自分の息子ながら、本当に情けなくなります」

この台詞《せりふ》は言耶に向けられたのだが、彼としては肯定も否定もできない。そのため大いに困っていると、

「あのあとお祖母《ばあ》様とお母様に、ちょっと居間まで呼ばれて、ちゃんとお話ししたでしょ」

「瑞子《たまこ》さんと狛子《こまこ》さんに？」

言耶の確認に、香月子は頷《うなず》きつつ、

「お祖母様は『ご迷惑をお掛けして、偉う申し訳ございません』と頭を下げられて、お祖父様について『跡取りが突然いのうなった所為《せい》で、一時だけ錯乱してるに違いないので、時間が経《た》てば戻ると思います』と仰いました」

「件淙氏の奥様の見立てですから、これは信憑《しんぴょう》性があるのではないですか」

言耶は慰めるように言ったのだが、福太は相変わらず落ち込んだままである。

「そのうえでお祖母様は、更に『仮にあの人が正気づかんかったとしても、向こう様で相手になさいませんから』と、痛ましげに笑っておられました」

「銀鏡家にしても、いきなりのお話で、到底それを受け入れられないでしょう」

「きっと李千子さんも、同じように考えたのです。だから慌てず騒がず――」

「だったら、どうして祖父様と一緒に、先方に行ったんだ？」

香月子は大きな溜息を再び吐いてから、

「本当にこの子は、すっかり莫迦《ばか》になっていますね」

「件淙氏の性格を考えると、逆《さか》らっても無駄だと判断したのではないでしょうか」

そこで言耶は、東京の李千子に届いた電報の件を、福太に思い出させてから、

「あれも今になって考えると、市糸郎君の死を伝えるのが目的ではなく、李千子さんを尼耳家へ戻すためだった――と推察できます」

「全く恐ろしい祖父様だよ」

「それを李千子さんは、心の奥底では察していたのかもしれません。そのうえで瑞子さんの意見と同じく、銀鏡家が決して相手をしないと、恐らく彼女にも分かっていた。尼耳家の者がいくら異を唱えても、あの件淙氏が耳を貸すわけがない。けれど銀鏡家の國待氏に、きっぱりと拒否されれば、流石に堪《こた》えて正気に返るのではないか。そう李千子さんは考えた」

「ほら、今の先生の言葉を、ちゃんと聞きましたか」

香月子が真顔で、福太に詰め寄っている。

「こういう風に、あなたが誰よりも李千子さんを、まず信頼すべきでしょう」

「その彼女が自分の意思で、祖父様と一緒に銀鏡家へ行ったんじゃないか」

「あーもう、この子は何を聞いていたんですか」

親子の言い合いを止めるように、言耶は尋ねた。

「ところでお二人は、今どちらに？」

「それがな、まだ帰ってない」

「ええっ」

これには言耶も驚いた。

「もう夜だというのに、まだ銀鏡家にいるってことですか」

「ほらな、とても安心なんか、していられんだろ」

すると香月子が透かさず、

「仮にそうでも、李千子さんを信じて――」

「母さんは、あの祖父様を甘く見過ぎだ。どんなに彼女が拒《こば》んでも――」

「戦前ならいざ知らず、今は本人の意思が――」

「だから、あの祖父様は――」

と再び親子の言い合いがはじまったところで、言耶は早々と仲裁を諦《あきら》めて、そっと客間を抜け出した。狛子にハンドバッグを返しがてら、奥武《おうが》ヶ原《はら》で何があったのか、それを聞き出すためである。

居間に行ってみると、幸いにも瑞子はおらずに、狛子が独《ひと》りで雑誌を読んでいた。

「すみません。お邪魔します」

言耶が声を掛けたところ、彼女は慌てて居住まいを正した。特に姿勢を崩していたわけでもないのに、ちゃんと座り直したのである。

「はい、何かご用でしょうか」

「これを落とされませんでしたか」

彼がさり気なくハンドバッグを差し出すと、狛子は「あっ」と声にならない小さな叫びを上げた。

「ど、何処に、ございました？」

「奥武ヶ原です」

はっと彼女は息を呑《の》んでから、

「……あそこに、行かれたんですね」

「ご当家の埋葬地なのに、勝手に入って申《もう》し訳《わけ》ありません」

「いいえ、それは別に……」

まるで他《ほか》に問題がありそうな物言いだったが、そのまま言耶が待っていても、狛子は何も続けずに黙っている。

「ハンドバッグを落とされたのは、市糸郎君の忌名《いな》の儀礼のときでしょうか」

「……そうです」

「こんなことをお訊きする権利など、僕には一切ないのですが、どうして奥武ヶ原へ行かれたのですか」

狛子は明らかに困った表情を浮かべたが、ふと両肩の力を抜くような素振りを見せてから、

「あの儀礼は市糸郎が正式に、当家の跡取りになるための、言うたら儀式でした。そう考えましたら、どうしても市太郎《いちたろう》と市次郎《いちじろう》のことが思い出されて、居ても立ってもーーあっ、この二人は戦死した、うちの長男と次男です」

「李千子さんから、お聞きしています」

「お墓は当家の裏にあるんですが、矢張り一度は遺品を埋めました地にこそ、あの子らが眠ってる気ぃがしましてねぇ」

つまり遺体が戻ったわけではなく、二人とも遺品のみが届けられたらしい。それでも白木の箱に納まった石ころ一つや、戦死を告げる紙切れ一枚だけよりは、まだ具体的な品物があるだけ増《ま》しだったかもしれない。

「どっちかが生きていれば、さぞ立派な跡取りになったでしょう。うちには三市郎《さんしろう》もおりますけれど、あの子には荷が勝ってとても無理ですから……」

「それで李千子さんに婿養子を貰《もら》う話があったと、こちらへ伺う前に、矢張りご本人からお聞きしました」

狛子は恥じ入るように、

「その件が蒸《む》し返《かえ》されたことを、既にお聞き及びのようですね。でも、ご心配いりません」

「というお話も、香月子さんから伺っています」

「本当に、お恥ずかしい……」

「いいえ、件淙氏のご心中をお察し致します」

そうは応《こた》えたものの、言耶が福太と李千子の二人側なのは言うまでもない。

どう切り出そうか迷いつつも、ここは単刀直入にいくしかないと思い、

「ところで――」

「そのとき奥武ヶ原で、なぜハンドバッグを落とされたのですか」

「ちょっと気ぃが、動転しまして……」

「何が原因です？」

暫《しばら》く狛子は口籠《くちご》もっていたが、恐る恐るといった感じで、

「森の中に何かいて、こっちを覗《のぞ》いてるような……」

「それをご覧になりましたか」

「……いいえ」

「気配だけだった？」

「…………」

彼女は明らかに言《い》い淀《よど》んだあと、結局は決心したのか、

「ほんの少しだけ、ちらっと見えたような……」

「何がです？」

「白っぽい、何かでした」

またしても白い人影か――と言耶は身構えた。

これまでにも目撃証言が何人からも出ているため、もう村中に噂《うわさ》は広まっていると考えるべきだろう。つまり実際は何か別の事情があったとしても、それを白い人影の所為にできてしまう状況が、既に出来上がっていると言えるのではないか。

とはいえ狛子が嘘《うそ》を吐いている証拠は何もない。また彼女だけ疑うのも変である。ただし他の者たちは単なる目撃談に過ぎないが、彼女の場合は奥武ヶ原にハンドバッグを落とした理由として、白っぽい何かを持ち出している。

これが誤魔化しだとしたら……。

まざまざと埋葬地での体験を思い出したのか、狛子の顔は青褪《あおざ》めている。それが演技とは、とても思えない。

……考え過ぎか。

問題の白っぽい何かに、更に付け足す情報は全くないことを確認して、言耶は礼を述べて居間から辞した。

客間に戻ると、福太が「両手に花」に近い状態だった。前には李千子が、右横には井津子《いつこ》が、それぞれ彼の方を向いて座っていたからだ。そんな息子を香月子が可笑《おか》しそうに眺《なが》めている。だが当人の表情は極めて険《けわ》しい。

「ちょうど良《い》いところに」

言耶を見て、香月子が喜んだ。

「たった今、李千子さんが戻られたんですよ。井津子ちゃんは先生と入れ替わるように、ここへ来てくれたのよね」

後半は井津子への礼の言葉らしく、香月子が少女に微笑《ほほえ》み掛けた。

「元気がないように、見えたから……」

井津子が気遣《きづか》ったのは、もちろん福太である。

「ありがとうね」

しかし返礼したのは香月子で、彼自身は不安そうな顔で、目の前の李千子を見詰めている。

「さぁ、先生もお座りになって――」

香月子は言耶を促《うなが》してから、李千子に顔を向けて、

「あなたから、向こう様で何があったのか、うちの莫迦息子に教えて下さる？」

「……はい」

一旦そう李千子は答えたが、すぐに慌てて、

「い、いいえ、莫迦息子やなんて、そんなこと私は――」

「本当だから、いいのよ」

香月子は笑いつつ、李千子に水を向けた。

「……銀鏡家の門前で、きっと門前払いを受けると、私は思うてました。せやから祖父に逆らうことのう、大人しゅうついて行ったんです」

「下手に反抗しても長引くだけだと、そう判断したのよね」

「はい。なら早う済ませてしまう方が、ええやろうって考えました」

「しっかりしたお嬢さんです」

それに比べて我が息子は――という響きが込められていたが、誰も何も言わない。

李千子が照れたように、少し頭を下げただけである。

「ところが先方も、ちょっと驚いたんでしょうか。思わず家に上げてしもうた……いう風な感じになって、私もびっくりしました」

「なんとなく分かります」

「でも、そこから延々と、通された座敷《ざしき》で放っておかれて……」

「咄嗟《とっさ》にお通ししたものの、さてどうするかと、あちら様も困ったのでしょう」

「祖父は真正面を向いたまんま、微動だにしません。せやけど私は、そのうち落ち着かんようになってきて……」

「しかも何処かから、誰かに見られてるような気もして……」

「無理もないわね」

「まぁ、気味が悪い」

「そうしたら和生《かずお》君らしい男の子が、ひょっこり顔を出したんです」

眉《まゆ》を顰《ひそ》めていた香月子は、この李千子の言葉を聞いて、ほっとしたように見えたのだが、

「いいえ、その薄気味の悪い視線は、決して和生君やなかった思います。もっと何て言うか……、異様な気配が感じられて……」

そう続けられたため、言耶に助けを求めた。

「先生、一体その眼差しは、何だったのでしょう？」

「お二人の訪問に気づいた勇仁氏が、李千子さんを覗きに来たとか」

「どうして彼が、そんなことする？」

もっともな福太の疑問に、言耶が目にした通夜振る舞いの席での勇仁の様子を話し

たところ、

「おい、その場で言ってくれよ」

先輩には怒られ、李千子には恥ずかしそうに俯《うつむ》かれてしまった。

「それで結局、和生君とは話したんですか」

言耶が肝心なことを訊くと、李千子は顔を上げながら、

「地獄に仏やと、私は思いました。祖父は相変わらずでしたので、ちゃんと自己紹介をしてから、和生君と部屋の隅《すみ》で遊んだんです。そしたら彼が、先生のことを話題にしはじめたんで、福太さんからお聞きしてるご活躍のお話をしたところ――」

そこで彼女はごくりと唾を吞んでから、

「例の角目《つのめ》について、物凄《ものすご》う重要なことを思い出したって、そっと私に打ち明けてくれました」

「そ、それは、どういうことですか」

気負い込む言耶に、李千子は済まなそうに、

「私も訊いたんですけど、先生にしか言わん……って」

「信頼されていますね」

にっこりと香月子に微笑み掛けられたが、言耶はそれどころではない。

「思い出した内容について、少しの仄めかしも？」

「間違いのう先生に、私が伝えるから――って言うたんですけど、駄目でした」

申し訳なさそうに李千子が首を振ったあとを受け、香月子が如何《いか》にも納得できると言わんばかりの様子で、

「直接ちゃんと探偵の先生に、自分の口から言いたい。そういう子供心でしょう」

「今からでも、銀鏡家に――」

既に半《なか》ば立ち上がり掛けている言耶を、

「もう遅いですから――」

香月子が慌てて止めるのを見て、李千子が急いで付け加えた。

「それで勝手やと思うたんですけど、明日の午後三時に先生と会う約束を、和生君としました」

「……あ、ありがとうございます」

彼女の両手を握らんばかりに喜ぶ言耶の横で、香月子が冷静に質問した。

「和生君、学校は？」

「その頃には、もう帰宅してるみたいです」

「先生は明日の午後三時に、銀鏡家をお訪ねするんですね」

「……いえ」

李千子の顔が急に曇ったので、言耶が尋ねた。

「僕が先方に伺っても、それこそ門前払いの扱いを受けるでしょうから、別の場所が好ましいのは確かですが、何処になりますか」

「それが、綱巳山《つなみやま》なんです」

「えっ……」

これには言耶も香月子も、黙ったままの福太も井津子も、どうやら言い知れぬ不安を覚えたようである。

「一体どうして、そんな場所を――」

「い、いえ、選んだんは、和生君なんです」

「彼が……」

「選《よ》りに選ってと私も思うたんで、夜礼花《やれはな》神社の境内《けいだい》を提案したんですが、どうしても聞き入れてくれなくて……」

「自分が角目を目撃した場所で、僕に新事実を教えたい。きっと彼は、そう思ったのでしょう」

一応は和生の心理を理解できたものの、逸《はや》る気持ちをとても抑えられずに、言耶が中腰のままでいると、

「和生君の件は、もういいだろ」

ぼそっと福太が呟《つぶや》いて、李千子に先を促した。

「先生と会う場所を、なんとか他の所にさせようとしてたとき、漸《ようや》く國待さんがお見えになりました。そしたら和生君は、さっさと追い出されてもうて、もう帰るまで話をすることはできませんでした」

「そうですか。いえ、彼との約束を取りつけて貰ったただけで充分です」

言耶が礼を述べるのを待って、香月子が尋ねた。

「國待さんは最初、何と仰ったの？」

「長く待たせたことの非礼を、かなり慇懃《いんぎん》無礼《ぶれい》でしたけど謝罪されたあと、『せやけど何を血迷うて、うちにお出《い》でになったのか』と、それはきつう言われました」

「正に喪中ですからね」

言耶の相槌《あいづち》に、香月子が頷く。

「けど祖父は、少しも堪えた風もなく、いきなり私の結婚話を切り出して……」

「……國待氏は？」

「絶句なさったんが、よう分かりました」

客間にいた李千子以外の四人も、ほぼ同じ状態だったかもしれない。

「祖父《おび》が一方的に喋《しゃべ》ったあとで、少々のことでは動じなそうな國待さんが……、ちょっと怯えた様子で、『あんたさんは、気ぃが違うてしもうたんか』と……」

「件宗氏は何と返されました？」

「全く怒った風もなく、銀鏡家の遠縁いう立場の勇仁さんやったら、尼耳家へ婿に入っても別に問題ないのやないか……と」

「失礼なことをお訊きしますが――」

と言耶は断ってから、

「尼耳家と銀鏡家には、昔から確執があるのでしょうか」

ゆっくりと李千子が首を縦に振った。

「それは虫經村《むしくびりむら》の二大勢力として、ずっと対立していたから？」

「……恐らく、そうやないかと思いますが、私も本当のところは、よう知りません」

言耶は少し迷ったが、夜礼花神社で神主の瑞穂《みずほ》を相手に披露した、尼耳家の秘密に関する解釈を話した。

香月子は「まぁ」と興味津々だったが、福太は「へぇ」と反応が薄い。李千子は「あっ」と小さく叫んだので、矢張り知っていたらしい。ちなみに井津子は驚いたようだが、所詮《しょせん》は昔話に過ぎないのか大して感心していない。

「李千子さんは、ご存じだったのですね」

「七歳のときの忌名儀礼の前に、祖父から……。けど、別に隠してたわけや……」

「いえ、決して責めてはいません」

申し訳なさそうに俯く彼女に、言耶が少し慌てていると、

「やっぱり由緒のある、お家《うち》でしたのねぇ」

香月子が頻《しき》りに感心しはじめた所為で、李千子が嬉《うれ》しそうな顔をした。それが言耶にとっては救いとなった。

「雨乞《あまご》いの費用は、もちろん村人たちが共同で負担したでしょうが、最も多く出したのは銀鏡家だと思われます」

「それは間違いないわね」

香月子は賛同しながらも、言耶が何を言いたいのか早くも察したらしく、

「つまり銀鏡家さんとしては、尼耳家さんが村の二番手になれたのも、自分たちのお陰《かげ》だという自負があると、そう先生は仰りたいんですね」

「お見事な洞察です」

「私にも探偵の才があるのかしら」

「おいおい、すぐ母さんは調子に乗るんだから、余り焚《た》きつけるなよ」

「誰がお調子者ですか」

「そこまでは言ってないだろ」

またしても親子喧嘩《げんか》が開始されそうだったので、

「李千子さんの前で、そういう言い合いは拙《まず》くないですか」

ぼそっと言耶が呟くと、途端に二人は黙った。

「銀鏡家としては、間違いなく尼耳家を格下に見ていた。それなのに如何に遠縁とはいえ同家の者を、婿に欲しいと言ってきた。しかも喪中にも拘《かかわ》らず。という状況を考えると、國待氏の暴言も分からなくはありません」

李千子には酷《ひど》い言い草かと思ったが、言耶は推測したままを口にした。

「銀鏡家との間には大きな確執があると、件淙氏も普通に認めていたはずです。なのに、どうして李千子さんの婿取りの話をしに、銀鏡家へ行ったのか」

「國待さんが仰ったように、お祖父様は……」

「乱心された？」

そのとき井津子が、あっけらかんとした口調で、

「野辺送りのときには、もう可怪しかったって、そう言うてましたよ」

「ど、何方が？」

「瑞子お祖母様と狛子お義母様《かあさま》です」

「だからお二人は、件淙氏が銀鏡家に行くと言い出しても、あれほど冷静でいられたわけか」

「予想をしていたと？」

香月子に訊かれ、言耶は答えた。

「野辺送りの時点では、何をするかまでは、もちろん分からなかったでしょう。ただ

長年に亘《わた》って件淙氏の言動に接してきたお二人ですから、とんでもない何かをやらかすのではないか――という覚悟はできていたのかもしれません」

「あの方の奥さんと、お嫁さんですからね」

「李千子さんは、野辺送りでの件淙氏の異変に、特に気づかれませんでしたか」

「……はい。全く分かりませんでした」

「私はね、ちょっと変やなぁ……って思ってました」

と井津子が応じたので、言耶は尋ねた。

「どんな風に？」

「真《ま》っ直《す》ぐ前を向いてるけど、何にも見てないみたいな……そんな感じです」

「心ここに在らず――か」

「きっと尼耳家の行末を、お考えになっていたのでしょう」

好意的に捉《とら》えた香月子に対して、すぐさま福太は喧嘩《けんか》腰《ごし》の口調で、

「その行末というのが、李千子に婿を取らせることでも、母さんは何とも思わないんですか」

「もちろん違います」

「だったら――」

「あのね、他人様の家の跡取りの問題ですよ。しかも李千子さんをお嫁さんに貰うこ

とと、それは大いに関係しているわけです。こちらとしても、一緒に考える姿勢が必要に――」

「俺たちには、全く無関係だ」

「この子は、まぁ――」

慌てて言耶は軌道修正をした。

「李千子さん、それから銀鏡家では、どうなりました？」

「最初は國待さんも怒られてたんですけど、すぐに祖父の様子が普通やないと分かったようで、なんとか宥《なだ》めようとされました」

「で、成功したんですか」

力なく李千子は首を振ってから、

「ほとほと國待さんも困られたようで……。最後は夜礼花神社の瑞穂神主様と、六道《ろくどう》寺《じ》の水天《すいてん》住職様に相談したらどうか――って仰って、それで祖父も漸く納得したみたいです」

「つまり帰宅がこれほど遅くなったのは、銀鏡家のあとに、夜礼花神社と六道寺に寄っていたからなんですね」

「はい。もっとも神主様は、祖父の話を全部ちゃんと聞いて下さったうえで、それが如何に実現不可能かいうことを、こんこんと諭《さと》されたんですけど、住職様は用件が分かった途端、『そら絶対に無理や』と仰っただけで、もう奥へと引っ込んでしまわれて……」

「その反応の違いは、僕にも理解できます」

香月子も同じ意見らしく、言耶に対して軽く頷いている。

「それで祖父様は、どうした？　納得したのか」

福太の問い掛けに、李千子は自信なげながらも、

「神主様と住職様のお二人に、言うたら駄目出しされたことになりますから、流石に無理なんやと思うたようで……」

「そうか」

晴れ晴れとした顔をしたのは福太だけである。香月子も李千子も、そして井津子さえも、今後の件淙の言動に対して不安を抱いているのが、言耶には手に取るように分かった。

「件淙氏は今、どうされてます？」

「家に帰ったあと、銀鏡勇仁さんとの結婚は絶対に無理やと、私からも話しました。それまで聞く耳なんか持ってませんでしたけど、神主様と住職様にも言われた所為か、一応は聞いて貰えたような気が……」

「よし。もう何の心配もいらないな」

福太の明るい口調に、香月子が反論するかと思ったが、

「今のうちに二人の結婚話を進めるのが、どうやら得策かもしれませんね」

という極めて現実的な判断を素早く下して、相談するように言耶を見やった。

「えっ、いや――」

向こうの弱味に付け込む気もしたが、非常に癖《くせ》のある件淙が相手では、それも致し方ないかとも思う。今回の訪問の目的と彼の役目を考えれば、ここで反対もし難《にく》い。

「そうと決まったら――」

言耶が何も答えないうちから、もう香月子は決断したらしい。

「先生ぇぇっ、偉いことになりました」

ところが、そこへ三市郎が飛び込んできた。その後ろには刑事の野田《のだ》の姿があり、咄嗟に言耶が嫌な予感を覚えていると、

「銀鏡家の和生が、おらんようになったんです」

第十四章　神隠し

野田《のだ》の説明によると、以下のようになる。

その日、銀鏡《しろみ》家の夕食がはじまる六時半頃に、和生《かずお》の姿が見えないことに、彼の母親が気づいた。しかし屋敷《やしき》内にも、いつも遊んでいる築地塀《ついじべい》の周辺にも、全く見当たらない。

『夕方になると、角目《つのめ》が出よるから……』

事件のあとは特に言い聞かせて、日暮れ前には帰宅するようにと注意していたのに、こんな時間になっても家にいないのは可怪しい。そう母親が騒ぎ出した。そこで使用人たちに頼んで、銀鏡家から村の中心部までの間を――よく和生が行く夜礼花《やれはな》神社の境内《けいだい》も含めて――捜して貰《もら》ったのだが、矢張り見つからない。

『こりゃ、神隠しや』

あっという間に和生の行方不明は村中に広まり、そう囁《ささや》かれはじめた。村人の中には『角目に攫《さら》われたんやないか』という者までいた。

この騒動を見て取った駐在が、すぐに寄り合い所の臨時捜査本部に報告した。和生が角目の目撃者である点に鑑《かんが》み、中谷田《なかやだ》警部は捜索隊の組織を村長に素早く提案する。その結果、村の青年団の協力を得て、今かなりの人数で和生を捜し回っている最中だという。

「ぼ、僕たちも――」

急いで言耶が立とうとしながら、福太《ふくた》に顔を向けたので、

「そうだな」

と応じて彼も続き掛けたのだが、

「お待ち下さい」

野田に止められて、二人とも中腰になった。

「どうしてです？」

「人手は多いに越したことはありませんが、先生方にご参加を頂いた場合、色々とややこしくなるかもしれません」

「他所者《よそ》だから、ですか」

「それよりも――」

野田が言い難《にく》そうにしたため、すぐに言耶は察しがついた。

「尼耳《あまがみ》家側の者であり、しかも同家は喪中だからですね」

「そんなことを今、言っている場合ではないでしょう」

香月子《かつこ》が抗議をしたが、野田が宥《なだ》めるように、

「村長さんや銀鏡國待《くにまつ》さんたちと警部が協議をして、その中で決まったことなんです。一番の理由は、先生方が捜索隊に入られると、村人たちが動揺し兼ねない——その懼《おそ》れがあるからです」

「なるほど」

「おい、納得するのか」

言耶の相槌《あいづち》に、福太が嚙《か》みついたが、

「そういうことでしたら、ここは皆さんのご判断に任せるべきでしょう」

あっさりと香月子は応じた。

「……ああっ」

そのとき李千子《いちこ》が小さな悲鳴を上げたので、言耶が尋《たず》ねた。

「どうされました？」

「まさか和生君、綱巳山《つなみやま》へ……」

「だって彼との約束は、明日の午後じゃないですか」

「実は祖父と帰ってくるときに、あの山へ上がろうとしてる子供みたいな後ろ姿を、ちらっと目にした気がして……」

「和生君だった？」

「あんときは、そんなこと思いもしませんでした。そもそも日暮れ時やったんで、村の子供にしても変です。せやから見間違いやと……。けど今になってみたら……」

「何のことです？」

二人のやり取りを聞いていた野田の顔が、かなり険《けわ》しくなっている。

「実は――」

そこで言耶が、和生とは明日の午後三時に綱巳山で会う手筈《てはず》だったことを、すぐ刑事に話したところ、

「もちろん綱巳山も捜索の範囲には入っていますが、その約束は警部に報告すべきですね」

「やっぱり僕も――」

「いえ先生、ここは堪《こら》えて下さい」

野田は一礼すると、その場から足早に立ち去った。

「こうなると私たちにできるのは、和生君の無事を祈ることしかないでしょう」

香月子の言葉が、その場にいた全員の気持ちだったかもしれない。が、それで収まらないのが刀城言耶である。

「和生君の行方不明は、犯人の仕業だと思われますか」

誰に尋ねるわけでもなく、そう彼は呟《つぶや》いた。

「……可能性は、あるか」

まず答えたのは福太で、次いで三市郎《さんしろう》が、

「角目を見たいう話は、村人の間で色々とあるようやけど、そん中で信憑《しんぴょう》性があるんは、和生くらいやいうことを考えますと……」

はっきりと断言はしないものの、その懼れが充分にあると仄《ほの》めかした。

「相手は子供でしょうに」

香月子の言葉に、李千子も井津子《いつこ》も力なく頷《うなず》いたが、

「いいえ、子供だからこそ、そのときは重要に思っていなかった何かに、あとから気づいたのでしょう。だから僕と会って、それを話そうとした」

という例の約束を言耶が口にした途端、二人は怯《おび》えた顔を見せた。

「ただ……」

と彼が急に考え込んだので、福太が怪訝《けげん》そうに、

「何だ？」

「どうやって犯人は、僕と和生君の約束を知ったのか」

きょとんとした表情を五人が見せたのは、ほんの一瞬だった。すぐさま四人は「あっ」と声を上げ掛け、一人は忽《たちま》ち俯《うつむ》いてしまった。その一人とは、李千子である。

「僕たちの約束をご存じだったのは、件宗《けんぞう》氏と李千子さんのお二人だけです」

「な、何を言い出すんだ」

福太は憤りながらも、李千子に目を向けながら、

「他《ほか》にも誰かが、このことを知ってるんじゃないか」

「……いいえ。それはないと、思います」

しかし彼女は項垂《うなだ》れたままで、弱々しく首を振っている。

「ば、莫迦《ばか》な」

おろおろし出した福太に、言耶は申し訳なさそうな口調で、

「いえ、だからと言って、僕がお二人を疑っているわけではありません」

「当たり前だ」

と福太は応《こた》えたものの、すぐさま驚いた顔つきで、

「どういうことだ？」

「僕が鳥居の前辺りで、銀鏡家へと向かっている件宗氏と李千子さんの後ろ姿を見たのが、三時半頃でした」

そこで言耶は、李千子に対して、

「和生君が現れたのは、何時でしょう？」

「……さぁ、分かりません」

李千子は困ったように首を振った。

「お二人が待たされていた座敷《ざしき》に、彼が姿を見せるまでは？」

「……十分くらい、でしょうか」

「彼とは、どのくらい遊んでいました」

「……二十分くらい」

「國待氏が座敷に来られて、お二人が銀鏡家を辞すまで、どれくらい時間が掛かりました？」

「……かなり長かったような気がします」

「四、五十分くらい？」

「もう少しあったかも……」

「一時間くらい？」

李千子は自信なげに頷きながら、

「でも、時計を見たわけやないので……。それに私、針の筵《むしろ》に座ってる気分でしたから、実際より長う感じたかもしれません」

「そうでしょうね」

「件淙氏と一緒に銀鏡家を出られたのは、何時でしたか」

この質問には少し考えてから、

「五時前でしょうか」

「では次の夜礼花神社へ行かれて、そこを出られたのは？」

「六時過ぎだったと思います」

「更に六道寺《ろくどうじ》へ行かれて、そこを出られたのは？」

「そのときは時計を見たので、六時三十八分だったと覚えています」

「寺を出たあとは？」

「祖父は無常小屋に寄って、野辺送りで使うた葬具が全部ちゃんと戻ってるかどうか、それを確かめるいうんで、私は先に帰ろうとしましたけど、四辻《よつつじ》の所で追いつかれたんで、結局は一緒に帰宅しました」

「無常小屋の確認とは、何のためでしょう？」

「あれが戻ってないとか、あとから村の人に文句を言われんように、やないかと思います」

「なるほど」

言耶は相槌を打つと、

「つまり和生君は四時過ぎから六時半頃までの間に、銀鏡家からいなくなったと思われます。李千子さんたちが五時前に銀鏡家を出たとき、塀の周辺で遊んでいる和生君を見ていないことから、四時過ぎから五時の間にいなくなった、と見做《みな》すこともできます。いずれにしてもお二人には、現場不在証明《アリバイ》があるわけです」

「……なんだよ」

福太が大きく息を吐《は》きながら、ほっとした表情を浮かべた。

「こういうことですか」

三市郎がやや興奮した様子で、言耶に顔を向けると、

「銀鏡家の塀の前で、いつもの通り遊んでいた和生を、犯人が連れ去った……」

「そんな状況が、まず思い浮かびます」

「銀鏡家は村の東外れにあるから、余り誰にも見られんでしょうけど、犯人としたら危険やないですか」

「そこから何処《どこ》へ和生君を連れていくにしても、矢張り危険が伴います」

「ひょっとしたら和生は家の前ではのうて、夜礼花神社の境内で遊んでたんと違いますか」

「鳥居を潜る彼を、犯人は僥倖《ぎょうこう》にも目にした。この機会を逃す手はないと、すぐさま行動に移した。そうも考えられます」

「あぁ、きっとそうですよ」

言耶と事件について検討できるのが、三市郎は嬉《うれ》しくて仕方ないらしい。他の四人が深刻な顔をしている中で、彼だけは違っている。

「もっとも、別の可能性も考慮すべきです」

「何です、それは？」

「今日の夕方よりも前に、既に犯人は和生君と接触していた。そして今夕、彼と何処かで会う約束を取りつけていた。という可能性です」

「……うん、そうや。李千子の話から、てっきり和生に喋《しゃべ》られたない犯人が、すぐさま行動に移したように思うたけど、先生のご指摘の通り、それを犯人が知る手立てがなかったんなら、もっと前に和生と会う約束を犯人はしとって、偶々《たまたま》それが李千子と和生の会話のあとになっただけ、いう風にも考えられる」

「お見事です」

言耶に褒められて、三市郎は場違いにも満面の笑みを浮かべている。

「そうなると李千子が見たいう子供らしい後ろ姿は、やっぱり和生で、犯人との事前の約束のために、綱巳山へ上がるとこやったんかもしれん」

「ただ……」

そこで言耶が意味深長に呟き、それっ切り考え込んでしまったので、

「他にも引っ掛かることが、何かあるのか」

福太が水を向けると、

「それを和生君は、二度も繰り返しています」

「うん？　新たな証言のことか」

　尚《なお》も言耶は考える仕草《しぐさ》を見せつつ、こっくりと首を縦に振った。

「綱巳山から馬落前《もうじまえ》を見て、角目を目撃してから山を下り、それを彼は村人たちに話した。これが一回目だよな」

「そのとき和生君は、角目の角が取れたことを言いませんでした。角目を見て怯えてしまい、うっかり失念したのでしょう。そして警察の事情聴取では緊張してしまい、それどころではなかったのかもしれません」

「君が和生君に会ったのは、銀鏡家の前だった。言わば相手の土俵だ。しかも君は、自分が探偵だと相手に信じ込ませた」

「……なんか僕が、悪者みたいですね」

「全《すべ》て計算のうちだったのは、事実だろ」

　福太は少し微笑《ほほえ》みながら、

「でも、それが当たった。探偵さんには何か新情報を教えたいと、きっと強く感じたんだ。だから君に、既に思い出していた角の件を、彼は喋る気になった」

「ところが和生君には、まだ言い忘れていた何かがあったわけです。この場合、どう考えても角目の角が取れた件よりも、それは些細《ささい》な出来事だったと見做せませんか」

「ここまでの経緯を振り返ると、そうなるか」

他の者にも意見を訊《き》くかのように、ゆっくりと福太が周りを見回したところ、

「先生の、お考え通りやないですか」

真っ先に三市郎が応じた。

「まず角目を見てしもうた衝撃があって、最初はそれだけやったんが、少し落ち着いたら角の取れたことを思い出した。それを先生にお伝えしたあと、もっと名探偵の役に立ちたいと考えて、きっと記憶を探ったんですよ」

その彼のあとを受けて、李千子が思案顔で、

「そうまでして思い出した何かやから、角の取れた件よりも、もっと小さな出来事やった……いうことでしょうか」

「はい。そんな風に、僕も考えたのですが――」

「引っ掛かることなんて、別にないだろ？」

不思議そうな顔をしているのは、どうやら福太だけではないらしい。あとの四人も、やや戸惑い気味に言耶を見詰めている。

「要はですね、なぜ犯人は今頃になって、和生君に脅威を覚えたのか」

「だって、それは――」

と福太が言い掛けて止めたのは、先程《さきほど》の言耶の指摘を思い出したからだろう。

「そうなんです。和生君が新事実を思い出し、それを李千子さんに伝えて、僕と会う

約束をしたことを、犯人は知りようがありません。にも拘《かかわ》らず犯人が和生君を攫《さら》ったのなら、彼が新たな証言をするのではないか……と、ずっと犯人は懼れていたことになります」

「……なぜだ？」

この福太の疑問には、三市郎が答えた。

「まだ和生は口にしとらんけど、犯人にとって都合の悪い目撃談を、あの子が持っとると分かっとったから……やないですか」

ただし後半は、言耶に向かって喋っている。

「そこで問題になるのが、角が取れた出来事よりも、それは些細なことのはずなのに、どうして犯人は気にするのか――という疑問です」

「そうか」

福太は合点《がてん》がいったとばかりに、

「犯人が和生君に脅威を覚えていたのなら、銀鏡家の前で君に、その角の取れた話をする前に、なぜ始末――い、いや、何らかの対応をしなかったのか」

「彼が角の件を思い出したから、これは拙《まず》いと思い、慌てて対処しようとした。それが偶然にも李千子さんと彼との会話の、あとになった。そういう解釈はできるでしょう。しかし僕が和生君と話したのは、昨日の午前中です。その内容を犯人は、一体いつ知ったのか」

「君や李千子が、和生君と会話した件は関係なく、彼の目撃証言が出た段階で、犯人は狙《ねら》っていた――と考えるのが、この場合は矢張り最も自然だってことになるか」

「はい。ただ、それにしては今夕に和生君と会う約束というのが、どう考えても遅過ぎます。そして犯人が、彼の何を懼れていたのかが、依然として謎《なぞ》なのです」

しーん……と客間が暫《しばら》く静まり返ったあとで、

「あのー」

李千子が遠慮がちに声を上げた。

「何でしょう？」

言耶が優しく促《うなが》すと、

「莫迦げた思いつきやとは、私も感じるんですけど――」

「どんなことでも構いません。どうぞ仰《おっしゃ》って下さい」

「角目は角が取れただけやのうて、ひょっとして面も外れたんやないでしょうか」

この解釈には全員が、はっと息を呑《の》んだ。

「せ、せやけど――」

真っ先に口を開いたのは三市郎である。

「そしたら和生は、なんで犯人の正体を言わんかったんや」

「あの子は目ぇが、偉う悪うなってるって、前に聞いた覚えがあります」

「そうらしいですね」

李千子の確認に、言耶が応える。

「せやから犯人の顔を見たもんの、確信が持てなかったんやないでしょうか」

「仮にそうやとしても――」

三市郎は納得がいかないという口調で、

「誰々のようやった……くらいは、普通は言うやろ」

「あの子にとって目にした犯人の顔が、物凄《ものすご》う恐ろしいものやったとしたら……」

「一体それは、誰や？」

李千子は不安そうな表情を浮かべつつ、嫌々をするように首を振った。

「……分からへん」

その後、銀鏡和生の行方不明を巡る検討に、更なる進展が見られなかったため、言耶は関係者たちの今夕の居場所を確かめた。しかし、瑞子《たまこ》も狛子《こまこ》も、太市《たいち》も、三市郎も井津子も、誰一人として現場不在証明を明らかにできる者はいなかった。

言耶は狛子に頼んで、おにぎりを作って貰った。夜食を欲したわけではなく、明日の朝食用である。今夜の時点で和生発見の報がない以上、明日は夜明けから捜索が再開されるに違いない。そう睨《にら》んだ彼は、なんとか自分も参加したいと思った。

香月子と福太にだけは、その旨を伝えた。二人とも良《よ》い顔はしなかったが、かといって止められることもなかった。

「先生は穏《おだ》やかそうに見えて、芯《しん》は頑固ですからね」

香月子の刀城言耶評に福太も頷いて、あっさりと済んでしまった。

翌日の早朝、言耶は手早く朝食を済ませると、急いで尼耳家を出た。取《と》り敢《あ》えず寄り合い所へ行って、中谷田に同行を願い出る心算だった。

四辻の手前まで来ると、三頭《さんず》の門へと向かう道を進んでいる村人たちの後ろ姿が見えて、彼は焦った。

予想よりも早かったか。

辻《つじ》の分岐で立ち止まって様子を窺《うかが》うと、奥《おう》武《が》ケ原《はら》へも何人かが向かっているらしい。馬喰《ばくろう》村《むら》との村境を見やったところ、そこにも数人の姿がある。

言耶は足早に歩き出した。できれば寄り合い所で警部を捕まえたかったが、既に何処かの捜索隊に入って出発しているとしたら、ちょっと厄介かもしれない。

そんな不安を胸に、彼が村の中心部を目指していると、ちょうど綱巳山に上がろうとしている一団が目に入った。ほとんどが青年団のようで、おまけに物々しい装備をしており、徒事《ただごと》ではない雰囲気がある。その割に人数が少ないのは、一体どういうわけか。とはいえ先導しているのは中谷田だった。

「警部ぅぅ！」

言耶の呼び掛けに、ふと相手は足を止めた。それから彼を認めて、やれやれ……という表情を浮かべたように映ったが、少し距離があって確かなことは分からない。ただし警部は、すぐに手招きをしてくれた。

中谷田の後ろには、銀鏡國待と邦作《ほうさく》がいた。和生の祖父と父親が揃《そろ》っていることから、この綱巳山で何か発見があったに違いない。

言耶は村道から逸《そ》れ、田圃《たんぼ》の間の土道を小走りした。じろじろと睨《ね》めつけるような村人たちの視線を浴びつつ、列の先頭へ進む。その間「おはようございます」「お疲れ様です」「ご苦労様です」と、彼は欠かさず口にし続けたのだが、誰一人として挨《あい》拶《さつ》を返す者はいない。唯一の例外は國待だったが、それも無言で頷いただけである。

「てっきり昨夜のうちに、押し掛けてくると思うたけどな」

再び上りを開始した中谷田に言われ、言耶は激しく後悔した。

「野田刑事の説明で、僕としては自粛した心算なんですが……」

「そりゃ先生らしゅうない、偉う弱気な反応やないか」

言い返しても仕方ないので、言耶は肝心な質問をした。

「この山に手掛かりが、あるんですか」

「確かなことは、まだ分からん」

中谷田が明言を避けたのは、すぐ後ろに國待と邦作がいるからだろう。しかし、この場に刑事の野田や島田《しまだ》ではなく警部自身がいるのは、きっと重大な意味がある。そう言耶は睨んだので、それ以上は何も訊かなかった。

平坦《へいたん》な土道が終わると、横長の丸太で作られた階段が現れる。一般の階段では段鼻に当たる部分が丸太になっており、段板は踏み固められた土である。暫くは丸太同士の間隔も広く、そのため歩き易《やす》そうに見えたのだが、踏み段に相当する土の部分に高低差があるので、調子よく上ることができない。まだ大して段数を稼げないうちから、矢鱈《やたら》と体力だけ奪われてしまう。という厄介な階段である。

やがて丸太の間隔が狭くなると、土の段板を踏む必要がなくなり随分と楽になる。丸太から丸太へ足を掛ければ済むためだが、うっかり滑《すべ》ると大怪我《けが》を負い兼ねないので、どうしても歩みは慎重にならざるを得ない。

幸いだったのは、それほどの距離がなかったことである。かつて銀鏡家の分家蔵があって、そこで祇作《ぎさく》が暮らしていたのだから、当然とも言える。

綱巳山の中腹は、こんもりとした小山になっていた。ただし馬落前を望む西側は切り立った崖《がけ》で、下を覗《のぞ》くと黒々とした細長い亀裂《きれつ》が、まるで傷口のように開いている。そこまで行くためには、小山の手前の斜面を下りるしかない。

言耶と中谷田と國待が立った小山の上も、その真下の亀裂の側も、大して広くはなかった。ここの捜索隊が少人数なのも、場所の狭さが理由らしい。

「昨夜の捜索で、あの亀裂の中に見つけたもんがあってな」

中谷田が説明をはじめたので、言耶も遠慮なく尋ねた。

「何ですか」

「それが暗うて、懐中電灯では埒《らち》が明かん。けど、どうも子供の靴らしい」

思わず言耶は國待を見たが、本人は凝《じ》っと無言で問題の亀裂を見下ろしている。邦作は村の若い者たちと一緒に、既に細長い穴の側に下りていた。こちらの捜索隊が青年団で占められていたのも、この亀裂を調べるためだろう。

「せやけど夜では、どうにもできん。あの穴に入ろうにも、大人では難しゅうてな」

それで今朝の夜明けを待ったらしい。

「どうやぁ。見えたかぁ」

中谷田が下に声を掛けると、仲間に両脚を抑えられた恰好《かっこう》で、亀裂を覗《のぞ》き込《こ》んでいた若者が苦労して顔を上げ、

「やっぱり子供のぉ、運動靴みたいですぅ」

「そこまでぇ、入れそうかぁ」

「ちょっと待って下さい」

穴の中を検めていた若者は、がっしりした体格が多い青年団の中でも、ひょろっと

細い身体《からだ》をしていた。だから選ばれたのだろう。

ところが、そんな彼でも駄目だった。そもそも運動靴が引っ掛かっている地点にも、手が届かないようである。

「こりゃ子供やないと、とても無理やぁ」

遂《つい》に彼が音を上げてしまい、青年団の中で「村の誰が相応《ふさわ》しいか」という選別がはじまったものの、それには國待が異を唱えた。

「うちの子ぉを助けるために、村の子ぉを危ない目ぇに遭わせるんは、そりゃあ本末転倒いうもんやろぉ」

「せやけどぉ――」

邦作の情けない声が崖の下で響くも、國待は険しい表情のまま首を振っている。

青年団の代表者らしい若者が小山まで上ってきて、中谷田と暫く協議が為《な》された。まず亀裂の周囲を崩して穴を広げる方法が検討されるものの、ダイナマイトは使えず、かといって重機を入れるには時間が掛かり過ぎ、人力にも同様の難点があった。そうなると矢張り誰かが亀裂の中に入って、和生を捜すしか手はない。そういう結論に達した。

國待も遂に折れて、再び人選がはじまった。その結果、朋吉《ともきち》という子供が選ばれた。それは無常小屋で言耶と会話をした、あの吉松《よしまつ》の歳《とし》の離れた弟だった。

その所為《せい》か言耶も、他人事《ひとごと》のような気がしない。ここで最後まで見届けよう。と改めて思ったのだが、中谷田に意外な誘いを受けた。

「ここに儂《わし》らがおっても、何の役にも立たん。あとは野田を呼んできて任せるとして、こっちは寄り合い所で、事件を解決しようやないか」

「えっ……」

そんな風に言われたのは、小山を少し下って國待から離れた場所でだった。

「警察の内部で流れとる噂《うわさ》によると、先生は試行錯誤に次ぐ試行錯誤を繰り返して、事件の真相に近づくそうやないか」

「ええ、まぁ、そうでしょうか」

「それには喋らすのが一番やと、何処その警部が言うとるらしい」

咄嗟《とっさ》に思い浮かべたのは、終下市《ついかいち》署の鬼無瀬《きなせ》警部だった。しかし言耶は特に確かめることもなく、肝心な点を尋ねた。

「この事件を解決するための手掛かりが、もう出揃《でそろ》っているとお考えですか」

「さぁ、どやろなぁ。先生は、どない思う？」

「いつも僕は事件の解釈を試みる前に、全ての謎を箇条書きするのですが、まだ今回はできていません」

「つまり手掛かり不足やと？」

「……正直そうとも思えなくて、結局よく分からないのです」

言耶は困惑気味に口にしたあと、はっと我に返ったようになって、

「警察の捜査は、何処まで進んでるんですか」

「それなりのとこまでは、いう感じやな」

「是非お聞かせ下さい」

「ほんなら推理の摺《す》り合《あ》わせを、寄り合い所でやろうやないか」

「警部さんと二人で？」

「そうや。名探偵と名警部の二人でやるんや」

まだ言耶は躊躇《ちゆうちよ》していたが、もし和生が殺されたのであれば、これは連続殺人事件になってしまう。新たな被害者を出さないためにも、もう決着をつけるべきだろう。

そう強く思った。

「分かりました。宜《よろ》しくお願いします」

「よし。ほんなら早速――」

「その前に、ここから馬落前まで行きたいのですが、構いませんか」

言耶の申し出に、中谷田は怪訝そうな様子で、

「何のために？」

「単なる好奇心です」

「先生は、やっぱり物好きやなぁ」

苦笑しながらも、なんと警部も付き合ってくれた。

中谷田は國待に挨拶をしてから、言耶と一緒に亀裂の側まで下りて、青年団の一人に野田刑事への伝言を頼んだ。

そこから二人は、かつての土石流跡の北の端《はし》を歩き出した。もちろん路《みち》が延びているわけではない。雨水の流れによって出来上がったらしい、ちょうど人が歩けるくらいの細い筋がついている。その右手には樹木の茂る山肌が迫り、左手は凝固した土の巨大な塊《かたまり》が広がって、そこに雑草が疎《まば》らに生《は》えている状態だった。といっても地盤は緩《ゆる》いらしく、降雨が続くと陥没の懼れがあるという。

そんな説明を中谷田は一通りしてから、

「せやから綱巳山の亀裂の中に、子供の靴らしいもんが見えたと報告を受けて、儂はちょっと安堵《あんど》したんや」

「こっちの土石流跡に捜索隊を入れるのは、かなりの危険が伴うと判断されたからですね」

「尼耳市糸郎《いちしろう》殺しの捜索でも、ここを最後まで残したんはその所為や」

細い道は蛇行《だこう》を繰り返しつつ、場所によっては山肌と土石流跡の原っぱの間に埋もれるようになって、馬落前の北の端まで続いていた。

「ここを上がって三頭の門まで行って、あそこから寄り合い所へ向かうか」

「遠回りになりますので、ここで回れ右をしましょう」

二人は綱巳山まで戻って、改めて國待と青年団の面々に挨拶をして、丸太の階段を下りはじめた。するとあと少しで麓《ふもと》という所で、下から吉松と少年が上がってきた。

「勇敢な朋吉君とは、君のことだね」

言耶が声を掛けると、少年はびっくりしたようだが、すぐに虚勢を張っていると分かる素振りを見せた。それが言耶には、なんとも頼もしく映った。この子なら大丈夫に違いない、という気がふとした。

中谷田が二人の歳の離れた兄弟に、くれぐれも無理をするなと伝えているところへ、刑事の野田が駆けつけた。警部と野田は手早く打ち合わせをして、それから二人は階段を下り、三人は逆に上っていった。

寄り合い所には誰の姿も見えず、がらんとした物淋《ものさび》しい空気が漂っている。中谷田に勧められるままに、言耶は畳敷きの部屋に上がった。そして警部が手ずから淹《い》れた茶を、まず飲んで落ち着いた。

「よし、はじめるか。好きに喋ってええぞ」

いきなり警部に言われたが、流石《さすが》に突然は難しかったので、

「いいえ、その前に――」

と言耶は断ってから、まだ中谷田が知らない情報を伝えた。

それは尼耳家の秘密から件淙の乱心まで、更に銀鏡和生がいなくなった時間帯の尼耳家の人々の現場不在証明にまで及んだ。

「全て裏を取らんとあかんが、今は先生の話だけでええやろ」

「恐れ入ります」

「尼耳家が雨乞《あまご》いの儀式の元締めやったとは、なかなか面白い過去やけど、それが今回の事件となんぞ関係あるんか」

「……いえ、直接はないと思うのですが、こういう地方の事件の場合、その根っ子が別の何かと何処かで繋《つな》がってることが、往々にしてありますからね」

「それは言えてるな」

中谷田は納得したあと、

「それでや――」

と話を事件の検討へと上手《うま》く誘導したのは、流石と言わざるを得ない。

その結果、言耶はお得意の試行錯誤による推理を繰り返しはじめ、それに警部が突っ込むという流れが生まれた。

ところが、ぴたっと言耶の解釈が止まった。

「あと少し……。もう少しで、事件の真相に迫れる気が……」

大いに戸惑う言耶に、

「先生は追い詰めれば追い詰めるほど、その推理力を発揮するみたいやな」

中谷田が不穏な台詞《せりふ》を吐いたので、彼は更に戸惑った。

「……はっ？」

しかし警部は、そんな刀城言耶の反応にはお構いなしに、とんでもないことを勝手に決めてしまった。

「せやから今日の午後に、尼耳家に関係者を集めて、そこで先生に謎解《なぞと》きをやって貰おうと、儂は考えとる」

「……えっ？　ええっ！」

言耶が猛然と抗議の声を上げ、それを中谷田がしれっと回避しているところへ、野田刑事が沈痛な表情で入ってきた。

「警部、銀鏡和生君の遺体が見つかりました」

綱巳山の例の亀裂の中に、矢張り和生は落ち込んでいたらしい。そして彼の右目には、錐《きり》のような凶器で刺された跡があったという。

第十五章　事件の真相

尼耳《あまがみ》家の広い座敷《ざしき》には、実に十九人もが集められていた。その中には場違いではないか、と刀城言耶が首を傾《かし》げる人物も交じっている。しかし全《すべ》ては中谷田《なかやだ》警部の意向なので、彼としても文句を言うわけにはいかない。

これも僕を追い込むためか……。

そんな被害妄想染《じ》みた考えが、ちらっと脳裏を過ぎる。ただ、それが本来の狙《ねら》いであれば、中谷田の企《たくら》みは見事に当たっていた。尼耳家の人々だけを前にするのと、これほどの人数に相対するのとでは、その追い詰められ感が全く違うからだ。

尼耳家は、件淙《けんぞう》と瑞子《たまこ》、太市《たいち》と狛子《こまこ》、三市郎《さんしろう》と李千子《いちこ》、そして井津子《いつこ》の七人。銀鏡《しろみ》家は國待《くにまつ》のみ。次男の邦作《ほうさく》も呼ばれたが、息子の同席を國待が認めなかったらしい。

この両家の他《ほか》に村人で座っているのは、河皎縫衣子《かわしろぬいこ》、坂堂《ばんどう》医師、夜礼花《やれはな》神社の瑞穂《みずほ》神主、六道寺《ろくどうじ》の水天《すいてん》住職の四人。

虫経村《むしくびりむら》以外の者として、馬喰村《ばくろうむら》の権藤《ごんどう》医師、発条香月子《はつじょうかつこ》と福太《ふくた》の三人。

警察は中谷田警部、野田《のだ》刑事、島田《しまだ》刑事の三人。

そこに刀城言耶を加えて、計十九人である。彼自身も含めて全員が非常に険《けわ》しい顔つきをしており、座敷には緊迫した空気が漂っている。誰もが居《い》た堪《たま》れなさを覚えているのは、ほぼ間違いなさそうである。

「では先生、はじめて貰《もら》えるかな」

中谷田が当たり前のように言ったので、言耶は大いに焦りながら、

「ちょ、ちょっと待って下さい。こういう場を設けられたのは、警部さんなんですから、この集まりの主旨について、まずご説明を――」

「そうか」

あっさり中谷田は承諾したが、

「今から刀城言耶先生が、今回の事件を解決して下さるいうんで、皆さん、暫《しばら》くご拝聴をお願いしたい。では、どうぞ」

とんでもない台詞《せりふ》を吐《は》いて、言耶の焦りを大きくしただけである。

「ち、違います。僕は無理矢理――」

「そんなことは、どうでも宜《よろ》しい」

取りつく島のない中谷田の返しに、はぁっ……と言耶は溜息《ためいき》を吐いたあと、まず寄

り合い所で警部と事件の検討をした経緯を話した。その結果この場が設けられ、ぶっつけ本番で謎解《なぞと》きに挑まなければならない羽目に陥《おちい》ったことを、できるだけ丁寧に説明した。

これで一応、なぜ自分たちは集められたのか——を皆が理解したように見えたが、かといって全員の表情は硬いままである。

「遅くなりましたが、まず和生《かずお》君のお悔《く》やみを申し上げます。大変なときに、こうしてご足労を賜り、本当に心苦しく思っております」

言耶が深々と頭を下げると、國待は頷《うなず》くように返礼しつつ、

「あの子が戻ってくるんは、早うても明後日《あさって》になると聞いとります。その前に犯人が捕まるんなら、こういう場に出るんも吝《やぶさ》かやありません。ただし邦作は、勘弁して貰いました。何と言うても、あの子の父親ですからな」

瑞子が尼耳家を代表する恰好《かっこう》で、改めて悔やみを述べた。同家を國待が訪れたとき、既に挨拶《あいさつ》はされていたようだが、この場でも必要だと判断したのだろう。本来なら件淙の役目なのだが、本人は両肩を落とした抜け殻のような姿で座っている。

「そろそろ、ええか」

中谷田に急《せ》かされ、仕方なく言耶は口を開いた。

「今から警部と一緒に検討した、忌名《いな》儀礼殺人事件に対する一連の推理を、順々にお

話ししていきます。いや、僕の場合は推理というよりも、飽くまでも一つの解釈に過ぎないのですが、そうやって試行錯誤を繰り返すことで、事件の真相に近づいていく。それが僕のやり方になりますので、暫くお付き合い頂ければ幸いです」

　そこで言耶は律儀に一礼したあと、

「ただ、その解釈の過程で、ここにおられる皆さんを、事件の容疑者として取り上げなければなりません。かなり失礼な物言いをすると思いますが、どうか平《ひら》にご容赦をお願い致します」

　彼は心苦しいと言わんばかりの表情で、更にもう一礼してから、

「さて、被害者の市糸郎《いちしろう》君は、尼耳太市氏と河皎縫衣子さんのお子さんでした」

　いきなり赤裸々な発言をしたため、一瞬その場がざわついた。しかし当人は、それまでの気遣いが嘘《うそ》のように、当然のような顔で淡々と続けた。

「そのため尼耳家でも河皎家でもなく、他所《よそ》で彼は育てられました。そうして七歳になる前に、件淙氏によって尼耳家に引き取られた。同家の跡取りとしてです」

　言耶は三市郎と李千子を見やってから、

「それまでは三男の三市郎氏と、長女の李千子さんのお婿《むこ》さんが、尼耳家の跡取り候補でした。でも前者は件淙氏のお眼鏡《めがね》に適《かな》わず、後者は彼女が忌名の儀礼で不吉な目に遭ったことから、もう候補とは考えられなくなった。ここで俄《にわ》かに注目されたの

が、市糸郎君だったわけです」

「そんな人物が、忌名の儀礼の最中に殺された」

中谷田が合いの手を入れたのは、警部なりの協力だろう。

「あの儀礼は子供の災厄を祓《はら》う意味を持ちますが、あれを執《と》り行《おこ》なうことで当家の跡取りだと証明する役目も、一方ではありました。井津子さんが受けなかった――いえ、受けさせて貰えなかったのは、その所為《せい》でしょう」

「つまり？」

「跡取り候補である市糸郎君が殺されたのは、尼耳家の財産が動機ではないか、と真っ先に考えられるわけです」

「となると容疑者は？」

「尼耳家の人々になります」

全員が予想していた発言と思われるが、再び場がざわつく。

「具体的には、誰になる？」

「その前に、まず動機のない人物を除外しましょう」

「分かった」

「まず件淙氏です。市糸郎君を跡取りにする心算で尼耳家に入れて、忌名の儀礼を受けさせたのですから、全く動機がありません」

「そうやな」

「次は李千子さんです。彼女は尼耳家から出たがっていた。その願いを叶えて上京し、元和《げんわ》玩具《がんぐ》に就職して、福太氏という生涯の伴侶《はんりょ》とも出会えた。市糸郎君が尼耳家の跡を無事に継いで、件淙氏が彼女に婿養子《むこようし》を貰うように再び言わなくなることを願いこそすれ、それを阻止するはずがありません」

この二人の除外については、誰もが納得しているようである。

「逆に最も容疑が濃いのは、三男の三市郎氏です。件淙氏の覚えが極めて悪いとはいえ、市糸郎君がいなくなって、李千子さんが福太氏と結婚すれば、跡取り候補として残るのは、彼だけになるからです」

こんな指摘をされて、てっきり本人は怒っているだろうと見ると、逆に嬉《うれ》しそうにしている。言耶は戸惑ったものの、すぐさま理由を察することができた。

僕に容疑者扱いされるのが、きっと彼は楽しいのかもしれない。

かなり歪《ゆが》んだ反応ではあるが、探偵小説好きの彼らしいとも言える。敵意を剝《む》き出しにされるよりは増《ま》しだろうと、言耶は前向きに考えることにした。

「犯行時、三市郎氏は綱巳山《つなみやま》の分家蔵の跡地にいました。同じ地点から銀鏡和生君は、犯人と思《おぼ》しき角目《つのめ》を目撃しており、その和生君を三市郎氏は隠れて見ていたことから、ちゃんとした現場不在証明《アリバイ》がありそうに思えますが、全ては三市郎氏の証言だけです。しかも肝心の証言を彼が行《おこ》なったのは、和生君の目撃談が村中に広まったあとでした。その光景を恰《あたか》も自分が目にしたように、彼には偽証することが可能だった。つまり和生君が見た角目とは、三市郎氏だったかもしれないのです」

ここまで言われているにも拘《かかわ》らず、相変わらず三市郎は嬉々《きき》とした表情のまま、熱心に言耶の話を聞いている。尼耳家の人たちを除くと、そんな彼を皆が奇異の目で眺《なが》めているのが、手に取るように分かった。

「ちょっと、いいかな」

福太が遠慮勝ちに、軽く片手を上げた。この場の緊迫した雰囲気に、流石《さすが》に圧《お》されているのかもしれない。

「何でしょう?」

「俺は現場に行っていないけど、事件の三日前に台風が来た所為で、綱巳山から馬落《もうじ》前《まえ》までは泥濘《ぬかる》んでいたんじゃないのか。もし三市郎氏が、そこを歩いたのなら……」

「はい、足跡が残るはずです。でも当日の四時四十分前から五時過ぎまで、この地方は一時かなり激しい夕立がありました。よって足跡の確認は不可能なんです」

「そうか。いや、邪魔して悪かった」

「僕が話している最中でも、先輩のように疑問を感じられたら、すぐにお声を上げて頂いて結構です。よろしくお願いします」

言耶は全員にそう頼んでから、

「二番目に容疑が濃いのは、井津子さんです」

と言いつつ本人に目を向けると、なんと彼女も何処《どこ》か楽しげではないか。睨《にら》まれたり泣かれたりするより良《い》いとはいえ、どうにも調子が狂う反応である。

「彼女の場合は、三市郎氏よりも複雑な動機が考えられます。尼耳家に引き取られたのは同じなのに、跡取り候補は兄の市糸郎君だけで、自分は除け者《もの》にされてしまう。忌名の儀礼にも同様のことが言えます。お二人は双子でありながら、全く別々に暮らしていました。そのため兄妹《きょうだい》間に生まれるであろう情愛も、ほとんど育たなかったのではないかと思われます。むしろ兄だけが重宝されることに、彼女が大いに嫉妬《しっと》したとしても、決して可怪しくありません」

「動機は嫉妬だけか」

中谷田が全て承知のうえで突っ込みを入れてくる。

「いえ、そこに尼耳家の財産が絡みます。もし市糸郎君がいなくなってしまえば、李千子さんに婿養子を取って跡を継がせるという件淙氏の思惑が、今度は自分に向くに違いない。そういう計算を彼女がしたとしたら、どうでしょう」

「複雑な動機いうんは、そういう意味やな」

「はい。しかも彼女は当日、市糸郎君よりも先に、三頭《さんず》の門を潜っています。そして彼を待ったうえで、あとを尾けました。現場不在証明ではなく現場存在証明を、ご本人が口にしているわけです。もっとも彼女は、馬落前の手前で引き返したと証言しています。でも、それを証明することはできません」

「三市郎さんよりも、より犯行現場に近い所におった。いうことになるな」

「そう見做《みな》せます」

この中谷田と言耶のやり取りがあっても、井津子は相変わらず楽しそうに見える。ただ彼女の場合は三市郎とは違い、まだ子供のため容疑を掛けられる恐ろしさが分かっていないのではないか、と言耶は心配になってきた。

それでも今は事件に集中すべきだと考え、彼は続けた。

「尼耳家の財産が主な動機となるのは、このお二人です。あとの方々は、ほぼ愛憎の問題と言えます」

「三人目の容疑者は？」

「孫の三市郎氏を幼少の頃から特に可愛《かわい》がっていたと聞く、瑞子さんです。彼女にしてみれば、長男と次男が戦死した以上、三男の彼が尼耳家を継ぐべきだ、という想《おも》いがあったのではないでしょうか」

言耶の半《なか》ば問い掛けるような物言いに対して、瑞子は特に反応しなかった。小首を傾げるようにして、ただ彼の話を聞いているだけである。

「それなのに件淙氏は、太市氏の隠し子である市糸郎君を尼耳家に入れて、跡を継がせようとしている。これを阻止するために……というのが、彼女の動機になります」

「現場不在証明は、どうなっとる？」

もちろん中谷田は全てを承知で訊《き》いていたが、それに言耶も合わせて、

「当日の夕方、尼耳家から四辻《よつつじ》へと向かう道には、河皎家の縫衣子さんの目がありました。彼女によると行きに通ったのは、井津子さん、件淙氏と市糸郎君、三市郎氏、狛子さん、太市氏の順でした。そして帰りは、狛子さん、井津子さん、三市郎氏、件淙氏の順です。つまり瑞子さんは目撃されていません」

「ずっと尼耳家におった？」

「ご本人の証言では、そうなっています。でも尼耳家から河皎家の裏を通って、四辻まで行くことは可能です。帰りも同じ道筋を取れば、縫衣子さんに見られずに往復できます」

「瑞子さんには不利な点があると、先生は指摘してたな」

「魔性のものに対抗するために、李千子さんから貰った玩具《おもちゃ》のピストルを、市糸郎君は持っていました」

「あれは撃ったあとが、確かにあった」

「忌名の儀礼を懼《おそ》れていた彼のことですから、何でもない物音に反応して、つい撃っ

てしまったとも考えられます」

「けど、別の可能性もあると？」

「犯人を撃ったのかもしれません。そのとき竹篾《たけひご》は、偶然にも犯人の右目付近に当たった。だから瑞子さんは事件のあと、右目に眼帯をしていたのだとしたら……」

誰もが自然に、瑞子に目を向けていた。いや、そんな中でも件淙だけは魂が抜けた如《ごと》く、相変わらず項垂《うなだ》れている。

「蓋然性《がいぜんせい》のある推理やな」

「四人目の容疑者は、狛子さんです。彼女にしてみると、自分の子供である三市郎氏が蔑《ないがし》ろにされ、夫が他所《よそ》で作った市糸郎君が跡取りになるわけですからね。とても心穏《おだ》やかでいられるとは思えません」

「そらそうやろ」

中谷田が相槌《あいづち》を打っただけで、あとは全員が気まずそうな様子で、態《わざ》と太市の方を見ないようにしているのが丸分かりだった。

「で、現場不在証明は？」

「ご本人の証言では、奥武ヶ原《おうがはら》に行ったことになっています。そこにハンドバッグが確かに忘れてありましたので、本当のようです。もちろんバッグは偽装のために置いた、とも考えられるわけですが――」

「そんな偽装をする意味が、ない？」

「はい。そもそも奥武ヶ原は、祝《はふ》りの滝に近い位置にあります。あそこに行っていないと偽証するなら分かりますが、ご本人はそれを認めていますからね。そのうえ縫衣子さんは、行きではなかった狛子さんの足元の汚れが、帰りには目についたと言っています」

「奥武ヶ原と祝りの滝を往復したんやないか、いうわけやな」

「そう見做せる、状況証拠です」

「あと尼耳家で残るんは――」

「太市氏だけになりますが、彼には明確な動機が見当たりません。とはいえ件淙氏に同家の跡取りとは認めて貰えず、他所で作った市糸郎君に、その任が与えられた。という状況を果たしてご本人は、どのようなお気持ちで受け止められたのか」

「子育ての全てを第三者に任せとったこともあって、如何《いか》に血が繫《つな》がっとるとはいえ、普通の親子のように考えるんは禁物かもしれん。完全には除外できんか」

「つまり容疑は、灰色になるでしょうか」

「現場不在証明は？」

「ずっと河皎家にいたと、ご本人は証言しています。それを縫衣子さんが裏づけているものの、お二人の関係がありますから、鵜呑《うの》みにはできません」

「共犯いうことは？」

「縫衣子さんが、尼耳家の忌名の儀礼に興味津々だったのは、いずれ市糸郎君も執り行なうかもしれない、という思いがあったからでしょう。にも拘らず彼の死に対して、彼女の反応は非常に淡泊でした。同じことが、太市氏にも言える気がします。つまりお二人の共犯という可能性も、また灰色なのです」

「これで容疑者の検討は、一通り済んだか」

中谷田がそう口にするのを待っていたかのように、國待が口を開いた。

「確認しておきたいのやが――」

「はい、何でしょうか」

言耶が応じると、

「当家の和生の死も、市糸郎君を手に掛けた者の仕業……いうことになりますのか」

「そう睨んでおります」

「和生が、あないなったんは……」

「口封じのためです。本来は市糸郎君殺しだけで終わるはずが、連続殺人事件になったのは、犯人にとって拙《まず》い何かを、和生君に喋《しゃべ》らせないためだったと思われます」

「……そうですか」

國待は力なく返したが、そこで急にかっと両の眼《め》を見開くと、

「それで犯人は一体、誰なんや」

はったと言耶を睨み据えた。

「今からお一人ずつ、容疑者の検討に入ります」

「……分かりました」

國待の口調は再び弱くなったが、その眼差《まなざ》しの鋭さだけは薄れずに残っている。

「凶器の錐《きり》に大傘茸《おおかさだけ》の毒が塗られていたことから、市糸郎君殺しは犯人による計画犯罪だったと分かります」

「それは間違いない」

中谷田の合いの手を受けて、言耶は続けた。

「そう考えると犯行の時間帯に、三市郎氏が綱巳山に上がっていたのは、犯人ではないから、とは見做せないでしょうか」

「理由は？」

「綱巳山から馬落前まで歩くと、はっきりと足跡が残ることを、三市郎氏が普通に予測できたに違いないからです。当日の夕立は、飽くまでも偶々《たまたま》です。ラジオの天気予報があったとはいえ、確実に雨が降るわけではありません。三市郎氏が計画殺人を立てたのであれば、綱巳山から現場に向かおうとはしなかったはずです」

「綱巳山へ行ったいう証言が、そもそも嘘やったら？」

「事件当日の夕方、彼が綱巳山に上がるのを、ちゃんと村人が見ていた——と、僕は寄り合い所で警部さんからお聞きしました」

「せやったな」

中谷田に惚《ぼ》け役をやらせているようで、言耶としては大いに心苦しかったが、これが警部の希望なのだから仕方ない。

「次は瑞子さんですが、事件当日の四時頃に尼耳家の廊下で、使用人たちに目撃されています。そして次は五時頃に台所へ現れた姿を、矢張り使用人たちに見られている。尼耳家から祝りの滝まで、往復で一時間ほど掛かります。つまりギリギリで犯行は可能なのですが——」

「余裕がなさ過ぎるか」

「この往復の時間は、尼耳家を出て河皎家の前を通り、三頭の門を潜った場合のものです。しかし、門には件淙氏がいた。よって瑞子さんは門と奥武ヶ原に通じる細い筋の中間辺りを進み、灌木《かんぼく》と藪《やぶ》を抜けて例の夜雀《よすずめ》が出没する路《みち》に出る必要があったはずです。そうなると、もっと時間が掛かったに違いない。しかも河皎家の裏と灌木や藪を抜けるのですから、かなり衣服が汚れたでしょう。でも彼女には、着替える時間などありませんでした」

「ほぼ犯行は、無理やったいうことか」

「また市糸郎君が玩具のピストルを撃って、瑞子さんの右目の周囲を傷つけたのだとすれば、その現場は祝りの滝になると思われます」

「犯行現場が、正にあそこやからな」

「しかしガレ場の途中で、早くも大切にしていた『少年探偵団』を使うくらい、彼は怯《おび》えていたわけです。にも拘らず祝りの滝に着くまで、ずっとピストルを撃たずに持っていたと考えるのは、ちょっと無理がありませんか」

「もっと早うに使うとると、これは見做すべきか。そうなると瑞子さんを撃てたとは、とても思えんな」

　言耶は頷いたあとで、

「衣服に不自然さがなかった瑞子さんに比して、狛子さんは行きでは何ともなかったのに、帰りは足元が汚れていました」

「怪しいな」

「僕もそう思ったのですが、実際に奥武ヶ原へ行ってみて、よく分かりました。あの埋葬地に通じる細い筋のような道は、鬱蒼《うっそう》とした雑草に覆《おお》われており、そこを歩くだけで足元が汚れてしまうことに。また狛子さんが奥武ヶ原から祝りの滝へ行ったのなら、足元だけでなく衣服全体が汚れたはずです」

「瑞子さんと同じ指摘が、狛子さんにも言えるいうことやな」

「はい。次に太市氏と縫衣子さんですが、依然として灰色と言えます。お二人の共犯なら、市糸郎君殺しは充分に可能です。瑞子さんが取ったと推察した道筋を辿《たど》れば、件宗氏に見つからずに祝りの滝まで行けます。仮に衣服が汚れても、いくらでも河皎家で着替えられます。しかもお互いの現場不在証明も認め合うことができるのです」

「灰色とはいえ、最も容疑が濃くなるか」

「ただしお二人には、市糸郎君を殺害するだけの積極的な動機があったとは、どうしても思えません。彼が尼耳家の跡を継いだとしても、特にお二人が不利益を被《こうむ》ることはないはずです。何とも言えぬ不信感をお二人に覚えるのは事実ですが、だからといって容疑を掛けるのは間違っているでしょう」

「動機がないんでは、話にならん」

「最後に残った容疑者が、井津子さんです」

このとき彼女が、はじめて不安そうな様子を見せた。遊びだと侮って死刑ごっこに付き合っていたら、いつしか本物の死刑執行になっていた……とでもいうような、そんな不条理な目に遭っている気分を、もしかすると本人は今、犇々《ひしひし》と味わっているのかもしれない。

「し、しかしな――」

福太が慌てた口調で、強く異を唱え出した。

「かつて祇作《ぎさく》氏が村中にばら撒《ま》いた角目の面を、犯人は今になって利用したんだろ。でも彼女はその頃、まだ幼女じゃないか。また尼耳家に引き取られたあと、その面を手に入れられたとも思えない。つまり彼女は、犯人ではないということだ」

井津子の表情がやや持ち直した。福太を見詰める眼差しが微《かす》かに潤《うる》んでいる。

「でも先輩、井津子さんは手先が器用です。三市郎氏の蒐集品《しゅうしゅう》の修理係を李千子さんから受け継ぐほど、彼女は優れた技能を持っています。角目の面くらいなら、簡単に作れたのではないでしょうか」

「そ、それは……」

福太が苦しそうに口籠《くちご》るのを目にして、井津子は今にも泣き出しそうである。

「ただ……」

そう言耶が呟《つぶや》くと、あとを中谷田が受けて、

「寄り合い所での先生との検討は、ここまでやったわけやが――どうや、ここから先を続けられそうか」

しかしながら言耶は、警部の言葉が聞こえているのかいないのか、少しも分からない顔つきのままで、

「如何に三頭の門を先に潜っていたとはいえ、その門で件淙氏が待っている状況の中で、市糸郎君を祝りの滝で殺《あや》める必要が、井津子さんにあったのかどうか……。もっ

と別の機会を待っても良かったのではないか……」

「そ、そうだよ」

福太が急いで賛同したが、その声も言耶には届いていないらしく、

「態々《わざわざ》この忌名の儀礼の最中に、市糸郎君を手に掛けなければならぬ理由が、どう考えても彼女にあったとは思えない……」

独《ひと》り言《ごと》を呟くように続けて、そのまま沈思している。

「自分が儀式を受けられんかった腹癒《はらい》せに、その最中に犯行を為《な》そうと決意した――いう推理はどうや」

この中谷田の指摘に、漸《ようや》く言耶は反応した。

「……有り得ますか」

「おい、ちょっと待てよ」

福太が再び異を唱え掛けたが、

「もっとも井津子さんに、その動機を求めるのは、かなり無理な気がします」

言耶は自ら否定的な意見を口にした。

「ほうっ、なんでかな」

「そこまでの狂気性が、彼女からは感じられないからです。もちろん内に秘めているという見方もできますが、そう見做すためには、ご本人がそれほどの精神状態に追い

詰められていたに違いないと、状況証拠でも構わないので客観的に説明できなければ駄目です」

「なるほど」

「また手先の器用な彼女が、角目の面を作ったのだとしたら、その角が取れてしまうことなど、まずなかったのではないでしょうか」

「つまり彼女も、犯人やない」

中谷田の相槌に、ほっとした溜息が福太の口から漏れた。そして井津子自身は、半ば放心しているような有様《ありさま》である。

「犯人が忌名の儀礼に拘《こだわ》っていることは、ほぼ間違いないでしょう。だからこそ儀礼の最中に事件を起こした」

「そこには犯人の、狂信性があった？」

「――ように、僕には感じられてなりません」

尼耳家の人々の顔を、言耶は一人ずつ見詰めながら、

「これまでに容疑を掛けた方々も、この狂信性の問題に鑑みれば、忽《たちま》ち全員が白になります」

「となると？」

「そう見做せる人物は、矢張り件淙氏しかおられないのですが――」

「彼には全く動機がない」

「つまり――」

その場に集まった人々を、ぐるっと言耶は見回しつつ、

「犯人は尼耳家以外の何者かで、忌名の儀礼に拘っている人物――ということになります」

なんとなく全員の視線が、銀鏡國待に集まり出した。虫経村で忌名儀礼をとにかく重要視しているのは、現在では尼耳家と銀鏡家のみである。前者の容疑の消えた今、後者にそれが掛かるのは自明のことだった。

「皆さんの反応は無理もありませんが、國待氏は犯人ではありません」

だが言耶は、きっぱりと否定した。

「件淙氏と同様に、そもそも動機がない。そのうえ如何に口封じのためとはいえ、実のお孫さんを氏が殺めるとも思えません」

「当たり前や」

静かながらも怒りの含んだ口調で、國待が断じた。

どうやら彼に疑いの目を向けた全員が、和生殺しの件を一時的に失念していたらしく、その指摘と同時に、誰もが恥ずかしそうに國待から目を逸《そ》らした。

「せやけど先生、そうなると容疑者が、もうおらんことになるぞ」

中谷田には珍しく、やや焦りの様子が窺《うかが》えたが、少しも言耶は動じることなく、

「でしたら容疑を掛ける範囲を、もっと広げれば良いのです」

「村中にか」

「いえ、村外にまで」

「何ぃぃ？　それで一体、何処の誰が浮かんでくるんや」

言耶は遠くを見詰めるような眼差しをしたあと、

「七七夜《ななよ》村の鍛治本《かじもと》氏です」

その場が突然、しーん……と静まり返った。いきなり何を言い出すのか……という困惑が、ほぼ全員の顔に浮かんでいる。

言耶は念のため、阿武隈川烏《あぶくまがわからす》から聞いた話をしてから、

「忌名の儀礼によって家族全員を失った鍛治本氏こそ、あの儀式に取り憑《つ》かれていると言える人物ではないでしょうか」

「けど、それは戦前の話やろ」

漸く中谷田が突っ込みを入れてきた。

「今頃になって、何で他所の忌名の儀礼に、そいつが関《かか》わってくるんや」

「一家が全滅してから、この地方で執り行なわれる忌名の儀礼を、ずっと鍛治本氏は密《ひそ》かに見続けてきたから……だとしたらどうですか」

中谷田の反応は、その場の全員の意見だったかもしれない。

「……まさか」

「何のために？」

「家族の鎮魂でしょうか」

「推理が飛躍し過ぎとらんか」

「でも鍛治本氏は独《ひと》りになったあと、巡礼姿で四国八十八箇所または西国三十三所観音霊場を巡り出したといいます。巡礼姿とは、即《すなわ》ち白装束です」

あっ……という小さな叫びが、あちこちで聞こえた。

「例の白い人影いうんが、その鍛治本なんか」

「そう考えると、合点《がてん》がいきます」

「うーむ」

「ご本人は飽くまでも家族の鎮魂のために、各村の忌名儀礼を巡っていた。しかし、余りにも深く儀式に関わり過ぎたのだとしたら……。何度も他人の儀礼に侵入しているうちに、思わぬ障《さわ》りが出はじめたのだとしたら……、その結果、彼自身の忌名が本人を押しのけて表に現れ出したのだとしたら……」

「恐ろしい二面性が鍛治本にはあった、そういうんか」

俄かには受け入れ難《がた》いのか、中谷田は苦虫を嚙《か》み潰《つぶ》したような顔をしている。

「事件のあとも角目の目撃談が出たのに対して、一方の白い人影は、ぱったりと止《や》んだと聞いています」

「そうやな」

「その事実から、前者は村の方々の共同幻想だったからであり、後者は実在していたから――という解釈ができませんか」

「うーむ」

中谷田は暫く唸《うな》っていたが、

「けどな、奴《やつ》は各村の各家の忌名儀礼の情報を、一体どうやって得てたんや。当地へ行って訊き込んだら簡単に分かるやろうけど、そんなことしたら噂《うわさ》になったやろ。この虫経村でもそうや。しかし、そういう話は一向に出てきておらんぞ」

「鍛治本氏はかつて、生名鳴《いななぎ》地方の中心地である下斗米《しもとまい》町で、役場勤めをされていました。各村の旧家の子供の年齢の把握など、きっと容易《たやす》かったでしょう」

「……なるほど」

一応は納得しながらも中谷田は続けて、

「各村の忌名儀礼に関わる動機は、まぁ理解できる。せやけど儀礼の対象者に殺意を覚えるいうんは、いくら何でも……」

「その被害者の野辺送りの葬列にまで参加しているのですから、警部が首を傾げられるのも、よく分かります」

「えっ……」

驚いたのは警部だけでなく、ほぼ全員だった。

「忌中笠《きちゆうがさ》を被った白装束の人物は、恐らく鍛治本氏でしょう」

「自分が殺めた被害者の葬列に、自ら並んだいうんか」

「綱巳山から市糸郎君の儀礼の様子が見えるかもしれないと、和生君に教えたのも、きっと鍛治本氏です」

「何でや、親切心からか」

「それが本来の鍛治本氏であって、市糸郎君を襲ったのは、彼の忌名なのです。全ては他所の忌名儀礼に関わり過ぎた所為だった……」

「うーむ」

再び中谷田が唸り出したところで、

「ただ……」

またしても言耶が呟いた。

「うん？　何や」

「三市郎氏が綱巳山から、馬落前の元鴉谷《からすだに》にいる鍛治本氏らしき白い人影を目撃したあとで、同じ地点から和生君が角目を見ています」

「そうやったな」

「この状況は、三頭の門の方向から馬落前へ、何者かがやってくることに気づいた鍛治本氏が、元鴉谷に身を隠したと見做せませんか。きっと市糸郎君だと思ったものの、その正体を見ようと鍛治本氏は身を乗り出し掛けた。そこを三市郎氏が目撃した。それから今度は三市郎氏が、綱巳山を上がってくる何者かの気配を覚え、咄嗟《とつさ》に隠れた。そこへ和生君が現れ、馬落前にいる角目を目撃した。そういう流れが推察できます」

「つまり鍛治本は、角目やない？」

「鍛治本氏が矢張り角目で、三市郎氏が見たのは元鴉谷にいた姿で、和生君が目撃したのは谷から這《は》い上《あ》がったあとだった――という解釈も無論できます。でも、前者が見たのは馬落前の祝りの滝側に当たる隅《すみ》だったのに、後者は卓袱台《ちやぶだい》岩と馬落前の北の隅の中間くらいの辺りで目撃している。そうなると鍛治本氏は、馬落前に上がってから引き返し掛けていたところを、和生君に見られたことになります。まだ市糸郎君殺しが起きていないのに、この行動は明らかに可怪しくありませんか。それに凶器の錐に塗られた毒は、虫経村特有の大傘茸のものでした。この茸《きのこ》から毒を抽出する方法は、かなり難儀だと聞いています。七七夜村の出身である彼には、きっと相当に困難でしょう。また動機を彼の二面性に求めるのも、かなり無理があり過ぎる……。つまり総合的に鑑《かんが》みると、鍛治本氏は角目ではないことになります」

「……ないことになります――って先生、大丈夫か」

言耶の迷走振りに、全て承知のうえとはいえ、中谷田も心配になってきたらしい。

「白い人影と忌中笠を被った白装束の人物の謎《なぞ》は、これで解けました」

「それは、まぁそうなんやが……」

ここまでの言耶の推理に功績がある点は大いに認めつつも、警部は珍しく不安げな様子で、

「村外にまで容疑を広げても、犯人を突き止められんとなると、あとは一体どう考えたらええもんか……」

それに対して刀城言耶は、早くも完全に沈思黙考の状態に入っている。そんな彼の邪魔をしないようにという配慮か、誰も一言も喋らない。お陰《かげ》でその場の緊張感は、弥《いや》が上《うえ》にも高まるばかりだった。

やがて――、

「どうやら僕たちは、非常に重要な事実を見落としていたようです」

「何や、それは？」

中谷田の問い掛けには答えず、言耶が呟いた。

「太市氏の血液型は、ＡＢ型です」

「……そうですね」

野田刑事が手帳を取り出して確認してから肯定の相槌を打つ。

「そして縫衣子さんは、A型です」

「ええ、間違いありません」

と応《こた》えたあと、いきなり野田が叫んだ。

「そうか！　私としたことが……」

「おいおい、どうしたんや」

「警部、面目ありません。もっと早くに、私が気づいているべきでした」

野田が深々と頭を下げるのを見て、中谷田が慌てて言耶に、

「教えてくれ」

「市糸郎君と井津子さんは、O型なんです」

うんうんと野田が頷いている。

「AB型の太市氏と、A型の縫衣子さんの間に、O型の子供は生まれません」

「つまり……」

「市糸郎君と井津子さんは太市氏の子供ではなく、尼耳家の血も引いていないことになります」

「先生方、そうなんですか」

中谷田が念のためという風に、馬喰村の権藤と虫経村の坂堂、この二人の医師に確認を取ったところ、

「ええ、間違いありません」

権藤が即答した。それを受けて坂堂も無言で頷いている。

「……嘘や」

この事実に最も衝撃を受けたのは、矢張り太市らしい。そう言った切り呆《ほう》けたような顔つきで、ひたすら縫衣子を見詰めている。しかし彼女は俯《うつむ》いたまま、全く微動だにしない。

「お二人の実の父親は誰か——を、この場で問うことに意味はありませんので、その問題には触れないでおきます」

と言耶は断りつつも、彼の脳裏には李千子が体外離脱で目撃したという、尼耳家の裏庭での國待と縫衣子の密会らしき光景が浮かんでいた。

銀鏡國待氏が二人の父親なのか……。

だが今は、それを突き止めている場合ではない。だから彼も、敢《あ》えて國待に目を向けないようにした。

「そないなると——」

中谷田の両の瞳《ひとみ》が急に鋭くなったことに、言耶は気づきつつ応えた。

「そうなんです。件淙氏には動機が生まれます」

太市以外の尼耳家の人々が、一斉に件淙を見やった。だが当人は、相変わらず心ここに在らずという体である。

「尼耳家の跡継ぎとして引き取ったのに、実は血が繋がっていなかった。しかし今更、彼を追い出すわけにもいかない。そんなことをした理由がもし漏れれば、村中の笑いものになってしまう。当家の面子《メンツ》の問題は重要です。そこで忌名の儀礼を受けさせている間に、彼を始末しようと考えた。あの儀式の最中であるならば、不審死が起きても不思議ではない。そんな風潮が、まだ村には残っていたからでしょう。一番良いのは事故に見せ掛ける方法です。馬落前に於《お》いて鵙谷に、または祝りの滝に於いて滝壺《たきつぼ》に、それぞれ誤って落ちたように見せ掛けるのです。しかし馬落前には、綱巳山に思わぬ目撃者がいるやも知れません。かといって祝りの滝では、泳ぎの達者な市糸郎君には通用しそうにない。また鵙谷に突き落とせたとしても、確実に止めを刺せる保証はないでしょう。そこで件淙氏は、殺人を決意した。しかも在り来たりの殺害方法ではなく、如何にも忌名の障りに見立てたような、右目を刺す方法を取ることにした。これで警察を騙《だま》せるとは、流石に思わなかったでしょう。でも捜査を大いに混乱させられる。そう踏んだ。錐に大傘茸の毒を塗ったのは、もちろん必殺を狙ってでしょう」

「現場の状況に鑑みたとき、最も犯行を為し易《やす》かった人物は、三頭の門におった尼耳件淙やいう意見が、これまでの先生との検討でも出とったな」

「しかしながら件淙氏には、全く動機がありませんでした」

「それが隠《かく》れ蓑《みの》になると、本人も考えたわけか」

「凶器の錐が、どちらかと言うと三頭の門の近くで発見されたのも、これで頷けます。恐らく件淙氏は、凶器の始末まで事前に考えていなかった。犯行後、尼耳家へ戻る途中で、はたと彼は困ったのではないでしょうか。そこで目についた藪の中に、咄《とっ》嗟《さ》に隠した」

「計画殺人ではあるが、そこまで緻《ち》密《みつ》なもんやなかった。まぁ実際の犯罪いうんは、そんなもんやろな」

「件淙氏は万一の目撃者の存在を懸念して、かつて拾って仕舞っておいた角目の面を使うことにした。そんな代物を残しておいたのは、銀鏡家に対する複雑な感情故《ゆえ》でしょうか。でも年月が経《た》っており、つい角が取れてしまった」

「そこを和生君に目撃された」

「和生君が角目に関して、僕に思い出した何かを伝えたがっている——と知っていたのは、二人だけです」

「その一人である李千子さんは、銀鏡家を訪れた帰りに、綱巳山へ上がろうとしとる子供らしき後ろ姿を見ている」

「もう一人である件淙氏は、青雨山《おううやま》の下の無常小屋の前で、彼女とは別れています。その前に恐らく彼は、綱巳山へ向かっている和生君に気づいた。だから小屋の中から、大工道具《だいく》として仕舞われていた錐を調達したのです。あそこには共同の農機具や大工道具があると、吉松《よしまつ》氏が教えてくれました」

「せやけど和生君は一体、何のために綱巳山へ……」

「翌日の午後に僕と会う前に、何かを確かめておきたかったのか――。もしくは件淙氏が銀鏡家にいる間に、こそっと彼に耳打ちをして呼び出しておいたのか――」

「いいえ、それはなかった思います」

　李千子が遠慮勝ちながらも、はっきりと否定すると、

「そうですよね。李千子さんのお話を聞く限り、あなたに気づかれずに、件淙氏が和生君に話し掛けるのは、絶対に無理そうでした」

「……はい」

「そうなると……」

　と言耶が思わせ振りに呟いた途端、中谷田が嫌な顔をした。

「おい、何や」

　それに言耶は取り合わずに、さっと太市に顔を向けて尋《たず》ねた。

「あなたは市糸郎君と井津子さんの件を、少しもご存じなかった。そうなんですか」

しかし当人は聞こえているのかいないのか、全く彼の言葉に反応しないので、

「もしもし、太市さん？」

野田刑事が声を掛けて相手の注意を引いてから、言耶の質問を繰り返したところ、

「……ええ、まぁ」

太市が弱々しい口調ながらも認める返答をした。

「ご本人さえ気づいていない事実を、件淙氏はいつ何処で、どうやって知ったのでしょうか」

その件淙も相変わらずの様子だったので、野田が同じように問い掛けたのだが、

「……そんなもん、儂《わし》は知らん」

素《そ》っ気《け》ない答えが返ってきただけである。

「この場合、ご本人の言だけでは、どうにも判断できませんが――」

「今の先生の推理の、大きな難点になるか」

「はい。それに殺人の動機としては、矢張り弱いでしょうか」

「おいおい」

中谷田が呆《あき》れた声を出している。

「忌名の儀礼の最中に殺さなければならない――という肝心の動機が、特に弱い気が

します」

「いやいや、先生がそう推理したんやろ」

「とはいえ誤りは、素直に認めるべきです」

「せやけどなぁ」

警部は大いに呆れながらも、同時に大いに困惑した顔つきで、

「容疑の濃い尼耳家の人たちを一通り検討したうえで、それを村人にまで広げて、次いで村外にまで容疑者を求めたあと、また尼耳家へ戻ってきて――いう推理過程を考えたら、もうほんまに犯人となる者は残ってへんことになるぞ」

そんな中谷田のぼやきなど、少しも耳に入っていないかのように、言耶は一心不乱に考える素振りを見せている。

「事件当日の夕方、三頭の門の前には件淙氏、そこから馬落前までの間には井津子さん、馬落前を望める綱巳山には三市郎氏と和生君、祝りの滝に近い奥武ヶ原には狛子さん、そして三頭の門から祝りの滝の間の何処かに七七夜村の鍛治本氏が、それぞれいたことになります」

「ああ、そうやな」

取り敢《とりあ》えず中谷田が相槌を打つ。

「これだけの人の耳目があった事実から、犯行時に於ける三頭の門から祝りの滝まで

の空間は、一種の巨大な密室だったとは言えませんか」

「穴だらけの密室やけどな」

「では、言い方を変えましょう。これだけの人の目と耳があった中で、いつ何処から、犯人が出入りしたのかさえ、なぜか分かっていません」

「そうやな」

「余りにも可怪しくありませんか」

「何が言いたい？」

不審そうな口調の中谷田に、言耶は答えた。

「なぜ犯人は誰にも姿を見られずに、この空間に出入りができたのか。その謎が解けさえすれば、事件は解決するのではないか。そう僕は考えたのです」

「それが分かったんか」

「はい」

「そしたら犯人は、どうやって何処から出入りしたんや」

興奮する警部とは裏腹に、言耶は飽くまでも冷静な態度で、

「そんなことを犯人は、一切していません」

「何でや」

「犯行前から問題の空間の中にいて、犯行後も出ていないからです」

「……ど、どういう意味や」

「市糸郎君殺しの真犯人は、土石流で埋まっていた分家蔵の中から、事件の三日前に来た台風の所為で出てこられた、角目こと銀鏡祇作氏だったからです」

この言耶の発言には、腑抜《ふぬ》け状態の件淙と太市の二人も激しく反応したくらい、その場の全員に例外なく大きな衝撃を与えた。

「あ、阿呆《あほ》な……」

中谷田も俄かには受け入れ難いのか、思わず暴言を吐いたほどである。

「そもそも蔵が埋まってから、一体どれほど経ってんのか、先生は理解しとるんか」

「八年です」

言耶が即答すると、

「いくら何でも、そんな阿呆らしいことがあるか」

警部は怒り出したのだか、言耶は気にした様子もなく、

「主に天明《てんめい》の時代（一七八一〜八九）に活躍した狂歌師であり御家人だった大田南畝《おおたなんぽ》は、『半日閑話《はんにちかんわ》』という随筆集を記していますが、その巻十五『信州浅間嶽下奇談』に彼は、こんな話を載せています」

淡々と同書に記録された逸話を語りはじめた。

「文化十二年（一八一五）の九月頃に、彼が聞いた話です。信州の浅間《あさま》ヶ嶽《がだけ》に住むあ

る農家が、井戸を掘ろうとした。しかし、いくら掘っても肝心の水脈には当たらず、代わりに瓦《かわら》が二、三枚ほど出てきた。こんな地中に埋まっているのは変だなと思い、更に掘ってみたところ、なんと瓦屋根《かわらやね》にぶち当たった。屋根を崩してみると、その下は家屋の内部らしい。でも真っ暗で何も見えない。ところが、どうも誰かいるような気配がある。松明《たいまつ》で内部を照らして驚いた。五、六十歳くらいの男が二人もいる。事情を尋ねると、先の浅間焼けの際、六人で土蔵に逃げ込んだ。だが山崩れの所為で蔵が埋まってしまう。四人は横穴を掘って脱出を試みたが、その甲斐《かい》なく死んだ。自分たち二人は、蔵にあった米三千俵《ひよう》と酒三千樽《たる》のお陰で、今日まで何とか生き延びた。という信じられないような体験を語った。二人が口にした浅間焼けから、三十三年後の出来事である——と、大田南畝は記しています」

誰もが言耶の語りに夢中で聞き耳を立てていたためか、彼が口を閉じると怖いくらいの静寂が座敷に降りた。

「それで——」

福太が場違いな質問に恥じ入るかのような遠慮した声音で、

「蔵の中にいた二人は、その後どうなったんだ？」

「農家の者たちが代官所に報告して、二人を蔵から出そうとしたんですけど、ずっと暗闇《くらやみ》の中で生活していたわけですから、急に上げてしまうと死ぬかもしれない。そこで少しずつ外の世界に慣らさせるようにした——とのことです」

ほっとした安堵《あんど》感が不思議にも座敷に広がった。だが、それも束《つか》の間《ま》だった。

「三十三年の事例があるんやから、その四分の一ほどの八年なら、もっと有り得るいうことか」

中谷田が話を元に戻し、透かさず言耶が応えた。

「分家蔵には大量の保存食と茸酒が溜《た》め込《こ》まれていた、と聞いています。茸酒は大傘茸から作られますから、凶器の錐に塗ることも可能でしょう」

「うーむ」

「警部さんは仰《おつしや》いました。馬落前の土石流跡の捜索を最後まで残したのは、あそこが危険だったからだと。つまり三頭の門に近い藪の中で凶器が発見されなければ、如何に危なかろうと土石流跡も調べられたはずです」

「あの藪に凶器を捨てた理由は、それか」

「元鴉谷の土石流跡を探られれば、地中に埋まっているはずの分家蔵の一部に——矢張り屋根でしょうか——人が出入りできるほどの穴が空いていることが、簡単に分かってしまう。被害者の遺体が祝りの滝で発見されたあと、間違いなく警察は辺りを調べるでしょう。とはいえ危険な場所は、どうしても後回しになる。現場になかった凶器さえ発見されれば、そこからは捜索の手も緩《ゆる》むと、恐らく祇作氏は考えたのです」

「屋根に穴が空いた原因は、集中豪雨か」

「それを察した祇作氏が、あとは大工道具で広げたのかもしれません。土石流に呑《の》まれる前の分家蔵の中で、彼は大工仕事をしていた。そういう噂がありましたからね」

「角目の面は、犯人自身が作った本物やった……」

「流石に八年も前のものだったので、ぽろっと角が取れたわけです」

「し、しかしな――」

中谷田は大いに焦った様子で、

「漸く蔵から出られたのに、態々どうして市糸郎君を殺す必要がある？　そこに彼がおったんは、ほんまに偶々やろ。動機は何や」

「……呼ばれたから」

この言耶の答えに、全員が戸惑いを露《あらわ》にした。何を言っているのか、という顔で皆が彼を見詰めている。

「祇作氏が分家蔵ごと土石流に呑《の》み込《こ》まれ、鴉谷のあった所まで流されたあと、八年間も地下生活を余儀なくされた――という状況が起こる直前に、何があったのか。それをよく思い出す必要があります」

「李千子さんが、ちょうど忌名の儀礼をされとる最中やった。そうやな」

警部が確認をすると、言耶は頷いたあとで、

「正確には、御札《おふだ》流しを祝りの滝でされた、その帰路になります。つまり儀式は済んでいたわけですが――」

「細かいな。で？」

「李千子さんが馬落前に差し掛かったとき、綱巳山の異変に気づきます。祇作氏は分家蔵の二階の窓辺にいて、彼女には後ろ姿を見せていた。だから李千子さんは叫んで、彼に危険を知らせようとした。その叫び声が届き、祇作氏は振り向いた――と同時に山津波が起きて、分家蔵は土石流に呑まれて流されてしまう。つまり呼ばれて振り返ったために災厄に遭った……と、祇作氏が受け取っても不思議ではない状況が、このとき生まれたのです」

「そんな、阿呆な……」

「祇作氏が錐を手に、村の中を徘徊《はいかい》していたとき、決して彼の名を呼んではいけない……と注意されていました。なぜなら危険だったからです」

「そうやったかもしれんが……」

「分家蔵の二階の窓辺で、不意に呼ばれて振り向いた祇作氏が目にした最後の光景が、白装束姿の李千子さんでした。そして八年後、分家蔵から這《は》い出《だ》した彼の眼前に、同じく白装束姿の市糸郎君がいた。市糸郎君は妹さんと同様、お人形さんのように綺《き》麗《れい》で可愛い容貌《ようぼう》をしている。分家蔵に籠《こも》り出したときから、既に精神的な問題を抱《かか》えていた祇作氏が、八年もの地中暮らしで、その狂気を更に拗《こじ》らせていたと推察するのは、かなり容易です。きっと視力も弱っていた。そんな彼が白装束姿の市糸郎君を目にして、八年前の李千子さんだと誤認するのは、充分に有り得たわけです」

「……呼ばれたから、殺した」

言耶は険しい顔つきになると、

「かつて強羅《ごうら》地方の犢幽村《とくゆうむら》に於いて、僕は怪談連続殺人事件に遭遇しました。あの事件の背後に流れているある動機に気づいたとき、犯罪史上、希《まれ》に見る狂った動機としか言いようがない……と戦慄《せんりつ》したのですが、今回の事件も全く同様かもしれません」

「……呼ばれたから、殺した」

中谷田は同じ言葉を繰り返していたが、はっと我に返ったように、

「和生君の事件は、どないなる？　地中の蔵ん中にいたんでは、銀鏡家の彼を呼び出すことなんか、どうやってもできんやろ」

「李千子さんが覚えた無気味な視線の正体とは、夜中にでも密かに銀鏡家へ戻っていた、祇作氏のものだったのではないでしょうか」

「なんと……」

「銀鏡家の人たちが、それに気づいていたのかどうか、祇作氏が和生君と顔を合わしたのかどうか、和生君が角目の正体を察したのかどうか、今のところ全て不明です。

しかし祇作氏は、和生君の目撃談に脅威を覚えていた。しかも甥《おい》っ子が李千子さんに、その角目に関する新証言があると言っているのを漏れ聞いてしまう。そこで綱巳山に連れ出した。あの裂け目に遺体があったのは、恐らく祇作氏が遺棄したからでしょう。殺人事件ではなく神隠しとして、和生君の行方不明が受け取られるように、彼は画策したかったのだと思います」

「莫迦《ばか》莫迦しい」

ずっと口を挟まずに黙っていた國待が、顔を真っ赤にして吐《は》き出《だ》すように強く怒り出した。

「分家蔵が土石流に呑まれる前に、祇作はおらんようになったと、もう何遍も説明しておる。当時の警察署長も、それで納得したいうのに、今頃になって何を――」

「銀鏡さん、その話は別の場所でお聞きします」

中谷田は断ってから、野田と島田の両刑事に、馬落前の土石流跡を青年団の協力を仰いで捜索するように命じた。それから瑞子に別の座敷を使う許可を得て、さっさと國待と移ってしまったので、その場の集まりは自然解散となった。

「何をしとる？」

どっちに行くべきか言耶が迷っていると、当然の如く警部に呼ばれた。

別の小さな部屋で、中谷田は銀鏡國待の事情聴取をはじめたが、先程《さきほど》と同じ台詞を繰り返すばかりで全く埒《らち》が明かない。特に「当時の警察署長が納得した」という言には、警部もほとほと困っているのが分かる。

徒《いたずら》に時間ばかりが過ぎていったが、遂《つい》に島田が戻ってきて、事態は一気に動きはじめた。

「み、見つかりました！　土石流跡の下に、ぽっかり穴が空いてる所があって、どうやら屋根の一部みたいです。その下は真っ暗で、よく分からないんですが、村の者によると、恐らく蔵ではないか……と」

「そうか。よう見つけた」

喜ぶ中谷田とは対照的に、島田はかなり渋《しぶ》い顔で、

「ただ、大量の土砂が内部に流れ込んでおり、あの中を捜索するのは、かなり困難ではないかと思われます。また村の者の見立てでは、いつ何時、屋根の他の箇所が崩壊するかもしれない状態のため、蔵の中に入るのは無理だと……」

「その有様では、祇作が蔵に戻ったとは考えられん。銀鏡家と村内の捜索を優先して、それで見つからんかったら山狩りや」

素早く中谷田は判断を下しつつ、

「銀鏡さん、これでもお認めになりませんか」

「ただ蔵が見つかった、いうだけでしょう」

しかし國待は、頑として否認した。

完全な日暮れを迎えるまで、銀鏡家と村内に於いて祇作の捜索が行なわれた。だが、何処からも彼は見つからない。

中谷田は寄り合い所で明日の山狩りの計画を立てると共に、七七夜村の鍛治本の行方を突き止める算段も行なった。その両方に言耶も参加したが、彼が関わるのは「ここまでだ」と警部にはっきり言われた。

「先生には偉う世話になって感謝しとるが、あとは警察で何とかする。あの親子と娘さんと一緒に、もう東京に戻ったらどうや」

後ろ髪を引かれる思いだったが、確かに言耶が残ったとしても、もう余り役には立てないかもしれない。

李千子の結婚に関して、どうやら件淙は完全に興味をなくしているらしい。最早《もはや》も う反対しないというより、どうでも良いとばかりに放置している。そんな状態だった。そのため同家の跡取り問題は、依然として残ったままである。

しかし瑞子は、

「あんたは、なーも心配せんでも宜しい。こっちは大丈夫やから、あちらで幸せになりなさい」

そう言って李千子を送り出した。彼女だけでなく狛子と三市郎と井津子も、同じ願いだったに違いない。そこに太市も入るのかどうかは分からなかった。

尼耳家の人々に見送られて、発条香月子と福太、李千子、そして刀城言耶は東京へ帰った。

分家蔵は全体の十分の一ほどが掘り出されたところで、その後に生名鳴地方を襲った集中豪雨の所為で、一切の作業が中止と決まった。内部に祇作がいる――または遺体がある――見込みが非常に薄いと考えられたからである。彼が蔵の中で生存していたのか、その痕跡《こんせき》を検める必要はあったものの、作業の危険に鑑みて判断された。

銀鏡國待は相変わらず全てを否認している。ただ村では二つの噂が流れているらしいと、井津子が知らせてきた。

分家蔵から這《は》い出《で》た祇作は銀鏡家で匿《かくま》われていたが、和生を手に掛けたことにより、密かに始末されたに違いない……という噂と。

そのため浮かばれない祇作が角目の化物となって、夕間暮れになると村の子供を狙って出没するから、いつまでも外で遊んでいてはならぬ……という噂が。

終章　虫経村《むしくびりむら》の秘密

翌年の春、発条福太《はつじょうふくた》と尼耳李千子《あまがみいちこ》は結婚した。そこまで式を延ばしたのは、もちろん事件の熱《ほとぼ》りが冷めるのを待ったからである。結婚式に尼耳家から出席したのは、瑞子《たまこ》、太市《たいち》と狛子《こまこ》、三市郎《さんしろう》と井津子《いつこ》の五人で、件淙《けんぞう》と他《ほか》の親族は姿を見せなかった。

披露宴には刀城言耶と祖父江偲《そふえしの》も呼ばれた。ただ彼女が終始「ええなぁ。綺麗《きれい》やなぁ。ほんまにええなぁ」と呟《つぶや》き続けて、横にいた彼をげんなりさせた。

銀鏡祇作《しろみぎさく》の行方は、今以《もっ》て不明だった。銀鏡家では家族から使用人に至るまで事情聴取を行《おこ》なったが、祇作については「知らない」または「見ていない」と全員が同じ証言をした。警察は口裏合わせを疑ったものの、その証明はできなかった。

家族にも使用人にも隠したまま、國待《くにまつ》が独《ひと》りで祇作を匿《かくま》ったのではないか、という疑惑だけが残った。そんなことが可能かどうか、警察でも意見は分かれたが、使用人を誰か一人でも味方につければ、それほど難しくもないと結論づけられた。しかしながら國待は、何が何でも認めなかった。相変わらず否認し続けているという。

分家蔵の掘り出しが中止になったのも、國待を完全に追い詰められないのも、銀鏡家が持つ政治力の所為《せい》が多分にあるらしい。

結局「被疑者行方不明」として事件に幕を下ろすしかなかったようである。

これらを言耶は、野田《のだ》刑事の手紙で知った。書いたのは野田自身だが、そう指示したのは恐らく中谷田《なかやだ》警部だろう。

そろそろ新婚夫婦が落ち着く頃合いを見計らって、刀城言耶は二人の新居を訪ねた。無論そこでは目出度《めでた》い話題ばかりが出たのだが、かといって事件のその後について全く触れないのも不自然である。

応接間の長ソファに福太《ふくた》と李千子が、その向かいの一人用に言耶が座った恰好《かっこう》で、三人の会話に一段落ついたところで、

「あれから何か、あっちの進展はあったのか」

という福太の問い掛けから、言耶は野田の手紙を基に報告を行なった。

「李千子さんが十四歳の儀礼を執《と》り行《おこ》なったとき、馬落前《もうじまえ》で分家蔵の二階にいる祇作氏を見ているため、彼が蔵の中にいたことは間違いないと言えます」

「そして八年後、分家蔵の中から現れ、再び角目《つのめ》となって、市糸郎《いちしろう》君を殺《あや》めた……だけでなく和生《かずお》君まで手に掛けた……」

「問題はそのあと、彼が蔵に戻ったかどうかです」

「國待が逃がしたんじゃないか」

「それでは捕まるのも、ほぼ時間の問題だったでしょう。だったら蔵に戻して——」

「まさか。生き埋めにした……とか」

福太の横で、はっと李千子が大きく息を呑《の》んだ。事件の話になってから、ずっと彼女は口を閉じている。それまでの明るさが嘘《うそ》のように、不安そうな顔で二人の会話を聞いていた。

「先輩は、シュレーディンガーの猫ってご存じですか」

「いや、知らない」

「オーストリアの物理学者エルヴィン・シュレーディンガーが、一九三五年に発表した量子力学に関する思考実験なんですが——」

「おいおい、俺は物理が苦手だったんだぞ」

「その肝だけお話ししますと、箱の中に入れられた猫が、生きているのか死んでいるのか、外側からでは判断できない——という解釈です」

「箱を揺らして猫を鳴かす方法は、駄目か」

「はい。飽くまでも箱を観察することしかできません」

「だとしたら猫が自発的に鳴くか、箱の中で動くかでもしない限り、確かに分からないよな」

「今の分家蔵の中も、正にシュレーディンガーの猫ではないでしょうか」

「そういうことか」

福太は考え込むような仕草《しぐさ》をしたあとで、

「前に君は、決して自分は事件を解決しているわけではない、そう見えたとしても大きな謎《なぞ》が残ったままの場合も多々ある——と俺に語ったことがあった。あの意味が漸《ようや》く分かった気がするよ」

「僕は探偵ではありませんからね」

「けど……」

福太は思わせ振りに言葉を切ると、凝《じ》っと言耶を見詰めながら、

「今日は新婚家庭の様子を見るためだけに、態々《わざわざ》ここに来たわけじゃないんだろ」

「あっ、分かりますか」

「今回の付き合いで、より君を理解できたと思っている」

そう言う福太は苦笑いを浮かべていたが、すぐさま真顔になって、

「李千子が聞いても、それは大丈夫な話なのか」

「……いいえ。虫経村の隠された秘密に関することですから、李千子さんには辛《つら》いお話になるでしょう」

「だったら——」

「私は構いません。あなたと一緒に、ちゃんとお聞きします」

福太は首を振り掛けたが、彼女の決心が固いと見て取ったのか、言耶の方に向いて仕方なさそうに頷《うなず》いた。

「東京に戻ってきてから今回の事件を振り返ったとき、まず僕が引っ掛かったのは、銀鏡勇仁《ゆうじ》氏のことでした」

「銀鏡家の遠縁の者で、國待氏が引き取ったという、あの青年が？」

訳が分からないと言わんばかりの顔を、福太だけでなく李千子もしている。

「彼は尼耳家の通夜の前日、銀鏡家に来たばかりでした。にも拘《かかわ》らず村の青年の吉松《よしまつ》氏は、もう彼の噂《うわさ》が広まっていると、僕に教えてくれたのです」

「ああいう地方では、新参者の話がすぐに拡散するんだろ。似たような話を以前、君から聞いた覚えがあるけどな」

「その通りなんです。でも、だったら僕たちの噂が、なぜ流れなかったのか」

「……どういう意味だ？」

「僕のことを、吉松氏も和生君も知りませんでした。また水天《すいてん》住職と瑞穂《みずほ》神主は、先輩たちお二人の話を詳しく聞きたがりました。僕たちの噂が、全く広まっていなかった証拠です」

「……確かに変だな」

「地方の村では、とかく他所者《よそ》は目立ちます。よって好奇の目に晒《さら》されるのが普通なのに、虫経村では違っていたことに、漸く僕は気づきました」

「どうしてだ？」

福太の疑問には答えずに、ふと言耶は思い出したとでもいう風に、

「神主が尼耳家の幽霊画部屋の存在を知らなかったのも、今から考えると妙です」

「そんな部屋があるのか」

びっくりする福太に、言耶は雨乞《あまご》いに絡めて説明してから、

「あの村の人たちは、なぜ僕らに興味がなかったのか」

「好奇心を剝《む》き出《だ》しにされるよりは、まぁ良かったけど……」

「和生君の行方が分からなくなったとき、先輩と僕が捜索に加わろうとしたら、野田刑事に止められましたよね」

「あれは警察の意見ではなく、村人たちの反応を見て、警部たちが判断したってことだろ」

「そうです。僕らに興味がないはずなのに、その一方では避けようとしていた節があった。そんな村の人たちの奇妙な様子は、市糸郎君の通夜や葬儀や野辺送りでも、頻繁に感じられました」

「かつての尼耳家が、雨乞いの儀式を執り行なっていたため、同家に対する村人たち

の畏怖《いふ》の念が残っている所為だと、君は言ってなかったか」

「それもあるでしょう。しかし、そういう忌避する感情は一方で、尼耳家に対する注目も生むものなんです。にも拘らず同家に関する噂が、どうも村には流れていないらしい……という事実がありました」

「かなり変か」

「太市氏と縫衣子《ぬいこ》さんの関係に、村人たちが全く気づかなかったのも、今になって考えると可怪しくないですか」

「あっ、言われればそうだな」

「同じことが、尼耳家の親戚《しんせき》にも言えます。皆が遠方で暮らしており、ほとんど本家との付き合いがない。実家に折角いるというのに、村人たちと交流もしない。そんな風に僕には見受けられました」

「俺も同様に感じたな」

「件淙氏が銀鏡家に乗り込んで、李千子さんの結婚話を持ち込んだとき、國待氏に『せやけど何を血迷うて、うちにお出《い》でになったのか』とか、『あんたさんは、気ぃが違うてしもうたんか』とか、相当な言われようをしています。僕は、てっきり喪中だから――と受け取ったのですが、それにしては強過ぎる言葉ではありませんか」

「……確かに」

「しかも似た意味の台詞《せりふ》を、瑞穂神主も水天住職も、更に瑞子さんまでが口にしています」

「おい、一体これは……」

物凄《ものすご》く不安そうな顔をする福太に、そっと李千子が寄り添った。二人が自然に手を取り合うのを眺《なが》めつつ、言耶は淡々とした口調で続けた。

「銀鏡家の塀の前から虫経村を睥睨《へいげい》したとき、尼耳家の近くの四辻《よつつじ》からの眺めとの差異が、両家の懸隔《けんかく》を表しているような気がして、こんな風に感じるのはどうしてなのか……と首を傾《かし》げたのですが、あのとき僕は既に、村の秘密を無意識に悟っていたのかもしれません」

「な、何なんだ、それは？」

福太が思わず詰め寄りながら、

「何を聞いても驚かないから、はっきり言ってくれ」

言耶は飽くまでも落ち着いた様子で、

「僕たちが虫経村へ向かったとき、一つ手前の馬喰村《ばくろうむら》のバス停で降りました。そして会話をしながら歩いた。でも先輩の母堂から無駄話は止めて、日が暮れる前に尼耳家へ着くように、ここから急ごうと言われた。それで黙々と更に十分ほど歩き続けたところで、村境にある虫経村の道祖神に出迎えられた。あとは坂を下って四辻に出て、右手に折れて尼耳家へ行ったわけです」

「うん、それがどうしたんだ？」

「つまり馬喰村のバス停から尼耳家まで、少なくとも二十四分は掛かったことになります。四辻から同家までは四分ほどですからね。しかし僕が尼耳家から虫経村の中心まで行ったとき、辻《つじ》から村までが十分だったので、十四、五分ほどでした」

「な、何を……」

「馬喰村のバス停で降りたのは、虫経村まで乗るよりも、尼耳家に近いからだと李千子さんは説明されました。けど実際は、全く逆だったのです」

「えっ……」

「それなのに一つ手前でバスを降りたのは、虫経村の中心部を通りたくなかったからではないか」

「な、なぜだ？」

「尼耳家は虫経村の西の端《はし》にあります。そのため僕は、李千子さんが通うのは馬喰村の中学校であり、彼女の主治医が馬喰村の権藤《ごんどう》医師になるのだろう――と理解していました」

「……ち、違うのか」

「これまでに挙げた全《すべ》ての違和感を説明できる解釈が、一つあります」

「何だ？」

「尼耳家は虫經村に於《お》いて、村八分の目に遭っている——という解釈です」

訳が分からない……という表情を福太は見せた。だが、すぐ横にいる李千子の顔から血の気が失《う》せていることに気づき、彼は大いに慌て出した。

「おい、大丈夫か」

それから言耶の方を向き、半《なか》ば怒った物言いで、

「君は一体、何を言いたいんだ？」

「つまり李千子さんには、市糸郎君殺しの動機があ、あ、あったことになる——」

かっと福太は大きく両の眼《め》を見開き、ひっしと李千子は彼にしがみついた。

「ば、ば、莫迦《ばか》な……」

福太が怒り出した。

「忘れたのか。市糸郎君が殺されたとき、李千子は君の下宿の離れに、俺たちと一緒にいたんだぞ」

「犯行時に三頭《さんず》の門から祝《はふ》りの滝までが、一種の巨大な密室と化していたと見做《みな》せると、僕は考えました。にも拘らず犯人の出入りが不明なことから、犯人は最初から密室の中にいて、そして出ていない——と推理したわけですが、もう一つ別の解釈があったのです」

「何だよ」

「犯人は密室に一切の出入りをせずに、あの犯行を為《な》した──という解釈です」

「む、無茶苦茶だ」

「李千子さんは仰《おっしゃ》いました。件淙氏は首虫《くびむし》の話などして脅さずに、祝りの滝の岩肌に彫られている神仏らしい顔について語って、御札《おふだ》流しをする者を安心させれば良いのに、という意味のことを。だから彼女は市糸郎君にそう言うと、その尊顔をはっきりと眺められるようにと、小型の望遠鏡を与えたのです。ただ、それは彼女の手によって改造されていました。覗《のぞ》くために筒を伸ばした途端、内部から大傘茸《おおかさだけ》の毒が塗られた錐《きり》が飛び出して、彼の右目を刺すように。玩具《おもちゃ》のピストルから竹籤《たけひご》が発射できるように作り替えた彼女にならば、そんな凶器を開発することも簡単だったでしょう」

「藪《やぶ》の中で見つかった、凶器の錐は……」

「我々と尼耳家へ行く前に、李千子さんは帰省しています。あのとき仕込んでおいたのです。錐が油紙に包まれて、おまけに石の重しまであったのは、警察に無事に発見されるまで、野生動物に荒らされないための用心でした」

「し、しかし錐には、市糸郎君の血痕《けっこん》が……」

「あれは井津子さんのものでしょう。彼女も手先が器用ですが、不注意から指に怪我《けが》をよくします。李千子さんが帰省したとき、義妹が僥倖《ぎょうこう》にも怪我をしたのを見て、手当てを買って出ることで、彼女の血を利用することを思いついた。咄嗟《とっさ》の判断力が、本当に凄《すご》いです」

「そんな……」

「市糸郎君が祝りの滝に落ちなかったのは、犯人手作りの特殊な凶器によって、言わば滝壺《たきつぼ》側から刺される恰好になったためです」

「つ、角目の化物は？」

福太が急に勢い込んだ様子で、

「あの正体は、祇作だったんだろ。だとしたら犯人は……」

「祇作氏に関しては、全てがシュレーディンガーの猫である――としか言いようがありません。確かに状況証拠は彼を指していますが、八年間も蔵の中で生存していたという事実さえ、何ら証明されていないのですから……」

「け、けど……」

「そもそも和生君は、祇作氏について何も知らされていません。全く同じことが祇作氏にも言えます。つまり祇作氏による和生君殺しは、どう考えても成り立たないわけです」

「いやいや、可怪しいだろ。だって和生が、はっきりと角目を見てるじゃないか」

「あれは、市糸郎君だったのです」

「…………」

「馬落前を通り過ぎようとした市糸郎君は、綱巳山《つなみやま》に誰かがいることに気づきます。そこで彼は、つい望遠鏡を使おうとした。でも李千子さんは、彼に注意を与えていた。この望遠鏡は、祝りの滝の神仏を見るときしか使ってはいけない——と。なぜなら他の場所で使用されると、肝心の凶器の始末ができないからです。祝りの滝でなら、まず望遠鏡は滝壺に落ちてしまいます。李千子さんは市糸郎君のことを、大人しく素直で従順だと言っていました。だからこそ自分の言いつけを、きっと彼が守るだろうと読めたわけです」

「それじゃ、和生が見たのは……」

「望遠鏡を使おうと右目に当てたものの、李千子さんの注意を思い出して止めた、市糸郎君の姿でした。それが視力の悪い和生君には、まるで顔面から角が取れたように映った」

「…………」

「この和生君の目撃談は、李千子さんを恐怖させたことでしょう。如何《いか》に彼の目が悪かったといっても、あとから角が取れたと証言しているのですから、またいつ何を思い出すか知れたものではありません。かといって和生君に接触するのは、どう考えても無理です。悶々《もんもん》としていたときに件淙氏の乱心が起きたため、それに彼女は乗じたのです」

「和生にも同じ望遠鏡を……」

「恐らく予備が作ってあったのでしょう。それを彼にこっそりと渡した。僕との約束は、きっと彼女の嘘です。ただ、あの目撃談の新情報があれば、また探偵さんとお話しできる。あのときと同じ行為をすれば、何か思い出せるかもしれない。だから綱巳山から馬落前を、これで見るように──などと焚《た》きつけて唆《そそのか》したのです」

「莫迦な……」

ここまで言耶の推理を聞いても、まだ福太は納得できないのか、

「けど李千子は、君の同行に異を唱えなかった。君には探偵の才があると、俺が説明しているのに。彼女が本当に犯人なら、これは変だろ」

「まず言えるのは、発条《はつじょう》親子が僕の同行を望んでいるのに、それに李千子さんが積極的に反対などできない、という彼女の立場の問題です。また、よーく思い出して下さい。先輩は僕のことを、迷う方の迷探偵だと仰ったのですよ。僕の同行を不安視していた李千子さんも、これで決心がついたのだと思います。ただし注意深い彼女のことです。安全策を取るために祖父江《そふえ》君の同行を求めた。彼女が側にいれば、僕の調子が狂うと踏んだからです」

「…………」

福太は一瞬、何も返せなくなったようだが、

「……待て、待ってくれ」

最も肝心な問題に漸く気づいたかのように、

「君は虫経村の秘密を暴《あば》いたあとで、だから李千子には動機があったと言ったが、あれは一体どういう意味なんだ？　その説明を全くしていないじゃないか」

「先輩も薄々は、もう察しておられるのでしょう」

「………」

「尼耳家が村八分という目に遭っていると分かれば、世間体を気にする先輩のご母堂が、お二人の結婚を決して許さなかったであろう……ということを」

「けど、どうして？」

福太は頭が大いに混乱している様子で、

「尼耳家が村八分に遭わなければならない理由が、一体あの家の何処《どこ》にあるんだ？」

「古《いにしえ》より雨乞いを執り行なっていたのは、ある特定の人たちでした」

「あっ……」

「詳細は省きますが――」

流石《さすが》の言耶も、この場で講義をする心算はなかったので、

「雨乞いの儀式には呪術《じゅじゅつ》的な要素があると見做され、そういう能力をある特定の人た

ちが有していると、昔から考えられていた。よって報酬も決して少なくはなかった。だからこそ彼らの中でも上層階級者になると、時の大名や旗本を凌《しの》ぐ富を蓄《たくわ》えることもできた。そういう存在が当時は、別に珍しくなかったのです」

「差別されながらも、金持ちになった者もいた……」

「そうです。そして宗教的な能力者は、しばしば『いち』と呼ばれました。尼耳家に『市』の漢字がつく名前が多いのも、李千子さんの『いち』も、その名残《なごり》ではないかと思われます」

「そんな……」

暫《しば》し福太は愕然《がくぜん》としていたが、

「い、いや、変だぞ」

急に勢いづくと、

「あの家には、ちゃんと弔問客があっただろ。あれは村八分なんか受けていない、その立派な証拠になるぞ」

「河皎《かわしろ》家は過去に火事を出した所為で、村八分になりました。けれど二回目の火事でも、ちゃんと村人たちは同家を助けています。なぜなら虫経村に於ける相互扶助の機能が働いたからです。どれほど村で除《の》け者《もの》になっている家でも、火事や葬式など相互扶助が必要な事態が起きた場合は、必ず助ける決まりがあるからです」

「ま、ま、まさか……」

福太の顔面は驚くほど蒼白《そうはく》になっている。

「何の対策も立てないまま、先輩のご母堂と尼耳家に行った場合、同家が村八分を受けている事実に、香月子《かつこ》さんは気づくかもしれない……と、李千子さんは大いに案じた。通夜振る舞いや野帰り膳《ぜん》での、ご母堂の積極性に僕は驚きましたが、そうやって村人たちと交流する可能性を、李千子さんは予測していたわけです」

「………」

「そんな羽目になれば、先輩との結婚にも大いに暗雲が立ち込める。これを取り除くために李千子さんは、次のような流れを考えたのです」

態《わざ》と言耶は一拍だけ空けてから、

「尼耳家で死者が出る↓同家で葬儀が営まれる↓村の相互扶助が機能する↓同家に弔問客が訪れる↓先輩のご母堂が弔問客を目にする↓村八分の秘密は保《たも》たれる↓よって先輩と結婚ができる」

がばっと物凄い勢いで、福太が李千子から身を離した。反射的に彼女は追おうとしたが、長ソファの端まで移動した彼は、来るな——と言わんばかりに右腕を伸ばして、彼女を阻止する恰好を取っている。

「しかし当然ですが、死者など放っておいても出ません。そこで李千子さんは殺人を計画したわけです。とはいえ物心ついた頃から一緒に暮らした家族には、流石に手を出す気になれません。それに自分が疑われないためには、確固たる現場不在証明《アリバイ》が必要です。そこで目をつけたのが、忌名《いな》の儀礼を執り行なう予定の市糸郎君でした。彼との関係は他人のようなものです。しかも儀礼の最中の遠隔殺人という奸計《トリック》を思いつき、これは一石二鳥だと思った。市糸郎君の儀式が済むまで待って欲しいと頼み、かつ先輩たちの尼耳家訪問をその直後に設定したのも、全て計算の内だったのです」

言耶の推理に耳を傾けながらも、福太の眼差《まなざ》しは、ずっと李千子に向けられている。彼女が少しでも近寄れば、すぐさま逃げ出すことができるように……とでもいう様子で。

「真犯人は祇作氏だと尼耳家で間違った解釈をしたとき、強羅《ごうら》地方の犢幽村《とくゆうむら》に於ける怪談連続殺人事件を例に出して、あれに匹敵する狂った動機だという意味の発言を、僕はしました。しかしながら本当の真犯人が持っていた動機の異常性は、そんなものではありませんでした。正に犯罪史上に残る前代未聞の、真《まこと》に頭の可怪しな動機だったのです。これほどまでに悍《おぞ》ましい動機は、僕もはじめてです」

李千子は悲しそうな表情で、ひたすら福太を見詰めている。言耶の声が聞こえているのかいないのか、その様子からは一向に分からない。

暫《しばら》くの間、福太にしてみれば睨《にら》み合《あ》いが、李千子からすれば見詰め合いが続いたあ

とで、

「あなた……」

「く、来るなぁ！」

次の瞬間、がらっと李千子の顔つきが変わった。全くの無表情になった。まだ怒りを表現してくれた方が良かったと思えるほど、何の感情も表に出ていない顔は、途轍《とてつ》もなく恐ろしくて厭《いと》うべきものだった。

「……先生ぇぇ」

それまで聞いたことのない声を、いきなり李千子が発した。

「お見事な推理でしたけど、一番肝心なとこが間違うてますよねぇ」

「……な、何ですか」

言耶が恐る恐る尋《たず》ねると、ぞわっと二の腕に鳥肌が立つような答えを残して、そのまま李千子は新居を静かに出ていった。

刀城言耶は全てを、すぐさま中谷田警部に報告した。

李千子は指名手配されたが、その行方は杳《よう》として知れなかった。新居のある住宅地を物凄い形相で駆け去る彼女を、複数の住人が目撃している。それなのに彼女が去った方向の証言が、なぜか見事にバラバラだった。この奇妙で気味の悪い謎は、未《いま》だに解けていない。

結局「被疑者行方不明」として事件に幕を下ろす羽目になったのは、銀鏡祇作犯人説の場合と同じだった。

虫経村では一騒動あった後、尼耳家への風当たりが強まった。ただし同家に対する元々の扱いが村八分だったため、ほとんど変わらなかったとも言える。少なくとも尼耳家の人々は、何の変化も覚えなかったかもしれない。

発条家は福太の離婚を訴えて裁判を起こした結果、それが認められた。井津子は高校を卒業すると上京して、元和玩具《げんわがんぐ》に就職した。そして二十二歳の誕生日を迎えたあと、福太と結婚した。それは李千子の死亡が法律的に成立する、正に直後に当たっていた。もちろん福太と井津子の二人は、ただそのときを凝っと待っていたのである。

福太が独りで暮らしていた家で、二人は新婚生活を迎えた。しかし、すぐさま引っ越す羽目になった。

ある日の夕間暮れ、二階の寝室の窓硝子《ガラス》に李千子の顔が貼《は》りついているのを、井津子が見たと言ったからだ。即座に警察が呼ばれて、近辺が捜索された。だが李千子は見つからなかった。福太は幻覚だろうと思ったらしいが、井津子の余りの怯《おび》え振りにすぐ引っ越しを決めた。

この井津子の証言を、言耶は信じた。

なぜなら二人の結婚式に出席している最中も、新婚生活の場に遊びにいった際も、引っ越し先を訪ねたときも、彼の脳裏には李千子が最後に発したあの言葉が、ずっと谺《こだま》しながら響いていたからだ。

『お見事な推理でしたけど、一番肝心なとこが間違うてますよねぇ』

『……な、何ですか』

あのとき李千子は何とも言えぬ不可解な笑みを浮かべながら、こう言った。

『私は李千子やのうて、生名子《いなこ》ですから……』

主な参考文献

◉桜井徳太郎『民間信仰』塙書房／１９６６
◉井之口章次『日本の葬式』筑摩書房／１９７７
◉斎藤たま『生とものの け』新宿書房／１９８５
◉斎藤たま『死とものの け』新宿書房／１９８６
◉浜田義一郎 編集『大田南畝全集 第十一巻 随筆II』岩波書店／１９８８
◉飯島吉晴『子供の民俗学 子供はどこから来たのか』新曜社／１９９１
◉須藤功『葬式 あの世への民俗』青弓社／１９９６
◉宮田登『ケガレの民俗誌 差別の文化的要因』人文書院／１９９６
◉前田速夫『白の民俗学へ 白山信仰の謎を追って』河出書房新社／２００６
◉礫川全次 編『タブーに挑む民俗学 中山太郎土俗学エッセイ集成』河出書房新社／２００７
◉新谷尚紀『お葬式 死と慰霊の日本史』吉川弘文館／２００９
◉筒井功『日本の地名 60の謎の地名を追って』河出書房新社／２０１１
◉柳田国男『葬送習俗事典 葬儀の民俗学手帳』河出書房新社／２０１４
◉千葉幹夫 編『全国妖怪事典』講談社学術文庫／２０１４

◉筒井功『殺牛・殺馬の民俗学　いけにえと被差別』河出書房新社／２０１５
◉フランツ・ハルトマン『生者の埋葬』黒死館附属幻稚園／２０１６
◉筒井功『賤民と差別の起源　イチからエタへ』河出書房新社／２０１８
◉筒井功『村の奇譚　里の遺風』河出書房新社／２０１８
◉小山聡子・松本健太郎 編『幽霊の歴史文化学』思文閣出版／２０１９
◉神崎宣武『神主と村の民俗誌』講談社学術文庫／２０１９
◉常光徹『魔除けの民俗学　家・道具・災害の俗信』角川選書／２０１９
◉堤邦彦『日本幽霊画紀行　死者図像の物語と民俗』三弥井書店／２０２０
◉高橋繁行『お葬式の言葉と風習　柳田國男『葬送習俗語彙』の絵解き事典』創元社／２０２０

解説

白井智之（作家）

ホラーとミステリーの驚くべき融合。

刀城言耶《とうじょうげんや》シリーズの魅力を一言で表現すればそうなるだろう。ホラーの要素を含んだミステリーでも、ミステリー的なギミックを駆使したホラーでもない。二つの要素が有機的に結びつき、圧倒的な次元へ到達している。本書『忌名《いな》の如き贄《にえ》るもの』においてもこの化学反応は健在で——。

と、勇んで本題に入る前に、まずは本作の概要を紹介しておく。

『忌名の如き贄るもの』は二〇二一年七月に刊行された、刀城言耶シリーズの第八長編である。ことミステリーの分野において、本シリーズはおよそ並ぶもののない評価を獲得している。第三長編『首無《くびなし》の如き祟るもの』が『２０１７本格ミステリ・ベスト10』の企画「本格ミステリ・ベスト・オブ・ベスト10」で過去二十年間の作品の中から第一位に選ばれたのを始め、第五長編『水魑《みづち》の如き沈むもの』は本格ミステリ大賞を受賞。『首無』以降、六つの長編はすべて日本推理作家協会賞と本格ミステリ大賞のどちらか（または両方）の候補に選ばれている。あなたがミステリーというジャンルに少しでも興味を持っているなら迷わず手に取るべきシリーズであることは間違いないし、初めの一冊が本書であってもまったく問題はない。

本作『忌名の如き贄るもの』の舞台は生名鳴《いななぎ》地方、虫經村《むしくびりむら》。この地には災厄から子供を守るため、身代わりとして「忌名」を授ける風習があった。この儀礼の一環として、祖父から御札《おふだ》を滝に流しに行くよう命じられた七歳の少女、尼耳李千子《あまがみいちこ》の恐ろしい体験談から物語は幕を開ける。御札流しを終えるまで、名を呼ばれても絶対に振り返ってはならない。はたして李千子は儀礼をやり遂げることができるのか。

歳月は流れ、刀城言耶は大学の先輩、発条福太《はつじょうふくた》の婚約者となった李千子から、この儀礼の顚末を聞かされる。福太は忌名の儀礼が由緒あるものだと母・香月子《かつこ》に説明してほしいと頼むが、その直後、李千子の異母弟・市糸郎《いちしろう》が死亡したという知らせが届く。言耶は福太らとともに虫經村を訪れ、事件の真相を探ることになる。

二つの「忌名」

二〇二一年二月――本作の単行本が刊行される五カ月前、同じく「忌名」を扱った短編『忌名に纏《まつ》わる話』が発表されている。この短編は声優が小説を朗読する

「STORY LIVE」のために書き下ろされたもので、二〇二三年現在、活字媒体には収録されていない（朗読は映像配信サービスLeminoにて視聴可能）。

両作品を比べると、語り手が七つの誕生日に祖父から忌名を与えられる物語の導入は共通しているが、その後の展開は大きく異なっている。『忌名に纏わる話』における忌名の儀礼は耳を塞《ふさ》いで物語を聞くところまでで、『忌名の如き贄るもの』の李千子のように御札を滝へ流しに行くことはない。単行本刊行時のインタビューによれば、三津田は『忌名の如き贄るもの』の執筆中、『忌名に纏わる話』で描いた忌名の儀礼が再利用できることに気づき、物語に取り入れたという。『忌名に纏わる話』には虫経村という地名も登場しないが、作中で重要な役割を担うある建物が『忌名の如き贄るもの』にも登場していることから、やはり虫経村を舞台にしていると思われる。本作とは違う恐怖が堪能できるのはもちろん、朗読ならではの意表を突く結末も用意されている。

刀城言耶の推理

刀城言耶シリーズと言えば、何と言っても圧巻の謎解きである。長編ではほとんどの作品で、仮説の構築と否定を繰り返しながら真相に迫っていく「一人多重解決」が披露される。これがとにかくすごい。これほどスリリングな謎解きは他に類がないのではないか。

　一つの事件に対し複数の推理が並列して繰り出されていく、というのが一般的な多重解決の構造だが、これには切り離しがたい難点がある。本というメディアの特性上、残りの項数から推理の正否が分かってしまうこと。そして正解ではない推理を読み進めるうち、徐々に謎の魅力が目減りしてしまうこと。平たく言えば、どうせ何とかなるんでしょ、という気になってしまうことだ。

　刀城言耶シリーズの謎解きは、こうした難点を孕《はら》む多重解決ミステリーとは明らかに一線を画している。

　分かりやすいところで言えば、全体の項数が多く、最終盤に謎解きが凝縮されているため、残りの項数から展開が予想できない。だがより重要なのは、このシリーズがホラーとミステリーの境界に位置しており、物語がどこへ着地するか予測できない、ということだろう。読者はすべての謎が解き明かされるという確信を得られないまま、刀城言耶の推理を読み進めることになる。一つの推理が披露されるたび「なるほどその手があったのか」と膝を打ち、それが否定されるや「どうなってしまうのか」と途方に暮れる。解決するのか、しないのか。人知か、怪異か。読者はぐらぐらと揺さぶられ、吊り橋を渡るような緊張感を持ったまま結末へ歩んでいくことになる。この構造が、読者に類例のない読み心地をもたらしている。

その点、本作においては――と、**ここからは本作の謎解きに触れますので、未読の方は必ず読了後にお読みください。**

本作の第十五章「事件の真相」における言耶の推理シーンからは、これまでのシリーズ作品とは違う、どこかほのぼのとした印象を受ける。事件の被害者が少ないこと、差し迫った危険がないこともあるが、最大の要因は、人間消失や密室殺人といった不可解な謎が一見、見当たらないことだろう。推理の目的は怪異めいた謎を解明することではなく、容疑者の中から犯人を突き止めるという現実的なもの。関係者が顔を揃《そろ》える古典的な舞台立ても相まって、読者は普通のミステリーに近い感覚で推理をたどっていくことになる。

この第十五章で言耶が到達する真相も本当に魅力的なのだが、それだけでは終わらない。終章に至り、虫経村の秘密と真犯人の動機が明かされる。そこで読者は、長大な物語のあらゆる要素が、この真相へ向けて組み上げられていたことに気づくのである。

虫経村の秘密はいかに伏せられたか

刀城言耶シリーズの圧巻の謎解きを支えているのが巧みな伏線である。いずれの作品も、土地の風習や怪異、それに翻弄される人々の描写の中に、膨大な数の伏線が張り巡らされている。本作も例外ではない。

虫経村において、尼耳家は村八分の扱いを受けていた。言耶は尼耳家に滞在していながら、最後までそれに気づかない。銀鏡《しろみ》家を始めとする村人たちの言動に幾度となく違和感を覚えてはいるが、そのたび尼耳家が喪中だから、市糸郎がおかしな死に方をしたから、あるいは自分たちが他所者《よそ》だからだろうと納得してしまう。第十二章「夜礼花《やれはな》神社と尼耳家の秘密」では、言耶は尼耳家が雨乞《あまご》いの儀式を担ってきた事実を突き止める。だがここでも、現在の尼耳家の置かれた状況を正しく見抜くには至らなかった。

このシリーズでは舞台となる土地の住人の視点で事件が語られることも多いが、本作は幼い李千子による冒頭の三章を除き、言耶の視点で物語が進む。これは読者に対し虫経村の秘密を伏せる必要があったからだろう。人物配置について言えば、警察官の中に現地の駐在員が見当たらないのも同じ理由と思われる。

その動機

虫経村の秘密が暴かれた後、ついに李千子（と、ここではしておく）による市糸郎殺害の動機が明かされる。李千子が去った後、福太が井津子《いつこ》と結婚したのを唐突に感じた方がいたら、ぜひ冒頭の前文を読み返してみていただきたいのだが――それはさておき。この動機が本当に凄まじい。いわゆる「八百屋お七」タイプの動機の変奏と言えそうだが、葬儀によって村八分の事実が隠されたこと、つまり犯行によって生じた誤認の効果が読者にも及んでいるため、まさに不意打ちと言うべき、思いもよらぬ死角からの衝撃がもたらされることになる。

李千子の心情を知って振り返ると、第十三章「尼耳件宗《けんぞう》の乱心」に印象深い場面がある。言耶から尼耳家についての説明を聞き、「やっぱり由緒のある、お家《うち》でしたのねぇ」と感心する香月子に、李千子が嬉《うれ》しそうな顔を見せるのだ（436頁）。李千子は異母弟を殺《あや》めてまで福太と結ばれたいと願っていた。彼女の願いは切実なものだったのだろう。読後、胸に刻み込まれるのは、差別の不合理さ、理不尽さだ。

虫経村に暮らす人々のため、尼耳家は汚れ役を担わされてきた。村人たちにとって、尼耳家こそが安寧のための犠牲、つまりは忌名だったのかもしれない。

本書は二〇二一年七月、小社より単行本として刊行されました。

|著者| 三津田信三　編集者を経て2001年『ホラー作家の棲む家』（講談社ノベルス／『忌館《いかん》』と改題、講談社文庫）で作家デビュー。2010年『水魑《みづち》の如き沈むもの』（原書房／講談社文庫）で第10回本格ミステリ大賞受賞。本格ミステリとホラーを融合させた独自の作風を持つ。主な作品に『忌館』に続く『作者不詳』などの〝作家三部作〟（講談社文庫）、『厭魅《まじもの》の如き憑くもの』に始まる〝刀城《とうじょう》言耶《げんや》〟シリーズ（原書房／講談社文庫）、『禍家《まがや》』に始まる〝家〟シリーズ（光文社文庫／角川ホラー文庫）、『十三の呪《じゅ》』に始まる〝死相学探偵〟シリーズ（角川ホラー文庫）、『どこの家にも怖いものはいる』に始まる〝幽霊屋敷〟シリーズ（中央公論社／中公文庫）、『黒面の狐』に始まる〝物理波矢多〟シリーズ（文藝春秋／文春文庫）、映画化された『のぞきめ』（角川書店／角川ホラー文庫）などがある。刀城言耶第三長編『首無《くびなし》の如き祟るもの』は『2017年本格ミステリ・ベスト10』（原書房）の過去20年のランキングである「本格ミステリ・ベスト・オブ・ベスト10」1位となった。

忌名《いな》の如《ごと》き贄《にえ》るもの
三津田信三《みつだしんぞう》

講談社文庫
定価はカバーに
表示してあります

2023年９月15日第１刷発行

KODANSHA

発行者――髙橋明男
発行所――株式会社　講談社
東京都文京区音羽2-12-21　〒112-8001
電話　出版（03）5395-3510
販売（03）5395-5817
業務（03）5395-3615
Printed in Japan

デザイン―菊地信義
本文データ制作―講談社デジタル製作
印刷―――株式会社KPSプロダクツ
製本―――加藤製本株式会社

ISBN978-4-06-533110-1

講談社文庫刊行の辞

二十一世紀の到来を目睫に望みながら、われわれはいま、人類史上かつて例を見ない巨大な転換期をむかえようとしている。

世界も、日本も、激動の予兆に対する期待とおののきを内に蔵して、未知の時代に歩み入ろうとしている。このときにあたり、創業の人野間清治の「ナショナル・エデュケイター」への志を現代に甦らせようと意図して、われわれはここに古今の文芸作品はいうまでもなく、ひろく人文・社会・自然の諸科学から東西の名著を網羅する、新しい綜合文庫の発刊を決意した。

激動の転換期はまた断絶の時代である。われわれは戦後二十五年間の出版文化のありかたへの深い反省をこめて、この断絶の時代にあえて人間的な持続を求めようとする。いたずらに浮薄な商業主義のあだ花を追い求めることなく、長期にわたって良書に生命をあたえようとつとめるところにしか、今後の出版文化の真の繁栄はあり得ないと信じるからである。

同時にわれわれはこの綜合文庫の刊行を通じて、人文・社会・自然の諸科学が、結局人間の学にほかならないことを立証しようと願っている。かつて知識とは、「汝自身を知る」ことにつきていた。現代社会の瑣末な情報の氾濫のなかから、力強い知識の源泉を掘り起し、技術文明のただなかに、生きた人間の姿を復活させること。それこそわれわれの切なる希求である。

われわれは権威に盲従せず、俗流に媚びることなく、渾然一体となって日本の「草の根」をかたちづくる若く新しい世代の人々に、心をこめてこの新しい綜合文庫をおくり届けたい。それは知識の泉であるとともに感受性のふるさとであり、もっとも有機的に組織され、社会に開かれた万人のための大学をめざしている。大方の支援と協力を衷心より切望してやまない。

一九七一年七月

野間省一

柄谷行人
柄谷行人の初期思想
解説=國分功一郎　年譜=関井光男・編集部

『力と交換様式』に結実した柄谷行人の思想――その原点とも言うべき初期論文集は広義の文学批評の持続が、大いなる思想的な達成に繋がる可能性を示している。

978-4-06-532944-3
かB21

伊藤痴遊
続 隠れたる事実 明治裏面史
解説=奈良岡聰智

維新の三傑の死から自由民権運動の盛衰、日清・日露の栄光の勝利を説く稀代の講釈師は過激事件の顛末や多くの疑獄も見逃さない。戦前の人びとを魅了した名調子！

978-4-06-532684-8
いZ2

長浦 京 赤《セキ》刃《ジン》
長浦 京 リボルバー・リリー
長浦 京 マーダーズ
中脇初枝 世界の果てのこどもたち
中脇初枝 神の島のこどもたち
中村ふみ 天空の翼 地上の星
中村ふみ 砂の城 風の姫
中村ふみ 月の都 海の果て
中村ふみ 雪の王 光の剣
中村ふみ 永遠《とわ》の旅人 天地の理《ことわり》
中村ふみ 大地の宝玉 黒翼《こくよく》の夢
中村ふみ 異邦の使者 南天の神々
夏原エヰジ Cocoon 〈修羅の目覚め〉
夏原エヰジ Cocoon2 〈蠱惑の焰〉
夏原エヰジ Cocoon3 〈幽世の祈り〉
夏原エヰジ Cocoon4 〈宿縁の大樹〉
夏原エヰジ Cocoon5 〈瑠璃の浄土〉
夏原エヰジ 連理の宝 〈Cocoon外伝〉
夏原エヰジ Cocoon 〈京都・不死篇―蠢《しゅん》―〉
夏原エヰジ Cocoon 〈京都・不死篇2―疼《とう》―〉
夏原エヰジ Cocoon 〈京都・不死篇3―愁《しゅう》―〉
夏原エヰジ Cocoon 〈京都・不死篇4―嗄《か》―〉
夏原エヰジ Cocoon 〈京都・不死篇5―巡《めぐる》―〉
長岡弘樹 夏の終わりの時間割
ナガノ ちいかわノート
西村京太郎 華麗なる誘拐
西村京太郎 寝台特急《メモリー・トレイン》「日本海」殺人事件
西村京太郎 十津川警部 帰郷・会津若松
西村京太郎 特急「あずさ」《アリバイ・トレイン》殺人事件
西村京太郎 十津川警部の怒り
西村京太郎 宗谷本線殺人事件
西村京太郎 奥能登に吹く殺意の風
西村京太郎 特急「北斗1号」《スーサイド・トレイン》殺人事件
西村京太郎 十津川警部 湖北の幻想
西村京太郎 九州特急「ソニックにちりん」殺人事件
西村京太郎 東京・松島殺人ルート
西村京太郎 新装版 殺しの双曲線
西村京太郎 新装版 名探偵に乾杯
西村京太郎 南伊豆殺人事件
西村京太郎 十津川警部 青い国から来た殺人者
西村京太郎 新装版 天使の傷痕
西村京太郎 新装版 D機関情報
西村京太郎 十津川警部 猫と死体はタンゴ鉄道に乗って
西村京太郎 韓国新幹線を追え
西村京太郎 北リアス線の天使
西村京太郎 十津川警部 長野新幹線の奇妙な犯罪
西村京太郎 上野駅殺人事件
西村京太郎 京都駅殺人事件
西村京太郎 沖縄から愛をこめて
西村京太郎 十津川警部「幻覚」
西村京太郎 函館駅殺人事件
西村京太郎 内房線の猫たち 〈異説里見八犬伝〉
西村京太郎 東京駅殺人事件
西村京太郎 長崎《ナガサキ・レディ》駅殺人事件
西村京太郎 十津川警部 愛と絶望の台湾新幹線
西村京太郎 西鹿児島駅殺人事件
西村京太郎 札幌駅殺人事件

西村京太郎　十津川警部　山手線の恋人

西村京太郎　仙台駅殺人事件

西村京太郎　七　人　の　証　人〈新装版〉

西村京太郎　十津川警部　両国駅3番ホームの怪談

西村京太郎　午　後　の　脅　迫　者〈新装版〉

西村京太郎　びわ湖環状線に死す

西村京太郎　ゼロ計画《プラン》を阻止せよ〈左文字進探偵事務所〉

仁木悦子　猫は知っていた〈新装版〉

新田次郎　新装版　聖職の碑《いしぶみ》

日本文芸家協会編　愛　染　夢　灯　籠〈時代小説傑作選〉

日本推理作家協会編　犯人たちの部屋〈ミステリー傑作選〉

日本推理作家協会編　隠　さ　れ　た　鍵〈ミステリー傑作選〉

日本推理作家協会編　Play《プレイ》　推理遊戯〈ミステリー傑作選〉

日本推理作家協会編　Doubt《ダウト》　きりのない疑惑〈ミステリー傑作選〉

日本推理作家協会編　Bluff《ブラフ》　騙し合いの夜〈ミステリー傑作選〉

日本推理作家協会編　ベスト8ミステリーズ2015

日本推理作家協会編　ベスト6ミステリーズ2016

日本推理作家協会編　ベスト8ミステリーズ2017

日本推理作家協会編　2019ザ・ベストミステリーズ

日本推理作家協会編　2020ザ・ベストミステリーズ

二階堂黎人　ラ　ン　迷　宮〈二階堂蘭子探偵集〉

二階堂黎人　増加博士の事件簿

二階堂黎人　巨大幽霊マンモス事件

新美敬子　猫のハローワーク

新美敬子　猫のハローワーク2

新美敬子　世界のまどねこ

西澤保彦　新装版　七回死んだ男

西澤保彦　人格転移の殺人

西澤保彦　夢　魔　の　牢　獄

西村　健　ビ　ン　ゴ

西村　健　地の底のヤマ(上)(下)

西村　健　光陰の刃《やいば》(上)(下)

西村　健　目　撃

楡　周平　修羅の宴(上)(下)

楡　周平　バ　ル　ス

楡　周平　サリエルの命題

西尾維新　クビキリサイクル〈青色サヴァンと戯言遣い〉

西尾維新　クビシメロマンチスト〈人間失格・零崎人識〉

西尾維新　クビツリハイスクール〈戯言遣いの弟子〉

西尾維新　サイコロジカル(上)〈兎吊木垓輔の戯言殺し〉／(下)〈曳かれ者の小唄〉

西尾維新　ヒトクイマジカル〈殺戮奇術の匂宮兄妹〉

西尾維新　ネコソギラジカル(上)〈十三階段〉

西尾維新　ネコソギラジカル(中)〈赤き征裁vs.橙なる種〉

西尾維新　ネコソギラジカル(下)〈青色サヴァンと戯言遣い〉

西尾維新　ダブルダウン勘繰郎《かんぐろう》　トリプルプレイ助悪郎《スケアクロウ》

西尾維新　零崎双識の人間試験

西尾維新　零崎軋識《ぜろざききしき》の人間ノック

西尾維新　零崎曲識の人間人間

西尾維新　零崎人識の人間関係　匂宮出夢との関係

西尾維新　零崎人識の人間関係　無桐伊織との関係

西尾維新　零崎人識の人間関係　零崎双識との関係

西尾維新　零崎人識の人間関係　戯言遣いとの関係

西尾維新　xxxHOLiC　アナザーホリック　ランドルト環《かん》エアロゾル

西尾維新　難　民　探　偵

西尾維新　少　女　不　十　分

西尾維新　本　題〈西尾維新対談集〉

西尾維新　掟上今日子《おきてがみきょうこ》の備忘録

林　真理子　新装版 星に願いを
林　真理子　野心と美貌〈中年心得帳〉
林　真理子　正　妻(上)(下)〈慶喜と美賀子〉
林　真理子　大《お》原《はら》御《ご》幸《こう》〈帯に生きた家族の物語〉
林　真理子　さくら、さくら〈おとなが恋して〉〈新装版〉
林　真理子／見城　徹　過剰な二人
原田宗典　スメル男〈新装版〉
帚木蓬生　日　御　子(上)(下)
帚木蓬生　襲　来(上)(下)
坂東眞砂子　欲　情
畑村洋太郎　失敗学のすすめ
畑村洋太郎　失敗学実践講義〈文庫増補版〉
はやみねかおる　都会《まち》のトム&ソーヤ(1)
はやみねかおる　都会《まち》のトム&ソーヤ(2)〈乱! RUN! ラン!〉
はやみねかおる　都会《まち》のトム&ソーヤ(3)〈いつになったら作戦《ミッション》終了?〉
はやみねかおる　都会《まち》のトム&ソーヤ(4)〈四重奏《カルテット》〉
はやみねかおる　都会《まち》のトム&ソーヤ(5)〈IN《イン》塀戸《VADE》〉(上)(下)
はやみねかおる　都会《まち》のトム&ソーヤ(6)〈ぼくの家へおいで〉
はやみねかおる　都会《まち》のトム&ソーヤ(7)《怪人は夢に舞う〈理論編〉》
はやみねかおる　都会《まち》のトム&ソーヤ(8)《怪人は夢に舞う〈実践編〉》
はやみねかおる　都会《まち》のトム&ソーヤ(9)〈前夜祭《EVE》 内人《ないと》side〉
はやみねかおる　都会《まち》のトム&ソーヤ(10)〈前夜祭《EVE》 創也《そうや》side〉
原　武史　滝山コミューン一九七四
濱　嘉之　警視庁情報官〈シークレット・オフィサー〉
濱　嘉之　警視庁情報官 ハニートラップ
濱　嘉之　警視庁情報官 トリックスター
濱　嘉之　警視庁情報官 ブラックドナー
濱　嘉之　警視庁情報官 サイバージハード
濱　嘉之　警視庁情報官 ゴーストマネー
濱　嘉之　警視庁情報官 ノースブリザード
濱　嘉之　ヒトイチ 警視庁人事一課監察係
濱　嘉之　ヒトイチ 画像解析〈警視庁人事一課監察係〉
濱　嘉之　ヒトイチ 内部告発〈警視庁人事一課監察係〉
濱　嘉之　新装版 院内刑事《デカ》
濱　嘉之　新装版 院内刑事〈ブラック・メディスン〉
濱　嘉之　院内刑事〈フェイク・レセプト〉
濱　嘉之　院内刑事 ザ・パンデミック
濱　嘉之　院内刑事 シャドウ・ペイシェンツ
濱　嘉之　プライド 警官の宿命
馳　星周　ラフ・アンド・タフ
畠中　恵　アイスクリン強し
畠中　恵　若様組まいる
畠中　恵　若様とロマン
葉室　麟　風渡る
葉室　麟　風の軍師〈黒田官兵衛〉
葉室　麟　星火瞬く
葉室　麟　陽炎《かげろう》の門
葉室　麟　紫　匂　う
葉室　麟　山月庵茶会記
葉室　麟　津軽双花
長谷川　卓　獄《がく》　神《じん》
長谷川　卓　獄神伝《がくじんでん》 鬼哭《きこく》(上)(下)〈上・白銀《しろがね》渡り〉〈下・湖底の黄金〉
長谷川　卓　獄神列伝 逆渡《さかわた》り
長谷川　卓　獄《がく》神《じん》伝《でん》 血路
長谷川　卓　獄《がく》神《じん》伝《でん》 死地
長谷川　卓　獄神伝 風花(上)(下)
原田マハ　夏を喪くす

東野圭吾　悪　意
東野圭吾　私が彼を殺した
東野圭吾　嘘をもうひとつだけ
東野圭吾　赤　い　指
東野圭吾　流　星　の　絆
東野圭吾　新装版 浪花少年探偵団
東野圭吾　新装版 しのぶセンセにサヨナラ
東野圭吾　新　参　者
東野圭吾　麒　麟　の　翼
東野圭吾　パラドックス13
東野圭吾　祈りの幕が下りる時
東野圭吾　危険なビーナス
東野圭吾　時《トキ》生《オ》〈新装版〉
東野圭吾　希　望　の　糸
東野圭吾　どちらかが彼女を殺した〈新装版〉
東野圭吾作家生活25周年祭り実行委員会　東野圭吾公式ガイド〈読者1万人が選んだ東野作品人気ランキング発表〉
東野圭吾作家生活35周年実行委員会 編　東野圭吾公式ガイド〈作家生活35周年ver.〉
平野啓一郎　高　瀬　川
平野啓一郎　ド　ー　ン

平野啓一郎　空白を満たしなさい(上)(下)
百田尚樹　永　遠　の　0《ゼロ》
百田尚樹　輝　く　夜
百田尚樹　風の中のマリア
百田尚樹　影　法　師
百田尚樹　ボックス！(上)(下)
百田尚樹　海賊とよばれた男(上)(下)
平田オリザ　幕が上がる
東　直子　さようなら窓
蛭田亜紗子　凜
樋口卓治　ボクの妻と結婚してください。
樋口卓治　続・ボクの妻と結婚してください。
樋口卓治　喋　る　男
平山夢明　魂《たま》豆《どう》腐《ふ》〈大江戸怪談どたんばたん（土壇場譚）〉
平山夢明 宇佐美まこと ほか　超怖い物件
東川篤哉　純喫茶「一服堂」の四季
東山彰良　流《りゅう》
東山彰良　女の子のことばかり考えていたら、1年が経っていた。
平田研也　小さな恋のうた

日野　草　ウェディング・マン
平岡陽明　僕が死ぬまでにしたいこと
ビートたけし　浅草キッド
ひろさちや　すらすら読める歎異抄《たんにしょう》
藤沢周平　新装版 春秋の檻〈獄医立花登手控え(一)〉
藤沢周平　新装版 風雪の檻〈獄医立花登手控え(二)〉
藤沢周平　新装版 愛憎の檻〈獄医立花登手控え(三)〉
藤沢周平　新装版 人間の檻〈獄医立花登手控え(四)〉
藤沢周平　新装版 闇の歯車
藤沢周平　新装版 市　塵(上)(下)
藤沢周平　新装版 決闘の辻
藤沢周平　新装版 雪明かり
藤沢周平　義民が駆ける〈レジェンド歴史時代小説〉
藤沢周平　喜多川歌麿女絵草紙
藤沢周平　闇　の　梯　子
藤沢周平　長門守の陰謀
古井由吉　こ　の　道
藤田宜永　樹下の想い
藤田宜永　女系の総督

講談社文庫　目録

2023年6月15日現在